題記回鞭客次、酒醺思睡、見一人前致辭云、受旨吾王屬
君對話、胡即慌然歙整其人即導之、左至則殿宇巍我、
從官羅列項王已先在坐傍設琉璃榻揖公即席問曰
日間題句子何見詢之深耶所謂一敗有天亡澤左重來
無地到江東則誠是矣至於經營五載成何事銷得區
區羞魯公無乃譏評失當乎夫漢萬乘也我亦萬乘
也我不肯藏漢漢反肯爵我耶且田橫一介豎子猶不

傳奇漫錄

項王祠記

承旨胡宗鷟工於詩、尤長規諷嘲謔、陳末奉命北使、經

項王祠下題詩云、

百二山河起戰鋒攜將子弟入關中、煙消函谷珠宮

冷雲散鴻門玉斗空、一敗有天亡澤左重来無地刋

江東經營五載成何事、銷得區區葬魯公

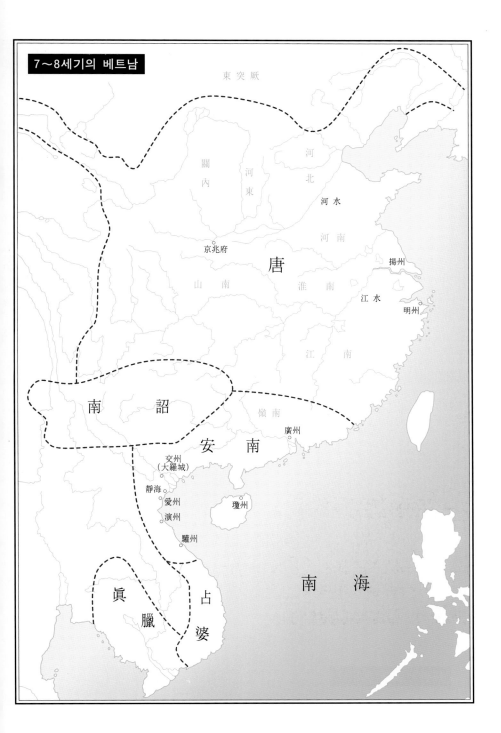

7～8세기의 베트남

雲　　南

清江　光

紅河　宣

白鶴
(白鶴江

石室(佛跡寺
있던 곳
傘

黑江

安定(鎮
있

가

15세기 초의 베트남

廣　西

廣　東

坡壘關◎

諒山의 중심지　山

諒山　祿州◎

▲支稜關

諒江州　慈山

昌江城　鳳山

明江　龍眼　尋甘江

至靈　平灘(盤灘)

超類　東潮　峽山(安阜山)

(鹹子關)　桂陽

快州　洪州　白藤江

唐安

南昌　黃

城　江

建興

天

長

(渡濊)

大安海口

投海口

東　京　灣

海南島

奇羅海口

羅

▲高望山

横山

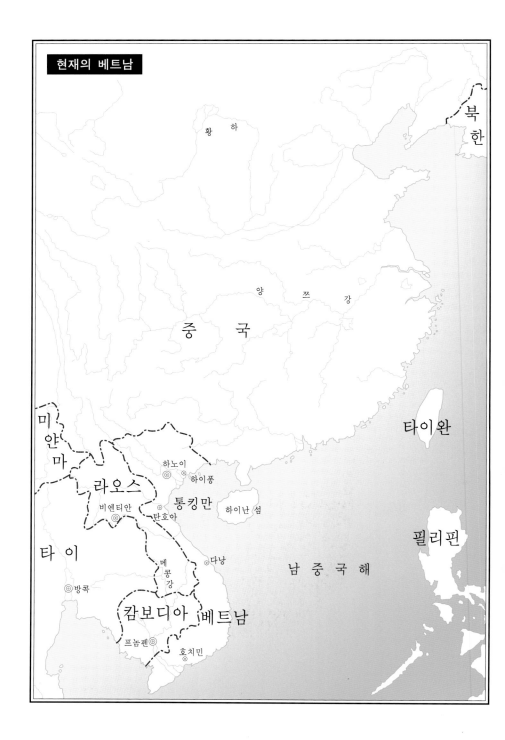

현재의 베트남

전기만록 傳奇漫錄

베트남의 기이한 옛이야기

완서 지음 / 박희병 옮김

돌베개

베트남의 기이한 옛이야기
― 傳奇漫錄

완서 지음 | 박희병 옮김

2000년 12월 15일 초판 1쇄 발행
2012년 4월 2일 초판 2쇄 발행

펴낸이 한철희 | 펴낸곳 돌베개 | 등록 1979년 8월 25일 제406-2003-018호
주소 (413-756) 경기도 파주시 교하읍 문발리 파주출판도시 532-4
전화 (031) 955-5020 | 팩스 (031) 955-5050
홈페이지 www.dolbegae.com | 전자우편 book@dolbegae.co.kr

편집 김혜형·최세정·김수영·김윤정
표지디자인 박영선

ⓒ박희병, 2000

ISBN 89-7199-125-9 (03890)

베트남의 기이한 옛이야기

책머리에

이 책은 16세기 전반에 베트남의 문인 완서(阮嶼)가 창작한 『전기만록』(傳奇漫錄)의 완역이다. 『전기만록』은 한문으로 된 단편소설집인데 모두 스무 편의 작품이 수록되어 있다.

역자는 7, 8년 전 성균관대학교 대학원의 한문학 특강 시간에 이 책을 강독(講讀)한 적이 있다. 열 명 가량의 학생들이 참여했는데, 이국의 정취에 젖어들며 즐거워하던 일이 엊그제만 같다. 모두 그리운 얼굴들이다.

이 역서는 절반쯤은 당시의 초벌 번역을 다듬은 것이고, 절반쯤은 그후 틈틈이 새로 번역한 것이다. 출판사에 원고를 넘긴 지도 벌써 3년이 다 돼 가지만 역자의 게으름과 조심스러움 때문에 이제야 책이 나오게 되었다.

『전기만록』에 수록된 소설들은 소위 '전기소설'(傳奇小說)에 해당하는 것들이다. 전기소설은 동아시아 중세에 성립하여 발전해 간 하나의 보편적 소설 양식으로서, 시와 산문을 독특하게 교직(交織)하면서 남녀의 사랑이나 기이한 사건을 흥미롭게 펼쳐 보이는 예술적 수법을 그 특징으로 삼는다. 전기소설은 종종 환상적 내용 속에 현실에 대한 작가의 감정이나 태도를 가탁(假託)한다. 그러나 일반 독자가 꼭 이런 측면까지 고려해 가며 읽을 필요는 없다. 이야기 자체의 흥미로움과 경이로움을 즐기면 그만이다.

이런 태도로『전기만록』을 읽을 경우 독자는 놀랍고 기이한 세계를 접하면서, 혹은 기뻐하고, 혹은 슬퍼하며, 혹은 찡그리고, 혹은 탄성을 발하게 될 것이다.

『전기만록』의 무대는 저 남쪽 나라 베트남이다. 그러나 읽다 보면 남의 나라 이야기라는 생각은 점점 희미해지고, 어쩌면 이렇게 사람이 사는 방식과 사람이 겪는 애환과 사람이 느끼는 희비가 비슷할 수 있는지 놀라게 된다. 이때쯤이면 베트남은 우리 마음속에 친근한 어떤 존재로 자리잡는다. 이것이 바로 소설의 힘이다. 그러나 다른 각도에서 생각하면 여기에는 중국으로부터 늘 배우면서도 동시에 중국으로부터의 압박을 의식해야 했던 중세기 한(韓)·월(越) 양국이 놓인 비슷한 처지에서 오는 공감 같은 것이 작용하는지도 모른다.

역자는 베트남과 관련하여 민망한 추억을 갖고 있다. 부산에서 중학교를 다닐 때 일이다. 역자가 다니던 학교는 제3부두(당시 파월장병을 태운 배는 제3부두에서 출발하게 되어 있었다) 지척에 있었는데, 전교 학생이 수업을 전폐하고 몇 번인가 부두에 동원된 적이 있었다. 난생 처음 보는 커다란 배에는 수많은 군인들이 타 있었고, 부두는 군악과 환호로 시끌벅적했다. 교사들의 지시에 따라 학생들은 뱃전에 나와 있는 군인들에게 손을 흔들며 잘 싸우고 돌아오라고 외쳐댔다. 그후 역자는 대학에 입학해 리영희 선생의 『전환시대의 논리』를 읽고서야 비로소 베트남 전쟁의 실상과 그 세계사적 의미를 알게 되었다. 그것은 충격이었다. 그러나 이보다 더욱 역자를 놀라게 한 것은, 역자가 자기도 모르는 채 베트남 전쟁에 연루되었다는 사실이었다. 이후 역자에게 중학교 시절의 그 일은 망각될 수 없는 어두운 기억이 되었다.

『전기만록』의 번역에는 바로 이런 역자의 어두운 기억과 베트남에 대한 미안한 마음이 자리하고 있다. 베트남에 대해 가해자인 우리로서, 베트남을 진정으로 이해하고 베트남에 다가가는 것만큼 중요한 일도 없을 것이다. 아무쪼록 이 역서가 베트남에 대한 우리의 이해와 우호의 감정을 증진하는

데 조금이라도 도움이 되기를 희구한다.

이 책에는 많은 고지명(古地名)이 나오는데 그 위치를 파악하는 게 그리
용이한 일이 아니었다. 다행히 베트남사를 전공하시는 서울대학교 동양사
학과의 유인선 교수께서 도움말을 주시고 또 귀중한 자료를 많이 빌려 주
신 덕택에 관련 지도를 작성할 수 있었다. 이 자리를 빌어 그 후의에 깊이
감사드린다.

이 책의 말미에는 역자가 쓴 논문 한 편이 부록으로 첨부되어 있다. 우리
나라의 『금오신화』, 중국의 『전등신화』, 베트남의 『전기만록』을 서로 비교
한 글인데, 독자들이 동아시아 문학의 맥락 속에서 『전기만록』을 이해하는
데 도움이 되었으면 한다.

끝으로, 이 책의 편집을 맡아 수고해 주신 돌베개 출판사의 최세정 씨에
게 심심한 사의를 표한다.

2000년 10월
역자 씀

차 례

서문

이 책은 홍주(洪州) 가복(嘉福) 사람인 완서(阮嶼)의 저술이다. 공은 여조(黎朝)[1]의 진사(進士)였던 상표(翔縹)[2]의 큰아들로서 어려서부터 학문에 힘썼으며 넓게 독서하고 총기가 있어 문장으로써 그 가업(家業)을 잇고자 했다. 향시(鄕試)[3]에 합격한 후 누차 과거시험에 급제하였다. 청천현(淸泉縣)에서 고을 수령을 한 지 1년 만에 모친을 봉양하기 위해 사직했으며, 효도를 다했다. 은거하여 성시(城市)에 출입하지 않은 지가 몇 년이었는데 마침내 이 책을 써서 자신의 뜻을 붙였다. 그 문장을 보면 구우(瞿佑)[4]의 테두리를 벗어나지 못했지만 세상을 경계함이 있고 세상의 잘못을

---

1) 1428년에서 1788년까지 존속했던 왕조. 중간에 막씨(莫氏)에 의한 찬탈이 있기는 했지만 베트남 역사상 가장 오래 지속되었던 왕조이다. 그 창업자가 여리(黎利)였으므로 그 성을 따서 여조(黎朝)라 칭해진다.

2) 해양(海陽)의 홍주(洪州) 가복사(嘉福社) 사람으로서 홍덕(洪德) 27년 병진년(丙辰年, 1496)에 진사에 합격했으며 벼슬이 상서승사(尙書承使)에 이르렀다. 홍덕은 여조 성종(聖宗, 재위 1460~1497)의 연호이다.

3) 지방에서 보는 시험. 이 시험에 합격해야 중앙에서 실시하는 과거시험에 응시할 수 있는 자격이 주어졌다.

4) 명나라의 문인으로서 1378년에 『전등신화』(剪燈新話)라는 전기소설집(傳奇小說集)을 저술했다. 『전등신화』는 우리나라 문인인 김시습(金時習, 1435~1493)이 창작한 『금오신화』(金鰲新話)에도 적지 않은 영향을 끼쳤다.

바로잡음이 있으니 교화(敎化)에 이바지함이 어찌 적다고 하겠는가?

영정(永定) 1년⁵⁾ 7월 길일(吉日)에 대안(大安) 사람 하선한(何善漢)이 삼가 쓰다.⁶⁾

---

5) 1547년에 해당한다. 영정(永定)은 막씨(莫氏) 왕조 막복원(莫福源)의 연호. 막씨 왕조는 막등용(莫登庸)이 여(黎) 공제(恭帝)를 폐위시키고 제위를 찬탈해 세운 왕조이며, 1527년부터 1592년까지 존속했다. 이후 다시 여조가 회복되어 1788년까지 지속되었다.
6) 어떤 본(本)에는 이 뒤에 "후학(後學) 송주(松州) 완립부(阮立夫) 편(編)"이라는 구절이 더 있음.

제1부

· · · · ·

항우의 변명

    승지(承旨) 호종작(胡宗鷟)¹⁾은 시에 능했는데, 특히 임금을 간(諫)하는 시나 해학적인 내용의 시를 잘 지었다. 진(陳) 말²⁾에 왕명을 받들고 중국으로 사신 갔을 때 항우(項羽)의 사당 근처를 지나다가 시를 지었다.

    험준한 산하에서 군사 일으켜
    젊은이들 이끌고 관중(關中)³⁾에 들어갔네.
    함곡(函谷)⁴⁾의 궁궐은 불타서 싸늘하고⁵⁾

---

* 이 작품의 원제(原題)는 「항왕사기」(項王祠記)이다.

1) 연주(演州) 토성(土城) 사람. 진(陳) 예종(藝宗, 재위 1370~1372) 때 어린 나이에 장원 급제하여 자못 재명(才名)이 있었음. 벼슬이 한림봉지(翰林奉旨) 겸 심형원사(審刑院使) 중서령(中書令)에 이름. 호조(胡朝, 1400~1407) 때 연로함을 이유로 귀향했으며 80세에 죽음. 저서로 시집인 『토한효빈시집』(討閑效顰詩集)과 『월남세지』(越南世志)가 있음. 『월남세지』는 홍방씨(鴻厖氏)로부터 조타(趙佗)에 이르기까지의 사적(事跡)을 기술한 책임.

2) 진(陳)은 1225년에서 1400년까지 존속한 베트남 왕조. 여기서 '진 말'이란 예종 때인 1370 년에서 1372년 사이를 가리킨다.

3) 땅 이름.

4) 땅 이름. 함곡관(函谷關).

5) 항우(項羽)가 진(秦)나라 궁궐을 불태운 일을 가리킨다.

홍문(鴻門)에서 받은 옥두(玉斗)[6]는 눈처럼 흩어졌네.[7]

하늘이 망하게 해 왼쪽의 늪에서 패하니[8]

강동(江東)을 다시 밟을 면목이 없네.[9]

5년 싸움에 무슨 일 이루었던가?

구구하게 노공(魯公)의 예로 장사를 치렀네.[10]

호종작은 시를 짓고 나서 말을 돌려 정박 중인 배로 돌아왔다. 술에 거나하게 취한 바람에 졸음이 쏟아졌다. 그때 어떤 자가 다가와 말을 건넸다.

"우리 임금께서 그대를 뵙고 말씀을 나누고자 합니다."

공이 황급히 옷깃을 여미자 그자는 즉시 공을 왼쪽으로 인도했다. 그곳에 이르니 궁궐이 대단히 웅장했으며 관리들이 죽 늘어서 있었다. 항우가 먼저 와서 앉아 있었는데 곁에는 유리로 만든 의자가 마련되어 있었다. 항

---

6) 옥으로 만든 구기. '구기'란 술을 뜰 때 사용하는 국자 모양의 물건을 일컫는다.

7) 항우와 유방(劉邦)이 홍문(鴻門)이라는 땅에서 회합하여 술자리를 가졌다. 이때 유방은 자신의 참모 장량(張良)으로 하여금 흰 구슬 한 쌍을 항우에게 바치고 옥으로 만든 구기 한 쌍을 항우의 참모인 범증(范增)에게 바치게 했다. 범증은 이 잔치 자리에서 유방을 죽이고자 했는데 항우가 끝내 허락하지 않았다. 낌새를 챈 유방이 달아나자 범증은 장량이 준 옥으로 만든 구기를 칼로 깨뜨려 버리며 통탄하기를 "아이하고는 큰일을 도모하지 못하겠다. 천하를 빼앗을 자는 반드시 유방일 것이며 우리들은 장차 그의 포로가 되고 말 것이다"라고 했다는 고사가 있다.

8) 항우는 해하(垓下)에서 밤에 포위망을 뚫고 달아나다 길을 잃었다. 한 농부에게 길을 물었더니 항우를 속여 왼쪽으로 가라고 했다. 그 말대로 가다가 큰 늪에 빠지는 바람에 유방의 군대가 추격해 왔다. 항우는 어찌할 수 없음을 알고 "이는 하늘이 나를 망하게 하는 것이지 내가 잘못 싸워서가 아니다"라고 했다는 고사가 있다.

9) 강동(江東)은 항우가 처음 기병(起兵)한 곳. 한(漢)나라 군대가 추격해 와 궁지에 몰린 항우에게 오강(烏江)의 정장(亭長: 말단 관직 이름)이 자기의 배를 타고 강을 건너 강동으로 들어갈 것을 권했다. 항우는 "내가 무슨 면목으로 강동의 부형(父兄)들을 대하겠느냐"며 그 권유를 뿌리치고 추격해 온 한나라 군사와 끝까지 싸우다가 스스로 목숨을 끊었다.

10) 처음에 초(楚)나라 회왕(懷王)이 항우를 노공(魯公)에 봉한 바 있었으므로, 항우가 죽자 한나라는 노공의 예로써 장사를 치러 주었다.

우는 공에게 읍한 다음 자리에 나아가 앉더니 물었다.

"오늘 시를 지어 나를 꾸짖음이 어찌 그리 심하오? 이른바

하늘이 망하게 해 왼쪽의 늪에서 패하니
강동을 다시 밟을 면목이 없네.

라는 시구는 참으로 옳지만,

5년 싸움에 무슨 일 이루었던가?
구구하게 노공의 예로 장사를 치렀네.

라는 시구는 조롱함이 지나치지 않소? 대저 한(漢)나라도 천자의 나라지만 나 또한 천자이거늘 초(楚)나라가 한나라를 이기지 못했다 하여 한나라가 감히 나에게 노공이라는 작호(爵號)를 쓸 수 있단 말이오? 또 전횡(田橫)은 변변치 않은 인물임에도 한나라의 작위를 탐내지 않았으며 죽임을 당하는 것을 부끄러워하여 자결했거늘,11) 어찌 위대한 초나라의 제왕이 노공으로 예우하는 데 만족할 수 있겠소? 저들이 이런 행동을 한 것은 아마도 작위를 주는 체하여 저 옛날 한중(漢中)에서 당한 치욕을 갚으려는 걸 거요.12)

청컨대 그대를 위해 한번 말해 보리다. 옛날에 진(秦)나라가 망하자 천하를 다투는 자들이 사방에서 일어났었소. 내가 이때 진나라를 원망하는

---

11) 항우가 죽자 전횡(田橫)은 한나라 고조(高祖: 유방)가 자기를 죽일까 두려워하여 그 무리 500명을 이끌고 바다 가운데의 섬으로 들어갔다. 이에 고조는 사신을 보내 섬에서 나오지 않으면 군대를 보내 죽이겠다고 위협했다. 전횡은 어쩔 수 없이 고조를 알현하러 갔지만 낙양에 못미처 스스로 목숨을 끊었다. 나중에 그 소문을 들은 전횡의 무리 500명은 모두 자결했다.
12) 항우는 한창 기세를 올릴 때 유방을 한왕(漢王)으로 세워 파촉(巴蜀)과 한중(漢中)을 다스리게 한 적이 있다.

백성들을 거느려 진나라 군대를 공격했는데, 호미를 녹여 무기를 만들었고 보리를 볶아서 군량미로 삼았으며 농부와 종들은 모두 군졸로 삼았고 호걸들은 모두 장수로 삼았소. 오(吳)를 함락할 때는 개미굴을 무너뜨리듯, 회(淮)를 함락할 때에는 기러기 털 태우듯 가뿐히 해치웠었소. 첫번째 싸움에서 장감(章邯)13)의 군대를 패배시키고 두번째 싸움에선 시황제(始皇帝)의 사당을 쑥밭으로 만들어 버렸소. 덕과 의가 행해져 뜻하는 바대로 제후국을 세웠고, 위엄과 명령이 행해져 신하가 되지 않은 사람이 없었다오. 여러 제후국 가운데 초나라 군대가 으뜸이요, 삼진(三秦)14)에서 왕 노릇한 것은 곧 초나라의 장수여서 천하가 초나라 차지가 되는 것은 가만히 앉아서도 꾀할 만하였다오.

그러나 마침내 한나라에게 망하였으니 이 어찌 천명이 아니겠소? 이처럼 하늘이 한나라를 도우니 저 주발(周勃)15)처럼 발[簾]을 짜거나 남의 장례 때 피리를 불어 주어 생계를 유지하던 자도 큰 공을 세울 수 있었으며, 하늘이 초나라를 망하게 하고자 하니 비록 내 힘이 솥을 들어올리고 산을 뽑는다 할지라도 그 용맹을 말할 수 없게 되었소. 게다가 종리매(鍾離昧)16)처럼 훌륭한 장수도 회음(淮陰)을 함락시키지 못했고, 범아부(范亞父)17)의 계책도 수포로 돌아가고 말았소.18) 만약에 내가 범아부의 말을 들어 패배를 성공의 계기로 삼아 오추마(烏騅馬)19)의 피곤한 다리에 채찍질을 하였다면 어찌 풍(豐)·패(沛)20)의 궁궐을 함락시킬 수 없었겠소? 또 팽성(彭城)의 흩어진 군사들을 수습했다면 어찌 유씨(劉氏)의 종묘사직을

---

13) 진나라 장군 이름.
14) 항우는 관중을 3분하여 항복한 진나라 장수들을 왕으로 삼아서 유방을 견제하게 했다.
15) 패(沛) 땅의 사람. 미천한 출신으로 유방을 도와 큰 공을 세워 강후(絳侯)에 봉해졌다.
16) 항우 휘하의 맹장.
17) 항우의 1급 참모 범증. 아부(亞父)는 존칭.
18) 범증이 항우 휘하의 장수에게 유방을 죽이라고 했으나 실패했다.
19) 항우가 타고 다니던 말 이름.
20) 풍(豐)·패(沛)는 유방의 근거지였다.

멸할 수 없었겠소?[21] 단지 백성을 위하는 마음 때문에 당당한 8척의 이 몸을 왕예(王翳)를 비롯한 한나라 군사들의 손에 내맡겼던 거라오.[22] 초나라와 한나라의 흥망은 하늘이 내린 행·불행일 뿐이니, 어찌 성공과 실패의 잣대로 논할 수 있겠소?

그러나 인물을 평하기 좋아하는 세상 사람들은 혹은 '하늘이 망하게 한 게 아니다'라고 하기도 하고 혹은 '하늘이 무슨 상관이 있겠는가?'라고 말하기도 해, 길이 시인 묵객(詩人墨客)으로 하여금 종종 시를 읊게 하였으니 이를테면

영웅의 기세 세상을 덮고 힘은 산을 뽑을 만했건만
초나라 노랫소리 사방에 들리자 하염없이 눈물을 흘렸네.

라 한 게 있는가 하면

임금은 임금답지 못하고 신하는 신하답지 못했거늘
어이하여 그 사당을 강가에 세웠나?

라고 한 것도 있는데, 날이 가고 달이 갈수록 점점 많아져 그 수가 천 편에 이르게 되었다오. 그중 두목(杜牧)[23]이 지은 시 구절에 이르길

강동의 자제 중에 뛰어난 이 많으니

---

21) 항우는 스스로 왕위에 올라 '서초패왕'(西楚覇王)이라 하고 팽성(彭城)에 도읍하였음. '유씨'(劉氏)는 한 고조 유방(劉邦)을 가리킴.
22) 항우는 자기를 공격하던 한나라 군사들에게 "한나라 왕이 내 머리를 천금과 만호의 읍(邑)을 주고 사려고 한다 하니 내 그대들에게 은혜를 베풀어 주겠다" 하고는 스스로 목을 찔러 죽었다. 왕예(王翳)를 비롯한 한나라 군사들은 죽은 항우의 몸을 각기 찢어가 큰 상을 받았다.
23) 당(唐)나라 시인.

권토중래를 아직 알 수 없도다.

라 했는데, 곡진하고 충후하여 시인의 풍격을 얻었으니, 읽으면 사람의 뜻을 조금은 굳세게 만드는 것 같소. 그 나머지 것들은 대개 천박하고 경솔하니 나는 이게 못마땅해 그대에게 말하는 게요."

이 말을 듣고 공이 웃으며 말했다.

"하늘의 이치와 사람의 일은 서로 처음과 끝을 이루지요. 은(殷)나라 주왕(紂王)은 '천명은 나에게 있다'고 했는데 이것이 그가 나라를 잃은 이유요, 신(新)나라를 세운 왕망(王莽)은 '하늘은 나에게 덕을 내렸다'고 했는데 이것이 그가 죽임을 당한 이유입니다. 지금 왕께서는 사람의 일을 간과한 채 하늘에 대하여만 말씀하고 계시니 이것은 왕께서 패망하고도 끝내 깨닫지 못하고 있는 것입니다. 지금 제가 다행히 왕의 영접을 받았으니 청컨대 숨김없이 바른 말을 드리고자 하는데 괜찮겠습니까?"

"괜찮고 말고요!"

그러자 공이 계속 말했다.

"대저 천하의 운세는 기미(機微)에 달려 있는 것이지 힘에 달려 있지 않으며, 천하의 마음을 모으는 것은 인(仁)으로써 하는 것이지 포악함으로 하는 것이 아닙니다. 왕은 큰소리로 꾸짖는 것을 위엄으로 생각하고 굳세고 강한 것을 덕으로 생각하시니 상장군 송의(宋義)를 처형한 것은 임금을 업신여긴 잘못이 있고,[24] 항복한 진나라 황제 자영(子嬰)을 죽인 것은 퍽 용맹하지 못한 일입니다. 한생(韓生)에겐 죄가 없는데도 삶아 죽이는 형벌을 가했으니[25] 부당한 형벌을 어찌 이리 함부로 일삼으며, 아방궁에 이유

---

24) 초나라 회왕은 송의(宋義)를 상장군(上將軍)으로 삼고 항우를 차장(次將)으로 삼아 진나라의 공격을 받고 있던 조(趙)나라를 구하게 했는데, 항우는 그가 얼른 진군하지 않는다고 하여 죽여 버렸다.

25) 한생(韓生)이 항우에게 유세하기를 "관중은 요지(要地)이니 떠나서는 안됩니다"라고 했지만 항우는 진나라 궁궐을 모두 불태운 후 고향으로 돌아가려는 마음이 있어 "부귀해졌는

없이 불을 질렀으니 잔인하게 불지름이 어찌 그리도 심합니까? 이와 같은 소행으로 인심을 얻겠습니까, 인심을 잃겠습니까?"

항우가 말했다.

"그건 그렇지 않소. 저 한단(邯鄲)26)의 전쟁은 새로 들어선 조(趙)나라와 사나운 진나라와의 싸움이었으므로 잠깐 사이에 성패가 나뉘고 눈 깜짝할 사이에 존망이 판가름나는 형국이었는데, 송의는 머뭇거리고 겁을 내면서 진나라가 피곤해지기만을 기다렸으며, 형세를 살피면서 시간을 보내며 군대의 진군을 가로막았소. 만약 군중의 계책이 시행되지 않고 군사가 강을 건넘이 조금이라도 늦었다면, 조나라 성 안의 사람들은 장평(長平)의 화(禍)27)보다 더 참혹한 일을 당했을 것이오. 내가 송의 한 사람을 죽여서 백만 명의 목숨을 살렸으니 이것이 어찌 허물이겠소?

열국(列國)의 군주는 다 같은 제후로서 다 같이 백성과 사직을 소유했으며, 그 작위는 주(周)나라 천왕(天王)이 내려준 것이며, 그 영토도 천왕이 하사한 것이었소. 그런데 진나라는 그 지리의 험함을 믿고 군대를 뽐내어 한나라와 조나라를 유린하고 위(魏)나라를 협박하고 연(燕)나라를 해쳤으며, 남쪽으로는 초나라 제후를 꾀어 억류하고 동쪽으로는 제(齊)나라 임금을 굶주려 죽게 만들었소. 만일 내가 진나라 종묘를 엎어버리지 않고 진나라 종족을 멸하지 않았다면 열국이 진나라에 병탄(倂呑)된 한을 풀 날이 없었을 게요. 나는 자영 한 사람을 죽여 지난날 진나라가 6국을 멸망시킨 원수를 갚은 것이니, 이게 무슨 잘못이란 말이오?

충성을 생각함이 신하된 자의 큰 절개이거늘, 한생은 그렇지 않아 윗사

데도 고향에 돌아가지 않는다면 누가 알아주겠느냐?"고 했다. 한생은 물러나오면서 "초 땅의 사람들은 원숭이가 관을 쓴 것과 같다 하더니 정말 그렇구나!"라고 말했는데 이 말을 들은 항우는 그를 삶아 죽였다.

26) 조나라의 수도.

27) 조괄(趙括)이 이끄는 조나라 군대는 장평의 싸움에서 백기(白起)가 이끄는 진나라 군대에 대패했다. 백기는 항복한 조나라 군사 40여만 명을 구덩이에 묻어 죽였다.

람을 속여 높은 관직을 구하였으며 은혜를 잊고 의리를 배반하여 함부로 지껄이면서 임금을 비방하였소. 그 때문에 내가 그를 삶아 죽여 충성스럽지 못한 자들로 하여금 경계하게 만든 것이오.

근면하고 검소함이 임금된 자의 미덕이거늘 시황제만은 그렇지 않아 위수(渭水)에서 함양(咸陽)까지 이어지는 궁궐[28]을 짓고 산을 깎아 도로를 만드는 등 백성의 원성을 사가며 공사를 하고 백성의 고혈을 짜내 그 창고를 채웠소. 그래서 내가 그 궁궐에 불을 질러 후세의 사람들로 하여금 검소함을 숭상할 줄 알게 한 것이니 이 일로 나를 나무란다면 나는 승복할 수 없소이다."

공이 말했다.

"그렇다면 분서갱유(焚書坑儒)를 일삼아 육경(六經)을 싸늘한 재로 만들어 성인(聖人)의 은덕을 사라지게 한 것은 어째서였습니까? 또 서릿발처럼 차가운 칼로 의제(義帝)[29]를 강에서 죽인 일은 어찌 차마 할 짓이었습니까? 그러니 어찌 한나라 고조(高祖)만 하겠습니까? 고조는 군신의 명분이 실추될 우려가 있자 동공(董公)의 말을 좇아 인의(仁義)의 행동을 실행함으로써 문란해질 뻔한 제왕의 계통을 다시 바로잡았으며[30] 도학의 전통이 끊어질까 걱정하여 곡부(曲阜)로 수레를 돌려 공자(孔子)의 사당에 제사지냄으로써 단절될 뻔한 『시』(詩)·『서』(書)[31]의 맥을 다시 잇게 했습니다.

그러므로 말하기를 '한나라가 천하를 얻은 것은 소하(蕭何)와 장량(張良)[32]을 등용한 데에 있지 않고, 의제가 항우에게 살해되자 삼군(三軍)이

---

28) 진시황은 수도인 함양과 그 근교인 위수를 잇는 거대한 궁궐을 지었음.

29) 항우는 초 회왕을 높여서 의제(義帝)로 삼았는데, 스스로 서초패왕에 오른 후 의제를 장사(長沙)의 침현(郴縣)에 천도하게 하고는 도중에 사람을 시켜 강에서 죽였다.

30) 신성(新城)의 삼로(三老: 향촌의 교육과 풍속을 관장하는 관직 이름)인 동공(董公)이 한나라 왕 유방에게 항우가 의제를 살해했음을 고하자 유방은 이 사실을 듣고 통곡하고는 의제를 위해서 발상(發喪)한 후 제후들에게 사신을 보내 의제를 시해한 항우를 함께 토벌하자고 촉구한 일이 있다.

31) 『시경』(詩經)과 『서경』(書經). 여기서는 유교 경전을 의미함.

상복을 입어 호걸(豪傑)의 충분(忠憤)한 마음을 불러일으킨 데 있다. 또 한나라가 천하를 보전한 것은 나라의 판도를 확대한 데 있지 않고, 곡부의 공자 사당에 친히 제사를 지내 후세를 위하여 의지할 곳을 만들어 준 데 있다'라고 하는 것이니, 왕이 어찌 한나라 고조와 동렬에서 논해질 수 있겠습니까?"

이 말에 항우는 말문이 막히고 얼굴은 흙빛이 되었다. 그러자 곁에 있던 범씨(范氏) 성을 가진 늙은 신하[33]가 앞으로 나오며 말했다.

"신이 들으니 '사람은 천지를 떠나서 살지 못하고, 위정자는 인륜을 떠나서 나라를 세우지 않는다'고 합니다. 우리 대왕의 신하 중에 구(咎)[34]라는 이름을 가진 자가 있었으니 그 심지가 돌같이 단단해 어떤 어려움에도 절개를 꺾지 않아 차라리 목숨을 잃을지언정 치욕을 당하려 하지 않았고 차라리 지조를 지켜 죽을지언정 구차하게 목숨을 부지하지 않았으니 대왕께서 신하를 부리는 도리가 올바르지 않았다면 어찌 신하가 대왕을 위해 죽으려고 했겠습니까? 『논어』(論語)에 이르기를 '임금은 예(禮)로써 신하를 부리고, 신하는 충(忠)으로써 임금을 섬긴다'고 했으니, 우리 대왕께서 바로 그리했습니다. 한 고조가 옹치(雍齒)로 하여금 풍(豐)을 지키게 했건만 옹치는 위나라에 항복하였으며,[35] 또 진희(陳豨)에게 명해 조나라를 감독하게 했건만 진희가 배반했으니[36] 인륜의 도리를 과연 누가 얻었다 하겠습니까?

또, 대왕의 총애하는 여인 중에 우씨(虞氏) 성을 가진 사람[37]이 있었는

---

32) 유방을 도와 천하를 통일하고 한나라를 창업한 인물들임.
33) 범증을 가리킨다.
34) 조구(曹咎)를 가리킨다. 항우의 대사마(大司馬)였다.
35) 유방이 옹치(雍齒)에게 풍(豐)의 수비를 맡겼다. 옹치는 유방의 부하가 되고 싶지 않던 터에 위(魏)나라 쪽에서 회유를 해오자 유방을 배반하고 위나라를 위해 풍을 수비했다.
36) 고조는 진희(陳豨)에게 조나라의 군대를 감독하게 했지만, 진희는 반란을 일으켜 대왕(代王)이 되었다.
37) 우미인(虞美人)을 말한다.

데 그녀는 자신의 목숨을 서리맞은 나뭇잎처럼 가벼이 여겨 넋이 검광(劍光)을 좇아 사라지고 꽃다운 마음을 적막한 가지에 부친 채[38] 맺힌 한을 거친 들에 묻었으니, 임금이 그녀를 대우함에 도리를 다하지 않았다면 그녀가 임금을 위해 절개를 다했겠습니까? 『시경』(詩經)에 이르기를

> 처에게 모범을 보여
> 집안과 나라를 다스린다.

라 하였으니 대왕께서는 바로 이에 부합한다 할 것입니다. 고조의 비(妃)인 여치(呂雉)는 음란하여 심이기(審食其)와 사통했고, 또 고조가 총애한 척희(戚姬)에게 화를 입혀 손발을 자른 채 돼지우리에 가두었으니 인륜을 과연 누가 얻었다 하겠습니까? 우리 대왕께서 고조의 아버지를 삶아 죽이려 하자 고조는 한다는 말이 '우리 아버지 삶아 죽인 다음에 나한테도 그 국물을 한 그릇 달라'고 했으며, 조왕(趙王)을 몹시 총애하여 나라의 근본이 흔들리는 것을 가벼이 여겼으니[39] 부자의 도리가 있었다고 하겠습니까?

후세의 비방하는 자들은 경중(輕重)을 살피거나 시비를 궁구하지 않은 채 흉중에 사리를 판단하는 올바른 잣대도 없으면서 입으로 함부로 찧고 까불며 한나라에 대해서는 칭찬함이 부족할까 걱정하고 초나라에 대해서는 폄하(貶下)함이 모자랄까 걱정하여 저승에 계시는 우리 대왕으로 하여금 오래도록 심한 꾸짖음을 받게 했습니다. 제가 두서 없고 비루한 말로 공 앞에서 우리 대왕께서 받고 있던 오해를 씻어냈으니 또한 이번 만남의 한 쾌사(快事)라 할 것입니다."

---

38) 우미인이 죽은 후 우미인초(虞美人草)가 되었다는 전설이 있다. 항우의 군대가 궁지에 몰리자 그를 사랑하던 우미인이 해하(垓下)에서 자결하였다. 후에 그 무덤에 두 포기의 풀이 자라났는데 밤낮 다정하게 얽혀 있었다. 사람들이 이상하게 여겨 '우미인초'라 불렀다.
39) 고조는 후궁인 척희(戚姬)가 낳은 조왕(趙王)을 몹시 사랑하여 그에게 제위(帝位)를 물려주고자 했으나 장량이 슬기를 발휘하여 이를 저지했다.

공이 그 말에 자못 이치가 있다고 여기고는 고개를 두 번 끄덕였다. 그리고 시종을 돌아보며 말했다.

"지금까지의 대화를 기록해 두도록 하라."

이윽고 시간이 이슥해지고 찻잔은 비었다. 공이 숙소로 돌아가려 하니 항우가 문까지 나와 전송해 주었는데 동녘에는 차츰 동이 트고 있었다. 공이 옷깃을 추스르며 얼른 일어나 보니 배의 창 곁에서 꾼 꿈이었다.

공은 술과 안주를 사와서 배에서 술을 따라 항우에게 제사지낸 다음 그곳을 떠났다.

아아, 초나라와 한나라를 비교하면 한나라가 낫지만 그렇다고 한나라가 왕도(王道)를 추구했다고 말할 수는 없다. 어째서인가? 홍문에서 잔치할 때 항우는 유방을 죽이지 않았으며, 또 훗날 유방의 아버지를 죽이지 않고 살려 보내주었으니, 초나라가 어질지 않은 것이 아니라 다만 어짐이 적고 포악함이 많았을 뿐이다. 유방은 영천(潁川)을 공격하여 사람들을 도륙(屠戮)하고, 천하를 통일한 후에는 공신들을 살육했으니, 한나라가 잘못이 없는 것이 아니라 다만 잘못한 게 적고 잘한 게 많았을 뿐이다. 초나라가 인의를 거역했다면, 한나라는 인의는 아니지만 인의 비슷한 것을 행했다고 할 것이다. 항우는 패도(覇道)를 추구했으며 유방은 패도와 왕도를 섞어 추구했다. 천하를 다스리는 자는 순수한 왕도를 추구해야 마땅하니 한나라와 초나라가 어질다거나 어질지 않다거나 하는 시비는 내버려두고 따지지 말 일이다.

열녀 예경

쾌주(快州)의 서달(徐達)이 동관성(東關城)[1]에 부임했는데, 동춘교(同春橋) 옆에 집을 세내어서 첨서(簽書)[2]인 풍립언(馮立言)과 이웃하며 지냈다. 풍립언은 부자였으나 서달은 가난했고, 풍립언은 사치스러웠지만 서달은 검소했다. 또 풍립언은 격식이 없었으나 서달은 예의를 지켰으니, 두 집안의 가풍이 대체로 같지 않았다. 그러나 의리로써 사귀어 서로 왕래하며 잔치를 베풀어 놀곤 했으니 친형제보다 우의가 돈독했다.

풍립언에게는 중규(仲逵)란 아들이 있었고, 서달에게는 예경(蘂卿)이란 딸이 있었다. 두 사람은 재주와 미색이 모두 뛰어났으며 키도 비슷했다. 중규는 그녀를 만날 때마다 그 모습에 반해 결혼했으면 하는 마음이 있었는데 양가의 부모들도 흔쾌히 결혼을 승락했다. 이에 중매인을 통해 좋은 날을 가려 정하고 폐백(幣帛)을 보냈다. 중규에게 시집간 예경은 비록 어리긴 했지만 인(仁)으로 가족을 화목하게 하고 남편을 잘 따랐기 때문에 사람들이 모두 어진 아내라고 칭찬했다. 나이가 들자 중규는 기방(妓房)에

---

* 이 작품의 원제는 「쾌주의부전」(快州義婦傳)이다.

1) 진(陳) 왕조의 수도였던 승룡성(昇龍城, 지금의 하노이)을 가리킴.

2) 추밀원(樞密院)의 관직 이름.

드나들며 방탕한 생활을 일삼았는데, 예경이 때때로 충고를 하면 받아들이지는 않았지만 그 말을 공경했다.

중규는 스무 살이 되어 음보(蔭補)[3]로 건흥(建興)에서 벼슬살이를 했다. 그때 예안(乂安)[4]에서 도적이 일어나자, 조정에서는 조서를 내려 난을 다스릴 수 있는 훌륭한 신하를 구했다. 조정의 신하들은 풍립언의 강직한 성품을 싫어하여 그를 해치고자 하던 터라 조서가 내려오자마자 풍립언의 이름을 뽑아 올렸다.

풍립언은 예안으로 떠나면서 예경에게 이렇게 말했다.

"갈 길이 멀고 험해서 너를 데려갈 수 없구나. 잠시 친정에 가 머무른다면 변방이 평정된 다음 중규와 서로 만날 수 있을 게다."

그러나 중규는 예경이 함께 갈 수 없다는 것을 알고는 자기도 남았으면 하면서 선뜻 떠나려 하지 않았다. 예경은 그러면 안된다며 이렇게 말했다.

"지금 아버님께서 직언(直言) 때문에 남들이 싫어하여 좋은 자리를 맡지 못하고 있습니다. 겉으로는 큰 고을을 맡은 것처럼 보이지만 실제로는 사지(死地)에 가는 것입니다. 만리 밖 파도가 넘실거리고 독을 품은 안개가 자욱한 오랑캐의 땅에 몸을 의탁하여 그 발자취가 악어가 우글거리는 땅에 막혀 있거늘, 아침저녁으로 아버님을 돌보는 일과 심부름을 누가 하겠습니까? 당신은 아버님을 힘써 따라야 해요. 어찌 감히 사사로운 정으로써 부모님의 봉양을 소홀히 할 수 있겠어요. 설사 저의 연지 바르고 분 바른 뺨이 야위고, 푸른 눈썹과 붉은 입술이 시들어 가더라도 규방의 일엔 신경 쓰지 마세요."

중규는 어쩔 수 없었다. 마침내 전별연(餞別宴)을 베풀고는 부친과 함께 식솔들을 거느리고 남쪽으로 떠났다.

하지만 어찌 알았겠는가? 하늘은 믿기 어렵고 사람 일은 어그러짐이 많

---

3) 나라에 공을 세운 조상이 있어서 후손이 그 덕택으로 벼슬을 하는 것을 말한다.
4) 통킹만(東京灣) 남쪽의 땅 이름.

다는 것을. 예경은 친정 부모님이 차례로 돌아가시자 상여를 따라 고향인 쾌주로 갔다. 그리고 장례가 끝난 후 외할머니인 유씨(劉氏)와 함께 살았다. 이때 같은 고을에 백(白)장군이란 자가 있었으니 유씨의 외손이었다. 그는 예경을 처로 삼으려고 유씨에게 재물을 주며 간청했다. 유씨는 허락하고 기회를 엿보아 예경에게 다음과 같이 말했다.

"호씨(胡氏)5)가 나라를 찬탈한 후 날마다 잔치를 일삼아 온 조정의 정치가 혼탁하게 되니 곧 난리가 일어날 것 같구나. 그런데도 풍서방은 한 번 떠나간 후 6년이 다 되도록 아무 소식도 없어 살았는지 죽었는지 도대체 알길이 없구나. 혹 용과 호랑이가 다투는 전쟁터를 빠져나왔더라도 나비와 벌처럼 방탕하게 돌아다니며 계집질이나 할 것이고, 또 만약 네가 사타리(沙吒利)6) 같은 놈의 수중에 떨어진다면 고압아(古押衙)7) 같은 의로운 사람을 만나더라도 어쩔 수 없을 것이다. 다만 장대(章臺)의 버들가지8)처럼 남의 손에 꺾여서 정처 없이 떠돌아다니다가 누구에게 향하여 갈지 걱정이구나. 좋은 배필을 구해 새로 연분을 맺어 주위 사람들이 화류계의 여자라고 비웃지 않게 하고, 겨우살이가 소나무에 의지하듯 새 남편을 받들어 사는 것이 좋겠다. 어째서 근심스럽고 외롭게 항아(姮娥)9)처럼 혼자 살려고 하느냐?"

그 말을 듣고 예경은 크게 놀라 침식을 끊은 지 근 한 달이 되었다. 유씨

---

5) 진(陳) 왕조에서 벼슬을 한 호계리(胡季犛)를 말한다. 그는 제위(帝位)를 찬탈하여 황제에 등극했다.

6) 당(唐)나라 전기소설(傳奇小說) 「유씨전」(柳氏傳)에 나오는 장군 이름. 「유씨전」은, 주인공 한횡(韓翃)이 자신의 첩인 유씨(柳氏)를 장군 사타리(沙吒利)에게 빼앗겼는데 허준(許俊)이 그 사연을 듣고 사타리의 집에 난입해 유씨를 빼내온다는 내용으로 이루어져 있다.

7) 당나라 전기소설 「유무쌍전」(劉無雙傳)에 등장하는 협객. 그로 인해 유무쌍과 왕선객(王仙客)은 서로 만나 사랑을 이룰 수 있었다.

8) 당나라 전기소설 「유씨전」에 나오는 말로서, 여주인공 유씨를 암유(暗喩)한다. '장대'(章臺)는 장안(長安)의 홍등가 이름.

9) 후예(后羿)의 처. 후예가 서왕모(西王母)에게 받은 불사약(不死藥)을 훔쳐 달나라로 도망가 혼자 살았다.

는 예경의 뜻을 빼앗을 수 없다는 것을 알았지만 강제로 결혼시키려고 혼인날을 정해 놓았다.

예경이 하루는 늙은 하인에게 말했다.

"그대는 우리 집 하인이니 아버님의 은덕을 갚아야 하지 않겠어요?"

"예, 아씨 분부대로 하옵지요."

"내가 구차스럽게 목숨을 부지하고 있는 건 우리 서방님 때문이에요. 만일 살아 계시지 않는다면 마땅히 서방님의 뒤를 따르겠어요. 결코 서방님이 주신 옷을 입고서 남을 위해 교태를 부리진 않겠어요. 그대는 열흘간의 고생길이 염려되어 서방님이 계시는 예안에 못 가겠다고 하지는 않겠죠?"

하인은 분부대로 길을 떠났다. 당시 전쟁이 한창인 데다 길도 험해 열흘 만에야 예안에 도착할 수 있었다. 마을 사람의 집을 찾아가 물으니 이렇게 말하는 것이었다.

"풍립언은 아무 해에 이미 죽었으며 그 자식이 불초하여 가산을 탕진하였으니 참 안된 일이지요."

하인은 배를 연안에 대고 저자에 가 중규를 만났다. 중규와 함께 그 사는 곳으로 갔는데, 침상 하나만 덩그러니 있었으며 집안이 텅 비어 바둑판과 술병, 조롱의 새와 개 말고는 아무것도 없었다. 중규가 하인에게 말했다.

"아버님께서 불행히도 갑작스럽게 돌아가시어 내가 고아가 된 지 벌써 4년이라오. 전쟁 때문에 길이 막혀 돌아가고자 했지만 갈 수가 없었소. 비록 타향에 있기는 하지만 밤마다 아내 곁에 있는 꿈을 꾸지 않은 적이 없소."

중규는 날을 정해 예경이 있는 쾌주로 향했다. 중규가 문 앞에 이르자 내외는 서로 마주보며 눈물을 흘렸다. 이 날 저녁, 중규는 베갯머리에서 다음과 같은 시를 지었다.

지난날을 생각하니
천생연분이었네.
그대의 두터운 정에 감동하였고

나의 운명 기구함에 쓴웃음 짓네.

이별은 어찌 그리 빨리 오는지

역사(驛舍)에서 이별의 술 많이 마셨네.

험준한 산 넘으며 수심에 잠기고

분분한 병진(兵塵)에 부대끼었네.

천리 밖에서 서로 그리워하며

하늘의 반달을 쳐다보았지.

이러구러 6년 세월 흐르는 동안

슬프게도 어버이를 영별(永別)하였네.

아침에 횡산(橫山)에서 놀라 잠 깨고

연수(演水)10)의 바닷가에서 노래 부르네.

고향 그리워 누각에 올라 눈물 흘리고

시를 읊으니 눈물은 옷깃을 젖시네.

대〔竹〕와 수석(壽石)으로도 비속함은 고치기 어렵고

거문고와 술은 가난에 도움이 안되네.

타향에서 힘들게 살아가노라니

고향 생각에 거듭 마음이 슬프네.

떠도는 생활 본시 익숙지 않아

객지에 머물며 병만 얻었네.

어찌 알았으리 봉래객(蓬萊客)11)이

멀리 소식을 전해올 줄을.

번약수(樊若水)는 채석강(采石江)12)에 배를 띄우고

견우(牽牛)는 오작교가 어딘지 묻네.

무산(巫山) 신녀(神女)[13] 꿈꾼 지 몇 년 만인가.

하루아침에 무릉(武陵)[14]의 봄을 만났네.

암수 나비 옛정은 하마 오래고

원앙새 자태는 새롭군그려.

어여쁘기는 저 괵국(虢國)부인[15]과 같고

아름답기는 동쪽 집 미인[16]과 같네.

녹음에 꾀꼬리 우는 듯하고

늦봄에 제비가 지저귀는 듯.[17]

두목(杜牧)[18]이 그윽한 눈길 주다 뿐인가

그 옛날 유신(劉晨)[19]이 선녀 만난 듯.

흥에 겨워 읊조리니

시재(詩才)는 남에게 양보 안하네.

아름다운 일 응당 전해야 하니

붓을 들어 「주진기」(周秦記)[20]를 쓰게 하노라.

---

13) 초(楚)나라 회왕(懷王)이 고당(高唐)에서 노닐던 중 몸이 곤해 낮잠을 잘 때 꿈에 무산
(巫山)의 신녀(神女)와 만나 사랑을 나누었다는 고사가 있다. 이후 남녀가 정을 통하는
것을 '무산지몽'(巫山之夢)이나 '운우지정'(雲雨之情)이라고 한다.

14) 무릉도원의 고사가 있다.

15) 당나라 현종(玄宗)의 비(妃)인 양귀비(楊貴妃)의 언니. 화장을 하지 않아도 매우 아름
다웠다고 한다.

16) 송옥(宋玉)은 「등도자호색부」(登徒子好色賦)에서 "천하의 미인으론 내가 사는 곳 동쪽
에 있는 집의 여자만한 이가 없다"라고 읊었다.

17) 베트남은 우리나라와 반대로 가을에 제비가 찾아오고 봄이 되면 떠나간다.

18) 당나라 시인. 미남으로 유명하다.

19) 한나라 때의 인물로, 천태산(天台山)에 약초를 캐러 들어갔다가 두 명의 선녀를 만나
함께 살다가 돌아왔다는 전설이 전한다. 돌아올 때 선녀들은 봉한 글을 주며 집에 가서
읽어 보라고 했다. 유신(劉晨)이 집에 오니 그 동안 몇 대가 흘러 자기를 알아보는 사람도
없고 해서 도로 천태산으로 돌아가고자 했으나 그 길을 알 수 없어 탄식했다고 한다.

20) 당나라 전기소설 「주진행기」(周秦行紀)를 가리킨다. 우승유(牛僧孺)가 과거에 낙방한

두 사람은 오래 떨어져 있은지라 사랑하는 마음이 곱절이 되고 정이 더욱 두터워졌으니 그 화락함을 가히 짐작할 수 있다. 다만 중규는 젊어서부터 일정한 직업이 없었으며 기름진 음식과 사치스런 옷에 익숙하여 방탕하게 노는 면모가 있었는데 옛날처럼 이런 버릇이 나타났다. 날마다 장사치인 두삼(杜三)과 어울려 스스럼없이 지냈는데, 중규는 두삼의 재물을 부러워했고 두삼은 중규 처의 미모를 흠모했다. 두삼은 중규와 함께 술 마시고 노름하면서 짐짓 돈을 따게 해주며 중규를 꼬드겼다. 중규는 노름에서 이겨 돈을 땄는데 마치 주머니 속의 물건을 더듬어 찾듯 한 번도 돈을 잃은 적이 없었다. 예경은 남편에게 두삼을 경계하라며 이렇게 말했다.

"부상(富商)이란 아주 교활해요. 삼가며 교제하지 마세요. 처음엔 그로 인해서 이익을 얻는다 할지라도 끝내는 우리가 가진 것을 모두 잃게 될 거예요."

중규는 아내의 말을 듣지 않았다.

그후 빈객들을 모아놓고 노름할 때였다. 두삼이 돈 백만을 내놓으며 예경을 걸 것을 청했다. 중규는 도박에서 늘 이겼기 때문에 다른 생각을 할 겨를도 없이 좋다고 했다. 그리하여 그 사실을 증서로 작성한 다음 술을 마시고 도박을 했다. 그러나 중규는 주사위를 세 번 던져 세 번 다 지고 말았다. 중규의 기색은 참담해졌으며 온 좌석의 사람들도 모두 깜짝 놀라는 표정이었다. 중규는 곧 예경을 불러와 그녀에게 사실대로 말하고 증서를 보여주었다. 그리고는 위로하여 말했다.

"나는 가난한 신세라 당신을 편하게 해주지 못했소. 일이 이렇게 되었으니 후회한들 어찌할 수 없소. 또 슬픔과 기쁨이라든가 재물을 얻고 잃는 일 따위는 늘 있는 일이라오. 새 남편을 잘 섬기시오. 내 며칠 안으로 돈을 마

후 귀향하다가 한밤중에 길을 잃었다. 그러다 어느 큰 집에 들어가게 되었는데, 그곳은 바로 한나라 문제(文帝)의 어머니인 박태후(薄太后)의 묘(廟)였다. 태후의 명으로 척부인(戚夫人), 왕소군(王昭君), 양귀비 등의 아름다운 여인들과 함께 시를 짓고 놀다가 왕소군과 동침했다는 이야기다.

련해 그대를 도로 찾으리다."

예경은 어쩔 수 없음을 알고서 두삼에게 짐짓 좋은 말로 이렇게 말했다.

"가난을 버리고 부(富)에 나아감을 제가 어찌 마다하겠어요. 운명은 정해져 있는 거지요. 만일 당신이 저를 버리지 않고 어여삐 여긴다면 힘써 잠자리에서 받들고 잘 섬기면서 전남편에게 했던 것처럼 하겠어요. 다만 청할 일이 하나 있으니, 이별주를 한 잔 마신 뒤 돌아가 아이들에게 이별을 고했으면 해요."

이 말을 듣고 두삼은 좋아라며 자줏빛 소라 술잔에 술을 가득 부어 예경에게 주었다. 술을 다 마신 후 집에 돌아온 예경은 두 아이를 부둥켜안고 이렇게 말했다.

"네 아버지가 박정하여 이제 의지할 곳이 없게 되었구나. 이별은 늘 있는 일이니 죽는 게 무어 어렵겠니. 다만 너희들이 걱정이구나!"

예경은 말을 마치자 푸른 끈으로 스스로 목을 매달았다. 두삼은 예경이 늦는 것을 이상하게 여겨 얼른 오라고 불렀는데, 예경은 이미 죽은 지 오래였다.

중규는 후회하고 한스러워하며 예를 갖추어 시신을 거두어 장사지냈으며, 글을 지어 제사를 지냈다. 그 제문은 다음과 같다.

아! 낭자는 빼어난 규수로서 훌륭한 덕을 모두 갖추었지요. 정신은 맑고 고상했으며 행동도 아름다웠소. 나에게 시집와 늘 함께 지냈거늘, 이렇게 빨리 이별할 줄을 어찌 알았겠소. 부친께서 멀리 부임하심에 나도 멀리 변방으로 따라갔지요. 거긴 편지 전할 기러기도 없어 6년을 소식 없이 보냈지요. 금으로 아로새긴 휘장 속에서 그대는 학처럼 원망하고 원숭이처럼 놀랐겠지요.[21] 아아, 나의 운수 어찌 이리도 기박한지! 앞길은

---

21) 주의(周顗)는 벼슬을 하지 않고 산 속에 은거해 살았는데, 원숭이·학과 함께 지냈다. 그러던 중 주의가 임금님의 부름으로 벼슬하러 가자 그가 거처하던 휘장이 텅 비게 되었다. 그러자 학이 원망하고 원숭이가 놀랐다는 내용이 공치규(孔稚圭)가 쓴 「북산이문」(北

험하기만 하군요. 하늘 끝에 있는 바다 한 모퉁이에서 나그네로 지내던 중 다행히 당신의 전갈을 받고 말을 달려 집으로 돌아왔지요. 금슬의 즐거움은 다시 이어졌고 떨어져 지냈던 그 세월 갚을까 했더니 그만 꽃다운 모습 영결하다니…. 내 유달리 박정했으니 당신이 마냥 불쌍하구려. 일이 그만 이 지경에 이르렀으니 다시 또 무슨 말을 할 수 있겠소. 뜨락의 꽃은 지고 하늘의 계수나무는 꺾이고 말았군요. 부용꽃은 이슬을 머금고 버드나무는 안개 속에 살랑거리고 있군요. 풍경은 예와 같건만 나는 어디에 의지하란 말이오? 어떻게 그대의 혼을 제도(濟度)할까요? 불법(佛法)으로 하리다. 무엇으로 그대를 위로할까요? 내세에서 다시 인연을 맺자는 약속으로 하리다. 산이 평지되고 바다가 육지되어도 이 한은 삭이기 어렵구려. 아, 당신은 이 향기로운 술을 드소서.

상향(尙饗).

중규는 아내를 잃고서 잘못을 깊이 뉘우쳤다. 그렇지만 가세는 날로 기울어 날마다 남의 도움으로 살아갔다. 그러던 중 옛 친구 가운데 임귀화(任歸化)라는 이를 생각하고, 그에게 찾아가 생계를 도모하기로 했다. 중규는 친구를 만나러 가던 도중, 졸음이 와서 길가 단풍나무 아래에서 잠시 쉬었다. 그때 공중에서 어떤 소리가 들려왔다.

"서방님 아니세요? 옛정이 남아 있다면 아무 날 아무 때에 징왕사(徵王祠)[22] 아래에서 만나요. 당신을 생각하는 마음이 지극하니 귀신이라고 해서 멀리하진 마세요."

山移文)이라는 글에 보인다.

22) 사당 이름. 교주(交州) 자사(刺史) 소정(蘇定)은 대단히 포악했다. 이에 측(側)과 리(貳)라는 이름의 두 자매가 군사를 일으켜 자사를 공격해 영남(嶺南)의 65개 성을 함락한 후 스스로 왕에 즉위해 그 성(姓)을 징(徵)이라 했다. 두 자매가 죽은 후 신령한 일이 많았다. 사당은 복록현(福祿縣) 갈강사(喝江社)에 있으며, 또한 번우(番禺: 지금 중국의 廣東省 廣州)의 옛 성에도 있다.

중규는 그 목소리가 예경과 비슷한 것을 이상하게 여기면서 사방을 둘러보았으나 다만 하늘을 뒤덮은 음산한 구름이 서쪽으로 흘러가고 있을 뿐이었다. 중규는 매우 의아했지만 사실을 확인해 보고 싶어서 약속대로 그 장소로 갔다. 그러나 석양이 창문에 비치고 푸른 이끼가 섬돌을 따라 돋아나 있는 게 보일 뿐이었다. 간간이 까치가 마른나무와 긴 대나무 사이에서 우는 소리가 들려왔다. 서글픈 심정으로 돌아가려 했지만, 해는 이미 산을 반쯤 넘어가고 있었다. 그래서 중규는 교량의 부서진 판자에 누워 잠을 청했다.

자정이 좀 지났을까. 곡성이 은은히 들리기 시작했는데 멀리서부터 누군가가 점차 다가오고 있었다. 가까이 다가오자 얼굴을 알아볼 수 있었는데 아니나다를까 예경이었다. 그녀가 말했다.

"서방님께 감사드려요. 멀리 험한 길 오셨는데 무엇으로 보답하죠?"

중규는 그저 잘못했다는 말만 할 뿐이었다. 그러다가 자초지종을 물었다. 예경은 이렇게 대답했다.

"제가 죽은 후 상제께서는 제명에 죽지 못한 것을 불쌍히 여기시고는 곧 은혜를 내리셔서 징왕사에 소속되게 하여 글로 보고하는 일을 맡기셨으니, 어느 겨를에 당신을 찾을 수 있었겠어요. 어제 마침 비를 내리다 잠시 당신을 부른 것이니, 그렇지 않았다면 오래도록 만날 수 없었을 거예요."

"그런데 당신은 왜 이리 늦었소?"

"구름마차를 몰고 가 상제의 회의에 참석했는데, 당신이 왔기 때문에 상제께 먼저 돌아가겠다고 말씀드리고 오느라 조금 늦었어요."

둘은 손을 잡고 잠자리에 들었다. 대화가 당시의 정치에 이르자 예경은 수심에 차서 말했다.

"제가 옥황상제를 늘 옆에서 받들어 모시는데, 선인(仙人)들이 이런 말을 하는 걸 들었어요.

'호조(胡朝)23)의 운수가 다했어. 병술년(丙戌年, 1406)24)에 전쟁이 크

---

23) 진(陳) 왕조의 신하였던 호계리(胡季犛)가 제위(帝位)를 찬탈해 세운 왕조. 1400년에서

게 일어나서 죽고 다치는 자가 20여만 명이나 될 거야. 침략자 때문이라기보다 스스로가 덕을 베풀지 않아서지. 걱정스러운 건 좋은 사람과 나쁜 사람이 모두 함께 재난을 받지 않을까 하는 거야.'

마침 여씨(黎氏) 성을 가진 진인(眞人)[25]이 서남방에 출현할 테니 우리 두 아이로 하여금 그 진인을 따르게 하세요. 그러면 저는 비록 죽었으나 그 이름은 사라지지 않을 거예요."

날이 밝으려 하자 예경은 급히 일어나서 떠났다. 그녀는 가다가 돌아보고 가다가 돌아보고는 하면서 머뭇거리며 떠나갔다.

그후 중규는 재혼하지 않고 두 아들을 잘 길러 장성시켰다. 마침내 여태조(黎太祖)[26]가 남산(藍山)[27]에서 군대를 일으키자 두 아들을 군인으로 종군시키니, 이들은 차례로 관직을 역임했다. 지금도 쾌주에는 그 자손들이 있다고 한다.

아아, 여자에게는 삼종지의(三從之義)[28]가 있는데 지아비를 따름이 그 하나다. 예경이 자결한 것이 과연 지아비를 따른 데 해당할까? 그렇지는 않다.

1407년까지 호계리와 그의 아들 호한창(胡漢蒼) 2대 동안 존속했다. 호한창이 제위에 있을 때 명나라의 침략을 받아 아버지 호계리와 함께 포로가 되어 중국으로 잡혀감으로써 호조(胡朝)는 종언을 고하고 이후 20년간 베트남은 중국의 지배를 받았다. 그러나 베트남 인민은 끈질긴 저항 운동을 전개해 마침내 명나라 군대를 쫓아내고 새로운 여(黎) 왕조를 세웠다. 이 책에 실린 작품들은 대부분 진조 말, 호조, 여조 초기를 시대 배경으로 삼고 있다.

24) 이 해에 베트남과 명나라의 전쟁이 있었다.

25) 명나라 군대를 물리치고 여조(黎朝)를 세운 여태조(黎太祖) 여리(黎利)를 가리킨다.

26) 여리. 그는 1418년에 기병(起兵)하여 10년의 저항 끝에 명나라의 베트남 지배를 종식시키고 여 왕조를 세워 베트남의 독립을 이룩했으며 1428년에서 1433년까지 태조로 재위했다. 1428년부터 1788년까지 존속한 여조는 베트남의 여러 왕조 가운데서 가장 오래 지속된 왕조였다.

27) 여태조는 청화(淸化) 양강(梁江) 남산(藍山) 사람이다.

28) 중세에 여자가 지켜야 했던 도리. 곧 어려서는 아버지를, 시집가서는 남편을, 남편이 죽은 뒤에는 아들을 따라야 했던 일을 말한다.

그러나 옛말의 이른바 '따른다' 함은 의(義)를 따름이지 사욕(私欲)을 따름이 아니다. 그러므로 만일 예경의 죽음이 의에 합당하다면 지아비를 따른 것이 라고 해도 무방하리라. 의를 따르는 게 곧 지아비를 따르는 것이기 때문이다. 예경이 그러하다면, 예경으로 하여금 한을 품고 죽게 한 중규는 형편없는 자 다. 집안을 다스리고자 한다면 먼저 자기 몸부터 바르게 해야 마땅하거늘, 처 자에게 부끄러움이 없어야 천지에 부끄러움이 없다 할 것이다.

목면나무로 들어간 남녀

　정충우(程忠遇)는 북하(北河)¹⁾의 미남으로 집안이 아주 부유했다. 배를 세내어 남쪽에서 장사를 했는데 유계교(柳溪橋) 아래에 배를 대놓고 늘 남창(南昌)의 저자를 왕래했다. 그때마다 길에서 어여쁜 여인이 시녀 한 명을 거느리고 동촌(東村)에서 오는 것이 눈에 띄곤 했다. 곁눈질해 훔쳐보니 정말 절세 가인이었다. 그러나 타향에 묵고 있는 처지라 그녀가 누구인지 어디 물어볼 데도 없고 해서 연정만 품은 채 답답한 마음이었다.

　충우는 다음날 또 나가 보았는데 어제와 꼭 같았다. 은근한 말로 유혹하려 했더니 그녀는 몸을 홱 돌려 급히 가면서 시녀에게 이렇게 말하는 것이었다.

　"오랫동안 춘곤증으로 자꾸 자는 바람에 유계교에 가 보지 못한 지 반 년이나 되었구나. 그곳의 오늘 아침 풍경은 어떤지 모르겠네. 오늘밤 옛 자취를 좇아 그윽한 회포를 조금 풀어 볼까 하는데 따라오겠니?"

　"예, 아씨!"

　충우는 그 말을 엿듣고 매우 기뻐했다. 날이 저물자 그는 미리 유계교에

---

* 이 작품의 원제는 「목면수전」(木綿樹傳)이다.
1) 북강(北江)을 말하는 듯함.

가 숨어서 기다렸다. 밤 열 시쯤 되자 과연 그녀는 시녀와 함께 비파를 들고 나타났다. 그리고 이렇게 탄식하는 것이었다.

"산수는 옛 모습 그대로이건만 한스러운 건 내가 요절해 짝이 없음이니 이것이 옛날 일을 슬퍼하게 하는구나."

그리고는 난간에 기대어 앉아 비파를 뜯어 「남궁곡」(南宮曲)과 「추사곡」(秋思曲) 몇 곡조를 탔다. 이윽고 비파를 놓고 일어서며 말했다.

"그윽한 정회를 펴 보려 하나 부질없이 손가락만 수고로울 뿐이네. 곡조는 고상하고 담긴 뜻이 심오하지만 온 세상에 소리를 아는 이가 없으니 누가 내 뜻을 알겠니? 일찍 돌아가는 게 낫겠다."

이때 충우가 앞으로 나와 읍하며 말했다.

"제가 소리를 좀 압니다. 한번 들려주시겠습니까?"

여인은 짐짓 놀라며 말했다.

"도련님께서 여기에 계셨어요? 접때 여러 번 저에게 눈길을 주셔서 그 은혜를 기억하고 있는데 그땐 갈 길이 바빠서 속마음을 보일 수가 없었어요. 오늘밤 잠시 한가로이 노니는 중이었는데, 도련님께서 먼저 와 계신 줄 몰랐어요. 만약 천생연분이 아니라면 여기서 또 만날 리가 없지요. 옥같이 준수한 사람 곁에 있으니 제 모습이 초라하게 느껴져 그게 유감이군요."

충우가 그녀의 이름과 사는 곳을 물으니 눈썹을 찡그리며 대답했다.

"저는 성이 섭씨(葉氏)이고 이름은 경(卿)으로 거족(巨族)인 회옹(晦翁)의 손녀지요. 부모님께서 갑자기 돌아가신 후 집안이 어렵게 된 데다가 남편에게 버림을 받아 고을 바깥으로 옮겨와 살고 있답니다. 그래서 인생은 꿈처럼 허무한 것임을 깨닫고, 살아 있을 때 잠시라도 즐겁게 지내는 게 좋다고 생각하게 됐어요. 하루아침에 죽게 되면 곧 황천객이 되니 그땐 비록 기쁨과 사랑을 좇고자 한들 가능하겠어요?"

여인은 충우를 따라 그의 배로 갔다. 그녀는 나지막한 목소리로 말했다.

"제 얼굴은 쇠하여 죽음을 이웃으로 삼고 있어 하루가 1년 같건만 대화를 나눌 사람이 없어요. 바라건대 도련님께서 어두운 골짜기에 온화한 바람을 일으켜 차가운 나무뿌리에 따스한 기운이 스며들게 해 떨어진 꽃으로 하여금 다시 봄빛을 맞이할 수 있게 해주신다면 제 삶은 그것으로 족해요."

이에 치마를 걷고 온갖 장난질을 하였는데 기쁨이 지극하였다. 여인은 시 두 수를 지어 그 즐거움을 표현했다.

> 궁벽한 마을의 곤한 이 몸 낮잠만 많더니
> 새 님을 만나 부끄러이 이별을 말하네.
> 아름다운 팔에는 구슬팔찌 꼈고
> 향기 나는 비단띠를 수놓은 신발과 바꾸네.[2]
> 침상에 잠 덜 깨니 인생은 꿈과 같은데
> 늦은 봄밤 이슥하게 두견새는 울어대네.
> 이제 가면 동혈(同穴)의 약속[3] 지키지 못하리니
> 죽음으로 내 마음 알리는 게 좋겠네.

> 좋은 이 밤 아름다운 만남을 저버릴 수 있나?
> 술에 취해 비파 타며 홍을 돋우네.
> 흐트러진 옥비녀 내버려두고
> 가는 허리 끊어질까 두려운 마음.
> 안개 어린 해당화는 붉은빛 촉촉하고
> 지는 매화는 흰빛이 분분하네.
> 장차 봉황의 금슬 맺어서
> 좋은 새벽 달 밝은 밤에 노닐어 보세.

---

2) 여인의 비단띠를 남자의 신발과 바꾼다는 말로, 남녀가 서로 사랑하며 장난질하는 것을 뜻한다.

3) 『시경』(詩經) 왕풍(王風)의 「대거」(大車)에 "살아서 함께 살지 못하나 / 죽어서는 한 무덤에서 지내리라"(穀則異室, 死則同穴)는 말이 있는바, 여기서는 '생사를 함께 하자는 약속'이라는 뜻으로 쓰였다.

충우는 본래 장사치인지라 글을 몰랐다. 여인이 한 글자씩 뜻을 해석해 주자 그는 크게 칭찬하며 말했다.

"그대의 아름다운 문장은 이안(易安)⁴⁾과 견주어도 손색이 없으니 반드시 문장으로 집안을 빛내겠군요."

여인이 웃으며 말했다.

"인생이란 즐겁게 사는 게 소중하죠. 문장은 한갓 흙덩어리처럼 하찮은 거지요. 반희(班姬)와 채녀(蔡女)⁵⁾가 과연 지금 어디에 있습니까? 차라리 눈앞의 경치를 즐기고 한때의 봄을 즐기면서 일생을 보내는 게 낫지요."

그후 그녀는 밤이 되면 찾아오고 새벽이 되면 돌아갔다. 이런 생활이 한 달 남짓 계속되었다. 충우는 당시 동료 상인들과 함께 묵고 있었는데 그중에 뭘 좀 아는 자가 있어 충우에게 이렇게 말했다.

"우리들은 객지에 머물고 있으니 행동을 조심하고 혐의될 만한 일은 피하고 멀리해야 마땅하오. 어찌 욕정을 일으켜 중매도 없이 여인을 좋아한단 말이오? 그 사는 곳을 밝히지 않는 걸 보면 혹 대궐에서 총애받는 여인이 아니면 부잣집 여인일 거요. 일이란 하루아침에 발각되어 숨기기 어렵고, 소문은 쉽게 드러나는 법이오. 그렇게 되면 위로는 엄한 형벌이 내릴 것이고 아래로는 친지로부터 아무 도움도 받지 못하게 될 텐데, 그대는 어째서 가만히 있는 거요? 왜 사는 곳을 찾아가서 사실을 알아보지 않소? 혹은 놓아 주고 혹은 함께 도망가기를 한창려(韓昌黎)가 애첩 유지(柳枝)에게 한 것⁶⁾이나 이정(李靖)이 먼지떨이를 쥐고 있던 기생에게 한 것⁷⁾처럼

---

4) 이청조(李淸照). 이안은 그 호(號). 송나라 시인 이격비(李格非)의 딸로 시를 잘 지었다.
5) 반희(班姬)의 이름은 소(昭)인데 한나라의 역사가 반고(班固)의 여동생이다. 그녀는 오빠가 완성하지 못한 『한서』(漢書)를 마무리했다. 채녀(蔡女)의 이름은 염(琰)으로, 후한(後漢) 때 인물인 채옹(蔡邕)의 딸이다. 어려서부터 음률(音律)을 알았으며 문학적 재능이 빼어난 여성이었다.
6) 당나라 때 한유(韓愈)가 창려(昌黎)의 태수에 봉해졌는데 그에게는 강도(絳桃)와 유지(柳枝)라는 두 명의 애첩이 있었다. 한유가 태수로 나가 집을 비운 사이에 유지가 도망가 버렸다. 한유는 하인으로 하여금 그녀를 잡아오게 했는데, 그녀가 잡혀오면서 지은 시를

해야 만전의 계책이 될 게요."

충우는 그 말을 옳게 여겨 다음날 여인에게 말했다.

"저는 본래 먼 곳의 나그네이건만 우연히 당신과 좋은 인연을 맺었습니다. 그러나 당신이 사는 곳이 아주 가까운데도 여태까지 가 보지 못했으니 마음이 편치 않군요."

여인이 말했다.

"제가 사는 곳은 멀지 않으나 다만 우리들의 만남이 사사로운 것이어서 아름다운 일이 시기를 당하고 남들 눈에 의심을 살까 걱정되니, 오리를 때리면 원앙이 놀라고[8] 난초를 태우면 혜초(蕙草)가 따라 처참해질까[9] 두렵습니다. 이런 이유로 별이 뜨면 찾아오고 지는 달빛을 받으며 돌아감으로써 서방님께 근심을 끼치지 않으려 한 거지요."

충우가 다시 간절히 청하자 여인은 웃으며 말했다.

"저는 본래 누추한 곳에 사는 것을 부끄럽게 여겼는데 지금 서방님께서 제 말을 믿지 않으시니 같이 가 보지 않을 수 없군요."

이 날 밤 자정 무렵 음침한 날씨 속에 두 사람은 동촌에 이르렀다. 대나무 숲으로 에워싸인 곳에 여러 덤불의 마른 갈대가 보였는데 그 가운데에 초가집 하나가 있었다. 집은 몹시 누추했으며 사면의 벽이 덩굴로 뒤덮여 있었다. 여인이 그곳을 가리키며 말했다.

보고 그만 놓아 주었다고 한다.

7) 당나라 때 이정(李靖)이 양소(楊素)를 알현했는데 붉은 먼지떨이를 쥐고 있던 양소의 첩이 이정에게 반해서 밤에 몰래 이정이 묵고 있던 집으로 찾아왔다. 이에 이정은 그녀와 함께 달아났다.

8) 선주(宣州) 자사 여사륭(呂士隆)은 관기(官妓)에게 매질하기를 좋아했다. 여사륭은 항주에서 온 한 기생을 사랑했다. 하루는 선주의 기생들이 과실을 범해 사륭이 매질을 하려고 하자 기생들이 말하기를 "매맞는 것은 괜찮지만 항주의 기생이 불안해할까 봐 걱정됩니다"라고 하자 사륭이 그만 용서해 주었다는 고사가 있다. 이에 대해 송나라 시인 매성유(梅聖兪)는 "오리를 때리지 마소 / 오리를 때리면 원앙이 놀란다오"라고 읊은 바 있다.

9) 어진 사람이 다 함께 피해를 입거나 죽는 것을 이름. '혜초'(蕙草)는 향기로운 풀 이름.

"이곳은 제가 바느질하다가 쉬는 곳이에요. 서방님께선 들어가 잠시 쉬고 계세요. 제가 곧 등촉에 불을 붙여 오겠어요."

충우는 몸을 구부리고 들어가서 잠시 문지방 사이에 앉았는데 바람이 불어올 때마다 비릿한 냄새가 났다. 그래서 방안을 두리번거리며 의아해 하고 있었는데 홀연 불빛이 비치면서 왼쪽에 자그마한 등나무 침상이 보였다. 침상 위에는 붉은 칠을 한 관이 놓였는데 붉은 비단 한 폭이 덮여 있었고 은색으로 '섭경의 관'이라 씌어 있었다. 관 옆에는 비파를 안은 채 서 있는 점토로 만든 여자 인형이 있었다. 충우는 간담이 서늘해지고 머리카락이 쭈뼛 섰다. 그래서 허둥지둥 달려나왔다. 어느새 나타난 여인이 길을 막고 말했다.

"서방님께서는 이미 멀리 이곳에 오셨으니 결코 돌아갈 길이 없어요. 하물며 지난날 시를 지어 죽어서 함께 하겠다고 약속했으니 청컨대 빨리 약속을 지키세요. 이처럼 외롭게 잠들어 있거늘 어찌 가벼이 저를 버리려 하세요?"

여인은 다가와 옷을 잡아당겼는데 다행히 충우의 해어진 옷자락이 찢어지는 바람에 도망칠 수 있었다. 충우는 유계교까지 달음박질쳤는데 제정신이 아니었다.

다음날 아침, 충우는 동촌에 가서 두루 수소문해 보았다. 과연 스무 살난 회옹의 손녀가 있었는데 죽은 지 반 년쯤 되었으며 빈소가 마을 외곽에 있다고 했다. 충우는 이 일로 인해 중병에 걸렸다. 그후 그녀가 갑자기 출몰하기도 하고, 백사장에서 큰소리로 충우를 부르기도 했으며, 선창(船窓)에 다가와 나지막한 목소리로 속삭이기도 했다. 충우는 그때마다 대꾸했으며, 몸을 일으켜 달려가려 했다. 뱃사람들이 밧줄로 묶자 충우는 고래고래 욕을 퍼부었다.

"내 처가 있는 곳엔 누대의 즐거움이 있고 난초 향기가 난단 말야! 그곳으로 가 티끌 같은 이 세상을 벗어날 거야! 너희들이 무슨 참견이야! 왜 나를 묶는 거야?"

어느 날 저녁이었다. 뱃사람들이 곤하게 잠이 들었다가 날이 밝아 깨어 보니 충우가 없어진 지 이미 오래였다. 황급히 교외로 달려가 보니 충우는 섭경의 관을 안고 죽어 있었다. 뱃사람들은 그곳에다 충우를 장사지내 주었다.

이후 음산하고 흐린 밤이면 두 사람이 손을 잡고 가면서 노래도 하고 웃기도 하는 것이 사람들 눈에 띄었다. 이따금 사람들이 기도하는 곳에 찾아와서 자기들 제사도 지내 줄 것을 요구했는데, 조금이라도 원하는 대로 해주지 않으면 화(禍)와 해(害)가 곧 뒤따랐다. 마을 사람들은 이를 견디지 못해 몰래 무덤을 파 관을 깨뜨리고 남녀의 해골을 강 가운데 던져 버렸다.

강가에는 절이 있었는데 절에는 수령이 백 년쯤 된 목면(木綿)나무가 서 있었다. 둘의 혼백은 마침내 이 나무에 달라붙어 요괴가 되었다. 나무를 베려고 하면 도끼만 부러질 뿐 꿈쩍도 하지 않았다.

진(陳) 개희(開禧) 2년[10]에 어떤 도인이 나무 옆의 절에 묵고 있었다. 당시 강물은 차고 달빛은 맑고 천지가 고요했는데 두 남녀가 벌거벗고 다니면서 웃고 떠들었다. 잠시 후 그들이 절에 와서 문을 두드렸다. 도인은 그들이 봄바람 난 남녀로서 달빛 아래에서 서로를 부르는 것이려니 했으며, 행실을 추하게 여겨 문을 굳게 닫고 나가지 않았다. 다음날 그는 동촌의 노인에게 자기가 본 바를 전부 이야기하고 백성들의 풍속이 천박한 것을 개탄하였다. 그러자 노인이 말했다.

"아이구, 이 요물이 오래된 나무에 붙어산 지 이제껏 여러 해라오. 어찌하면 사악한 귀신을 베는 칼을 얻어다가 백성들을 위해 악의 근원을 없앨 수 있을지…."

도인이 한참 생각하더니 말했다.

"사람을 구제하는 게 제 본분입니다. 일이 이 지경에까지 이른 것을 제가 이미 목도했으니 만약 손을 쓰지 않는다면 이는 물에 빠진 사람을 보고도 구하지 않는 것과 같겠지요."

---

10) 1330년에 해당한다. '개희'(開禧)는 진(陳) 헌종(憲宗, 재위 1329~1341)의 연호.

그리하여 마을 사람들을 불러모으고 제단과 의자를 준비한 다음 세 개의 부적을 써서 하나는 나무에다 붙이고 또 하나는 강에 던지고 마지막 하나는 공중에 불태웠다. 그리고 나서 도인은 엄한 목소리로 이렇게 말했다.

"요물이 이 나무에 오랫동안 의지하여 방자하게 굴었으니 신병(神兵)의 힘을 빌려 이 요물을 없애 버리고자 한다. 도술은 통하지 않는 곳이 없으니 불길은 빨리 일어나라!"

잠시 후 구름과 흙비가 몹시 거세게 일어나 지척을 분간할 수 없었고, 큰 파도가 우레치듯 들끓어 천지가 진동했다. 이윽고 바람이 그치고 차츰 구름이 걷히면서 날이 개었다.

목면나무는 뽑혔으며 그 나뭇가지는 부러지고 불타서 갈가리 찢긴 형상이었다. 공중에서는 연신 채찍질하는 소리와 울부짖는 소리가 들려왔다. 사람들이 고개를 들어 바라보니 머리가 소대가리처럼 생긴 6, 7백 명의 신병이 두 사람의 목에 칼을 씌워 잡아가고 있었다.

마을 사람들은 감사의 표시로 도인에게 많은 재물을 주었으나 도인은 옷을 떨치며 거들떠보지도 않은 채 깊은 산으로 들어가 버렸다.

아아, 예로부터 산도깨비나 물귀신은 천하의 근심거리가 되지 못했다. 하지만 욕심이 많은 사람에게는 이것들이 혹 달라붙기도 한다. 충우는 무식한 장사꾼이니 깊이 책망할 것까지는 없다. 또, 저 도인은 백성들을 위해 해악을 제거했으니 그 공덕이 크다고 하겠다. 훗날 누가 저 왕충(王充)의[11] 『논형』 (論衡) 같은 책을 쓴다면 이 이야기를 요약해 실었으면 한다. 환술(幻術)이라고 해서 그릇되다고 배척할 것은 아니며, 그 도(道)가 다르다고 해서 좋은 점을 덮어 버릴 건 아니다. 이렇게 한다면 '군자는 남들과 더불어 충후(忠厚)하게 지내야 한다'는 뜻에 거의 부합될 것이다.

---

11) 한나라 때 인물. 벼슬하지 않고 평생 독서와 저술에 힘썼다. 특이한 말 듣기를 좋아했으며 시속(時俗)을 개탄하여 『논형』(論衡)이라는 방대한 책을 썼다. 『논형』은 왕충이 죽은 후 별로 알려지지 않았는데 채중랑(蔡中郎)이 강동에서 입수해 세상에 유포했다.

환생

양덕공(楊德公)은 이름이 작(昨)이고, 산남(山南)의 상신(常信) 사람이다. 이조(李朝) 혜종(惠宗)[1] 때 선광진(宣光鎭)에서 옥사(獄事)를 다스렸는데 원통함을 풀어 주고 잘못된 일을 바로잡아 재판이 공평해졌다. 이처럼 그는 백성들에게 자상하게 은혜를 베풀었기에 당시 사람들은 그를 덕공(德公)이라 불렀다. 나이 쉰에 자식도 없었는데 갑자기 병이 위독해져 죽었다가 다시 살아나 사람들에게 이런 이야기를 했다.

"죽은 후 어떤 곳에 도착했는데 철벽으로 된 검은 성이었소. 그리로 가려 하는데 갑자기 한 귀졸(鬼卒)이 나타나 멈추게 하더니 나를 오른쪽으로 데리고 들어가는 것이었소. 거긴 문이 있었는데 붉은 칠을 했습디다. 옷깃을 여미고 들어갔는데, 긴 복도가 있는 큰 집에 허리띠를 두르고 앞뒤에 서서 호위하는 자가 백여 명쯤 됐소. 가운데엔 자줏빛 저고리를 입은 두 명의 관원이 책상을 마주 대하고 앉아 있었소. 그들은 귀졸에게 나의 선악을 기록

---

* 이 작품의 원제는 「다동강탄록」(茶童降誕錄)이다.

1) 이조(李朝)는 1009년에서 1225년까지 지속된 베트남 왕조. 혜종(惠宗, 재위 1211~1224)은 이조 쇠망기의 황제이다. 16세의 나이에 제위를 계승했는데 병약하여 국정을 돌보지 못했으며 진씨(陳氏) 집안의 인물들이 국정을 좌지우지했다. 이 과정에서 이조는 망하고 진(陳) 왕조가 새로 들어서게 되었다.

한 붉은색 장부를 가져오게 하여 한참 동안 살펴보더니 서로 돌아보며 이렇게 말하는 것이었소.

'이승에 이런 인물은 다시 없을 거야. 많은 사람의 생명을 구해 주었군. 안타까운 건 이승에서 누린 시간이 길지 않아서 가업을 이을 수가 없다는 점이야. 이런 사람을 표창하지 않는다면 어떻게 사람들에게 선행을 하라고 권장하겠어. 상제께 알려야겠어!'

말을 마치자 나더러 동쪽 방으로 물러가 쉬라고 명하더군요. 반나절쯤 지나 다시 명을 받고 들어갔는데 이번엔 이런 말을 합디다.

'당신은 평생을 살면서 항상 좋은 평판을 받았소. 상제께서는 이런 당신을 가상히 여기셔서 기이한 사내자식을 점지하시고, 당신의 수명도 24년을 늘려 주셨으니 빨리 돌아가서 힘써 음덕을 쌓으시오. 그리고 하늘은 아득하여 사람이 무슨 일을 하는지 통 알지 못한다고 여기지 마시오.'

마침내 귀졸로 하여금 나를 인도해 내보내게 했소. 문을 나서자 내가 물었다오.

'여기는 무슨 관청입니까? 주관하는 분은 누구며, 또 어떤 일을 맡아 봅니까?'

귀졸은 이렇게 대답하더군요.

'이곳은 풍도(酆都)[2]의 관청 스물넷 중 하나입니다. 사람이 죽으면 처음에 반드시 이곳을 거칩니다. 붉은 장부에 적힌 사람은 살아 돌아갈 수 있지만, 검은 장부에 적힌 자는 나갈 수 없습니다. 만약 당신이 선행을 좋아하지 않았다면, 아마도 이곳을 빠져나가지 못했을 겁니다.'

두 손을 모아 인사하고는 헤어졌는데, 일어나 보니 마치 꿈에서 갓 깨어난 듯싶소."

한편 양덕공의 부인은 이런 말을 했다.

"오늘밤 아홉 시경에 작은 별이 제 품속으로 떨어지는 꿈을 꾸었는데 기

---

2) 지옥.

분이 좀 이상하군요."

그후 부인이 잉태하여 아들을 낳았는데, 이름을 천석(天錫)이라 했다. 성품이 차(茶)를 매우 좋아하여 늘 자신을 노동(盧仝)과 육우(陸羽)[3]에 비기곤 했다. 또한 타고난 품성이 고매하고 학문이 해박하여 읽지 않은 책이 없었다. 공은 기뻐하며

"내 뒤를 잇겠구나!"

라고 했다. 양공은 늘 의(義)로써 천석을 가르쳤다.

24년 후, 공은 아무런 병 없이 죽었다. 천석은 몹시 슬퍼했으며 원근의 사람들 역시 슬퍼했다. 천석은 탈상하고 나서부터는 밤낮으로 학업에만 열중하여 조금도 게으름을 피우지 않았다. 그러나 집이 워낙 가난해 스스로의 힘으로는 살아가기 어려웠다. 명망 있는 집안의 데릴사위로 가고자 했으나 아무도 받아 주려 하지 않았다. 시골 마을의 늙은이들도 한결같이 천석이 가난하다 하여 데릴사위 삼기를 거절했다. 천석은 탄식하며 말했다.

"아버님은 천 사람의 목숨을 구해 주었지만 하나뿐인 자식은 이렇게 가난하다. 그러니 선행을 하는 게 무슨 이익이람!"

말이 미처 끝나기도 전에 옷차림이 아주 훌륭한 한 사람이 나타났다. 자칭 석대부(石大夫)라고 밝힌 그는 앞으로 다가와 읍하며 말했다.

"옛날에 양공에게서 두터운 은혜를 입고도 갚을 길이 없었소. 저에게 한영(漢英)이라는 여식이 하나 있으니 물리치지 말고 아내로 맞아 주셨으면 하오. 그대는 자중자애하여 가난하다고 해서 평소의 뜻을 저버리지 말기 바라오."

말을 마치자 사라져 버렸다. 천석은 매우 괴이하게 여겼지만 가만히 그 말을 기억해 두었다.

그후 천석은 선유(仙遊)[4]의 진(陳) 선생이 제자가 수백 명이나 된다는

---

3) 노동(盧仝)과 육우(陸羽)는 당나라 때의 인물로 두 사람 모두 차를 몹시 좋아한 것으로 유명하다.

4) 땅 이름.

말을 듣고 책을 들고 찾아가 배웠다. 청린(靑隣)5)의 시골집에 기거했는데, 그 마을에는 성이 황(黃)인 거족(巨族)이 살고 있었다. 황씨는 천석의 용모가 기이하고 문장이 넉넉한 것을 보고 사위로 삼았으면 하는 마음이 있어 아내에게 다음과 같이 말했다.

"우리 집안은 대대로 장사로 집안을 일으켜 재물엔 부족함이 없소. 부족한 게 있다면 훌륭한 사윗감을 얻어 딸과 결혼시키는 것인데, 지금 양생이라는 젊은이가 옆집에 기거하고 있거늘 참으로 남주(南州)의 호걸이오. 내가 그의 생김새를 보니 후에 귀해질 상이었소. 우리 딸이 이제 다 자랐으니이 사람을 배필로 맞으면 어떻겠소?"

그 처도 동의했으므로 마침내 양생을 사위로 삼기로 했다. 폐백에 필요한 모든 비용과 손님을 대접하는 일들은 일체 황씨의 집에서 부담했다. 양생은 너무 기뻐서 어쩔 줄 몰랐다.

결혼하고 나서 양생은 고요할 때면 늘 멍하니 앉아 책을 덮고 길게 탄식하곤 했다. 부인이 그런 모습을 보고 까닭을 묻자 양생은 이렇게 대답했다.

"예전에 한 신선이 나타나 일러주기를 내가 장가들 사람은 성이 석씨이고 이름은 한영이라 했소. 지금 요행히 당신 가문의 데릴사위가 되어 훌륭한 집안 사람이 되었지만 신선이 말한 대로 되지 않았으니 장차 내가 성공할지 어떨지 확실히 알 수 없구려. 그러니 걱정을 안할 수가 없구려."

그 말을 듣자 부인은 눈물을 주르르 흘리며 말했다.

"그분은 반드시 저의 아버님이었을 겁니다. 저는 어릴 때 자(字)가 한영이었고, 아버님은 성이 석씨였으며 존함은 방(厖)이었습니다. 선광에서 벼슬살이하실 적에 상관의 무고를 받아 온 집안이 화를 입어 끝내 옥중에서 돌아가셨답니다. 당시 저는 어린애였는데, 들기로는 양덕공이라는 분께서 그 죄 없음을 동정하여 담당관에게 항의해 신원(伸寃)이 되게 함으로써 저는 가까스로 목숨을 건지게 되었답니다. 지금의 양부(養父)

---

5) 땅 이름.

께서는 저를 불쌍히 여겨 자식으로 거두어 길러 주셨습니다. 양녀로 몸을 의탁한 것이 이제 10년입니다. 그러나 실제로는 석대부의 딸이지요."

양생이 놀라며 말했다.

"내가 바로 양덕공의 자식이라오. 예로부터 배필은 전생의 인연이라더니 어찌 적승(赤繩)과 홍엽(紅葉)[6]을 헛된 말이라 이르겠소!"

양생은 참으로 희한한 일이라고 여겼으며, 이후 부부의 정은 더욱 돈독해졌다. 양생은 안으로 몸을 쉴 곳이 있고 밖으로 생계의 걱정이 없어지자 과거시험 준비에 더욱 힘쓰며 학업을 갈고 닦았다. 그리하여 봄·가을의 두 시험을 거쳐 처음엔 교직(敎職) 벼슬을 받았고, 그 다음엔 제형(提刑) 등의 관직을 지냈으며, 불과 20년 만에 높은 지위에 오르게 되었다. 양생은 충성으로 왕을 섬기고 청렴으로 자신을 다스렸다. 2대에 걸쳐 임금을 보필하고 백성을 다스려 조정에서는 그를 의지하고 중하게 여겼다. 다만 양생이 가난했던 시절에 그를 업신여긴 자가 많았는데, 양생은 조그만 은원(恩怨)까지도 반드시 잊지 않고 되갚았다. 이것이 그의 단점이었다.

양생은 일찍이 집에다 평안을 비는 도회(道會)[7]를 베풀었는데, 높다란 성관(星冠)[8]을 쓰고 붉은색의 옷을 입은 자가 수백 명이나 되었다. 그때 해어진 옷에 낡은 신을 신은 어떤 도사가 뒤뚝뒤뚝 걸어왔다. 문을 지키는 자가 들여보내 주지 않음에도 그자는 억지로 들어오려 했다. 문지기가 양생에게 아뢰자, 양생이 나서서 도사를 꾸짖었다. 그러자 도사는 발걸음을 돌리며 탄식했다.

---

6) 적승(赤繩)은 적승계족(赤繩繫足)의 준말로 혼인이 이루어짐을 가리키는 말이다. 당나라 때 위고(韋固)가 한 이인(異人)을 만났는데 그는 붉은 끈이 들어 있는 주머니를 차고 있었다. 이인이 말하기를 이 끈으로 남녀의 발목을 묶으면 비록 원수의 집안 사이라도 혼인이 이루어진다고 했다는 고사가 있다. 그 이인은 일명 월하노인(月下老人)이라고도 한다. 홍엽(紅葉)은 당나라 때의 서생 우우(于祐)와 궁녀 한부인(韓夫人)의 고사를 가리킨다. 두 사람은 단풍잎에 쓴 시가 인연이 되어 혼인했다.

7) 도교에서 복을 빌고 재앙을 물리치기 위해 베푸는 자리.

8) 도사가 쓰는 관으로, 별이 그려져 있다.

"옛 친구가 찾아왔건만 이렇게 박정하게 대할 줄이야! 장차 오준(烏蹲)9)에서 입을 재난을 면하게 해주러 왔는데…. 훗날 친구가 도와주지 않았다고 원망하지는 말게나!"

양생이 그 말을 듣고 하인을 시켜 쫓아가 모셔오게 하여 계단을 내려가 그를 영접했다. 도인은 자리에 앉은 후 말했다.

"상공은 지금 벼슬이 재상에 이르러 누대(樓臺)의 즐거움을 누리시는군요. 행차할 때는 금오(金吾)10)가 거리를 정리하고, 머무를 때는 화령(花鈴)11)이 집을 호위하지요. 그리하여 인간 세상에서의 부귀가 평생 지속되리라 여겨 자미궁(紫微宮)12)에서의 즐거움을 기억하지 못하고 있습니다."

양생이 대답했다.

"외람되이 재상의 자리에 있긴 하나 자미궁의 즐거움 운운하신 건 무슨 말씀이신지 모르겠군요."

도인이 말했다.

"공은 탐욕의 강에 빠져서 미혹됨이 여기까지 이르렀습니다. 제가 공에게 설명해 드리죠. 그 옛날 공은 천제(天帝) 곁에서 차 시중을 드는 동자였더랬습니다. 저는 술을 담당하는 관서의 관리로 매일 천궁(天宮)에서 시중들면서 서로 알고 지낸 지 오래였지요. 천제께서 하루는 조회를 마치고 뭇 선인(仙人)들에게 묻기를, '너희들 중 누가 하계로 내려가 세상에 노닐며 십여 년 동안 재상의 일을 맡아 보겠느냐?'라고 하셨는데 선인들은 서로 바라보기만 하고 선뜻 대답하는 이가 없었지요. 그때 공이 흔연히 그 일을 맡겠다고 했습니다. 이에 천제께서 말씀하시기를, '가거라. 속세의 즐거움은

---

9) 땅 이름.

10) 왕이나 고관이 행차할 때 길에서 행인들을 통제하는 일을 맡아 보던 관직 이름.

11) 당나라 영왕(寧王)이 봄에 꽃이 피면 붉은 실을 두른 금방울을 꽃 밑에 두어 짐승들을 쫓았다. 이후 그 방울을 '꽃을 보호하는 방울'(護花鈴)이라 불렀다. 여기서는 '호위병'이라는 뜻으로 쓰였다.

12) 옥황상제가 거주한다는 하늘의 궁전을 이른다.

천상의 즐거움 못지않으니 속세라고 하여 우습게 보지 말라'고 하셨답니다. 당시 제가 천제를 곁에서 모시고 있었기에 그 일을 상세히 알지요."

말을 마치자 도인은 신비한 알약 하나를 양생에게 주었다. 양생이 그 약을 먹자 곧 정신이 환해져 점점 전생의 일이 되살아났다. 양생이 물었다.

"제 과거는 이미 대략 들었으나 당신은 어찌하여 인간 세상에 있는 거지요?"

도인이 대답했다.

"저는 성질이 거칠어 거리낌이 없고 또 술주정이 심한 고로 상제께서는 저를 책망하신 후 속세로 귀양을 보내셨지요. 이제 30여 년이 지나 귀양이 풀렸으므로 다시 하늘로 돌아가 술을 담당하는 관서의 옛 직책을 맡게 될 겁니다. 공하고는 친구간이므로 이렇게 찾아온 겁니다."

양생은 아까 오준이라고 한 말이 무슨 뜻이냐고 물었다. 도인은 걱정스런 낯빛이 되며 주위 사람들을 물리치고 이렇게 말했다.

"5년 후에 공은 해안 지역을 순시하게 될 겁니다. 그때 재난을 만나지 않을까 걱정스럽습니다."

양생이 그 까닭을 물었다.

"공은 재상이 되어 다른 허물은 없으나, 다만 벼슬에 있은 지 오래된 데다가 애증이 뚜렷해 남의 원한을 산 게 너무 깊어 풀 길이 없습니다."

"그러면 어찌해야 좋을까요?"

"그리 걱정할 건 없습니다. 저는 본시 자(字)가 군방(君房)이니 혹시 위급한 일이 생기면 향 하나를 피우고 제 자를 부르십시오. 그러면 제가 즉시 달려와 돕겠습니다."

이 날 밤 두 사람은 같이 잠자리에 들었다. 양생이 다시 물었다.

"당신은 이미 모든 것을 잘 알고 있으니 저에게 올바른 길을 가르쳐 주십시오."

"무릇 덕은 선의 기초요, 재물은 다툼의 원인입니다. 덕을 쌓는다는 것은 마른 나무뿌리에 이슬을 적시는 것과 같아서 반드시 꽃을 피우게 되고, 재물을 쌓는 것은 활활 타는 불 속에 있는 한 덩이 얼음과 같아서 끝내는 녹아 없어지게 됩니다. 더구나 김을 매지 않아도 자라는 것은 선악의 뿌리이고, 활시위를 당기지 않아도 팽팽해지는 것은 화복(禍福)의 기틀이지요. 화와 복은 순환하는 것이니 지극히 두려워해야 마땅합니다. 상공께서는 신중히 행동하며 오직 인(仁)만을 행하셔야 합니다.”

양생이 말했다.

“제가 듣기로는 천도(天道)는 공명정대하여 마치 저울을 들고 있거나 거울을 쥐고 있는 듯하다 했습니다. 신명(神明)하여 사람들의 행적을 모두 알고, 조화(造化)가 있어 공평하며, 환히 비추어 사사로움이 없고, 그물이 비록 성기지만 새지 않는다 했습니다. 그 법은 지극히 엄하여 사람이 원망할 일도 나무랄 일도 없다고 하더군요. 그런데 대체 어떻게 권선징악을 하기에 세상이 이처럼 뒤죽박죽입니까? 남에게 이익을 주는 자가 복을 받았다는 소리를 듣지 못했으며, 남에게 인색한 자가 재앙을 받는 것을 본 적이 없습니다. 가난한 자는 비록 뜻이 있어도 그 뜻을 실현하기 어렵고, 부유한 자는 원하는 것을 얻지 못함이 없지요. 어떤 사람은 힘써 공부를 해도 죽을 때까지 곤궁하여 얼굴빛이 누렇고, 어떤 사람은 사치를 일삼건만 대대로 좋은 수레를 타고 다닙니다. 어찌 선악에 반드시 보답이 있다고 하겠습니까? 거꾸로 콩 심은 데 팥이 나고 있지 않습니까? 이것이 제가 매우 의심하면서도 끝내 풀지 못하는 의문입니다.”

도인은 다음과 같이 대답했다.

“그렇지 않습니다. 선악의 쌓음은 작아도 드러나는 법이며, 그 응보는 더디지만 확실합니다. 음덕이 드러나는 곳에는 반드시 좋은 결과가 따르고, 복이 흩어질 때에는 반드시 악의 뿌리가 자라지요. 하늘은, 장차 펴고자 하면 먼저 굽히는 법이고 꺾으려고 하면 먼저 교만하게 만드는 법입니다. 훌륭한 행실이 있는데도 가난한 것은 혹 전생의 업보 때문이며, 어질지 않은데도 부유한 것은 전생의 좋은 인연 때문이지요. 비록 멀고 아득하여 알기 어렵다 해도 실제로는 터럭만큼도 어긋나지 않지요. 한쪽으로 치우쳐 생각지 말고 공정하게 하늘을 보십시오."

이처럼 도합 수천 마디의 말을 했는데, 모두 삼가고 힘쓰라는 내용이었다. 양생은 도인의 충고를 흔쾌히 받아들였다.

다음날 아침 작별할 때 양생은 황금 10냥을 노자로 주었다. 도인은 웃으며 말했다.

"이것을 어디다 쓰겠습니까? 다만 공께서 힘써 행하여 제가 다시 오지 않게 해준다면 그게 저한테는 선물이지요."

양생은 훗날 임금을 간하다가 그 뜻을 거슬러 멀리 남쪽 변방으로 유배가게 되었다. 도중에 바닷가를 지나게 되었는데, 대낮에 갑자기 음산한 흙비가 내리고 어둑어둑해지더니 남풍이 불고 큰 파도가 산처럼 일어났다. 이때 수백의 귀신 무리가 나타나 서로 시끄럽게 외쳐댔다.

"원수가 왔다! 오늘에야 원한을 풀 수 있겠구나!"

어떤 놈은 배의 꼬리를 잡고 어떤 놈은 배 위로 기어올라와 배가 두 차례나 뒤집어질 뻔했다. 양생은 사공에게 여기가 어디냐고 급히 물었다.

"오준이라는 땅입니다."

양생은 얼른 도인의 말을 떠올리고 그가 가르쳐 준 대로 향을 피워 그를 불렀다. 그러자 잠시 후 구름마차 한 대가 나타나 허공에 머무는 것이 보였다. 선동(仙童)과 옥녀(玉女)가 도인의 곁에서 엄숙하게 호위하고 있었다. 도인은 멀리서 여러 귀신들에게 말했다.

"너희들은 원수 갚기에만 골몰하니 업보가 매우 깊다. 생전에 이미 법을 어겼거늘 죽은 후 또 죄를 키우느냐? 원한과 원한이 서로 이어져 그칠 때가 없을 것인즉 어찌하여 마음을 씻고 생각을 고쳐 한결같은 마음으로 도에 향하지 않는가? 나는 마땅히 상제에게 아뢰어 너희들을 소탕해 버리겠다."

뭇 귀신은 그 말을 듣고 펄쩍 뛰면서 일시에 흩어져 버렸다. 양생은 다정하게 친구를 맞이하며 자신의 미래를 물어보려 했는데, 도인은 그만 눈 깜짝할 사이에 사라져 버렸다. 이윽고 바람이 멈추고 파도가 잔잔해져 배가 해안에 닿았다.

그후 양생은 처와 자식들을 물리치고 어디론가 떠났는데, 아무도 그가 간 곳을 알지 못했다. 훗날 동성산(東城山)에서 그를 본 사람이 있다고 한다. 어떤 이들은 그가 득도했을 것이라 말하기도 한다.

아아, 선을 행함은 사람에게 달려 있고 선행을 한 사람에게 복을 줌은 하늘에 달려 있으니, 사람과 하늘의 관계는 깊다고 하겠다. 양공이 담당관에게 항의해 석씨를 신원하고 그 딸을 죽음에서 구해냈으므로 하늘이 보답하여 꿈을 통해 자세하게 일러준 것이다. 하물며 재상이 된 자가 천자를 보좌하고 음양을 다스리며 사시(四時)의 순행을 고르게 하고 바른 마음으로 사람들을 통솔하며 선정을 펴서 천지 사이의 만물이 모두 제자리를 얻도록 만든다면 의당 하늘이 복을 내리지 않겠는가. 양생의 일은 옥에 티가 있다고 할 만하다. 옥에 티가 있는 것보다는 없는 것이 나을 것이다. 그러니 관직에 있는 자들은 마땅히 힘써야 할 바에 힘쓰고 거울로 삼아야 할 바를 거울로 삼기 바란다.

유유랑과 도홍랑

천장(天長) 땅 선비 하인(何仁)이 소평(紹平)[1] 연간에 장안(長安)[2]에 우거하며 억재(抑齋)[3] 선생 밑에서 공부했는데 매일 아침 강의를 들으러 가는 길이 곡강방(曲江坊)을 지나게 되어 있었다. 이 동네에는 진태사(陳太師)[4]의 고택이 있었다. 그 집엔 두 여인이 살고 있었는데 날마다 부서진 서쪽 담벽 위에 걸터앉아 깔깔대고 웃으며 하생에게 과일을 던지기도 하고 꽃을 던지기도 하면서 장난을 쳤다. 하생은 날이 갈수록 마음을 진정시키기 어려워 마침내 두 여인에게 은근한 뜻을 알렸다. 그러자 두 여인은 뒤돌아보고 방긋 웃으며 하생에게 말했다.

"저희들의 이름은 유유랑(柳柔娘)과 도홍랑(桃紅娘)이에요. 예전에 진

---

* 이 작품의 원제는 「서원기우기」(西垣奇遇記)이다.
1) 여조(黎朝) 태종(太宗, 재위 1434~1442)의 연호.
2) 천장(天長) 서쪽의 지명.
3) 제문후(濟文侯) 완채(阮廌)의 호(號). 상복(上福) 예계(蘂溪) 사람인 그는 여태조를 도와 명나라 군대를 베트남에서 축출하고 새로운 베트남 왕조를 창건하는 데 가장 큰 공을 세운 인물로서 탁월한 군사 전략가요 정치가였을 뿐 아니라 뛰어난 학자이자 문학가였다. 은퇴해 지내던 중 모함을 입어 희생되었다.
4) 태사(太師)는 벼슬 이름.

태사의 종이었는데 태사께서 세상을 뜨신 이후 오랫동안 자취를 숨기고 지내 왔어요. 오늘 봄을 맞아 화창한 햇빛을 받는 화초처럼 되기를 원하오니 서방님께서는 아무쪼록 이 좋은 시절을 저버리지 말았으면 해요."

이에 하생은 두 여인을 자기가 묵고 있는 집으로 데리고 가서 사랑한다고 말하고는 안으려고 했다. 그러자 두 여인은 부끄러운 낯빛으로 말했다.

"저희는 남녀의 일에 대해 잘 몰라 어린 마음에 퍽 겁이 나는군요. 두려운 것은 서방님께서 일시 춘정에 이끌렸다가 세월이 흘러 저희의 꽃다운 얼굴이 쇠해지면 좋아하는 마음이 사그라지지 않을까 하는 거예요."

하생이 말했다.

"한번 사랑을 나누어 봅시다. 그런 일로 괴로워하는 일은 없을 거요."

이윽고 불을 끄고 잠자리에 들어 금을 놀리듯 옥을 굴리듯 장난질을 하다 운우지정(雲雨之情)을 나누었다. 하생이 침상에서 시를 청하니 유랑이 먼저 읊었다.

> 향기로운 땀방울 비단옷에 촉촉하고
> 파르란 아미는 초생달 같으네.
> 봄바람에 녹음이 드리웠는데
> 가는 허리 흔들흔들 견디지 못할레라.

도랑도 이어서 읊었다.

> 시간이 더디 흐르는 높다란 금원(禁苑)[5]
> 등잔 불빛이 붉은 장막 밖으로 새어나가네.
> 임이여 부디 가지를 꺾어
> 새로 핀 복사꽃 따 가시기를.

---

5) 두 여인이 사는 곳을 가리킴.

생이 박장대소하며 말했다.

"규방의 춘정(春情)을 절묘하고 곡진하게 표현했군요. 아름다운 시어와 화려한 구절은 제가 따라갈 수 없겠습니다."

이어서 하생도 시를 읊었다.

독서에 지친 나그네 꿈조차 나른한데
어쩌다 잘못 운우(雲雨)를 따라 무산(巫山)에 왔네.[6]
흰 나비는 하늘에서 짝을 따르고
한 떨기에 핀 꽃들 차례로 붉구나.

함께 잘 땐 꾀꼬리가 오르락내리락 하듯 하나
강물이 나뉠 젠 동서로 흐르는 것 어쩔 수 없네.
절구(絶句)나 율시(律詩)나 다 같은 풍류지만
흥이 나매 그 풍류 같지 않구려.

이 날 이후로 두 여인은 아침이면 돌아가고 저녁이면 찾아오고 하는 게 일상생활이 되었다. 하생은 이 여인들과의 만남보다 더 기이한 일은 없으며 자신이 이 여인들을 만난 건 저 배항(裵航)[7]이나 우승유(牛僧孺)[8]의 고사와 견줄 만하다고 생각했다.

비바람이 몰아치는 어느 날 저녁이었다. 두 여인은 차가운 비에 흠뻑 젖은 채 찾아와 나지막한 목소리로 말했다.

---

6) 초나라 회왕(懷王)이 꿈에 무산(巫山)의 신녀(神女)와 만나 사랑을 나누었다는 고사가 있다. 이후 남녀가 정을 통하는 것을 '무산지몽'(巫山之夢)이나 '운우지정'(雲雨之情)이라고 한다.

7) 당나라 때 인물. 선녀 운영(雲英)을 만나 결혼해 훗날 신선이 되었다는 고사가 전한다.

8) 당나라의 재상. 당나라 전기소설 「주진행기」의 주인공이다. 제1부 「열녀 예경」의 주 20을 참조할 것.

"약속을 어길까 봐 걱정이 되어 우중(雨中)에 왔더니 비 맞은 제비처럼 추위를 견디지 못하겠군요."

하생은 즉시 유랑을 소매로 싸안으며 농담 삼아 말했다.

"유랑의 요염한 자태는 세상에서 최고야. 미인의 얼굴은 꽃처럼 아름답다고 하는데 당신이 정말 그래."

이 말에 도랑이 언짢은 낯빛으로 고개를 숙였다. 수치를 느낀 듯한 모습이었다. 그후로 도랑은 여러 날 오지 않았다. 하생이 유랑에게 도랑의 안부를 물으니 유랑이 대꾸하기를,

"별탈 없이 잘 지내고 있어요. 다만 서방님이 자기가 오는 것을 꺼린다고 생각해 못 오고 있지요."

라며 도랑이 보낸 시를 꺼내서 주었는데, 다음과 같았다.

맑은 기골에 흰 눈 같은 풍채를 만나
꽃과 가지 그 모습 새로워졌네.
한스러워라 춘풍은 한 곳에만 힘을 쏟아
한 가지는 초췌하고 한 가지는 봄을 만났네.

하생은 다 읽고 나서 한참 동안 난감해 하다가 보내온 시에 화답했다.

한편으로 그립고 다른 한편 걱정되네.
어찌하여 만나자마자 이별의 애달픔이 새로운고.
유랑 편에 말을 전해왔는데
누가 초췌하고 누가 봄을 만났단 말이오?

도랑은 시를 받고 나서 다시 옛날처럼 왕래했다.

정월 대보름날 밤이 되면 서울의 남녀들이 사방에서 나와 달구경하며 노니는 풍속이 있었다. 두 여인이 하생에게 청했다.

"저희 집이 아주 가까이 있는데도 서방님께서는 한 번도 발길을 주지 않으시니 늘 서운하게 생각해 왔어요. 오늘 명절을 틈타 잠시라도 와 주시길 바래요. 저희들을 부끄럽게 생각지 마시고 누추한 집이나마 멀다 여기지 말아 주셨으면 해요."

하생은 기뻐하며 여인들과 함께 진태사의 집으로 갔다. 서쪽 담으로 걸어들어가서 수십 길이나 되는 울타리와 그 속의 나지막한 담장을 지나고 다시 연못을 지났는데, 연못이 끝나는 곳에 아름다운 정원이 나타났다. 정원에는 좋은 나무들이 뒤섞여 자라고 있었고 신기한 꽃들이 향기로웠다. 어둑어둑한 밤이라서 그것들이 무슨 나무이고 무슨 꽃인지 분간할 수는 없었다. 그러나 맑은 향기가 살랑살랑 코를 스쳤다. 두 여인이 돌아보며 말했다.

"저희 집이 쇠락하여 초라하니 정원에 모여 앉는 게 좋겠어요."

그리하여 대로 엮은 자리를 깔고 송진을 연료로 쓰는 등불을 켰다. 오래 전에 빚은 살구술에 홰나무 잎에 찐 떡을 소반에 담아 푸짐하게 차려 올렸는데 모두 당시의 좋은 음식들이었다. 이어서 미인들이 나왔는데 스스로 위씨(韋氏), 이씨(李氏), 양씨(楊氏), 매씨(梅氏), 석낭자(石娘子), 김소저(金小姐)라 소개한 후 함께 인사를 나누었다. 새벽녘이 되자 모두 흩어졌는데 두 여인은 담까지 나와 하생을 배웅했다. 서당에 이르니 동쪽에서 붉은 해가 떠오르고 있었다.

몇 달이 지난 어느 날 하생의 고향에서 편지가 왔다. 부모님이 하생을 혼인시키고자 하니 빨리 내려오라는 내용이었다. 하생은 주저하면서 차마 떠나지 못했다. 두 여인이 그 마음을 헤아리고서 하생에게 말했다.

"저희들은 미천한 몸이라 남의 집안에 시집가서 제사를 받들기 어려우니 배필을 잘 골라 훌륭한 집안에 장가드셔야 할 거예요. 송자(宋子)나 제강(齊姜)9) 같은 여인은 저희같이 천한 몸이 감히 넘볼 수 없지요. 그렇지만 가신 후 혹 정이 깊어 끊지 못하고 그리운 마음이 더해가면 고향에 안주하

---

9) 송자(宋子)와 제강(齊姜)은 훌륭한 집안의 여성을 일컫는 말이다.

려는 생각을 떨쳐 버리고 저희들을 찾아오세요. 그러면 한횡(韓翃)의 버드
나무가 긴 가지를 너울거리며[10] 한횡을 맞았던 것처럼, 그리고 최호(崔護)
의 복사꽃[11]이 예전처럼 봄바람을 대해 웃었던 것처럼 그렇게 서방님을 대
할 거예요. 당신은 잘 알아서 하세요. 신혼 생활이 아무리 깨가 쏟아지더
라도 옛정을 잊어 저희들을 강남(江南)의 주인 없는 꽃이 되게 하지는 마
세요."

이어서 잔을 들어 이별주를 마시고 각각 노래 한 곡씩을 불렀다. 유랑이
먼저 노래했다.

> 초목이 우거진 궁궐 동쪽
> 곡강 굽이에 있는 부서진 몇 간 집.
> 머리 빗고 분 바르며 단장을 일삼지만
> 안개 자욱한 누각, 구름에 가린 창, 이다지도 외롭구나.
> 열여섯 살 때부터 꽃다운 모습 아껴
> 사내에게 함부로 마음 주지 않았었지.
> 온종일 살구꽃 핀 언덕에 기대어
> 봄을 엿보며 부끄러이 소년들을 향했네.
> 책을 낀 저 공자 어디서 왔나?

---

10) 당나라 전기소설인 「유씨전」에서 한횡(韓翃)과 유씨 두 사람은 난리를 만나 헤어졌다가
우여곡절 끝에 다시 만나 해로했다. '버드나무'란 유씨를 비유한 말이다. 당나라 전기소설
가운데에는 한횡이 '한익'(韓翊)이라 표기된 본(本)도 있다. 제1부 「열녀 예경」의 주 6을
참조할 것.

11) 당나라 때 최호(崔護)가 어느 봄날 홀로 도성을 거닐다가 목이 말라 어떤 여인에게 물을
청했다. 그녀는 복사꽃 옆에 기대어 한 사발 물을 떠 주었는데 그 뜻이 두터웠다. 다음해
봄 다시 그곳을 찾은 최호가 사립문에 다음과 같은 시를 적었다. "지난해 오늘 이 문에는
/ 처녀 얼굴에 복사꽃 붉게 비쳤지 / 그 여인 어디 간 줄 알지 못하나 / 복사꽃은 예전처럼
춘풍에 웃네." 뒤에 그 여인이 이 시를 보고 병이 들어 죽었다. 이 일을 전해 들은 최호는
그 집에 찾아가 곡했다. 그러자 그녀가 반나절 만에 도로 살아났다. 여인의 늙은 아비가
크게 기뻐하여 그 딸을 최호에게 시집보냈다는 고사가 전한다.

학식과 재주 있어 경사(經史)에 환하네.
얼핏 담장가에서 한 번 보고는
좋은 인연 맺기도 전에 마음 먼저 허락했지.
온갖 화초는 해를 향하게 마련
춘풍이여 꽃들을 잘 피워 주시길.
버들개지가 바람에 향기롭게 날리고
햇빛이 따스하니 버들잎이 흔들리네.
아름다운 꽃이 이슬 맞아 활짝 피어나니
예전의 봄 원망하던 마음 눈 녹듯 사라졌네.
노랫가락은 소만(小蠻)12)의 허리처럼 간드러지고
고운 살결은 서시(西施)13)의 젖가슴처럼 보드랍네.
만난 지 1년도 채 안되었건만
눈에 가득한 고향 산천에 객지의 꿈을 깨네.
고향에서 보내온 편지에 눈물 흘리고
고향을 그리워해 애를 태우네.
이별하는 정자(亭子)에 수레소리 급해
수심에 찬 이 몸은 편히 가시길 기원하네.
서쪽 담에 비 내려 황매(黃梅)가 흐느끼고
남포(南浦)의 찬 물결은 푸른 풀을 근심케 하네.
황매와 녹초(綠草)는 서로 슬퍼하고
첩은 남고 님은 가니 그 모습이 나뉘네.
님을 위해 애절하게 노래 부르나니
이별의 기로에서 애끊는 이 필시 있으리.

---

12) 당나라 때 시인 백낙천(白樂天)의 애첩. 춤을 잘 추었다.
13) 중국 춘추시대 월(越)나라의 미녀 이름.

이어서 도랑이 노래했다.

가을 하늘은 씻은 듯이 푸르고
단풍잎은 타는 듯이 붉네.
가가호호마다
서늘한 다듬이소리 급하기도 하네.
외로운 기러기는 남쪽으로 날아가고
큰 기러기는 줄을 지어 관문을 넘네.
어둡고 쓸쓸한 저녁 안개
시름은 한 가지로세.
우리 님 떠나가매
내 마음 안절부절.
옛 사랑을 버리고서
새 사랑을 맺겠지요.
하분(河汾)의 국화를 탄식하고
초(楚) 땅의 난초를 부끄러워하네.[14]
옥술잔에 술을 따르고
은쟁반에다 안주를 올리네.
이별하기는 쉽고
만남은 어렵도다.
아아! 노래 한 곡 부르니
가슴이 막혀 길게 탄식하누나.
아지랑이로 실을 엮어
돌아가는 말안장을 매었으면.

---

14) '하분(河汾)의~부끄러워하네'는 자신은 미천한 몸이라 고귀한 신분의 여인을 생각하면
부끄럽다는 뜻이다. 국화나 난초는 모두 고귀한 신분을 상징한다.

긴 언덕을 쌓아서

돌아가는 수레를 막아 세웠으면.

한스러워라 이 몸이 꾀꼬리 되어

떠나는 나그네 하염없이 부르지 못하는 것.

아아! 이제 헤어지면

어느 때야 돌아올까.

꽃은 동구(洞口)에 그대로 있건만

물은 인간 세상으로 흘러가누나.

그러니 내 마음엔

한이 맺히네.

오호라 두번째 노래를 부르니

구슬 같은 눈물이 주르르 흐르네.

노래가 끝나자 하생은 흐느껴 울면서 떠나갔다.

고향집에 도착하니 혼인날이 정해져 있었다. 하생은 부모님께 여쭈었다.

"들건대 어버이는 사내아이가 태어나면 좋은 아내를 얻어 주고 싶고 딸아이가 태어나면 좋은 남편을 구해 주고 싶어한다고 합니다. 이것은 부모의 지극한 정이고 집안의 큰 경사겠지요. 제가 사대부 집안에서 자라나 『시경』과 『예기』(禮記)를 배웠으면서도 아직 학문으로 이름을 내지는 못했으나 벼슬하고자 하는 뜻은 여전히 있습니다. 혼인하게 되면 비록 처자와 누리는 즐거움은 있겠지만 글을 읽는 데 방해가 될까 걱정입니다. 결혼을 늦추고 공부를 좀더 했으면 합니다. 그래서 평생의 소원이 이루어진다면 그때 배필을 구해도 늦지 않을 것입니다."

하생의 부모는 아들의 뜻을 어기기가 어려워 혼인을 중지시켰다. 하생은 두 낭자에 대한 생각으로 늘 우울하게 지내다가 다시 수레를 돌려 서울로 돌아왔다. 서쪽 담에 이르자마자 두 여인이 그를 맞아 웃으며 말했다.

"이제 갓 혼인하여 새색시도 한창 예쁠 텐데 어째서 신혼의 재미를 더 보지 않고 우리들이 바라는 대로 이렇게 빨리 돌아오셨어요?"

하생이 그간의 사정을 말해 주자 두 여인은 잘했다면서 말했다.

"서방님은 범거경(范巨卿)[15]처럼 신의가 두터운 분이군요. 저희를 다시 찾아오겠다는 약속을 저버리지 않으셨으니 말예요."

두 여인은 다시 하생더러 예를 갖추어 서당에 나아가 학업을 익히게 했다. 하생은 공부를 명분 삼아 서울로 올라왔지만 기실 마음은 두 여인에게 있었다. 그러니 책을 보는 시간은 줄어들고 즐거움을 찾는 뜻만 커졌다.

세월이 흘러 다시 겨울이 닥쳐왔다. 하루는 하생이 밖에서 들어오니 두 여인이 눈물을 흘리고 있었다. 이상해서 물어보자 둘 다 눈물을 참으며 말했다.

"저희들은 불행히도 그만 서리와 이슬을 맞아 병에 걸렸으니 차가운 풍설(風雪)이 병든 몸에 침범할까 두렵군요. 추위에 몸이 상해 생긴 병이라 고치기 어려우니 꽃다운 얼굴이 순식간에 시들어 한 조각 혼이 다시 누구 집을 향해 떠돌게 될지…."

하생은 깜짝 놀라며 말했다.

"내가 그대들과 정식으로 혼인한 것이 아니라 우연히 인연을 맺은 것이기는 하지만 어찌 이리 갑작스레 이별을 말해 사람을 놀라게 만드는 거요?"

유랑이 말했다.

"누군들 즐거움을 탐해 끝까지 사랑하고 싶은 마음이 없겠어요. 그러나 운명은 피하기 어려워 죽을 날이 임박했어요. 비취빛 비녀가 땅에 떨어지면 꽃다운 얼굴이 진흙에 덮일 것이니 이후로 봄의 행락을 누가 즐길지 모르겠군요."

하생은 슬퍼하며 헤어지려 하지 않았다. 그러자 도랑이 말했다.

"인생은 꽃과 같아서 피어나면 반드시 시드는 법이에요. 짧은 햇살은 오래 머물러 있을 수 없지요. 밥 잘 드시고 때를 놓치지 말고 학업에 정진하

---

15) 범식(范式). 거경(巨卿)은 그 자(字). 후한 때의 인물로 약속을 잘 지킨 것으로 유명하다.

세요. 부지런히 공부해서 과거에 급제하시면, 비록 저희들이 구렁에서 죽더라도 여한이 없을 거예요."

"죽을 거라고 했는데, 목숨이 얼마나 남았소?"

"오늘밤 일진광풍이 몰아쳐 오면 저희들은 죽게 될 겁니다. 서방님께서 부부로서의 옛정이 있어 서쪽 담으로 한번 찾아와 주신다면 저희들은 웃으며 눈을 감을 수 있을 거예요."

하생은 울면서 말했다.

"형편이 급박하니 어쩔 수 없구려. 하지만 나는 객지의 나그네 신세라 그대들에게 줄 게 아무것도 없으니 어떻게 보답해야 할지 모르겠소."

두 여인이 말했다.

"저희들은 목숨이 아지랑이처럼 짧고 몸은 낙엽처럼 가벼우니 홀연히 죽은 뒤에는 구름이 일산(日傘)이 되고 바람은 상여가 되며 풀은 자리가 되고 이슬은 팔찌가 될 거예요. 꾀꼬리는 노래하고 나비는 교외에서 호상(護喪)하며 길의 이끼가 저희들을 덮어 주고 긴 도랑의 물소리는 저희들을 장송(葬送)할 겁니다. 연기로 사라지고 바람으로 화할 것이니 번거롭게 장사 지내지 마세요."

말을 마친 후 각각 구슬로 장식한 신발을 하생에게 벗어 주며 다음과 같이 당부했다.

"사람은 죽어도 물건은 남는 법이니 이별의 아쉬움을 어떻게 견디겠어요. 보잘것없는 이 신발을 사별의 선물로 드립니다. 혹 신어 보고 늘 저희들이 발 아래 있는 것처럼 여겨 주세요."

과연 두 여인은 이 날 밤 찾아오지 않았다. 한밤중이 되자 비바람이 갑자기 몰아쳤다. 하생은 난간에 기댄 채 몹시 슬퍼하였는데 어쩔 줄 몰라하는 모습이 역력했다. 마침내 이웃에 사는 할머니한테 그간의 일을 말하니 할머니는 이렇게 말했다.

"애구, 젊은이가 황당한 말을 하는구려. 그곳은 태사가 죽은 뒤로 20여 년 동안 여인의 아름다운 목소리가 끊어진 지 오래고 반 칸 되는 사당이나 마 청소할 사람조차 없거늘 어찌 그처럼 여러 사람이 있을 리 있겠소. 저들이 말한 대로라면 이는 필시 춘정에 이끌린 노는 여자이거나 그렇지 않으면 음기(陰氣)가 쌓여 형체를 빌어 나타난 요물일 게유."

날이 밝은 뒤에 하생이 할머니와 함께 서쪽 담에 가 보니 보이는 것이라 곧 황폐한 집에 잎은 다 떨어지고 가지가 꺾인 몇 그루의 복숭아나무와 버드나무뿐이었다. 땅에는 떨어진 꽃들이 어지러이 흩어져 있었으며 울타리에는 썩은 버들개지가 달라붙어 있었다. 할머니는 그걸 손가락으로 가리키며 하생에게 말했다.

"이것들이 젊은이와 함께 노닐었던 게 아니우? 김소저는 금잔화이고 석낭자는 석류나무며 이씨, 위씨, 매씨, 양씨는 모두 꽃 이름을 따라 성을 삼은 게로군. 꽃나무가 그처럼 둔갑한 것을 깨닫지 못하다니!"

이 말에 하생은 크게 깨달아 허랑하게 꽃들과 함께 세월을 보낸 것을 탄식했다. 숙소로 돌아와 두 여인이 남긴 신발을 살펴보았는데 손을 대자마자 하늘로 날아오르더니 조각조각 고운 나뭇잎으로 화하는 것이었다.

다음날 하생은 옷 한 벌을 전당잡히고는 그 돈으로 술과 안주를 장만한 뒤 스스로 제문을 지어 제사를 지냈다. 그 제문의 내용은 이러했다.

아, 두 사람은 그 모습이 얼음처럼 깨끗하고 이슬방울이 함초롬히 꽃에 맺힌 듯했네. 본래 타고난 바탕을 믿어 세속 여인들처럼 치장하는 것을 부끄러이 여겼지. 둘 다 천하에 둘도 없는 절세의 미녀였네. 선계(仙界)에 있는 꽃들의 아름다움을 마음껏 엿보았네. 창가의 등불은 맑은 달빛의 좋은 벗이었지. 화분에 심은 두 그루 말리화(茉莉花)[16]요, 연못의 금슬 좋은 두 마리 원앙이었네. 오래도록 은혜를 입고자 했건만 어찌 그리 갑작스레 선계로 돌아갔소? 세월은 흘러흘러 꽃이 시드니 아득한 이별의 한만 부질없이 찾아드네. 바람이 나를 탔는지 내가 바람을 탔는지

---

16) 쟈스민을 말한다.

잠시 마음이 어지럽네. 색(色)은 공(空)이고 공은 색이라 한밤중에 처량한 마음이 되네. 뜨락에는 붉은 꽃 드물어 참담한데, 연못에는 짙은 녹음이 드리워 있네. 슬픈 마음으로 옥(玉)과 향(香)을 땅에 깊이 묻노라. 내 신세는 가을바람에 떠도는 나그네요, 아름다운 꽃은 한바탕 봄꿈에 놀라네. 아! 하루아침에 이별하니 만고의 슬픔 자아내네. 혼을 불러도 돌아오지 않고 발자취 따르려고 해도 종적이 묘연하네. 만일 혼령이 저 하늘에 있다면 와서 내 술잔을 받아 주오. 아아! 슬프도다.

상향(尙饗).

그 날 밤 꿈에 두 여인이 찾아와서 감사하면서 말했다.

"어제 슬퍼하며 지낸 제사 덕분에 하늘에서 저희들의 명성이 높아졌어요. 서방님의 마음에 거듭 감동하여 삼가 찾아와 절을 올립니다."

하생은 두 여인을 머물게 하고 싶었지만 두 여인은 공중으로 날아가 그 간 곳을 알 수 없었다.

아아, 마음을 맑게 하기론 과욕(寡欲)보다 좋은 게 없다.[17] 욕망이 없으면 마음이 비어 선(善)이 들어오고 기운이 화평해 이치가 이기게 되니 어찌 요괴가 침범할 수 있겠는가. 하씨는 어린 마음에 욕망이 많아 외물(外物)에 이끌렸으므로 요물이 그 틈을 타 접근한 것이다. 그렇지 않다면 꽃의 요정이 어찌 간사한 무승사(武承嗣)는 미혹케 하면서도 공명정대한 군자인 적량공(狄梁公)에게는 다가가지 못했겠는가?[18] 책 상자를 등에 지고 서울에 공부하러

---

17) 『맹자』(孟子) 「진심」(盡心) 하(下)에 "마음을 기르는 데는 과욕(寡欲)보다 좋은 게 없다"라는 말이 있다.

18) 무승사(武承嗣)의 첩은 이름이 소아(素娥)인데 얼굴이 예뻤다. 적량공(狄梁公)이 무승사에게 그녀를 자리에 부를 것을 청하니 그녀는 홀연 사라져 간 데를 알 수 없었다. 그때 안방에서 향기로운 냄새가 났다. 벽에 귀를 대고 들어보니 소아가 말하기를 "저는 꽃의 요정인데 옥황상제께서 공을 섬기라고 보냈습니다. 적량공은 공명정대한 사람이니 감히 뵐 수 없습니다"라고 했다는 고사가 있다.

온 선비라면 마땅히 학업에 힘을 쏟아야 할 것이며 보고 들음에 공명정대해야 할 것이다. 비록 무욕의 경지를 바랄 수는 없다 할지라도 과욕의 경지에라도 이르도록 노력하면 좋을 것이다.

제 2 부

．
．
．
．
．

용궁의 재판

홍주(洪州)의 영뢰(永賴)에는 예로부터 물에 사는 신령스러운 어족(魚族)이 많아 강가를 따라 사당이 즐비했으니 모두 10여 군데나 되었다. 오래된 사당에는 간혹 요사스러운 일이 생기곤 했지만, 홍수가 나 비가 그치기를 빌거나 가뭄이 들어 비 내리기를 기원하면 금방 효험이 나타났으므로 향불이 끊이질 않았으며 사람들은 더욱 공경하고 두려워했다.

진(陳) 명종(明宗)[1] 때 정(鄭) 아무개가 홍주 태수로 부임했다. 어느 날 그 처 양씨(楊氏)가 친정에 다니러 가던 중 배를 사당 곁에 정박시켰다. 그때 홀연 두 여자 아이가 나타나 금으로 장식된 조그만 상자를 바치면서 말했다.

"우리 주인님께서 이것으로 작은 정성을 표하셨습니다. 조만간 용궁에서 부부의 인연을 맺고자 하십니다."

두 여자 아이는 말을 마치자마자 사라졌다. 양씨가 상자를 열어 보니 동심결(同心結)[2]로 맺은 자줏빛 띠가 있었으며, 띠 위에는 다음과 같은 시

---

* 이 작품의 원제는 「용정대송록」(龍庭對訟錄)이다.
1) 재위 기간 1314~1329년.
2) 한 쌍의 실을 맺어 부부의 인연을 표시한 것을 말한다.

한 수가 적혀 있었다.

> 웃으며 푸른 옥비녀를 머리에 꽂는 저 미인
> 나의 마음 위로하며 그윽이 바라보네.
> 동방에서 화촉 밝힐 밤을 기다리노니
> 수정궁(水晶宮)에서 부부의 인연 맺게 될 걸세.

양씨는 너무나 두려워 여종과 함께 배를 버리고 육지 길을 따라 관청으로 되돌아왔다. 남편에게 이 일을 말하자 태수는 매우 놀라며 말했다.

"민간에서 함부로 제사지내는 물귀신이 당신에게 화를 끼치려 하는구려. 당신은 몸을 피해 강이나 나루, 물가엘랑 아예 가지 말구려."

태수는 매번 비바람 치는 밤이나 음산한 저녁이면 아랫사람들로 하여금 불을 환히 밝힌 채 아내를 호위하게 했다. 이러구러 반 년이 지나 추석을 맞게 되었다. 이 날 저녁 하늘에는 구름 한 점 없었으며 은하수가 밝게 흐르고 뭇 별들이 그림처럼 아름다웠다. 태수는 흥취가 나서 말했다.

"풍광이 이와 같으니 잠시 나의 회포를 풀리라."

드디어 부부가 마주앉아 술을 마셨다. 술이 거나해져 잠들었을 때 갑자기 천둥이 치고 번개가 번쩍였다. 그 소리에 태수가 깨어 보니 대문은 닫힌 채 그대로였지만 아내는 보이지 않았다. 즉시 사당으로 달려가 보니 강물은 차고 달빛은 맑은데 아내의 옷가지만 널려 있을 뿐이었다. 태수가 어여쁜 아내를 잃어버린 후 얼마나 비통해 했는지는 다들 짐작할 수 있으리라. 태수는 바람을 맞으며 오열할 뿐 어쩔 도리가 없었다.

얼마 후 태수는 관직을 버리고 고향으로 내려가 뇌산(賴山) 아래에 빈 무덤을 만들었다. 그리고 날마다 작은 누각에서 지내면서 강가의 나루를 내려다보곤 했다.

나루 곁에는 깊은 연못이 있었는데, 태수가 누각에 올라가 내려다볼 적마다 늘 한 노인이 눈에 들어왔다. 그 노인은 연분홍색 자루를 메고 아침에 나갔다가 저녁이면 돌아오곤 하는 것이었다. 태수는 속으로 의아하게 여겼다.

"저기는 물이 깊은 곳인데 어디에 마을이 있어 저처럼 왕래하는 걸까?"

그래서 그곳에 한번 내려가 보았는데 평평한 모래사장만 막막하게 펼쳐져 있을 뿐 멀리 바라봐도 인가라곤 보이지 않았다. 다만 몇 개의 물억새 덤불만이 물결에 따라 흔들리고 있었다. 이상하게 여겨 그 노인이 사는 곳을 수소문해 찾아가 보니 남쪽 저자에 집을 세내어 남의 점을 봐주며 살아가고 있었다. 노인은, 얼굴은 야위었지만 윤기가 있었고 풍채는 맑고 아담하였으니 이름을 숨기고 살아가는 은사인 듯싶었다. 그렇지 않다면 득도한 진인(眞人)이거나, 그것도 아니라면 자연에서 노니는 신선일 거라고 생각되었다. 마침내 태수는 노인과 같이 어울려 지냈다.

태수는 날마다 술과 안주를 가지고 가 함께 즐겁게 놀다가 자리를 파했다. 노인은 퍽 고맙게 생각하는 눈치였다. 그러나 그 이름을 물어보면 그저 웃기만 하고 대꾸하지 않아 몹시 의아스러웠다. 어느 날 태수는 새벽에 일찍 일어나 물억새 덤불 사이에 몸을 숨기고 몰래 연못을 지켜보았다. 풀 이슬이 축축하고 새벽 안개가 피어오르고 있었는데 물 속에서 노인이 유유히 걸어나오는 게 아닌가. 이를 본 태수는 종종걸음으로 다가가 노인에게 절을 하였다. 그러자 노인이 껄껄 웃으며 말했다.

"그대는 상대방의 덕성을 보고 사귀려는 것이 아니라 외양을 보고 사귀려는 거요? 이미 서로 아는 사이니 그대에게 말하리다. 나는 바로 백룡후(白龍侯)[3]라오. 다행히 해가 가물어서 잠시 한가롭게 노닐고 있기에 망정이지 만약 옥황상제께서 칙명을 내려 비를 내리게 한다면 이처럼 한가로이 노닐 겨를이 없으니 어찌 인간 세상에 나가 점이나 치고 앉아 있겠소?"

태수가 말했다.

"옛날 유의(柳毅)[4]는 동정(洞庭)의 용궁에서 놀았고, 선문(善文)[5]은 용

---

3) 신령한 용으로서 천제(天帝)의 사자(使者)이다.

4) 당나라 전기소설 「유의전」(柳毅傳)에 등장하는 주인공 이름. 옛날 유의(柳毅)라는 자가 과거에 낙방한 후 집으로 돌아가다가 경양(涇陽)에 이르렀다. 그곳에서 유의는 양을 치는

궁의 연회에 참석해 상량문(上梁文)을 지었습니다. 모르겠군요, 저같이 평범한 사람도 앞선 사람들의 발자취를 따를 수 있을지….”

“그게 뭐 그리 어렵겠소.”

백룡후는 지팡이 끝으로 물을 쳤다. 그러자 물길이 점점 열렸는데 반 리쯤 가자 밝은 천지가 나타나며 우뚝 솟은 누대가 나타났다. 그 집이라든가 차린 음식은 인간 세상의 것들이 아니었다. 백룡후는 예를 갖추어 태수를 매우 융숭하게 대접했다. 태수는 기뻐하며 말했다.

“뜻밖에 미천한 이 몸이 존귀한 분을 가까이서 접하게 되었습니다. 예전에 기괴한 변이 있더니 오늘은 기이한 만남이 있어 옛일에 대한 보복을 할 수 있을 것 같군요.”

백룡후가 무슨 말이냐고 묻자 태수는 즉시 자기 처의 일을 말하고는 이렇게 덧붙였다.

“장차 그대의 위엄과 신령함을 빌어 흉악한 무리들을 없애 버리고 싶습니다. 배의 돛이 바람으로 인해서 힘을 얻고 여우가 호랑이로 인해서 위세를 떨치듯이, 당신의 힘을 빌릴 수 있었으면 합니다. 부디 오늘의 이 만남을 저버리지 말아 주십시오.”

“저놈이 비록 간악함을 행하고 있긴 하나 용왕께서 벼슬에 임명한 자라오. 하물며 이곳과 저곳은 딴 세계로서 본래부터 서로 상관하지 않거늘 어떻게 멀리 파도를 건너 함부로 전쟁을 일으켜 죽일 수 있겠소?”

“그렇다면 수부(水府)에 송사(訟事)하면 어떨지요?”

“이승과 저승은 서로 떨어져 있어 일의 자취가 잘 드러나질 않소. 증거가

여인의 부탁을 받고 그 아버지인 동정군(洞庭君)에게 편지를 전해주었는데, 용왕인 동정군은 유의를 위해 벽운궁(碧雲宮)에서 큰 잔치를 베풀어 주었다. 그후 유의는 양을 치던 동정군의 딸에게 장가들었으며 함께 동정(洞庭)에서 살았다는 이야기다.

5) 『전등신화』(剪燈新話)의 1편인 「수궁경회록」(水宮慶會錄)의 주인공 이름. 선문(善文)은 문장에 뛰어난 선비였다. 어느 날 남해 용왕이 영덕전(靈德殿)을 짓고 나서 선문을 불러 상량문(上梁文)을 짓도록 했다. 선문이 일필휘지로 글을 지어내자 용왕은 크게 기뻐하며 동해·서해·북해의 용왕들을 초청해서 큰 잔치를 베풀어 주었다는 이야기다.

확실치 않은 말로써 막강한 적을 이기려 할 경우 수부를 승복시키지 못하지 않을까 걱정되오. 그러니 먼저 첩자를 보내 저쪽의 실정을 엿보는 것이 좋겠소. 그렇게 한다면 저 간악한 놈을 처벌하는 건 어렵지 않은 일이오. 그렇지만 우리 주위에 함께 일을 도모할 만한 자가 없어 첩자를 보낼 수가 없구려."

그때 곁에 있던 녹색 옷을 입은 한 낭자가 나서며 말했다.

"제가 그 일을 해보겠습니다!"

태수는 그녀에게 감사를 표했다. 그리고 푸른 옥비녀를 하나 주면서 자신의 처를 만나면 이걸 보여주어 자신이 보냈다는 신표로 삼으라고 했다.

낭자는 홍주의 신교묘(神蛟廟)[6]로 갔는데 과연 양씨 성을 가진 여인이 그곳에 있었다. 그 여인은 창읍부인(昌邑夫人)으로 봉해져 푸른 유리궁전에 살고 있었는데 그 주위는 부용꽃이 핀 비취색 연못으로 둘러싸여 있었다. 그녀는 뭇 여인들 중 가장 총애를 받고 있었고, 이미 1년 전에 아들을 하나 낳은 상태였다.

낭자는 부인을 찾게 된 것을 매우 기뻐했다. 그렇지만 누각이 겹겹이 있어 들어갈 방법이 없었다. 낭자는 머뭇거리며 문 앞으로 걸어가서는 멈추어 섰다. 때는 바야흐로 봄빛이 한창이었다. 장미는 활짝 피어 마치 붉은 노을이 하늘을 물들인 듯했으며 담장 모퉁이까지 넝쿨지어 있었다. 낭자는 짐짓 모르는 체 꽃을 꺾었다. 문지기가 화를 내자 낭자는 즉시 옥비녀를 뇌물로 주면서 말했다.

"저는 이 꽃들을 대수롭지 않게 보아 꺾어도 되는 줄 알았어요. 그래서 그만 놀라게 해드리고 죄를 짓게 되었군요. 아저씨, 제가 너무 약해서 회초리를 견디지 못할 것 같아요. 바라건대 이 비녀를 마님이 계신 누각에 바쳐서 제가 회초리를 맞지 않게 해주신다면 그 은혜는 절대 잊지 않을 게요."

문지기는 낭자의 말대로 양씨에게 옥비녀를 바쳤다. 양씨는 한참 물끄러

---

6) 신교(神蛟)를 모신 사당. '교'(蛟)는 악룡(惡龍)을 뜻한다.

미 보다가 일부러 화를 내며 말했다.

"어떤 계집이기에 감히 이렇듯 당돌하지? 내 난간의 꽃을 꺾다니!"

양씨는 낭자를 뜰에 묶도록 명령했다. 그리고는 틈을 엿보아 혼자 그리로 가 옥비녀를 쥔 채 울먹이며 말했다.

"이것은 내 남편인 태수의 물건이다. 어디서 났는지 사실대로 말해다오."

"이것은 정말 태수께서 주신 것이에요. 태수께서는 지금 백룡후의 댁에 머물고 계십니다. 마님 때문에 침식을 전폐하고 있다가 드디어 저로 하여금 몰래 그리워하는 마음을 전하게 하셨습니다."

말이 채 끝나기도 전에 한 어린 여종이 신교(神蛟)가 찾는다고 고했다. 부인은 허겁지겁 달려갔다. 다음날 아침 부인이 다시 와서 낭자를 은근히 위로하면서 편지를 주며 당부했다.

"태수께 말을 전해다오. 하늘 끝에 있는 이 몸이 아직도 개나 말처럼 주인을 섬기고자 하는 마음이 있으니 제발 온갖 계책을 짜내 나를 구해서 봉황이 배영(配瑛)을 데리고 구름 속으로 돌아가듯,[7] 변방으로 도망간 말이 다른 말을 이끌고 고향으로 돌아오듯,[8] 집으로 돌아가게 해주어 부질없이 이 용궁에서 늙지 않게 해달라고…."

종이 뒷면에까지 글이 적혀 있었는데, 편지 내용은 다음과 같았다.

산과 바다에 백년 해로를 맹세했건만 슬프게도 지난 일은 이미 어그러지고 말았습니다. 떨어져 있음에 제 팔자가 어찌 이런지 스스로 비웃게

---

7) 옛날 위라국(衛羅國)에 배영(配瑛)이라는 공주가 있었는데 늘 봉황과 함께 놀곤 했다. 그러던 어느 날 배영에게 태기가 있자 이상하게 생각한 왕은 봉황의 목을 잘라 숲 속 언덕에 묻어 버렸다. 그후 배영은 황비(皇妃)라는 이름의 여자 아이를 낳았다. 옛날 같이 놀던 봉황을 그리워하던 배영은 드디어 그 무덤으로 가서 슬프게 노래를 불렀다. 그러자 봉황이 다시 살아나서 공주를 데리고 구름 속으로 사라졌다는 고사가 전한다.

8) 새옹지마(塞翁之馬)의 고사를 말한다. 옛날 변방에서 말을 기르던 노인이 있었다. 어느날 기르던 말이 오랑캐 땅으로 도망갔는데, 몇 개월 후 오랑캐의 말을 데리고 돌아왔다고 한다.

됩니다. 만리 떨어진 곳에서 한 조각 편지에 마음을 전합니다. 아무리 생각해 봐도 제 지나온 자취는 몹시 그릇되기만 하여 연약한 여자의 몸이 부끄럽기만 합니다.

천생연분으로 만나 서로 혼인했고 해로하다 죽은 뒤에 한 무덤에 묻히자 약속했거늘, 어찌 차마 그 약속을 저버릴 수 있겠습니까? 그렇지만 누가 생각이나 했겠습니까? 하룻밤 사이에 변을 만나 깊은 연못 속에 잠기게 될 줄을. 스스로 목숨을 끊어 절개를 지켰어야 했는데 그러지 못해 끝내 광포한 요괴에게 당하고 말았습니다. 인도(人道)를 따르지 못하고 수족(水族)의 의식(衣食)을 취하고 있는지라 비린내에 염증을 느끼고 있습니다. 신세는 하루살이 같아 구차하게 연명하고 있으며, 근심은 바다처럼 깊어 하루가 몇 년인가 싶습니다. 그런데 누가 알았겠습니까? 뜻밖에 끊어진 저의 발자취를 찾아 사람을 보내 말씀을 전하실 줄을. 신표로 보내온 옥비녀를 만지니 눈물이 나고, 보내신 사람을 마주하니 마음이 놀랍습니다. 죽어야 할 몸이 구차하게 목숨을 부지하고 있거늘, 서방님께서는 미천한 제 마음을 감동시키는군요. 삼생(三生)에 부부가 되겠다는 맹세를 하늘과 땅에 합니다. 백옥(白玉)처럼 온전하게 몸을 지키지는 못했지만, 아무쪼록 서방님께서는 저를 구해 주시기 바랍니다.

낭자가 돌아가 보고하자 백룡후는 태수에게 잘될 듯하다고 말했다. 백룡후와 태수는 함께 남쪽 바다에 있는 커다란 궁궐에 도착했다. 백룡후는 먼저 안으로 들어가며 태수더러 성문에서 기다리라고 했다. 잠시 후 태수는 어떤 자에게 인도되어 궁궐에 이르렀다. 용왕은 붉은색 옷을 입고 여의주로 장식한 허리띠를 두르고 있었다. 그 앞에 여러 신하들이 줄지어 서 있었는데 그 수를 헤아릴 수 없을 정도였다. 태수는 용왕 앞에 꿇어앉아 슬피 하소연했는데 그 말이 몹시 비통했다. 용왕은 한 관원을 돌아보며 얼른 소환장을 쓰게 했다. 그러자 곧 두 나졸이 공중으로 솟구쳐 올라 사라졌다. 반나절쯤 지나서 한 사내를 압송해 왔는데 체구가 매우 장대했으며 붉은 모자를 쓰고 있었다. 얼굴빛은 거무스레했으며 구레나룻이 빳빳이 돋아나 있었다. 그자는 뜰 가운데로 와 엎드렸다. 그러자 용왕이 문책하기 시작했다.

"작위(爵位)는 함부로 얻는 것이 아니다. 반드시 공로가 있은 연후에야 받을 수 있다. 형벌도 함부로 쓸 수 없으니 간악한 자를 징벌할 때에만 써야 한다. 나는 네가 예전에 공로가 있어서 한 지방을 관할하여 백성을 보호하도록 했다. 그렇건만 너는 제멋대로 음란하고 잔악한 짓거리를 행했으니 그게 어찌 재앙을 막는 일인가?"

그자가 대답했다.

"저자는 인간 세상에 살고 있고 신(臣)은 수중에 살고 있으니 길이 다르고 행적이 다르거늘 신이 어떻게 육지의 일에 관여할 수 있겠습니까? 저자는 함부로 혀를 놀려 무고한 신을 모함하고 있습니다. 터무니없는 이 말이 받아들여진다면 조정은 우롱당하고 신은 죄 없이 형벌을 받게 될 것이니 이는 위로 조정을 편안하게 하고 아래로 백성을 온전하게 보호하는 계책이 아닙니다."

심문과 대답이 여러 번 오갔으나 그자는 끝끝내 굴복하지 않았다. 용왕 또한 미심쩍어서 결정을 내리기 어려웠다. 그러자 백룡후가 태수에게 귓속말로 말했다.

"부인 양씨의 성명을 알려서 대질심문을 해달라고 하는 게 좋겠소."

태수가 그렇게 아뢰자 용왕은 양씨를 데려오게 했다. 해 질 무렵 다시 두 나졸이 한 미인을 데려왔는데 사뿐사뿐 동쪽에서 걸어들어왔다. 용왕이 물었다.

"둘 중에 누가 네 남편이냐?"

"청색 옷을 입은 사람이 제 남편이며, 붉은 모자를 쓴 자는 저의 원수입니다. 불행히도 저 요괴에게 납치된 지 어언 3년이나 되었습니다. 남편이 은혜를 내리지 않았더라면 더러워진 몸과 마음으로 어찌 다시 하늘의 해를 볼 수 있었겠습니까?"

말을 마치자마자 용왕이 크게 노하여 소리쳤다.

"이 교활한 놈이 이처럼 간악한 마음을 품으리라고는 생각도 못했다. 몰래 음란한 짓을 일삼아 놓고 뻔뻔스레 그 사실을 속이다니! 이런 짓을 했으니 죽는 것으로도 부족하다."

그때 녹색 도포를 입은 정형녹사(正刑錄事)[9]가 아뢰었다.

"신이 들건대 사사로움을 좋아서 상을 주면 상이 불공평해지고 화가 났을 때 형벌을 내리면 형벌이 반드시 지나치게 된다 하옵니다. 이자는 비단 죄만 있는 것이 아니라 공로도 있으니 이를 잘 참작해야 마땅한 줄 아옵니다. 이자는 전하의 수족으로서 변방을 지키는 중임(重任)을 맡았으면서도 스스로 죄를 범했으니 백성에게 무슨 덕을 베풀었겠습니까? 죄가 있으면 벌을 받아야 하니 만 번 죽더라도 마땅하오나 그 세운 공을 참작하여 목숨만은 살려 주셨으면 합니다. 원하옵건대 삼족을 멸하는 벌을 감하셔서 흑도(黑都)로 귀양 보내소서."

용왕이 옳은 말이라 여기고는 다음과 같이 판결했다.

무릇 들건대 인생은 잠시 머무는 객사(客舍)와 같아서 한 번 지나가면 그만이지만 새로운 것이 뒤를 잇는다 했고, 하늘의 도는 털끝만치도 어긋남이 없어서 착한 이에게 복을 주고 나쁜 이에게 화를 내린다 했으니, 이 말은 조리가 분명하며 고금(古수)에 모두 해당된다.

지금 너는 외람되게도 공신이라 하여 한 지방을 맡아 왔다. 진실로 혁혁한 영험을 드러내어 짐의 덕을 널리 베풀어야 마땅하거늘 어찌 한량없는 사욕을 추구하며 음란한 짓을 일삼는단 말인가? 요사스럽고 사악한 행실이 날로 심해지니 법을 적용하지 않을 수 없다. 아아! 자기의 재물이 아닌 것을 빼앗고 자기 여자가 아닌 여자를 납치하는 어리석음을 저질러 용서할 수 없는 죄를 범했으니 그에 해당하는 법 조항을 적용하여 그 간악함을 징벌해야 마땅하다.

---

9) 형벌을 맡은 벼슬 이름.

저 양씨는 비록 흠은 있지만 그 실정은 매우 가련하다. 몸은 마땅히 전남편에게 돌아가야 할 것이며, 자식은 신교에게 보내라. 판결문이 이미 작성되었으니 담당관은 거행하라.

용왕의 판결이 끝나자 신교는 머리를 떨군 채 끌려나갔다. 좌우에 있던 신하들은 태수에게 눈짓을 해 물러가게 했다.

백룡후는 잔치를 열어 태수에게 술을 권하고는 문서(文犀)와 대모(玳瑁)[10]를 선물로 주었다. 태수 내외는 사례하고 집으로 돌아와 고향 사람들에게 그 일의 전말을 자세히 말했다. 사람들은 태수의 귀향을 기뻐하는 한편 그 일을 기이하게 여겼다.

훗날 태수가 홍주에 볼일이 있어서 다시 그 사당 앞을 지나가게 되었다. 사당의 담과 벽은 무너져 있었고 부서진 비석에는 이끼가 가득했으며 목면나무의 버들개지만 어지러이 석양에 날리고 있었다. 촌로를 찾아 그 까닭을 물으니 모두들 이렇게 말하는 것이었다.

"작년 대낮에 갑자기 구름도 없이 비가 내리더니 강물이 삽시간에 불어난 일이 있었다오. 그때 푸른 비늘에 붉은 머리를 한 10여 길이나 되는 구렁이가 강물에 휩쓸려 북쪽으로 갔는데 그 뒤를 따르는 크고 작은 뱀들이 도합 백여 마리였다오. 이 사당은 그후 영험이 없어졌다오."

손가락을 꼽아 보니 송사가 있던 바로 그 날이었다. 참으로 기이한 일이라 하겠다.

아아. 성인(聖人)이 정한 제사법은 "큰 재앙을 막아 준 자를 제사지내고 큰 우환거리를 물리쳐 준 자를 제사지낸다"[11]는 것이다. 이런 제사를 받는 자라면 마땅히 명분과 의리를 생각할 터인즉 제사를 받으면서 사람에게 해를 끼

---

10) 문서(文犀)는 무늬가 있는 코뿔소 뿔이고, 대모(玳瑁)는 무늬가 있는 거북의 등껍데기로 모두 귀한 보물이다.

11) 『예기』(禮記)의 「제법」(祭法) 제23편에 나오는 말.

칠 리가 있겠는가? 신교를 귀양 보내는 데 그친 건 용왕이 제대로 벌을 준 것이라 할 수 없다. 만일 허손(許遜)[12]이나 차비(佽飛)[13] 같은 자가 있었다면 신교를 처치해 버렸을 것이다. 적인걸(狄仁傑)[14]이 하남(河南)을 순시할 때 사악한 귀신을 모신 사당 천칠백여 개를 없앤 것은 참으로 까닭이 있었다고 하겠다.

---

12) 진(晉)나라 때 사람. 신통력이 있어 요괴를 많이 물리쳤다.
13) 주(周)나라 때 인물. 칼로 교룡(蛟龍)을 베어 죽였다.
14) 당나라 때 인물. 백성에게 선정을 베푼 위정자로 유명하다. 강남 순무사(巡撫使)였을 때 우(禹)임금, 태백(太伯), 계찰(季札), 오원(伍員)을 모신 사당 넷을 제외한 모든 사당을 철폐해 버렸다.

원한

　자산(慈山)이라는 땅에 이름난 기생 도씨(陶氏)가 있었는데 자(字)가 한탄(寒灘)이었다. 그녀는 음악에 밝고 글에 통달했다. 진(陳) 유종(裕宗) 5년[1]에 궁궐의 기생으로 뽑혀 술 마시고 노름하는 자리에서 날마다 시중을 들었다. 하루는 임금이 이하(珥河)[2]에서 배를 띄워 동보두(東步頭)[3]까지 내려와서 낭랑히 시를 읊었다.

　　안개 자욱하니 종소리 나지막하고
　　모래사장 평평하니 나무 그림자가 길구나.

　곁에 있던 신하들이 화답하지 못하고 있을 때 도씨가 얼른 화답했다.

---

* 이 작품의 원제는 「도씨업원기」(陶氏業冤記)이다.
1) 1345년에 해당한다. 유종의 재위 기간은 1341∼1369년. 유종은 향락에 빠져 국정을 돌보지 않았으며 이 때문에 몇 명의 권신(權臣)이 권력을 좌지우지했던바, 이로 인해 진 왕조의 쇠망이 가속화되었다.
2) 홍하(紅河)의 별칭.
3) 하노이 동쪽의 나루.

차가운 여울[寒灘]의 물고기는 달빛을 마시고
옛 전쟁터의 기러기는 서리 내리는 가을에 울고 있네.

임금은 크게 칭찬했다. 이 일로 인해 그녀의 자는 한탄이 되었다.

유종이 죽자[4] 한탄은 서울에서 조용히 지내며 행견(行遣)[5]을 지낸 위약진(魏若眞)의 집에 늘 왕래했다. 자식이 없던 약진의 부인은 질투가 심해 한탄이 자기 남편과 정을 통했다고 여겨 한탄에게 매질을 했다. 한탄은 분함을 참지 못해 구슬과 머리 장식을 팔아 자객을 사서 약진의 집에 보냈다. 자객은 그만 그 집 문지기에게 붙잡히고 말았는데 한탄이 시킨 일이라고 자백했다. 이에 두려움을 느낀 한탄은 머리를 깎은 후 승복을 입고는 불적사(佛跡寺)[6]에 몸을 숨겼다. 그곳에서 불경을 읽고 부처의 말씀을 설법했는데 몇 개월이 지나자 불법(佛法)을 통하였다. 한탄은 암자를 지어 거처하면서 신도들에게 방문(榜文)[7]을 지어 줄 것을 청했다. 당시 신도들 중에는 나이가 열네댓 된 마을 소년이 있었는데 한탄은 그가 어리다고 얕보고 희롱했다.

"어린 너도 글을 지을 수 있겠니? 나를 위해 한번 지어 볼래?"

그 소년은 이 말에 전연 화를 내는 기색이 없었다. 그러나 물러나 한탄의 행적을 탐문해 다음과 같은 글을 지었다.

들건대 부처는 자비를 근본으로 삼으므로 각성(覺聖)이라 한다고 한다. 청정(淸淨)에 힘쓰면 거짓을 벗어나 참에 들 수 있고, 불법을 닦으면 덕이 높은 스님이 될 수 있다. 불적산 암자 주인 도씨는 기생의 적

---

4) 이 부분은 착오가 있다. 유종이 죽은 해는 1369년인데 작품의 뒷부분에 한탄이 1349년에 죽었다고 해놓고 있어 선후가 맞지 않는다. 작자는 유종이 죽은 해를 잘못 안 것으로 보인다.
5) 조선시대의 관찰사에 해당하는 벼슬.
6) 석실현(石室縣) 시계사(柴溪社)에 있는 절. 원래 이름은 불적산사(佛跡山寺)이다.
7) 여러 사람에게 널리 알리기 위해 써붙이는 글.

(籍)에서 몸을 빼내 중이 되었다. 앵두처럼 붉은 입술과 버들가지처럼 가는 허리로 「양주곡」(梁州曲) 몇 가락을 부르던 생활을 청산하고 홀연 불법을 닦아 도솔천(兜率天)에 귀의했다. 고운 치마는 상수(湘水)[8]에 내다 버리고 삼단 같던 머리카락도 싹둑 잘라 버렸다. 하지만 공연히 꿈 속의 좋은 경치에 흥치를 느끼고, 베개를 베고 신선 세계를 유람한다.[9] 어디선가 불어오는 바람에 마음이 어지럽고 여러 곡조의 피리소리에 심란해 한다. 고요한 절간은 기방보다 낫고, 중의 옷은 기생의 무의(舞衣) 보다 훨씬 낫다. 손에 물을 떠서 몰래 자신의 얼굴을 비춰 보기도 하는데, 밤에 불경을 낭랑히 욀 땐 기생 시절 그 목소리 꼭 그대로다. 비록 선정(禪定)에 들어 이욕(利欲)을 잊었다 하나 술에 취한 듯한 미친 마음 어찌할 수 있나. 장사치를 남편으로 삼지 않고[10] 여승이 되어 선(禪)에 드는 길을 택했네.[11] 옛날엔 화대 주던 부귀한 집 자제들이 끊이질 않더니, 지금은 신도들이 뻔질나게 드나드네. 종소리 그치고 찻잔도 비어 다른 일 없으니 절에서 언제 한번 잠자리나 같이 했으면.

이 글을 절문에 걸어 놓자 원근에서 서로들 베껴 갔다. 이에 한탄은 몸을 빼내 야밤에 도주했다.

한탄은 해양(海陽)의 여기산사(麗奇山寺)[12]가 산이 깊고 물이 맑으며

---

8) 동정호로 흘러들어가는 강 이름.

9) 당나라 현종(玄宗) 때 귀자국(龜玆國)에서 베개 하나를 바쳤다. 그 빛깔은 아름답고 옥처럼 윤택이 났다. 그것을 베고 잠이 들면 꿈속에서 십주(十州)와 삼도(三島)에 노닐었다. 이로 인해 현종이 그 베개를 '유선침'(遊仙枕)이라 불렀다는 고사가 전한다.

10) 당나라 때 장안의 기생이 비파를 잘 탔는데 나이가 들어 꽃 같은 얼굴이 시들자 장사치의 아내가 되었다. 그녀는 남편과 함께 다녔는데 남편의 배가 심양(潯陽) 강가에 잠시 정박하게 되었다. 그 당시 시인 백낙천이 심양에서 사마(司馬) 벼슬을 하고 있었는데, 객을 전송하기 위해 나왔다가 문득 비파소리를 듣고 그 소리나는 곳을 찾았다. 마침내 그녀가 탄 것을 알고 자기 배에서 비파를 연주하게 했다는 고사가 있다.

11) 송나라 때 소동파(蘇東坡)가 항주(杭州) 서호(西湖)에 있을 때 금조(琴操)라는 기생과 사귀었다. 그녀는 소동파와의 문답 중 깨달음을 얻어 여승이 되었다는 고사가 전한다.

경치가 아름답다는 말을 듣고 그리로 갔는데 절에는 나이가 지긋한 법운(法雲)이라는 승려와 나이 젊은 무기(無己)라는 승려가 거주하고 있었다. 한탄이 그곳에 머무르기를 청하자 법운은 이를 거절했다. 그리고 무기에게 다음과 같이 말했다.

"이 여인은 행실을 삼가지 않고 성품이 경박하다네. 게다가 묘령의 나이에 나라를 기울일 정도의 미모를 지녔네. 마음은 돌이 아니어서 미인이 사람 마음을 동하게 하니 걱정일세. 연꽃이 진흙에 더럽혀지지는 않지만, 안개가 밝은 달을 가릴까 봐 두렵네. 자네는 잘 거절하여 뒤에 후회하는 일이 없도록 하게."

그러나 무기는 이 말을 듣지 아니하고 한탄을 받아들였다. 그러자 법운은 그 날 즉시 봉황산(鳳凰山)[13]으로 거처를 옮겼다.

한탄이 비록 절에 거주하고 있으나 기생의 본색은 어쩔 수 없었다. 당(堂)에 올라 불경을 외면서 늘 얇은 비단옷과 화려한 치마를 입고 궁중에서처럼 진한 화장을 했다. 무기는 이런 한탄과 가까이 지내다 보니 청정한 마음이 쉽게 더럽혀져 마침내 그녀와 사통하게 되었다. 두 사람이 서로 관계를 맺자 정욕을 채우는 데 거리낌이 없어 마치 가뭄에 장맛비를 만난 것 같고 봄을 만난 나비 같았다. 이리하여 불법에 뜻을 둘 겨를이 없었다.

두 사람은 사랑에 눈이 멀어 자기들 하고 싶은 대로 하면서 날마다 시를 주고받았는데 읊조릴 만한 산중의 경치는 모두 다 읊었다. 여기에 다 소개할 수는 없지만 몇 편만을 적는다.

　구름
　멀리서 바라봄에 짙었다가 옅어지니
　하늘가에 축축한 기운 상기 남았군.

---

12) 여기사(麗奇寺)라고도 하는데 지령현(至靈縣)에 있었다.
13) 지령현(至靈縣) 북북서의 봉산현(鳳山縣)에 있는 산이 아닌가 추정됨.

새벽에 가랑비 따라갔다가
저녁에 노을을 머금고 돌아오네.
뭉게뭉게 바람에 솟아오르고
아득히 먼 곳으로 날아가누나.
상좌승과 사미승이 다 게으르니
누구라서 절문을 닫을꼬글쎄.

비
한바탕 비에 일천(一千) 바위 어둑해지며
후둑후둑 빗소리 들려오누나.
구슬이 땅에 쌓이는 듯하고
별이 하늘에 지는 듯하이.
시냇물은 콸콸 흐르고
서늘함은 객의 꿈을 맑게 만드네.
암자에는 도무지 일이 없어서
밤이 되니 시간이 많기도 하네.

바람
천지의 바람 그윽한 골짝에 불어와
밤새도록 쏴아쏴 그치지 않네.
꽃에 부니 붉은 꽃잎 어지러이 지고
나무를 흔드니 녹음이 소스라치네.
승복은 얇아서 으스스하고
종소리 바람에 실려 맑기도 하지.
가없는 천지간에
불평(不平) 때문에 소리를 내는군그래.

달

아스라한 나뭇가지 희미하더니
공중에 흰 기운 솟아오르네.
산에 걸려 은거울 이지러지고
구름에 가려 옥쟁반 사라지기도.
달 그림자 송문(松門)14)에 지니 고요하고
서늘한 빛 죽원(竹院)15)을 감싸니 그윽도 하지.
밝은 달빛은 어디든 있으니
굳이 누각에 오를 게 무어람.

절

대숲에 비치는 단청 휘황도 한데
산중턱에 은은히 석양이 지네.
바람이 세니 소나무 파도치듯 울고
하늘이 가까우니 계수나무 향기가 나네.
골짜기 작으니 짐승소리 유난히 들리고
산봉우리 비스듬하니 탑 그림자가 길군.
속세에서 명리(名利)를 구하던 사람
절을 보고 얼마나 배회했던가.

아이

나무 하고 꼴 베며 산에서 자라
어찌 평지의 들을 알리오?
먹구름 낀 날이면 미치광이처럼 노래하고

---

14) 소나무가 있는 절 문.
15) 대나무가 있는 뜰.

어둑어둑 해 저물면 피리를 부네.
사슴이며 오리와 동무가 되어
물 맑고 경치 좋은 마을서 사네.
깊은 골짝 속으로 돌아오면은
구름이 소천지(小天地)를 가리는군그래.

　원숭이
산에 숨어 사는 소남(巢南)16)을 벗해
하루에 몇 번이나 벼랑을 타나?
삼협(三峽)의 잔나비 울음17)은 눈시울을 적시게 하고
초나라 성성이 슬픈 소리 하늘까지 닿네.18)
개울물 마시다가 벗을 따라 떠나가고19)
불경 읽는 소리 들으려고 동무와 함께 찾아오네.20)
구름이 깊으니 어느 곳에 있나?

---

16) 당나라 때 왕진(王縉)이 숭산(嵩山)에서 글을 읽고 있는데 소남(巢南) 등 네 사람이 술통을 들고 방문하여 함께 고담준론을 펼치고는 원숭이로 변해 사라졌다는 고사가 있다.

17) 삼협(三峽)은 중국 촉(蜀)의 지명으로 그곳 절벽의 원숭이 우는 소리는 특히 구슬프다고 한다.

18) 춘추시대 초나라에 신령한 원숭이가 있었는데, 명궁 양유기(養由基)가 잡으러 오자 스스로 죽을 줄 알고 눈물을 흘렸다는 고사가 있다.

19) 송나라의 왕유(王裕)라는 사람이 야빈(野賓)이라 이름붙인 원숭이 한 마리를 기르다가 놓아 주었다. 그후 왕유가 촉 땅에 갔더니 뭇 원숭이들이 함께 시냇물을 마시고 있었다. 그중 한 마리 원숭이가 무리를 떠나 다가왔는데 왕유의 하인이 '야빈!' 하고 부르니 좋아했다. 그러다가 그 원숭이는 슬피 울면서 짝을 부르며 떠났다는 고사가 있다.

20) 옛날 어떤 선사(禪師)가 날마다 암자 앞의 나무 아래에서 불경을 읽었는데 한 늙은 원숭이가 나무 사이에서 몰래 듣곤 했다. 후에 그 원숭이는 사람으로 변신해 선사를 찾아와 자신의 성명이 원손(袁遜)이라고 했다. 원숭이는 선사의 게(偈)를 듣고 문득 깨달아 자신도 게송(偈頌)을 읊은 다음, 그 자리에서 바로 입적했다. 200년 후 남송(南宋)의 어떤 부인이 원숭이 태몽을 꾼 후 아이를 낳았는데 그 아이는 자라서 선사가 있던 그 절의 중이 되었다는 고사가 전한다.

산은 참으로 높고도 험하네.

　새

구름과 안개 너머 날아다니니
그 신세 하루 종일 한가롭구나.
어둑어둑 산자락에 새소리 들리니
서너 마리 새가 석양에 돌아오네.
열매 물어 절에다 불공드리고
이 산 저 산에 둥지를 트네.
재잘대는 그 소리 뉘라서 알까?
겨우살이 덩굴 사이를 날아다니네.

　꽃

높고 낮은 나무에 봄기운 드니
가지가지 붉은 꽃 불타듯하이.
동쪽과 서쪽은 붉은 노을 천지이고
멀고 가까운 곳 모두가 금수강산일세.
붉은 꽃잎은 숲 기슭에 떨어지고
향기로운 바람은 동구(洞口)에 불어오네.
절로 피었다가 절로 지니
고금의 봄은 몇 번이나 될까?

　나뭇잎

푸른 하늘은 끝이 없는데
우거진 나뭇가지 바라보니 아득도 하군.
가을 되자 낙엽이 산길을 덮고
봄이 됨에 녹음이 오솔길을 메우네.

한낮에도 비질하는 사람 보이지 않고
안개 자욱한 곳엔 새소리만 들리누나.
너무 푸르러 아무리 보아도 다하지 않는데
천리 밖에 석양이 뉘엿뉘엇 지네.

무기는 미혹으로부터 돌아올 줄 모르고 눈앞의 쾌락만 즐기고 있었으니 즐거움이 지극하면 슬픔이 생기는 게 세상 이치다. 기축년(己丑年, 1349)에 한탄은 과연 자궁에 병이 생겨 봄부터 여름까지 남의 도움을 받아야만 거동을 할 수 있었다. 무기는 본디 의술에 대해 잘 모르는지라 제대로 치료를 하지 못해 한탄은 요에 피를 흘리며 괴로워하다가 죽었다. 무기는 몹시 슬퍼하며 서쪽 행랑 끝에 있는 빈소에서 아침저녁으로 관을 어루만지며 흐느꼈다.

"당신은 한을 품은 채 나 때문에 죽었구려. 당신을 만날 수만 있다면야 나는 죽어도 좋소. 진실로 당신 혼자 죽게 할 순 없소. 당신은 평소 총명하고 남다른 데가 있었소. 넋이 있어 내 말을 듣고 있다면 빨리 나를 저승으로 데려가 내가 법운과 상면하지 않게 해주구려."

몇 달 후 무기는 한탄을 그리워하다가 병이 들었다. 반 년을 앓았는데 미음도 삼킬 수 없는 지경이 되었다. 어느 날 저녁 홀연 한탄이 나타나 말했다.

"저는 이전에 불문(佛門)에 몸을 맡겼지만 속세의 생각을 떨쳐 버리기 어려운 걸 자조(自嘲)하고 업(業)이 스러지지 않는 걸 한스러워했어요. 그러다가 명이 다하여 죽게 되었지요. 살아서 즐거운 일을 다 누리지 못했으니 죽은 후에 다시 만나도 괜찮겠지요. 바라는 바는 당신께서 육여(六如)21)의 법게(法偈)를 깨달아 사대(四大)의 선상(禪床)22)을 버리고 절을

---

21) '육여'(六如)는 인간 세상의 모든 일이 공(空)이라는 뜻이다. 『금강경』(金剛經)에 일체유위법(一切有爲法)이 여몽(如夢), 여환(如幻), 여포(如泡), 여영(如影), 여로(如露), 여전(如電)하다는 말이 있다.

22) 육신(肉身)을 말한다. '사대'(四大)는 지(地)·수(水)·화(火)·풍(風)을 가리키는데 사람

떠나 황천으로 오셔서 저로 하여금 부처님의 힘으로 빨리 환생해 원한을 갚게 해주는 거예요."

말을 마치자 사라졌다. 그후 무기의 병은 점점 더 심해졌다. 법운이 그 소문을 듣고 하산해 가 보았지만 이미 손을 쓸 수가 없었다. 두 사람은 서로 바라보며 눈물만 흘릴 따름이었다. 무기는 얼마 안 있어 죽었다.

그 날 밤 칠흑 같은 어둠 속에 비바람이 몹시 쳤는데 서울에서는 모래와 자갈이 날려 집들이 부서지기까지 했다. 바로 이 날 약진의 부인은 두 마리 뱀이 자기를 물며 왼쪽 겨드랑이를 파고드는 태몽을 꾸었다. 그후 쌍둥이 사내아이를 낳았는데 큰아이 이름은 용숙(龍叔), 작은아이 이름은 용계(龍季)라 지었다. 돌이 되자 능히 말을 하고 여덟 살에 이미 문장을 지었으므로 부모에게 몹시 사랑을 받았다.

한창 무더운 어느 여름날이었다. 약진이 누대에서 더위를 식히면서 멀리 거리를 내려다보니 시주승이 그 아래를 지나가고 있었다. 시주승은 누대를 쳐다보더니 주저하면서 가지 못하고 탄식하는 것이었다.

"이 누대가 참 이상하군. 필시 교룡(蛟龍)의 소굴이 되겠으니 안됐군, 안됐어!"

약진은 이 말을 듣고 놀라 얼굴이 창백해졌다. 그는 황급히 중을 쫓아가서 물었지만 중은 잘 말해 주지 않고 그저 이렇게 대꾸할 뿐이었다.

"마침 정신이 혼미해 그렇게 말한 것일 뿐 특별히 들려줄 게 없으니 꼬치꼬치 묻지 말구려."

약진이 계속 간청하자 중은 말문을 열었다.

"당신 집에는 요괴의 기운이 가득 쌓여 있소. 전생의 업보가 아니라면 현세(現世)에 당신의 집에 원한 품은 사람이 있어서겠지요. 그 사람이 이미 집안에 있으니 몇 달 안에 당신 집안은 망하게 될 거요."

의 몸은 이 사대로 되어 있다고 한다. '선상'(禪床)은 참선하는 자리를 말하는데 소동파의 고사에서 유래하는 말이다. 소동파가 어느 날 불인(佛印)이라는 중과 노닐다가 장난 삼아 말하기를 "스님의 사대를 빌려 선상으로 삼고자 하오"라고 했다고 한다.

약진이 애원하며 도와달라고 청하자 중은 말했다.

"나는 본래 사람을 보는 눈이 남다르오. 내가 당신 집안 사람들을 하나씩 살펴보다가 그자를 보게 되면 동이를 두드려 당신께 알려드리리다. 만약 우리가 나눈 말이 한마디라도 새어나간다면 그 즉시 화가 생길 테니 조심하구려."

약진은 하인에게 명령하여 집안 사람들로 하여금 모두 중에게 인사드리게 했다. 중은 머리를 저으며 말했다.

"그자가 없으면 내색을 할 것 없지."

중은 계속 사람들을 살펴보더니 학교에 간 두 아이를 불러오게 했다. 아이들이 오자 중은 즉시 동이를 두드리며 탄식했다.

"훌륭하도다, 두 대장부여! 진실로 기이한 업적을 세워 집안을 일으키겠구나. 세상을 놀라게 하고 뭇 사람들이 우러러볼 사람은 반드시 이 사람일세!"

두 아이가 화를 내며 말했다.

"어디서 온 중이기에 함부로 입을 놀리시오?"

두 아이는 옷을 떨치고 가 버렸다. 약진 역시 시주승에 대해 언짢게 생각하는 눈치였으므로 시주승은 하직하고 떠났다. 이 날 밤 용계가 울면서 용숙에게 말했다.

"아까 낮에 요사스러운 중이 좋지 못한 말을 많이 했는데 꼭 우리 마음을 꿰뚫어 보는 듯했어. 그가 우리 정체를 알아봤다면 우리는 어쩔 도리가 없어."

용숙이 웃으며 대답했다.

"우리를 없앨 수 있는 사람은 고승인 법운밖에 없어! 다른 자 같으면 그 지닌 부적을 우리가 쉽게 뺏을 수 있어. 더군다나 약진은 우리 아버지니 우리를 의심하지 않을 거야. 그러니 걱정할 것 없어."

이때 약진은 잠이 오지 않아 혼자 산책을 하면서 배회하던 중이었다. 우연히 창틈으로 흘러나오는 말을 듣고 깜짝 놀라 어쩔 줄 몰랐다.

다음날 약진은 다른 일을 핑계대고 여러 절을 두루 찾아다니며 법운이라는 이름을 가진 중을 찾았다. 한 달쯤 후 여기산사에 이르러 법운이라는 중이 있는지 물었다. 한 동자승이, 자기가 어렸을 적에 그 이름을 들은 적이 있는데 깊은 산 속에 들어간 지 벌써 여러 해째 된다고 일러주었다. 동자승은 봉황산을 가리키며 저 산이 법운 스님이 들어간 산이라고 말해 주었다.

약진은 옷을 걷어붙이고 4, 5리를 걸어 마침내 봉황산에 도착했다. 법운은 안석에 기대어 드르릉드르릉 코를 골며 자고 있었다. 좌우에는 두 명의 동자가 있었는데, 약진이 허리를 굽혀 걸어들어가자 꾸짖으며 들어오지 못하게 했다. 이윽고 중이 잠에서 깨자 약진은 인사를 드리고 찾아온 연유를 자세히 이야기했다. 그러자 법운이 웃으며 말했다.

"선생께서 잘못 찾아왔소이다. 소승은 절에 거처하지 않은 지 오래되었을 뿐 아니라 속세를 밟지 않은 지도 오래라오. 단지 풀로 엮은 암자를 깨끗이 청소하여 향을 피워 놓고 『능엄경』(楞嚴經)23)을 여러 번 읽었을 따름이지 부적을 그리거나 도술을 부리는 따위는 잘 알지 못한다오."

법운은 딱 잘라 거절했다. 이때 곁에 있던 두 동자가 말했다.

"부처님께서는 자비와 제도(濟度)를 불법의 요체로 삼으셨습니다. 중생이 고해(苦海)에 빠져 있음을 불쌍히 여기셔서 미혹함에 물든 것을 구원하여 모두 극락에 가 좋은 인연을 누리게 하셨으니, 부탁을 거절하는 게 어찌 넓고 큰 부처님의 가르침이겠습니까?"

마침내 법운은 약진의 부탁을 들어주었다. 그리고 자리에 나아가 제단을 설치한 후 사방에 등을 밝히고는 붉은 글씨로 부적을 썼다. 밤 여덟 시경이 되자 열 길이나 되는 먹구름이 제단 주위를 둘러쌓으며, 차가운 바람이 세차게 불어와 감히 범접할 수 없었다. 법운은 쇠뭉치를 잡고 좌우로 휘둘렀으며, 이따금 제단을 벗어나 마치 누구를 꾸짖는 모습을 하기도 했다. 약진이 멀리 딴 곳에서 주렴을 걷고 몰래 내다보니 아무것도 보이지 않고 다만 울음소리만이 공중에서 계속 들려왔다. 잠시 후 소리가 그치고 구름이 조금씩 걷혔다.

---

23) 불교 경전의 하나.

이튿날 법운은 돌에 웅황(雄黃)24)을 바르고 그 위에 글씨를 써서 약진에게 주며 말했다.

"집에 돌아가 요괴가 변해서 된 물건을 보면 급히 이 돌을 던지시오. 그러면 화근이 없어질 게요."

약진이 집에 도착하니 아내가 울면서 말했다.

"며칠 전 자정경에 두 아이가 서로 손을 잡고 우물에 뛰어들어 죽었답니다. 그후 우물물이 크게 불어나 뜰 계단까지 올라왔어요. 남쪽 정원에 두 아이의 빈소를 차려 놓고 당신이 돌아오시면 장사지내려고 기다리고 있었어요."

"죽으면서 무슨 말을 합디까?"

"서로 원통해 하며 '두어 달만 더 있으면 우리 일이 성공했을 텐데 거듭 미친 중놈이 들어 일을 망쳐 놓는구나!'라고 했어요."

부인이 다시 대성통곡하자 약진은 울음을 그치게 하고 함께 남쪽 정원으로 갔다. 약진이 관을 열어 살펴보니 두 아이는 이미 두 마리 뱀으로 변해 있었다. 약진이 돌을 던지자 두 마리 뱀은 순식간에 문드러져 재가 되었다.

약진 부부는 금과 비단을 넉넉히 장만해서 법운에게 사례하고자 봉황산 꼭대기로 찾아갔다. 그러나 암자에는 이끼만 무성하고 법운은 행방이 묘연하여 낙담한 채 그냥 돌아왔다.

아아, 공자께서는 "이단을 추구함은 해로울 뿐이다"라고 말씀하셨다. 하물며 불교를 신봉하면서도 불교의 가르침에 따르지 않는다면 그 해독을 어찌다 말할 수 있겠는가? 저 무기는 몹시 간사한 자로서 음란한 짓을 자행했으니 단지 사람을 속였을 뿐 아니라 부처도 속였다 하겠다. 그러니 옛날 중국 위(魏)나라 임금이 중들을 다 죽였듯이25) 그를 사형에 처한다 할지라도 시원

---

24) 천연의 등황색 비소화합물. 그 색깔 때문에 붉은빛의 주사(朱砂)와 함께 귀신을 쫓는 데 사용되었다.
25) 위나라의 최호(崔浩)는 불교를 좋아하지 않아 늘 임금에게 불교를 물리치라고 권했다.

치 않다 할 것이다. 그렇다면 약진에게는 잘못이 없는 걸까? 고관(高官)인
자가 행실이 그러했으니 어찌 집안을 올바로 다스릴 수 있었겠는가? 화근을
스스로 만들어 뜻밖의 재앙을 만날 뻔했으니 "자신에게서 나온 것이 자신에게
로 되돌아온다"는 말이 이에 해당하는바, 어찌 괴이할 게 있겠는가!

임금이 개오(蓋吳)를 토벌하러 장안에 이르러 어떤 절에 들어가 보니 병기가 있을 뿐만
아니라 굴 속에 부녀들이 거처하고 있었다. 임금은 최호의 건의를 받아들여 모든 절의 재
산을 몰수하고 불상을 없애고 천하의 중들을 모조리 잡아죽이게 했다.

두 신령의 다툼

오자문(吳子文)은 이름이 찬(讚)인데, 양강(諒江)의 안용(安勇) 사람이다. 그는 강개하고 기절(氣節)을 숭상했으며 성격이 곧아 간사함을 용납치 않았다. 중국으로부터도 강직하고 방정한 사람이라는 평을 받았다.

그가 사는 고을에 오래된 사당이 있었는데, 영험하다는 소문이 자자했다. 호씨(胡氏)[1] 말에 명나라 군대가 침략하여 고을이 전쟁터가 되었다. 당시 목성(沐晟)[2]의 부장(部將) 최백호(崔百戶)[3]가 사당 근처에서 전사했는데, 이후 요괴가 되었다. 백성들은 이 요괴를 섬기느라 재산을 다 바쳐 파산할 정도였지만 그럼에도 바친 재물이 부족하다고들 생각했다. 이러한 사태를 보고 자문은 분노를 참지 못해 목욕 재계한 다음 하늘에 빌고 그 사당을 불질러 버렸다. 곁에 있던 사람들이 이 광경을 보고서 혀를 내두르며

---

* 이 작품의 원제는 「산원사판사록」(傘圓祠判事錄)이다.

1) 진(陳) 왕조의 신하였던 호계리(胡季犛)가 제위를 찬탈해 세운 왕조를 가리킴. 호 왕조는 1400년에서 1407년까지 호계리와 그의 아들 호한창 2대 동안 존속했다. 호한창이 제위에 있을 때 명나라의 침략을 받아 호계리와 함께 포로가 되어 중국으로 잡혀감으로써 호 왕조는 종언을 고하고 이후 20년간 베트남은 중국의 지배를 받았다.

2) 베트남을 침공한 명나라 군대의 총사령관 이름.

3) 백호(百戶)는 무관의 관직 이름이다.

걱정했지만, 자문은 팔을 뽐내며 돌아보지조차 않았다.

사당을 다 태우고 집으로 돌아오니 몸이 이상했다. 머리와 심장이 떨리고 오싹오싹했으며, 한기와 열이 번갈아 찾아들었다. 그때 우람하고 풍채가 좋으며 투구를 쓴 어떤 자가 찾아왔는데, 말씨나 옷차림이 중국 사람과 비슷했다. 그는 자칭 사당의 신이라고 하면서 불태운 사당을 복구할 것을 요구했다. 그리고 다음과 같이 말했다.

"그대는 유생(儒生)으로서 성현의 글을 읽었으면서도 귀신의 덕이 성대한[4] 줄 모르고 경솔하게 귀신을 능멸해 신상을 훼손하여 불태우고 사당을 재로 만들어 제사를 못 지내게 함으로써 신령이 의탁할 곳을 없앴으니, 뭐라고 대꾸할 것이냐? 나를 위해 사당을 중수하여 옛날처럼 되돌려 놓아라! 그렇지 않으면 저 옛날 고소(顧邵)가 무고하게 여산(廬山)의 사당을 훼손한 후 당한 화[5]보다 더 큰 화를 당할 것이다."

자문이 아무런 대꾸도 않고 정좌한 채 태연히 있으니 그자는 화를 내면서,

"지옥이 멀지 않다! 내 비록 노둔하지만 어찌 너를 지옥으로 못 보내겠느냐. 내 말을 듣지 않으면 변이 일어날 것이다."

라고 말하고는 소매를 떨치고 가 버렸다.

저녁 어스름에 또 웬 노인이 찾아왔는데, 검은 옷에 오사모(烏紗帽)[6]를 썼으며 풍채가 아담하고 점잖았다. 그는 천천히 섬돌 앞으로 걸어와 읍한 후 말했다.

"나는 사당의 신이오. 그대의 쾌거를 듣고 감히 치하하지 않을 수 없군요."

---

4) 『중용』(中庸) 제16장에 "귀신의 덕은 성대하다"라는 말이 있다.
5) 중국 삼국시대의 사람. 예장(豫章) 태수(太守)로 있을 때 음사(淫祠)를 금하고 여러 사당을 없앴다. 여산(廬山)의 사당을 없앤 후 여산군(廬山君)이라 자칭하는 귀신이 나타나 사당을 복구할 것을 요구했지만 고소(顧邵)는 받아들이지 않았다. 귀신이 화를 내며 "3년 내로 그대에게 슬픈 일이 생길 것이다" 했는데, 과연 3년 후 고소가 병에 걸렸다. 사람들이 모두 사당을 복구할 것을 권했지만, 고소는 "사악함이 어찌 올바름을 이기겠느냐?"며 그 말을 듣지 않았으며, 마침내 숨을 거두었다.
6) 옛날에 관원(官員)이 관복(官服)을 입을 때 쓰던 검은 비단으로 만든 모자.

자문이 깜짝 놀라며 뇌까렸다.

"아까 투구를 쓰고 온 자도 사당의 귀신이 아니던가? 무슨 사당 귀신이 이리도 많은가?"

노인은 한숨을 쉬며 이렇게 말했다.

"그자는 원래 명나라의 패장으로서 남국에 떠도는 혼이라오. 내 집을 훔쳐 웅거하면서 내 이름을 사칭하고 있는데, 사술(詐術)과 요망함을 계책으로 삼고 사람들을 혹독하게 괴롭힘을 꾀로 삼고 있소. 그래서 상제께서도 기만당하고 있고 백성들도 그 해를 입고 있소. 무릇 요사함과 화를 일으킴은 모두 이자의 소행이지 내가 한 일이 아니오. 그대에게 나의 내력을 말씀드리자면, 나는 본래 이남제(李南帝)[7]의 어사대부였는데, 왕에게 죽음으로 충성을 다한 공으로 이 땅에 봉해져서 백성들과 만물을 보우한 지 천여 년이 되었소.[8] 저 요괴처럼 화를 일으켜 제사를 요구한 적은 한번도 없소. 근자에 내가 저자를 미리 막지 못해 그 공격을 받고 쫓겨나 산원(傘圓)[9]의 사당에 의탁해 지낸 지 벌써 몇 년이 되었소."

"일이 그러하다면 어찌 명부(冥府)에 억울함을 하소연하거나 상제에게 글을 올리지 않고, 쉽게 직위를 포기한 채 포의(布衣)로 지내고 있나요?"

노인은 얼굴을 찡그리며 말했다.

"악이 워낙 번성하여 그 힘을 어떻게 할 수가 없었소. 명부에 하소연하고자 했지만 이자가 백방으로 가로막았으며, 인근에 있는 사당의 신들도 이자의 뇌물을 이롭게 여겨 모두 한통속이 되어 보호해 주고 있으니 나의 사정을 알릴 도리가 없었소. 그러니 부득불 참고 지낼 수밖에요."

---

7) 중국 남조(南朝)의 양(梁)나라로부터 베트남의 독립을 시도한 이분(李賁)을 가리킴. 그는 544년 만춘(萬春)이라는 나라를 세워 스스로 남월(南越)의 황제라 칭하고 천덕(天德)이라는 연호를 정했다. 그러나 양나라 원정군과의 싸움에서 패주하여 547년 살해되었다.

8) 이남제(李南帝)를 도와 양나라와 싸운 장군 이복만(李服蠻)을 가리키는 듯함. 이복만은 죽은 후 민간신앙에서 외적의 침입으로부터 국토를 수호한 대표적인 인물로 떠받들어졌으며 후대에 사당이 세워져 제사지내졌음.

9) 명의현(明義縣)에 있는 땅 이름. 유명한 산원산이 있으며, 그 산신령을 모신 사당이 있음.

자문이 물었다.

"저자가 정말 흉악하여 나에게 화를 초래할까요?"

"저자는 당신에게 한을 품어 자신을 옹호하는 여러 무리를 이끌고 가 명부에 하소연했소. 내가 그가 없는 틈을 엿보아 당신에게 알려주는 것이니, 당신은 계책을 세워 개죽음을 면하도록 하시오."

또 다음과 같은 주의를 주기도 했다.

"혹시 명부에서 심문을 하면 내가 한 말을 증거로 대고, 만일 그자가 승복하지 않는다면 즉시 산원의 사당에 조회할 것을 청하시오. 그러면 응당 그자의 말문이 막힐 것이오. 그렇게 하지 않으면 나는 필시 소멸하고 말 것이며, 그대 또한 다시 소생하지 못할 것이오."

자문은 그렇게 하겠노라고 했다.

밤이 되자 병이 아주 위중해졌으며, 두 귀졸이 나타나 어서 가자고 재촉해 교외로 끌려갔다. 반나절쯤 지나 커다란 궁궐에 도착했는데, 쇠로 만든 성의 높이가 수십 길은 됨 직했다. 두 귀졸이 성문으로 가 아뢰니 수문장이 안으로 들어갔다. 수문장은 얼마 있다 다시 나오더니,

"죄악이 깊고 무거워 용서하지 못한다."

라는 염라왕의 전교(傳敎)를 전하고는 손짓을 해 북쪽으로 끌고 가게 했다. 북쪽에는 큰 강이 있었으며, 강 위에는 긴 다리가 놓였는데 대략 천여 보는 되어 보였다. 비린 바람이 불어오고 시커먼 물결이 넘실거렸으며, 한기가 뼈에 사무쳤다. 다리 좌우에는 야차(夜叉)[10] 수만 명이 있었는데, 모두 파란 눈에 빨간 머리카락이었으며 생긴 모습이 사납고 극악했다. 두 귀졸은 자문의 목에 큰 칼을 씌우고 포승으로 몸을 묶어 어서 가자고 재촉했다. 자문은 큰소리로 외쳤다.

"오찬은 인간 세상의 올곧은 선비거늘 대체 무슨 잘못을 저질렀단 말이

---

10) 지옥에서 죄인을 다스리며 고통을 주는 옥졸인데 얼굴 모습이나 몸의 생김새가 험상궂고 괴상하다고 한다.

오! 잘못한 게 무언지 알려주신다면 원한을 품지 않겠소."

그러자 궁궐에서 소리가 들려왔다.

"이자는 승냥이처럼 사나운 데다 마음이 독해 재판을 하지 않으면 순순히 승복하지 않겠구나!"

마침내 자문은 궁궐 안으로 끌려들어갔는데, 머리에 투구를 쓴 자가 궁궐 뜰에서 하소연하고 있는 모습이 눈에 들어왔다. 염라왕은 자문을 꾸짖었다.

"저 사당신은 몹시 충성스러워 옛 왕조에 공이 있으므로 하늘이 그 노고에 보답하고자 제사를 받게 해주었거늘, 일개 한사(寒士)인 너가 그를 능멸하다니! 이는 너가 스스로 초래한 화니 피할 길이 없다!"

그러자 자문은 그간의 사정을 노인이 일러준 대로 자세히 아뢰었다. 말은 지극히 강직했으며, 추호도 굴함이 없었다. 이에 투구 쓴 자가 말했다.

"대왕님 앞에서도 이처럼 뻣뻣한 태도로 기세등등하게 입을 놀리며 모함을 일삼거늘, 살려 준다면 나머지 사당들도 불길에 휩싸여 잿더미가 될 게 뻔합니다."

염라왕은 거듭 자문을 심문했지만, 자문은 끝내 굴복하지 않았다. 이에 왕은 의심을 품게 되었다. 이때 자문이 말했다.

"제 말을 믿지 못하시겠거든 산원에 있는 사당에 조회하여 제 말이 옳은지 그른지 확인해 보십시오. 제 말이 거짓이라면 허망한 말을 한 죗값을 받아도 쌀 것입니다."

투구를 쓴 자가 마침내 두려워하는 빛을 보이더니, 무릎을 꿇고 아뢰었다.

"저 서생은 우매한 자로서 형벌을 피해 달아날 리도 없는 데다가, 이미 꾸짖어 책망했으니 또한 족히 징계했다 할 만합니다. 바라건대 용서하여 관대한 덕을 보이시고, 죄를 끝까지 추궁함으로 인해 생명을 사랑하시는 대왕님의 덕에 손상이 가게 하지 말았으면 합니다."

왕이 엄한 목소리로 말했다.

"정말 이 선비 말대로라면 너는 극형을 받아 마땅하다. 기망(欺罔) 죄에 대한 처벌 조목이 법전에 갖추어져 있거늘 네 어찌 남의 죄에 대해 왈가왈

부하느냐?"

염라왕은 즉시 관원을 산원의 사당에 보내 선비의 말이 맞는지 자세히 조사하게 했다. 관원이 돌아와 보고를 올렸는데, 자문이 한 말과 정확히 일치했다. 왕은 대로하여 뭇 판관들에게 말했다.

"경들은 각기 부서를 나누어 맡아 직무를 보면서 지극히 공정한 마음으로 법을 집행하고 있다. 그리하여 상을 줄 자에게 상을 주어 사사로움이 없고 벌을 줄 자한테만 벌을 주어 남용함이 없음에도 불구하고 이처럼 간사하게 속이는 자가 있어 사술과 망령됨을 부리거늘, 하물며 저 한나라나 당나라 때에 관리를 매수해 부당하게 송사에서 이기던 폐단은 이루 말할 수 없겠구나."

그리고는 즉시 쇠로 만든 광주리로 그자의 머리를 채우게 하고, 나무로 만든 구슬로 입을 막게 한 다음, 아홉 지옥11)으로 압송케 했다. 왕은 자문이 해악을 제거한 걸 가상히 여겨 그 고을 사당신에게 명하여 백성들이 명절 때마다 바치는 제물의 반을 자문에게 나누어 주게 했다. 또한 귀졸에게 분부해 자문을 집으로 돌려보내게 했다.

자문이 집에 돌아오니 자신이 죽은 지 이미 하루가 지난 터였다. 자문은 자기가 본 것을 죄다 말했는데, 사람들은 놀라기만 할 뿐 믿지 않았다. 마침내 무당을 시켜 공수12)를 받으니 그 말이 조금도 틀림이 없었다. 이에 고을 사람들은 재목을 구하고 목수를 모아 사당을 새로 지었다. 그러자 명나라 군사들의 무덤이 모두 까닭 없이 요동을 하더니 유골이 바스라져 버리는 것이었다.

한 달 후 노인이 다시 찾아와 말했다.

"이 늙은이가 사당을 되찾은 건 그대 덕인데, 그 동안 은혜를 갚을 길이 없었구려. 지금 산원의 사당에 판사(判事) 자리 하나가 비었는데, 누굴 후

---

11) 불경(佛經)에 나오는 무간아비지옥(無間阿鼻地獄) 등 아홉 가지 지옥을 말한다.
12) 무당이 죽은 사람의 넋이 말하는 것이라고 하여 전하는 말.

보로 올릴지 어려움이 있는 모양이오. 내가 그대와 교분이 있어 극력 후보로 추천했더니 염라왕께서 선뜻 윤허하셨으니 바라건대 이것이 은혜를 갚는 길이 되었으면 하오. 인간은 누군들 죽지 않겠소? 다만 후세에 이름을 남기면 족한 일일 게요. 보름 뒤면 그 자리가 다른 자에게 돌아갈 듯하니, 아무쪼록 맡도록 하시고 심상하게 보지 말았으면 하오."

자문은 흔쾌히 그 제의를 받아들였다. 그리하여 집안일을 정리한 후 병 없이 죽었다.

갑오년(甲午年, 1414)[13]에 동관(東關)[14] 사람으로서 자문과 면식이 있는 자가 새벽에 서문(西門) 밖 4, 5리 되는 곳을 지나가고 있을 때였다. 눈이 내리는 중에 바라보니 말을 탄 무리들이 운집하여 지나가고,

"판사님 수레가 지나가니 행인은 비켰거라!"

하는 벽제소리[15]가 들려왔다. 양쪽의 거리는 수십 보밖에 되지 않았다. 수레에 탄 이는 곧 자문이었다. 그러나 그는 두 손을 마주잡은 채 수레에 앉아 한마디도 하지 않았으며 바람을 타고 멀리 사라져 버렸다.

지금도 그 자손은 판사 집안으로 불린다고 한다.

아아, 속담에 "너무 굳세면 부러진다"는 말이 있기는 하지만 선비란 모름지기 굳세지 못할까 걱정해야 옳다. 부러짐과 부러지지 않음은 하늘에 달린 것이니 부러질 것을 미리 헤아려 굳센 것을 꺾어 약하게 만들어서야 되겠는가? 오자문은 일개 포의에 불과하지만 굳셈을 지켰기에 능히 음사(淫祠)를 불태우고 힘써 요괴를 꺾어 일거에 신령의 원한을 풀어 줄 수 있었다. 그 결과 명부에 이름이 알려져 얼마 안 있어 벼슬을 하사받았으니 참으로 욕됨이 없다 하겠다. 그러니 선비된 자는 굳셈을 경계해서는 안된다.

---

13) 베트남이 명나라의 지배하에 있던 시기다.

14) 동도(東都)인 승룡성(昇龍城)을 가리킴.

15) 옛날 지위 높은 사람이 지나갈 때 구종별배(驅從別陪)가 행인의 통행을 막으며 길을 비키라고 외치던 소리.

모란꽃으로 맺은 사랑

　　진(陳) 광태(光泰)[1] 때 화주(化州)[2] 사람 서식(徐式)은 그 아버지의
공덕으로 벼슬길에 나서 선유현(仙遊縣)의 원이 되었다. 고을 근처 오래된
절에 모란이 한 그루 있었는데, 봄이 되면 꽃이 활짝 피었다. 매번 꽃이 필
때마다 수레와 말을 타고 온 사람들이 모여들어 꽃구경을 하곤 했다.

　　병자년(丙子年, 1396)[3] 2월이다. 옅게 화장을 한 얼굴이 퍽 고운 열대
여섯 살 된 아리따운 소녀 하나가 모란꽃을 구경하다가 꽃가지를 손으로
잡았는데, 가지가 약해 그만 꽃이 꺾이고 말았다. 그 때문에 소녀는 모란꽃
을 지키는 사람에게 붙들리게 되었다. 해가 이미 저물었으므로 그녀를 알
아보고 변명해 주는 이가 아무도 없었다. 서식이 마침 그녀를 발견하고 가
련하게 여겨, 입고 있던 흰 비단 웃옷을 벗어 승방(僧房)에다 주어 그녀를
풀어 주게 했다. 이 일로 인해 사람들은 서식을 어진 원이라고 더욱 칭송하
게 되었다.

---

* 이 작품의 원제는 「서식선혼록」(徐式仙婚錄)이다.
1) 진(陳) 순종(順宗, 재위 1388~1398)의 연호.
2) 청화주(淸化州).
3) 진 광태(光泰) 9년에 해당한다.

그러나 서식은 타고난 성품이 술과 거문고를 즐기고 시 짓기와 명승 구경하기를 좋아하여, 관아에는 미처 처리하지 못한 문서가 늘 가득 쌓여 있었다. 이 때문에 상관으로부터

"네 아버지는 집정(執政) 벼슬을 했건만 너는 어찌 고을 원 노릇도 제대로 못하느냐!"

라는 질책을 자주 받았다. 서식은 탄식하며 말했다.

"나는 약간의 봉록 때문에 벼슬에 연연하지 않겠다.[4] 배를 타고 향리로 돌아가면 청산이 나를 맞아 주겠지."

그는 즉시 벼슬을 그만두고 떠났다.

서식은 본디 송산(宋山)의 암혈(巖穴)을 사랑했으므로 그곳에 집을 마련했다. 그는 어린 종에게 명하여 늘 술 한 단지와 거문고를 갖고 따르게 했으며, 자신은 도연명(陶淵明)의 시집 두어 권을 휴대했다. 그러다가 마음에 드는 곳을 만나면 혼자서 즐겁게 술잔을 기울이는 것이었다. 그리하다 보니 척저산(隻箸山), 녹운동(綠雲洞), 여강(蠡江), 아항(娥港) 등 기이하고 빼어난 산수를 가 보지 않은 데가 없었다.

하루는 일찍 일어나 신부(神符)[5]의 바닷가를 바라보고 있노라니 수십 리 밖에 오색 구름이 뭉게뭉게 일어나 흡사 연꽃이 피어나는 것 같았다. 이에 배를 저어 찾아가 보았는데, 아니나다를까 수려한 산이었다. 서식은 깜짝 놀라며 뱃사공에게 말했다.

"내가 강호에 오래 있어 동남쪽의 명승은 죄다 보아 익히 알고 있는 터인데 어째 이런 산이 눈앞에 있는지 도무지 알 수 없네. 혹시 신선이 사는 산이 땅에 떨어진 것이거나 신령이 옮겨다 놓은 걸까? 어째서 이전엔 없던 산이 지금 여기 있는 거지?"

배를 매어 놓고 언덕에 오르니, 산기운은 푸르고 높았으며, 우뚝 선 절

---

4) 도연명(陶淵明)이 팽택령(彭澤令)으로 있을 때, "나는 약간의 봉록 때문에 별것 아닌 자에게 허리를 구부리는 일은 할 수 없다"며 벼슬을 버리고 향리로 돌아온 일이 있다.
5) 신투(神投)를 말하는 게 아닐까 생각되나 확실치 않음.

벽이 천 길이나 되어 보였다. 날개가 없으면 못 오를 산이었다. 서식은 율시(律詩) 한 수를 지었다.

천 그루 푸른 나무에 아침 해가 비치는데
기화요초(琪花瑤草) 손짓하매 동문(洞門)으로 들어가네.6)
시내에는 약초 캐는 스님도 바이 없고
흐르는 물 따라 나그네는 도원(桃源)을 찾네.
산수에 노니는 즐거움 거문고를 탈 만하고
낚싯배에 의탁한 이 생애는 한 말 술을 마실 만하지.
무릉도원 다녀온 어부한테 묻노라
복사꽃 그 고을 어드매더뇨?

시 짓기를 마치자 배회하며 이리저리 둘러보았는데, 마치 누군가를 기다리는 듯했다. 그러다가 문득 절벽 사이에 있는 한 동굴을 발견했는데 그 지름이 한 길이나 될 성싶었다. 장난 삼아 하의를 걷고 들어가 보았는데 몇 걸음 떼자마자 동굴 입구가 닫혀 버리는 것이었다. 동굴 속은 캄캄하여 갑자기 나락에 떨어진 것 같았다. 서식은 놀라 어쩔 줄 몰랐으며 이젠 죽었구나 싶었다.

그러던 중 손에 이끼가 만져져 앞에 시내가 있음을 직감했다. 시내는 몹시 구불구불했다. 어둠 속에서 1리쯤 걸었을까 싶을 때 돌층계가 낭떠러지에 걸려 있는 게 눈에 들어왔다. 서식은 그 층계를 밟고 공중으로 올라갔는데, 층계는 겨우 한 걸음 될까말까한 너비였다. 하지만 갈수록 점점 넓어졌다. 급기야 산꼭대기에 도달하니, 해가 눈부셨으며 사방은 모두 화려한 누대들이었다. 붉은 노을과 푸른 안개가 난간에 깃들어 있었으며, 기화요초

---

6) 유신(劉晨)의 고사와 관련된 말. 한나라 때 유신이 천태산(天台山)에 약초를 캐러 들어갔다가 두 명의 선녀를 만나 함께 살다가 돌아왔다고 한다. 제1부 「열녀 예경」의 주 19를 참조할 것.

가 원근에 어리비치고 있었다. 서식은 이곳이 선궁(仙宮)7)이나 도관(道觀)8)이나 취령(鷲嶺)9)이 아니면 도원과 같이 세상을 피해 숨은 사람들의 마을일 거라고 생각했다.

조금 있으니 푸른 옷을 입은 시녀 두 사람이 나타나

"우리 집 서방님께서 오셨네!"

하고 말하더니 얼른 들어가 아뢰었다. 잠시 후 다시 나와

"부인께서 뵙자고 하십니다."

하고 말했다.

서식은 시녀를 따라 들어갔다. 문양을 새긴 담과 붉은 칠을 한 문을 지나갔는데, 문 안에는 은빛의 궁궐10)이 마주 서 있었으며 '경허전'(瓊虛殿)과 '요광각'(瑤光閣)이라는 편액이 걸려 있었다. 궁궐에는 소매가 흰 비단옷을 입은 선녀가 칠보상(七寶床)11)에 앉아 있었으며, 곁에는 단향목(檀香木)12)으로 만든 의자가 놓여 있었다. 선녀는 서식에게 의자에 앉게 하고는 말했다.

"그대는 본래 기이한 산수를 좋아하니 이번 유산(遊山)의 즐거움은 족히 평소의 뜻을 풀 만한 것일 테지요. 하지만 왜 유독 천생연분은 기억하지 못하죠?"

서식이 대답했다.

"저는 송산의 일사(逸士)로서 바람에 돛을 달고 일엽편주에 몸을 실어 강호를 떠돌아다니며 마음이 하고자 하는 대로 살고 있지만, 어찌 여기에 자부(紫府)와 청도(淸都)13)가 있는 줄 알았겠습니까? 이제 이 산에 오르

---

7) 신선이 사는 궁궐.

8) 도사가 거주하는 집.

9) 서역(西域)에 있는 산. 부처가 여기에 상주(常住)한다는 전설이 있다.

10) 원문에는 "은궁"(銀宮)이라 되어 있는데, 금궐(金闕), 자부(紫府) 등의 말과 함께 신선이 사는 궁궐을 일컫는 말이다.

11) 금·옥·유리·산호 따위로 만든 고급 상.

12) 자단(紫檀), 백단(白檀) 등의 총칭. 향기가 나는 좋은 나무.

13) 자부(紫府)와 청도(淸都)는 모두 신선이 사는 궁궐을 가리키는 말이다.

니 몸에 날개가 돋아 신선이 된 듯한 느낌입니다. 그렇긴 하지만 속세의 마음이 아직 남아 있어 전생의 일을 깨닫지 못하니 바라건대 자세히 일러주어 남김없이 알았으면 합니다."

부인은 웃으며 말했다.

"그대가 어찌 그걸 알겠어요? 이곳은 이른바 부래산(浮萊山) 36동천(峒天)[14] 가운데 제6굴(窟)[15]이지요. 주위는 바다로 둘러싸여 있고 산뿌리는 고정되어 있지 않아, 나(羅)·부(浮)[16] 두 산이 풍우에 따라 합쳤다 떨어졌다 하듯 하고 봉래산(蓬萊山)[17] 다섯 봉우리가 파도에 따라 오르락내리락 하듯 하지요. 저는 남악(南岳)의 지선(地仙) 위부인(魏夫人)[18]이랍니다. 그대가 높은 의리로써 곤경에 빠진 사람을 구해 준 적이 있기에 이렇게 모신 것이지요."

그리고는 시녀에게 눈짓을 해,

"낭자를 불러오너라."

라고 했다. 서식이 곁눈질해 보니, 예전에 절의 모란꽃을 꺾은 그 여인이었다. 위부인은 그녀를 손으로 가리키며,

"얘는 내 딸 강향(絳香)이에요. 접때 꽃구경을 하던 중 곤욕을 당했는데 그대가 구원해 주었지요. 그 뜻을 잊지 못해 그대와 혼인시켜 은혜를 갚았으면 해요."

---

14) 동(峒)은 동(洞)이라고도 표기한다. 도교에서 신선이 사는 36곳을 일컫는 말. 흔히 10대 동천(大洞天)과 36소동천(小洞天)이 있다고 한다.

15) 독산(毒山)에 있으며, 그 이름은 상제사진지천(上帝司眞之天)이다.

16) 나(羅)와 부(浮)는 중국에 있는 산 이름으로 흔히 합하여 나부산이라 일컫는다. 두 산은 풍우에 따라 합했다 떨어졌다 한다고 전한다. 전설에 의하면 부산은 봉래산(蓬萊山)의 별도(別島)인데, 요(堯)임금 때 홍수에 떠내려가 나산에 이르러 멈추었다 한다.

17) 바닷속에 있는 신선이 산다는 산. 산뿌리가 고정되어 있지 않아 파도에 따라 봉우리가 오르내린다고 한다.

18) 진(晉)나라 사도(司徒)인 위서(魏舒)의 딸로 이름은 화존(華存). 유유언(劉幼彦)과 혼인하여 두 아들을 낳은 후 도를 배워 신선이 되었는데, 승천하여 남악부인(南岳夫人)에 봉해졌다 한다.

마침내 이 날 밤 등촉을 밝히고 돗자리를 깔아 혼례를 올리게 했다.

날이 밝자 뭇 신선들이 와서 축하했다. 무늬 있는 비단옷을 입은 자는 뿔 없는 용을 타고 북쪽에서 왔으며, 흰 명주치마를 입은 자는 붉은 규룡(虬龍)19)을 타고 남쪽에서 왔다. 혹은 수레를 몰고, 혹은 바람을 타고 한꺼번에 모여들었다. 잔치 자리는 요광각 위층에 마련했는데, 구슬로 장식한 발이 드리워지고 금빛 장막이 쳐졌으며, 그 앞에는 유리로 만든 의자들이 놓였다. 뭇 신선들은 읍한 다음 모두 자리 왼쪽에 앉았다. 오른쪽 상(床)에는 신랑인 서식이 앉았다. 다들 자리에 앉았을 때,

"금선(金仙)20)께서 도착하셨습니다!"

라고 알리는 소리가 들려왔다. 이에 모두들 내려가 절하고 맞이했다.

인사를 마치자 마노 소반에다 옥그릇을 내왔는데, 진기한 여러 음식들이 담겨 있었다. 또 금장(金漿)과 옥례(玉醴)21)도 가져왔는데 향기로워 마실 만했으며 세상에서 맛볼 수 없는 것이었다. 무늬 있는 비단옷을 입은 자가 입을 열었다.

"우리들이 여기서 노닌 지 겨우 8만 년밖에 안됐건만 벌써 바다가 세 번이나 육지로 변했군요. 지금 멀리서 온 신랑은 여기에 머문 지 아직 얼마 되지 않았으나22) 삼생(三生)의 인연은 저버리지 못하니, 신선을 운위함이 황당한 일이라고 말하지 마십시오."

이윽고 날렵한 동자들이 나와 줄을 지어 춤을 추었다. 위부인은 손님들에게 음식을 권했으며, 강향은 술을 따랐다. 이때 흰 명주치마를 입은 자가 강향을 놀렸다.

"낭자는 오늘 윤기가 반지르르한 게 이전의 파리하고 꺼칠한 모습이 아

---

19) 뿔이 달린 용.

20) 서왕모(西王母)를 가리킨다. 서왕모는 서방(西方) 금성(金星)의 정(精)으로서 여자다. 등선(登仙)한 자는 모두 그 휘하에 속한다고 한다.

21) 모두 신선이 마시는 술인데 하늘을 날게 하는 약이 된다고 한다.

22) 원문은 "不隔兩塵之限." 도교에서는 유교의 '一世'를 '一塵'이라고 한다.

니군요. 사람들은 선녀에게는 남편이 없다고 말들 하지만 그 말을 어떻게 믿겠어요?"

이 말에 뭇 신선들이 모두 웃었지만, 유독 녹색 도포를 입은 여인은 근심스런 낯빛으로 이렇게 말했다.

"강향이 서랑(徐郞)을 배필로 맞음은 전세(前世)의 인연에 따른 것이지만, 천상 선녀의 몸으로서 속세 여자의 즐거움을 누린다는 사실이 만에 하나 사람들에게 알려지면 이를 비난하는 소리가 천상에까지 이를 것입니다. 그렇게 되면 상제께 누를 끼치게 될 것이며, 우리들은 죄를 면하지 못할 듯합니다."

이 말을 듣고 금선이 말했다.

"나는 천상의 백옥경(白玉京)[23]에서 옥황상제를 모셨을 뿐 인간 세상에는 발도 붙인 적이 없건마는, 말하기 좋아하는 자들은 내가 요지(瑤池)에서 주(周)나라 목왕(穆王)에게 술을 따랐다느니,[24] 한나라 무제(武帝)에게 청조(靑鳥)를 보내 뜻을 전했다느니[25] 말하고들 있지. 하물며 내가 이러니 너희들이야 말할 게 있겠어? 신랑이 자리에 있거늘 쓸데없는 말을 하여 심사를 어지럽힐 필요는 없지."

위부인이 그 말을 받았다.

"들으니 신선은 우연히 만날 순 있지만 억지로 찾을 수는 없으며 도를 닦지 않아도 절로 도에 이른다 했거늘 이런 기이한 만남이 어느 시대인들 없었겠어요? 당나라 우승유(牛僧孺)가 박태후(薄太后)의 사당에서 왕소군(王昭君)과 인연을 맺은 일,[26] 초나라 회왕(懷王)이 고당(高唐)에서 무산(巫

---

23) 옥황상제가 있는 곳으로 열두 개의 누(樓)와 다섯 개의 성(城)이 있다고 한다.

24) 요지(瑤池)는 서왕모가 사는 곳. 주(周)나라 목왕(穆王)이 신선을 좋아하여 팔준마(八駿馬)가 끄는 수레를 타고 천하를 주유(周遊)했는데, 요지에서 서왕모가 그에게 술을 따랐다는 전설이 있다.

25) 서왕모가 한 무제(武帝)를 만나기 전 두 마리 청조(靑鳥)를 보내 미리 자신의 뜻을 전했다는 전설이 있다.

26) 당나라 전기소설 「주진행기」에 나오는 이야기다. 제1부 「열녀 예경」의 주 20을 참조할 것.

山)의 신녀(神女)를 만난 일,[27] 조식(曹植)이 복비(宓妃)를 만난 일,[28] 정교보(鄭交甫)가 강비(江妃)의 두 딸을 만나 그 패옥(佩玉)을 얻은 일,[29] 농옥(弄玉)이 소사(蕭史)에게 시집간 일,[30] 채란(彩鸞)이 문소(文蕭)를 만난 일,[31] 두난향(杜蘭香)이 장석(張碩)에게 시집간 일[32] 등등이 책에 낱낱이 적혀 있어 옛날부터 전해져 오고 있습니다. 만일 이런 일로 비난을 받아야 한다면 먼저 그랬던 이분들이 비난을 나누어 받아야 할 거예요."

이 말에 모두 웃음을 터뜨렸다.

마침내 해가 서산으로 뉘엿뉘엿 기울자 뭇 신선들은 뿔뿔이 흩어졌다. 서식이 강향에게 장난 삼아 말했다.

"욕계(欲界)의 제천(諸天)[33]에는 모두 배필이 있는가 봅니다. 그러니 직녀가 견우에게 시집간 일, 상원부인(上元夫人)이 봉척(封陟)에게 내려온 일,[34] 우승유가 왕소군과 인연을 맺고 그 사실을 「주진행기」(周秦行紀)라

---

27) 초나라 회왕(懷王)이 꿈에 무산(巫山)의 신녀(神女)와 만나 사랑을 나누었다는 고사가 있다.

28) 복희씨의 딸인 복비(宓妃)는 낙수(洛水)에서 익사했다. 조조의 아들 조식(曹植)이 그녀를 만나 「낙신부」(洛神賦)를 지었다는 고사가 있다.

29) 강비(江妃)의 두 딸이 강한(江漢)의 물가에서 노닐고 있었는데, 정교보(鄭交甫)가 좋이 여겨 다가가서 그 차고 있던 옥구슬을 달라고 했다. 구슬을 얻은 후 몇 걸음 안 가서 돌아보니 두 여인은 사라지고 구슬 역시 없어졌다는 전설이 『열선전』(列仙傳)에 보인다.

30) 소사(蕭史)는 퉁소로써 봉황의 우는 소리를 잘 냈는데, 진(秦)나라 목공(穆公)은 딸 농옥(弄玉)을 그에게 시집보냈다. 소사는 농옥에게 퉁소 부는 법을 가르쳤다. 이 부부가 퉁소를 불면 봉황이 집으로 날아오곤 했다. 둘은 나중에 봉황을 타고 승천했다는 전설이 있다.

31) 서생 문소(文蕭)가 8월 한가위에 서산(西山)에서 노닐다가 선녀 채란(彩鸞)을 만나 부부가 되었다. 문소가 가난했으므로 채란은 훌륭한 붓글씨로 책을 베껴 팔아 생활을 꾸려 나갔다. 후에 이 부부는 범을 타고 산으로 들어갔다는 전설이 있다.

32) 선녀인 두난향(杜蘭香)은 인간 세상의 장석(張碩)에게 시집갔다. 그러나 후에 두난향이 장석을 남겨 놓은 채 혼자 하늘로 되돌아갔다는 전설이 있다.

33) 불교에서 말하는 6천(天)을 가리킴. 6천은 사왕천(四王天), 도리천(忉利天), 야마천(夜摩天), 도솔천(兜率天), 낙변화천(樂變化天, 혹은 化樂天이라고도 함), 타화자재천(他化自在天)의 여섯. 이 6천의 사람들은 모두 음욕(淫欲)을 여의지 못했으며 욕락(欲樂)이 있으므로 욕천(欲天)이라 한다.

는 글로 남긴 일,35) 이군옥(李群玉)이 「황릉」시(黃陵詩)로 인해 아황(娥皇)과 여영(女英)을 만난 일36)들이 비록 상황은 서로 다르나 그 마음인즉슨 같으니 천고에 서로 통하는 일이 아니겠습니까? 이제 뭇 신선들이 떠나가니 적막하군요. 욕정은 생기지 않게 해야 하는 건가요, 아니면 욕정을 지니기는 하되 억지로 막아야 하는 건가요?"

강향은 서글픈 얼굴로 말했다.

"아까 그분들은 모두 원기(元氣)37)와 정기(精氣)를 지녀 그 이름이 금대(金臺)38)에 올라 있으며, 상제를 모시고 있지요. 거주하는 곳은 월궁(月宮)의 광한루(廣寒樓)이고, 노니는 곳은 아득한 우주 밖입니다. 그분들은 마음을 맑게 하려 하지 않아도 절로 마음이 맑아지고, 욕심을 없애려 하지 않아도 욕심 같은 건 생기지 않는답니다. 그러니 저처럼 칠정(七情)을 다 씻어내지 못해 온갖 감정이 쉽사리 생겨나고, 천상에 있으면서도 속세의 인연을 떨치지 못해 몸은 선부(仙府)에 있으나 마음을 속세에 둔 사람과는 같지 않지요. 서방님께서는 제가 저들 신선과 같은 줄 알면 안될 거예요."

서식이 말했다.

"그렇다고 하면 당신은 저와 그리 다르지 않군요."

두 사람은 손뼉을 치며 웃었다. 강향의 방에는 흰 병풍이 쳐져 있었는데,

---

34) 상원부인(上元夫人)은 여선(女仙)이다. 상원부인이 밤에 하늘에서 내려와 깊은 산에서 독서하고 있던 봉척(封陟)을 만났다는 전설이 있다.

35) 「주진행기」의 전본(傳本)들은 모두 작자를 우승유(牛僧孺)라고 밝히고 있다. 그러나 송나라 때 장기(張洎)는 『가씨담록』(賈氏談錄)에서 이덕유(李德裕)의 문인 위관(韋瓘)이 작자라고 주장했으며 명나라 때 호응린(胡應麟)도 『사부정와』(四部正譌)에서 이 견해를 따른 바 있다. 근대에 들어와서는 루쉰(魯迅) 이래 이 견해가 정설로 굳어져 있다. 따라서 본문의 말은 전통적인 견해에 의거한 것이라 할 것이다.

36) 황릉(黃陵)은 순(舜)임금의 두 비(妃)인 아황(娥皇)과 여영(女英)을 모신 사당이다. 이군옥(李群玉)이라는 자가 황릉을 지나다가 그것을 소재로 시를 짓자, 두 여인이 나타나 2년 후에 운우지락을 맺자고 말했다는 고사가 『태평광기』(太平廣記)에 보인다.

37) 우주와 생명의 근원이 되는 기(氣).

38) 봉래산에 있는 누대.

서식은 열 수의 시를 지어 그 위에 썼다. 다음이 그 시다.

제1수

눈 아래는 노을이요 발 밑은 구름
맑은 빛 상쾌하게 삼신산(三神山)을 비추네.
반쯤 늙은 송화(松花)의 향기 진하여
강호에서 낚시하는 사람을 꾀네.

제2수

가을바람에 달빛은 산을 비추고
국화 핀 난간에 사람이 기대어 섰네.
술에 곤해 시상(詩想)이 떠오르지 않아
요리조리 궁리하다 붓대를 던지네.

제3수

엄동에 향로의 향을 바꾸고
천상의 노래를 새로 짓누나.
완성한 그 노래 나직이 부르다
비바람소리에 깜짝 놀라네.

제4수

노을이 천태산(天台山)[39)]에 붉게 물들고
궁궐 담은 적막 속에 고요하구나.
하늘가 북두성은 난간을 돌고

---

39) 신선이 산다는 산 이름. 한나라 때 유신의 고사가 전한다. 제1부 「열녀 예경」의 주 19를
참조할 것.

깊은 밤 농옥은 퉁소를 배우네.40)

제5수
아득한 구름 밖에 10주(十洲)41)가 보이고
남쪽은 밤낮으로 건곤(乾坤)이 떠 있네.42)
늦은 봄 새 한 마리 하늘을 나니
아득한 창공이 죄다 푸른색이네.

제6수
주렴을 걷으니 달빛이 휘영청
늙은 얼굴 보기 겹나 거울을 피하네.
베개 베고 한단(邯鄲)의 꿈을 꾸지만43)
5경을 알리는 종소리 어찌할꺼나.44)

제7수
상서로운 기운이 규방을 감싸네
방장산 남쪽이요 약수(弱水)45)의 서쪽.
새벽 알리는 북소리에 먼동이 트니
닭 우는 소리가 고향을 생각케 하네.

---

40) 본 편의 주 30을 참조할 것.
41) 영주(瀛洲), 취굴주(聚窟洲) 등 신선이 산다는 열 개의 섬.
42) 두보(杜甫)의 시구 "오(吳)와 초(楚)는 동남으로 툭 트이고 / 건곤(乾坤)은 밤낮으로 떠
   있네그려"(吳楚東南坼 乾坤日夜浮)에서 따온 말이다.
43) 노생(盧生)이 한단(邯鄲)에서 여옹(呂翁)의 베개를 베고 자다 꿈을 꾸었는데, 꿈을 깨
   고 나서 인생이 일장춘몽임을 깨달았다. 당나라 전기소설인 심기제(沈旣濟)의 「침중기」
   (枕中記)에 나오는 이야기다.
44) 이별을 근심한다는 뜻이다.
45) 신선이 살았다는 중국 서부의 전설적인 강.

제8수

검푸른 산빛에 금빛 나는 버드나무

바다에 오가는 배들 선계(仙界)에서 바라보네.

신선들 떠나고 나니 찾을 길이 없고

허공을 걷는 소리46) 저 너머 하늘만 푸르네.

제9수

파도 치는 바다 위에 우뚝 솟은 산

밤이 오면 그 어디 고향을 꿈꾸나.

돌아보니 인간 세상 아득도 한데

이 몸은 붉은 구름47) 사이에 있네.

제10수

시내를 에워싼 복사꽃 천태산에 접했는데

분홍빛 꽃 아직 있고 푸른 이끼 반쯤 돋았네.

웃노라 유신(劉晨)이 경솔히 선향(仙鄕)을 나와

바람 속에 몇 번이나 편지 읽던 일.48)

　　서식은 집을 떠나온 후 한가하다면 한가하고 바쁘다면 바빴다. 정신 없이 한 해가 지나가 지당(池塘)의 연잎이 새로 돋았다. 바람 부는 밤이나 서리가 내리는 새벽, 서늘한 달이 창에 비치고 차가운 조수(潮水)소리가 베갯머리에 들려올 때면 때때로 배회하며 잠을 이루지 못했고, 까닭 없는 수심 때문에 자주 잠을 깨곤 했다. 그러던 어느 날 멀리 남쪽으로 향하는 상선이 눈에 들어왔다. 서식은 강향에게 손가락으로 가리켜 보이며,

---

46) 원문은 "보허"(步虛)인데, 선인이나 도사가 하늘을 걸어다님을 일컫는 말이다.

47) 신선이 사는 곳에는 늘 붉은 구름이 있다고 한다.

48) 한나라 때 유신의 고사를 말한다. 제1부 「열녀 예경」의 주 19를 참조할 것.

"내 집은 저 너머에 있는데, 하늘이 아득하고 파도가 높아 위치를 알 순 없구려."

그리고 틈을 보아 말했다.

"나는 본래 산수를 유람하는 사람인데, 멀리 떠나와 있는 지금, 세상을 그리워하는 마음을 버릴 수 없고 고향 생각도 몹시 나는구려. 바라건대 내 마음을 헤아려 잠시 집에 다녀오는 걸 허락해 주었으면 하는데, 당신이 뭐라고 할지 모르겠구려."

강향은 슬픈 표정을 지으며, 그렇게 하라는 말을 하지 못했다. 서식이 다시 말했다.

"며칠만 말미를 준다면 친구들에게 작별을 고하고 집안일을 정리할 수 있을 게요. 그리고 나서 당신과 다시 상종해 여기서 해로하리다."

강향이 흐느끼며 말했다.

"부부의 정을 내세워 고향을 그리워하는 마음을 막을 수야 없지요. 하지만 인간 세상은 그 땅덩어리가 작아 시간이 빨리 흐르니, 설사 가신다 할지라도 고향의 풍물은 예전 모습이 아닐 거예요."

그리하여 서식은 위부인에게 자신의 생각을 사뢰었다. 부인은 이렇게 말했다.

"그대가 속세를 연연해하여 그처럼 괴로워하는 줄 몰랐었네."

위부인은 구름수레를 내주면서 거기에 타라고 했다. 강향은 비단에 쓴 편지를 주면서 말했다.

"훗날 이 편지를 보고 옛정을 잊지 마세요."

그녀는 눈물을 훔치며 서식과 이별했다.

수레에 오르자 서식은 눈 깜짝할 사이에 집에 도착했다. 그러나 산천이 바뀌고 세월이 흘러 아는 사람은 하나도 없었으며 성곽도 예전의 모습이 아니었다. 다만 산의 양쪽 언덕만이 옛날의 푸름을 간직하고 있었다. 서식은 자기가 누구라고 마을 노인들에게 밝혔더니 모두 말하기를,

"어릴 적에 들은 바로는 우리 3대조가 당신과 자(字)가 같았는데 산에서

세상을 떠난 지 80여 년이 되었다 하더군요. 지금은 여조(黎朝) 제3대[49]이며, 연녕(延寧) 5년[50]이라오."

서식은 갑자기 마음이 서글퍼져 다시 구름수레에 타려고 했다. 그러자 수레는 난새[51]로 변하여 날아가 버리는 것이었다. 편지를 개봉하니 거기에는

구름 속에서 봉(鳳)을 만나 인연을 맺었으나 전생의 인연이 이미 다했군요. 해상의 선산(仙山)을 찾아와도 다시 만나지 못할 겁니다.

라는 글귀가 들어 있었다. 서식은 그때서야 강향이 영영 이별할 줄 알면서도 고향에 다녀오겠다는 자신의 말을 들어주었음을 깨달았다.

그후 서식은 털가죽 옷에 삿갓을 쓰고 황산(黃山)[52]으로 들어갔는데, 그 뒤 어떻게 되었는지 알지 못한다.

아아, 괴이한 일을 말하면 상도(常道)를 어지럽히니 성현께서는 말씀하시지 않으셨다. 그런즉슨 서식이 선녀와 혼인한 일은 실제로는 없었던 일일까? 없었다고 단정할 수는 없을 것이다. 그렇다면 실제 있었던 일일까? 꼭 있었던 일이라고 할 수도 없을 것이다. 이처럼 이 이야기는 유무가 황당하고 그 말이 괴이하다. 그렇기는 하나 음덕을 쌓은 사람이 반드시 보답을 받는다는 것은 정해진 이치다. 훗날의 군자가 혹 이 글을 보고 첨삭하여 괴이한 내용을 덜어 버리고 이치에 맞는 내용만 남겨 둔다면 무슨 상관이 있겠는가.

---

49) 여조(黎朝, 1428~1788) 제3대 임금은 인종(仁宗, 재위 1443~1459)이다.
50) 1447년에 해당한다. '연녕'(延寧)은 인종의 연호.
51) 봉새를 돕는 신조(神鳥). 부부의 인연을 난봉(鸞鳳)이라 한다.
52) 농공현(農貢縣) 황산사(黃山社)에 있는 산 이름.

천상 구경

　금강(錦江)[1]의 범자허(范子虛)는 준수하고 호방했으며 예법에 구속되는
걸 싫어했다. 처사 양담(楊湛)을 스승으로 섬겼는데, 양담은 늘 교만해서
는 안된다고 자허를 타일렀다. 자허는 스스로를 깊이 단속하여 마침내 덕
행을 갖춘 사람이 되었다. 양담이 죽자 그 문하생들이 뿔뿔이 흩어졌는데,
오직 자허만이 스승의 무덤 곁에 여막(廬幕)[2]을 짓고 3년상을 마친 후 집
으로 돌아왔다. 자허는 나이 마흔이었지만 아직 장가를 들지 못했다.

　그후 자허는 진(陳) 명종(明宗)[3] 때 서울에 유학하여 서호(西湖)[4]의 민
가에 임시로 묵고 있었다. 하루는 새벽 일찍 밖에 나왔다가 안개가 자욱한
중에 휘장을 친 멋진 수레가 공중을 날아가고 구슬로 장식한 수레가 그 뒤
를 따르는 것을 보았는데, 수행하고 있는 무리들의 옷차림 역시 아주 말쑥
했다. 자허가 곁에서 가만히 살펴보니, 구슬로 장식한 수레에 탄 귀인은 바
로 그 스승 양담이었다. 이에 앞으로 나아가 인사를 드리니 양담은 손을 저

---

* 이 작품의 원제는 「범자허유천조록」(范子虛遊天曹錄)이다.
1) 서도(西都) 북서쪽의 금수(錦水)를 말하는 듯함.
2) 무덤 가까이에 지어 상제가 거처하는 초막.
3) 재위 기간 1314~1329년.
4) 하노이 북서쪽의 호수.

어 제지하며 이렇게 말했다.

"길을 가는 중이라 바빠서 이야기할 겨를이 없으니 오늘밤 북문(北門)에 있는 진무관(眞武觀)5)에서 담소하기로 하세."

그 말대로 자허는 술과 안주를 들고 약속한 시간에 진무관으로 찾아갔다. 자허는 거기서 스승을 뵈자 너무도 기뻐 이렇게 여쭈었다.

"선생님께선 돌아가신 지금 더욱 위용이 있어 예전에 비할 바 아니니, 그 까닭을 일러주시면 감사하겠습니다."

"내가 세상에 있을 때 일컬을 만한 선행이라곤 아무것도 없었지. 다만 스승과 벗을 독실히 믿어 그 쓴 글들을 소중히 간직했으며, 오래되어 바스라진 글조각은 잘 수습하여 불살라 주었는데, 제군(帝君)6)이 나의 이런 마음을 가상히 여겨 상제께 아뢰어 사당 문을 지키는 관원으로 삼았다네. 어제 제군의 수레를 모시고 상제를 알현하러 가는 길에 자네와 상봉한 건 사제의 인연 때문이라네."

자허가 다시 여쭈었다.

"선생님께선 벼슬을 맡아 위세가 있으니 제가 오래 살지 단명할지 아시겠네요?"

"그건 내 소관이 아니라네."

"선생님 소관은 무언데요?"

"선비들이 과거시험에서 작성한 문장을 평가하여 그 석차를 매기는 일을 관장하지."

---

5) 제군신(帝君神)을 모신 사당 이름. '관'(觀)은 도교의 사원을 일컫는다.

6) 제군(帝君)은 본래 중국의 신인데, 그 사당이 재동현(梓潼縣)에 있었으므로 재동제군(梓潼帝君)이라고 부른다. 사당에는 강필정(降筆亭: 강필은 무당이 붓을 들고 종이 위에 글을 써 신령의 뜻을 전하는 민간 무속임)이 있는데, 금실을 금화전(金花牋: 종이 이름)에 드리워 놓았으며, 붓과 먹을 갖춰 놓았다. 강필이 끝나면 종(鐘)이 저절로 울리는데 고을원이 관리를 보내 그 글을 가져와 신령의 계시를 살폈다고 한다. 이 작품의 시대적 배경이 되고 있는 진조(陳朝)에는 제군을 받드는 사당이 진무관 및 안산현(安山縣)의 황사사(黃舍社)에 있었다고 한다.

"그러시다면 제가 장차 잘될지 못될지 선생님께서는 다 알고 계시겠네요?"

양담은 이렇게 대답했다.

"자네 정도의 문장과 재주를 지닌 사람은 당대에 찾을 수 없다네. 거기다가 자네는 후덕하고 성실하기도 하지. 다만 젊을 때 글재주를 믿어 남에게 교만했으므로 그 교만한 마음을 꺾으려고 하늘이 자꾸 실패를 맛보게 한 거지. 그렇지 않으면 진작 과거에 급제해 높은 벼슬을 했을 걸세. 이로 보면 고금에 선비를 논할 때 반드시 덕행을 앞세움이 까닭이 있는 거지.

지금의 유생이나 고관들에게선 덕을 찾아볼 수 없더군. 자기 이름을 숨긴 채 스승에게 나아가 글을 배우지 않나, 남의 이름으로 과거에 응시하지 않나. 시험에 떨어지면 시험관이 사람을 잘못 뽑았다고 나무라고, 벼슬길에서 조금 이름이 나면 선배들이 자기만 못함을 업신여기기 일쑤지. 교만한 기운이 넘쳐 쉽사리 지조를 바꾸는가 하면, 가난한 스승을 부끄럽게 여기고, 미천한 벗을 모르는 체하지. 평소 자기를 이끌어 주면서 훌륭한 사람이 되도록 도와준 사람이 스승과 벗임을 까맣게 잊고 있는 거지.

내 생전에 제자가 수천 명이었으며 벗이 서울 곳곳에 있었지. 그중에는 내가 죽은 후 고관대작이 된 자도 있고 조정의 요직을 맡은 자도 있다고 들었네. 하지만 내 무덤에 찾아와 술 한 잔 올리는 자가 없었네. 내가 자네를 못 잊는 이유가 여기에 있지."

이 말에 자허는 당시 벼슬아치의 잘못을 하나하나 거론했다.

"아무개는 청직(淸職)7)에 있으면서 탐욕이 끝이 없고, 아무개는 선비의 사표(師表)가 되어야 할 자리에 있으면서 사표가 되기에 부족하고, 아무개는 예(禮)를 책임진 자리에 있으면서 예를 제대로 펴지 못하고 있고, 아무개는 목민관으로 있는데 백성들이 그로 인해 재앙을 받고 있고, 아무개는 문장의 고하(高下)를 평가하는 자리에 있으면서 사사로이 자기가 추천한

---

7) 학식과 문벌이 높은 사람에게 주는 벼슬. 품계가 높지는 않으나 명예로운 자리로 여겨졌다.

사람의 글에 높은 점수를 주고 있고, 아무개는 법을 관장하면서 무고한 사람들에게 벌을 주고 있습니다. 이들은 평소 이야기할 때는 입을 잘 놀리다가도 국가의 큰일을 논할 때나 나라의 대계(大計)를 결정해야 할 때에는 그저 멍하니 앉아 있을 뿐입니다. 심지어 명실(名實)이 어긋나고 임금에게 불충하니, 크게는 유예(劉豫)[8]처럼 나라를 팔아먹고, 작게는 연령(延齡)[9]처럼 임금을 기만하고 있습니다. 이자들이 죽으면 명부에서 그 죄를 따지나요, 아니면 죽고 나서도 그 영화가 계속 되나요?"

양담이 웃으며 말했다.

"지옥은 이런 자들을 위해 있는 거지. 콩 심은 데 콩 나고 팥 심은 데 팥 난다는 말이 있는가 하면, 넓고 넓은 하늘의 그물은 비록 엉성하긴 해도 새는 법이 없다[10]는 말도 있지 않은가. 기다려 보게나.

내 자네를 위해 또 한마디하겠네. 중생이 천지 사이에서 인과응보에 따라 윤회함은 오직 선악의 결과라네. 선을 행함에 힘쓰는 자는 비록 그가 이승에 있다 할지라도 그 이름이 상제의 명부에 오르고, 반대로 악을 쌓는 자는 죽기 전에 벌써 지옥행이 예정되어 있다네. 그러므로 안회(顔回)[11]는 생전에 몹시 가난했지만 죽은 다음에 수문(修文)[12]이 되었고, 왕방(王雱)[13]은 생시에는 거들먹거렸지만 죽고 나서는 지옥에서 피를 흘려야 했던 걸세.

명부는 이승과 달라 권세에 빌붙어 벼슬자리를 얻거나 돈을 써서 죄를

---

8) 송나라 휘종(徽宗)의 신하로 금나라에 항복했다. 금나라는 그를 세워 괴뢰 황제로 삼았다.

9) 당나라 덕종(德宗)의 신하. 권력을 잡아 전횡을 일삼았으며, 어전에서 임금을 기만하곤 했다.

10) 하늘은 반드시 선한 자에게 복을 내리고 악한 자에게 벌을 준다는 말.

11) 공자의 수제자로 32세에 요절했다. 죽은 뒤 저승에서 수문(修文) 벼슬을 했다는 전설이 있다.

12) 수문랑(修文郎). 명부에서 글 짓는 일을 맡은 관원의 명칭.

13) 송나라 왕안석(王安石)의 동생. 죽은 후 지옥에서 목에 칼을 쓴 채 땅에 피를 흘리고 있었다는 전설이 있다.

면할 수 없다네. 또 죄 없는 사람에게 형벌을 가하거나, 관작(官爵)이나 상을 사사로이 주는 법이 없다네. 또한 아첨을 일삼는 추악한 소인배가 받아들여지는 법도 없고, 간음한 자가 관리에게 뇌물을 먹여 형을 벗어나는 일도 없지. 자네는 아무쪼록 노력하여 내세의 업보를 만들지 말게나."

자허가 대답했다.

"화복에 관해서는 대략 알아들었습니다. 그런데 오늘날의 선비들은 매양 제군의 사당에 가서 꿈과 점으로 장래의 일을 점쳐 앞날을 예측하는데 과연 이를 믿어도 되는 겁니까?"

양담이 웃으며 말했다.

"제군은 우주의 원기를 호흡하고 천지를 두루 살피며, 낮에는 각종 문서를 챙기고 밤에는 상제를 알현한다네. 그러니 어느 겨를에 이 사람 저 사람의 부탁을 좇아 그런 자질구레한 일을 하겠는가? 다만 심신을 재계하여 청정하게 하면 어렴풋한 사이에 눈에 무언가가 보이는 듯하게 된다네. 속세의 인간들은 그 뜻을 잘 알지 못하고 마침내 정말 그런 줄 여기니 참 웃기는 일이지."

"그러면 하늘의 문에 진사 급제자의 방(榜)이 미리 붙는다는 이야기 역시 사실과는 다릅니까?"[14]

"아니, 그건 사실이라네."

양담은 문서 한 뭉치를 꺼냈는데, 겉봉이 단단히 봉해져 있었다. 양담은 자허에게 말했다.

"이게 내년 봄 과거 급제자의 방이라네. 방금 제군께 명령을 받아 상세히

---

14) 송나라 범중엄(范仲淹)이 진주(陳州)의 판관으로 있을 때 태수의 모친이 병이 났으므로 도사를 불러 단을 세워 기도하게 했다. 도사는 단에 엎드린 채 밤새 꼼짝도 않고 있다가 새벽이 되어서야 일어나 태수에게 말하기를 "모친께서는 6년을 더 사시겠습니다"라고 했다. 태수가 왜 그리 오래 엎드려 있었느냐고 묻자 도사는 "마침 하늘의 문에 내년 진사 시험의 합격자 방(榜)이 붙었는지라 그걸 보려고 사람들이 길을 메운 바람에 지체되었습니다"라고 말했다는 고사가 있다.

점검한 후 하늘의 문에 내걸 참인데, 마침 자네가 찾아와 못 떠나고 있는 중일세. 천상의 즐거움은 인간 세상의 그것보다 훨씬 나으니 자네가 힘써 몸을 닦고 선행을 하면 자연히 이리로 올 수 있을 걸세. 나 같은 사람한테도 행운이 있지 않나."

"저 같은 속인이 어찌 그곳에 갈 수 있겠습니까? 다만 선생님을 따라 바람을 타고 가 잠시 하늘나라를 구경했으면 하지만, 그것이 어찌 속세의 인간에게 가능한 일이겠습니까?"

"아니, 어려운 일이 아닐세. 다만 제군께 자네 이름을 써넣었다고 아뢰기만 하면 된다네."

양담은 붉은 글씨를 적은 종이 끝에다 10여 자를 써넣었다. 그리고 나서 시종에게 자리를 치우라고 명했다.

자허가 수레 왼쪽에 앉자 수레는 곧장 하늘로 향해 올라갔다. 은빛 성곽으로 겹겹이 둘러싸인 속에 두 궁궐이 우뚝 서 있었는데, 그 양쪽으로 아름다운 누대와 전각이 벌여 있어 환하기가 대낮과 같았다. 은하수와 별들이 그 주위를 둘러싸고 있었으며, 향기로운 바람이 불어와 난간을 스쳤다. 그러나 맑은 빛이 눈을 부시게 하고 한기가 엄습하는 느낌이 들었다.[15] 아래에 있는 인간 세상을 내려다보니 흙덩이와 풀더미를 쌓아 놓은 듯했다.

양담이 말했다.

"자네, 이곳이 어딘 줄 알겠나? 여기가 바로 세상 사람들이 말하는 천상의 백옥경(白玉京)[16]이라네. 저 가운데 보이는 붉은 구름이 있는 데가 옥황상제가 계시는 곳이지. 성문에서 기다리고 있게나. 가서 여쭙고 오겠네."

말을 마치자 양담은 글을 받들고 성안으로 들어갔다. 잠시 후 성안에서 외치는 소리가 들려왔다.

"내년 진사 시험의 장원 급제자는 범자허로다!"

---

15) 당나라 현종(玄宗)이 도사 나공원(羅公遠)의 인도로 월궁(月宮)에 갔는데 맑은 빛이 눈을 부시게 하고 한기(寒氣)가 엄습했다는 전설이 있다.

16) 옥황상제가 있다는 곳. 제2부 「모란꽃으로 맺은 사랑」의 주 23을 참조할 것.

양담은 자허를 데리고 다니며 여러 관서(官署)를 구경시켜 주었다. 한 군데에 가니 '덕을 쌓는 문'[17]이라는 현판을 걸어 놓았는데, 천여 명의 사람이 있었다. 모두 꽃으로 장식한 관을 쓰고 향기 나는 풀을 허리에 띠었는데, 앉아 있기도 하고 서 있기도 했다. 자허는 양담에게 이곳이 어떤 데냐고 물었다.

양담은 이렇게 말했다.

"여기 있는 선인(仙人)들은 모두 생전에 은혜와 사랑을 베푼 자들이라네. 비록 재산을 털어 남에게 준 것은 아니라 할지라도 수시로 어려운 사람을 도와줘 인색한 마음이 없었을 뿐 아니라 남에게 은혜를 끼쳤다는 생각을 한 적이 없던 자들이라네. 상제께서는 그 어짊을 기록해 두었다가 맑은 관직에 오르게 하셨으므로 여기에 거처하는 거지."

또 한 곳에 이르니 '천륜(天倫)을 따르는 문'[18]이라는 현판을 걸어 놓았는데, 역시 천여 명의 사람이 있었다. 모두 구름옷을 입고 일산을 썼는데, 혹은 노래하고 혹은 춤을 추었다. 자허가 여기는 어떤 곳이냐고 물었다.

양담이 대답했다.

"여기 있는 선인들은 모두 생전에 부모에게 효도하고 형제 사이에 우애가 있던 자들이라네. 혹 떠돌아다니면서도 서로 섬기고, 혹 전답을 서로 나누어 가지고, 혹 몇 대가 함께 살며 분가(分家)하지 않은 자들이지. 상제께서는 그 뜻을 가상히 여겨 궁궐에서 살게 하셨으므로 여기에 거처하는 거지."

또 한 곳을 가니 '유신(儒臣)의 문'[19]이라는 현판을 걸어 놓았다. 거기 있는 사람들은 모두 옷의 품이 넓고 띠가 너른 선비 복장을 하고 있었는데, 역시 천 명은 족히 될 듯싶었다. 그 가운데 두 사람이 푸른색 도포를 입었으며 사모(紗帽)[20]를 쓰고 있었다. 양담은 그 두 사람을 가리키며 말했다.

---

17) 원문은 "누덕지문"(累德之門)이다.
18) 원문은 "순행지문"(順行之門)이다.
19) 원문은 "유신지문"(儒臣之門)이다.

"이분들은 이조(李朝)[21]의 소헌성(蘇憲誠)[22]과 진조(陳朝)의 주문안(朱文安)[23]이라네. 그 나머지는 모두 한나라와 당나라의 명신들로서 벼슬이나 직책이 없고 다만 초하루와 보름에 두 번 상제에게 알현드리기만 할 뿐이니 오늘날 벼슬을 물러난 고관이 봉조청(奉朝請)[24]이 되는 것과 같다

---

20) 오사모(烏紗帽)라고도 한다. 제2부 「두 신령의 다툼」의 주 6을 참조할 것.

21) 1009년에서 1225년까지 존속했던 베트남 왕조.

22) 이조(李朝) 영종(英宗, 재위 1138~1175)의 신하. 호(號)는 비연(飛鳶). 충성으로 이름이 높다. 당시 영종은 태자 용창(龍昶)이 죄를 지었으므로 폐하여 서인(庶人)으로 만들고 용한(龍翰)을 태자로 삼았다. 영종이 병들어 위중하매 소헌성(蘇憲誠)에게 유언을 남겨 태자를 잘 보필하게 했다. 영종이 죽자 태후는 태자를 폐하려 했는데, 헌성이 따르지 않을까 걱정하여 그 처 여씨(呂氏)에게 금은을 주어 뇌물로써 회유했다. 그러나 헌성은 "내가 대신으로서 태자를 보필하라는 임금의 유언을 받았는데 이제 뇌물을 받아 태자를 폐한다면 지하에서 무슨 면목으로 선왕을 뵙겠는가?"라고 했다. 태후는 또 헌성을 불러 백방으로 회유했다. 헌성이 대답하기를, "의롭지 않은 방법으로 부귀를 얻는 일을 어찌 충신이나 의사(義士)가 즐겨 하겠습니까? 하물며 선왕의 말씀이 아직 귓가에 남아 있지 않습니까? 전하께서는 저 이윤(伊尹: 중국 은나라의 충신)이나 곽광(霍光: 중국 당나라의 충신)의 일을 듣지 못하셨습니까? 신은 감히 명령을 받지 못하겠습니다"라고 했다. 그리하여 마침내 태후는 자기 뜻을 이룰 수 없었으며, 태자가 고종(高宗)에 등극할 수 있었다.

23) 청담(淸潭) 사람으로서, 성격이 강직하고 굳은 절개가 있었으며 사사로운 이익을 구하지 않았다. 명종(明宗, 재위 1314~1329)이 불러 국자감(國子監) 사업(司業)을 제수한바, 태자에게 경전을 가르쳤다. 명종이 죽자 헌종(憲宗, 재위 1329~1341)이 즉위했으며, 헌종에 이어 유종(裕宗, 재위 1341~1369)이 즉위했다. 유종은 놀기만 좋아하고 국정을 게을리하여 권신(權臣)들이 불법을 자행했다. 주문안(朱文安)이 임금에게 간했지만 듣지 않았다. 이에 문안은 간사한 신하 7인의 목을 베라는 상소를 올렸는데, 당시 사람들은 이 글을 「칠참소」(七斬疏)라 불렀다. 상소에 대해 아무런 비답(批答)이 없자 문안은 벼슬을 그만두고 고향으로 돌아갔다. 지령산(至靈山)을 사랑했으므로 거기서 살았다. 문안은 유종이 죽은 후 군신(群臣)이 예종(藝宗, 재위 1370~1372)을 맞아 임금으로 세우고자 한다는 말을 듣고 기뻐하여 지팡이를 짚고 상경하여 알현했다. 하지만 곧 다시 낙향할 것을 청했으며 벼슬에 임명되기를 마다했다. 문안은 고향에 돌아온 지 얼마 후 세상을 하직했다. 조정에서는 문정(文貞)이라는 시호를 내렸으며, 문묘(文廟)에 종사(從祀)함을 허락했다.

　　한편 주문안이 죽은 것은 예종 때인데 본 편의 배경은 명종 때로 설정되어 있는바, 연대가 서로 맞지 않는다. 작자의 착오인 듯하다.

24) 퇴임한 고관에게 특별히 준 벼슬. 실무는 보지 않으며 의식(儀式)이 있을 때에만 조정의

네. 이분들은 500년마다 인간 세상에 다시 태어나는 걸 허락받았으니, 높게는 경(卿)이나 상(相)이 되고 그 밑으로는 사대부나 교윤(校尹)25)이 되지."

자허가 둘러본 이 몇몇 관서 외에도 아직 백여 개의 관서가 더 있었지만 벌써 동이 트고 있어 다 구경할 겨를이 없었다. 자허는 급히 바람을 타고 아래로 내려왔다. 북문의 진무관에 이르니 이미 백관(百官)이 제군에게 문안을 드리고 있었다.

자허는 스승을 하직하고 집으로 돌아왔다. 이듬해 과거시험에 응시했는데, 과연 진사 시험에서 장원으로 급제했다. 그후에도 양담은 자허에게 집안의 길흉과 화복을 수시로 알려주었다고 한다.

아아, 『제해』(齊諧)26)의 허황됨과 『장자』(莊子)의 우언은 군자가 숭상할 바가 아니다. 그렇기는 하나 만약 어떤 일이 인륜과 관계되고 어떤 말이 선을 권하고 악을 경계하는 것이라 한다면 그것을 기록해 전한다 할지라도 무슨 상관이 있겠는가? 지금 이 편은 스승을 섬기는 데 독실한 사람에게는 족히 격려가 되고 스승을 제대로 섬기지 못하는 자들에게는 족히 경계가 됨 직하니, 백성들의 인륜에 관계됨이 크다 하겠다. 범자허가 하늘나라에 노닐었다고 하는 내용의 실제 유무야 깊이 따질 게 무어 있겠는가?

행사에 참여하며 종신토록 녹봉을 받았다.
25) 하급 관직 이름.
26) 괴이한 일들을 기록한 중국 고대의 책 이름. 지금은 전하지 않는다.

제3부

·
·
·
·
·

요괴의 모함

봉주(峯州)[1] 사람으로 성은 호(胡)씨요 이름이 기망(期望)이라는 자가
있었는데, 호조(胡朝)[2] 말엽에 장사차 창강성(昌江城)[3]에 머물다가 그만
병이 들어 죽었다. 호씨의 처는 너무 가난해 남편의 장례를 치를 비용이 없
었으므로 어린 막내딸 씨의(氏宜)를 부유한 상인 범씨(范氏)에게 팔았다.
씨의는 장성하자 얼굴이 퍽 예뻤다. 범씨는 좋아하는 마음이 생겨 그녀와
정을 통했다. 이를 눈치챈 범씨의 처는 다른 꼬투리를 잡아 씨의를 심하게
때려 죽게 만들었다. 그리고는 마을 근처에다 묻어 버렸다.

두어 달이 지나자 마을에 온갖 요사하고 기괴한 일들이 발생했다. 요귀
가 혹 간장 파는 아가씨 행세를 하거나 혹 술 파는 여자로 둔갑하여 괜찮게
생긴 남자는 정을 통한 다음 죽여 버리고 재물이 있는 남자는 그 재물을 빼
앗았다. 이 때문에 10리 연도(沿道)의 사람들은 모두 여색을 경계하여 아
침에 늦게 나오고 저녁에 일찍 집에 들어갔다. 한참 지나서야 사람들은 왜

---

* 이 작품의 원제는 「창강요괴록」(昌江妖怪錄)이다.
1) 백학현(白鶴縣)에 해당한다.
2) 진(陳) 왕조의 신하였던 호계리(胡季犛)가 제위(帝位)를 찬탈해 세운 왕조. 1400년에서
   1407년까지 부자 2대에 걸쳐 존속했다. 제1부 「열녀 예경」의 주 23을 참조할 것.
3) 안용현(安勇縣)에 속한 땅 이름.

요귀가 나타나는지 그 까닭을 알게 되었다. 그래서 씨의를 매장한 곳을 파내 그 뼈를 강가에 흩어 버렸다. 그러자 요귀도 사라졌다.

여조(黎朝)[4]가 나라를 통일한 후다. 양강(諒江)의 황 아무개라는 관리가 중앙의 관직에 부임하러 가던 차, 배를 강가에 정박시켰다. 달은 밝고 별은 드물어 천지가 고요한 중에 문득 동남쪽 모래톱에서 곡하는 소리가 들려왔는데 갈수록 구슬펐다. 황은 배를 소리나는 쪽으로 젓게 했다. 가서 보니 주홍색 비단 저고리를 입은 열일곱 살쯤 되어 보이는 한 여자가 풀섶에 앉아 있었다. 황이 곡하는 연유를 물었다.

"이처럼 깊은 밤에 무슨 까닭으로 그리 슬피 우시나요? 철석(鐵石)처럼 단단한 제 마음이 다 흔들리는군요."

여인은 얼굴을 단정히 한 뒤 눈물을 거두며 말했다.

"저는 본디 봉주 사람인데 부모님께서는 비단 장사를 하셨어요. 도적들이 그 재물을 탐내 어느 날 노략질한 후 부모님을 강물에 빠뜨려 돌아가시게 했어요. 저 혼자 화를 면해 강가에서 살며 마을 사람들에게 밥을 얻어먹고 있지요. 낮에 어떤 아주머니를 위해 뽕잎을 뜯다가 우연히 부모님이 돌아가신 곳을 지나게 되었으므로 저도 모르게 슬퍼져 그만 울게 됐어요."

황이 말했다.

"나는 지금 서울[5]에 부임하러 가는 길입니다. 부모님을 잃고 의지할 데가 없다니, 만일 고향인 봉주로 가고자 한다면 내 배를 타도록 하세요. 서울을 거쳐 봉주까지 가는 데에는 반식경이면 족하니, 돛이 한 번 바람을 받으면 갈 수 있는 거리지요."

그 여인은 다시 흐느끼며 말했다.

"저의 외로운 처지는 슬플 게 없지만, 한스러운 건 부모님의 유해를 수습하여 안장해 드리지 못한 일이에요."

---

4) 1428년부터 1788년까지 존속한 베트남 왕조. 베트남의 여러 왕조 가운데 가장 오래 지속된 왕조였다.
5) 여조는 진조(陳朝)의 수도를 계승하여 승룡성(昇龍城)을 수도로 삼았음.

"제가 낭자를 위해 약간의 돈을 내어 유해를 수습해 고향에 안장할 수 있게 해드리지요. 이렇게 우연히 만난 것도 인연이니깐요."

여인은 기쁜 얼굴로 말했다.

"하늘이 도우시네! 정말 그렇게 해주신다면 그건 죽은 이를 다시 살리는 것과 같아요. 제가 비록 연약한 여자이기는 하나 목숨을 바쳐 은혜에 보답토록 하겠어요."

황은 즉시 자맥질 잘하는 사람을 구해 물결이 어지러운 강물 속에 들어가게 하여 모래를 헤쳐 유골을 수습케 했다. 그리고는 유해를 배에 싣고 남쪽으로 향했다. 황은 이따금 은밀한 말로 여인에게 농을 걸며 그 마음을 떠보기도 했지만, 여인은 거절하는 뜻이 확고했다. 황은 그녀가 더욱 좋아졌으며, 함부로 대하지 않게 되었다. 서울에 이르자 즉시 관에 부임하지 않고 곧장 백학강(白鶴江)6) 어귀로 가서 유해를 강가에 안장했다.

그후 여인은 황에게 이런 말을 했다.

"저는 공자님과 무슨 기약을 한 것도 아니건만 우연히 좋은 인연을 맺게 되었군요. 지난번 보여주신 은근한 뜻을 거절한 것은 부모님의 유해를 아직 안치하지 못했기 때문이에요. 이제 일을 다 이루었으니 공자님을 받들었으면 해요. 더군다나 공자님께서는 고향을 멀리 떠나와 벼슬하시니 밥해 줄 사람도 없을 듯하군요. 집안의 제사 준비도 제가 맡도록 하겠어요."

마침내 둘은 부부가 되었으며, 여인을 사랑하는 황의 마음은 시간이 지날수록 더욱 깊어져 갔다. 여인 또한 행동거지를 예법에 맞게 하고 말을 가려서 했으므로 동료들이나 친척들은 이구동성으로 그녀를 칭찬했다.

그런데 관에 부임한 지 달포 가량 지나 황이 병에 걸렸다. 황은 미친 사람처럼 헛소리를 해대며 정신이 혼미해졌다. 여인은 아침저녁으로 눈물을 흘리며 황의 곁을 떠나지 않았다. 황은 약을 먹으라고 해도 먹지 않았으며, 진맥을 받으라 해도 받으려 하지 않았다. 부적을 갖고 온 자는 황에게 모욕

---

6) 홍하(紅河)와 선강(宣江)이 만나는 봉주(峯州) 일대의 강 명칭.

만 당했다. 그리하여 의사나 술사(術士)들은 어찌할 도리가 없었으며 다만 서로 바라볼 뿐이었다.

그러던 중 떨어진 갓을 쓰고 구멍난 신을 신은 남루한 차림의 한 사람이 걸어들어왔다. 자리에 있던 사람들은 모두 낄낄 웃었다. 그자가 말했다.

"당신네들은 모두 평범한 재주를 지닌 사람이요만, 나는 신의(神醫)라오. 병만 고치는 게 아니라 사람을 우화등선(羽化登仙)7)하게도 만들 수 있소."

어떤 의술을 지녔는지 문자, 풍(風)을 고치고 기(氣)를 다스린다고 했다. 가지고 온 약 주머니를 뒤져보니 고작 부자(附子)와 진피(陳皮)8)밖에 없었다. 황은 피식 웃으며 손을 내밀더니 한번 진맥해 보라고 했다. 그자가 맥을 짚어 보더니 말했다.

"몸을 상한 건 아니군요. 다만 장부(臟腑)가 조화를 잃어 정신이 혼미해졌어요. 따뜻한 국을 먹이고 겸하여 술과 안주를 많이 사와 귀신에게 빌면 자연히 낫겠습니다."

말을 마친 후 가지고 있던 약을 다 털어 흰 도자기 그릇에서 조제하여 한번에 다 마시게 했다. 약을 마신 후 황은 침을 몇 말쯤 뱉어냈으며 꿈꾸듯이 몽롱한 상태가 되었다. 이를 보고 여인은 크게 화를 내며 나무막대기로 그릇을 깨버리고는 그자를 꾸짖었다.

"어디서 온 술사이기에 우리 부부를 이간질해 가정을 결딴내려 해!"

그러자 그 사람은 갑자기 부적을 여인에게 던졌다. 부적을 맞은 여인은 별안간 고꾸라졌는데, 그 모습이 온데간데없고 쓰러진 자리엔 한 무더기 백골만 쌓여 있었다. 그자는 얼른 칠향탕(七香湯)9)으로 황의 가슴을 적셨다. 조금 있으니 황이 깨어났다. 지금까지의 일을 물어보니 황은 아무것도 기억하지 못했다. 사람들이 다투어 지금까지 일어난 일을 말해 주었다. 그

---

7) 몸에 날개가 돋아 신선이 되어 하늘에 오르는 것.
8) 모두 한약재 이름. 부자(附子)는 강심(強心)·이뇨·진통 효과가 있고, 진피(陳皮)는 귤껍질인데 건위(健胃)·발한(發汗) 효과가 있다.
9) 일곱 가지 향료를 넣어 끓인 물. 술사가 죽은 자를 살리는 데 사용함.

자는 자기가 한 일을 다음과 같이 설명했다.

"내가 여자의 얼굴을 보니 요기(妖氣)가 서려 있습디다. 그래서 아하, 이 여자가 빌미가 되어 병이 난 거구나 싶었습니다. 그리하여 대수롭지 않은 말로 그녀를 안심시켜 나의 비방(秘方)을 보일 수 있었지요. 그렇지 않으면 어떻게 약을 먹일 수 있었겠습니까?"

사람들은 이 말에 모두 감탄했다. 마침내 사람을 백학강에 보내 무덤을 파보게 했는데, 몇 방울의 선혈만 있을 뿐 유해는 보이지 않았다. 그 뼈를 없애 버릴 요량이었는데, 홀연 사라져 버린 것이다. 술사가 탄식하며 말했다.

"비록 가지는 제거했지만 뿌리는 아직 없애지 못했습니다. 만일 하늘의 병졸이 그 뼈를 없애 버리지 않는다면 다시 그 독수(毒手)에 당하게 될 터이니, 공이 위험합니다."

열흘 뒤다. 황이 대낮에 한가하게 누워 있는데 두 귀졸이 나타나 자기들과 함께 가자고 잡아끌었다. 한 곳에 도착했는데 담이 쭉 둘러싼 속에 전각이 삼엄하고 깊었다. 그러나 웬 까닭인지 왼쪽에 있는 곁채만큼은 무너져 있었다. 전각 위에는 면류관을 쓴 자가 앉아 있었는데, 엄한 목소리로 말했다.

"염라대왕께서 나에게 명령을 내려 너를 심문하라고 하셨다!"

말을 마치자 좌우에 있는 자들로 하여금 황에게 붓과 종이를 갖다 주게 해 진술서를 쓰게 했다. 황이 놀라 말했다.

"저는 본시 집안이 한미하지만 다행히 관리가 될 수 있었습니다. 몸가짐에 있어서는 간사한 태도를 취하지 않았으며, 관직에 있으면서 뇌물을 구한 적이 없습니다. 지은 죄가 없으니 승복할 수 없습니다."

미처 말을 마치기도 전에, 이전의 그 여인이 왼쪽에 있는 곁채에서 걸어나오는 것이 눈에 띄었다. 황은 비로소 자신이 그곳에 잡혀온 이유를 깨닫고, 즉시 붓을 들어 진술서를 써 나갔다.

삼가 듣건대 『춘추』(春秋)는 괴이한 일들을 기록했으니, 비록 돌이 말을 한 일10)이나 신령이 강림한 일11)이라 할지라도 반드시 기록했습니다. 한편 야사(野史)는 정사(正史)에 빠진 일들을 기록했으니, 매화의 혼백12)이나 등잔의 정령(精靈)13) 따위가 그런 것입니다. 이처럼 옛날부터 괴이한 일에 대해 언급한 것은 사람들로 하여금 귀신의 농간에 대비하게 하고자 해서가 아닌가 싶습니다. 그러므로 온교(溫嶠)가 무소뿔에 불을 붙여 강을 건너자 용궁에서 찾아와 그 뜻을 물었으며,14) 마공량(馬公亮)이 창문으로 들어온 긴 손에 글자를 적자 귀물(鬼物)이 살려 달라고 슬피 애걸했던15) 것입니다. 혹 입으로 불을 부는 요호(妖狐)를 없앤

---

10) 좌구명(左丘明)이 쓴 『좌전』(左傳)에 나오는 말. 소공(昭公) 정묘(丁卯) 8년 춘(春)의 기사에 다음의 일이 보인다. "진(晉)나라의 돌이 말을 했다. 이에 진후(晉侯)가 사광(師曠)에게 물었다. '돌이 어떻게 말을 하오?' 사광이 대답하기를 '돌은 말을 할 수 없지만, 혹 귀신이 붙으면 말을 합니다. 신이 듣건대 일을 일으킴이 때에 맞지 않으면 말을 못하는 사물이 말을 한다고 합니다. 지금 진나라의 궁궐이 몹시 사치스러우니 돌이 말을 하는 게 당연하지 않겠습니까?'라고 했다."

11) 『좌전』 장공(莊公) 32년 추(秋) 7월의 기사에 다음의 일이 보인다. "신령이 신(莘)에 강림했다. 혜왕(惠王)이 사관인 과(過)에게 물었다. '이게 어찌된 일이오?' 과가 대답했다. '나라가 장차 흥하려 할 때에는 밝은 신령이 강림하여 임금의 덕을 살핍니다. 또 장차 망하려 할 때에도 신령이 강림하여 임금의 악을 살핍니다. 이처럼 흥하는 것도 신령 때문이며 망하는 것도 신령 때문입니다.'"

12) 수나라 때 조사웅(趙師雄)이 나부산(羅浮山)에 노닐던 중 저물 무렵 한 아리따운 여인을 만나 술을 마시며 함께 즐겼는데, 아침에 깨어 보니 큰 매화나무 아래 누워 있더라는 고사가 있다.

13) 조당(趙當)이 어느 날 홀연 등하(燈下)에 나타난 한 여인과 밤마다 사랑을 나누었는데, 나중에 알고 보니 그녀는 등잔의 정령(精靈)이었다고 한다.

14) 온교(溫嶠)는 진(晉)나라 사람으로서 박학하고 글에 능했으며 벼슬은 표기대장군(驃騎大將軍)에 이르렀다. 자(字)는 태진(太眞). 일찍이 우저기(牛渚磯)라는 강을 건너는데 물이 깊어 그 밑을 헤아릴 수 없었다. 사람들이 말하기를 그 강에는 괴물이 많다고 했다. 온교는 무소뿔에 불을 붙여 그것으로 강물을 비추면서 건넜는데 기이한 모습의 괴물들이 환히 보였다. 그 날 밤 꿈에 한 사람이 나타나 "당신과는 유명(幽明)이 다르거늘 어찌 무소뿔을 태워 강물을 비출 줄 알았겠습니까?"라고 했다는 고사가 전한다.

15) 송나라 마공량(馬公亮)이 젊을 적에 창가에서 책을 보고 있었는데 홀연 부채만한 큰 손이 창문으로 쑥 들어오는 것이었다. 다음날 밤에도 그러했다. 공은 붓에다 웅황(雄黃: 귀신을 쫓는 데 사용하는 등황색의 염료)을 묻혀 큰 글씨로 꽃 '화'(花)자를 그 손등에 썼다.

일도 있으며,16) 혹 침상을 옮기는 귀신을 물리친 일도 있습니다.17) 이처
럼 역대의 강직한 선비들은 요물을 두려워하지 않았습니다. 하물며 향을
피우는 사당에 추악한 귀신을 용납하겠습니까? 저는 타고난 성품이 어
리석으나, 좋은 시절을 만나 벼슬하게 되었습니다. 하지만 말단 관리라
서 그 봉록이 겨우 먹고 살 만한 것이었습니다. 이부자리는 쓸쓸하여 짝
잃은 슬픔을 느끼곤 했습니다. 하지만 누가 알았겠습니까? 달 아래의 그
기이한 만남이 전생의 업보일 줄. 아리따운 자태와 화사하게 단장한 얼
굴로 저의 넋을 잃게 해, 저의 원기와 정기를 반쯤 빼앗아 버렸습니다.
훌륭한 의원을 만나지 못했다면 저는 이미 황천객이 되었을 것입니다.
만일 강에 있는 사람이 자기를 어부라고 한다면, 누가 그 말을 믿지 않겠
습니까? 덕을 베풀고도 벌을 받게 되었으니, 엎드려 바라건대 저를 불쌍
히 여기소서.

진술서를 올리자, 면류관을 쓴 자가 대로했다.
"자신이 혼령인 줄 생각지 않고 당치도 않은 마음을 내어 음란한 짓을 일
삼은 데다가 망령된 하소연까지 하다니! 혀를 자르는 지옥으로 압송하라!"

그러자 창 밖에서 크게 부르짖으며 "얼른 그 글씨를 씻어내 줘요! 그렇지 않으면 장차 당
신에게 화가 미칠 거요"라고 했으나 공은 못 들은 척했다. 그 귀물(鬼物)은 새벽까지 슬피
울었다. 마침내 공이 글씨를 지워 주자 귀물은 감사하며 사라졌다는 고사가 있다.

16) 중국 삼국시대 때 관로(管輅)의 고사. 조그마한 짐승이 입으로 불을 불어 집을 태우려
했다. 관로는 그 제자들에게 명하여 칼로 베어 버리게 했다. 허리를 벤 다음 보니 곧 여우
였다. 그후 마을에 화재가 사라졌다.

17) 당나라 위원충(魏元忠)의 고사. 위원충은 사람됨이 공정하고 관대했으며, 귀신을 믿지
않았다. 젊을 때 그 집에 온갖 귀물이 소란을 피웠다. 어느 날 밤, 웬 부녀 두어 사람이
침상 앞에 서 있었다. 공은 "내 침상을 대청 아래로 옮길 수 있겠느냐?"고 물었다. 그 부녀
들은 침상을 떠메어 옮겼다. 그러자 공은 "그 침상을 도로 대청으로 옮길 수 있겠느냐?"고
물었다. 부녀들은 다시 그 침상을 떠메어 옮겼다. 그러자 공은 "그 침상을 저자에다 옮길
수 있겠느냐?"고 물었다. 이에 그 부녀들은 절을 하고 물러가며 말하기를 "이자는 관대한
장자(長者)라서 보통 사람처럼 희롱할 수 없다"라고 했다.

면류관을 쓴 자는 큰 글씨로 쓴 다음과 같은 판결문을 내렸다.

　들으니 군사가 원숭이, 학, 고충(蠱蟲),[18) 사충(沙蟲)[19)으로 변한 건 주(周) 때에 있었던 일[20)이고, 요호와 신목(神木)의 일은 동진(東晉) 때에 있었던 일[21)이라 한다. 세상 운수가 점점 나빠져 마귀의 요사함을 이기지 못하게 되었다. 그러므로 도교(道敎)에서는 삼시(三尸)[22)로써 나쁜 기운을 없애고, 지옥에서는 명부(名簿)를 두어 죄 지은 사람을 불러온다. 스물네 관서가 있는데, 각기 그 맡은 일이 있다. 여기서는 온갖 요귀가 그 자취를 감춘다. 너는 어찌 그리 더러운 짓을 일삼으며 미쳐 날뛰었나. 일생 동안 음란함을 일삼고 탐욕스러움이 심하였다. 두 번 죽임을 당했으면서도 오히려 잔꾀를 부려 요리조리 거짓말을 해대며 감히 죄를 피하고 지옥의 형벌을 벗어날 수 있다고 생각하다니! 저 여우 임씨[23) 나 호랑이 최씨[24)처럼 감쪽같이 둔갑했구나. 그러니 가혹한 형벌을 받아

---

18) 전설상의 독충. 사람을 죽게 만든다.

19) 사영(射影). 전설상의 독충 이름. 물 속에 살며 모래를 머금었다가 지나가는 사람을 쏘아 해친다고 한다.

20) 주(周)나라 목왕(穆王)이 남쪽을 정벌하러 갔을 때 그 군사가 모두 죽었다. 계급이 높은 자는 원숭이나 학이 되고, 졸병들은 고충이나 사충이 되었다는 전설이 있다.

21) 동진(東晉)의 혜제(惠帝) 때 장화(張華)의 고사. 연(燕) 소왕(昭王)의 무덤에 요호(妖狐)와 천년 묵은 신목(神木)이 있었다. 하루는 요호가 서생으로 변신하여 장화의 강론을 들으러 왔다. 장화가 자기를 찾아온 서생이 요호인 줄 알고 소왕의 무덤 앞에 있던 신목을 베어다가 불을 붙여 서생을 비추니 여우로 화하는 것이었다. 이에 여우를 삶아 죽였다고 한다.

22) 삼시신(三尸神). 도교에서 사람의 몸 속에 있다고 하는 세 신(神). 경신일(庚申日)마다 상제에게 그 사람의 죄악을 고해 바친다고 한다.

23) 정생(鄭生)이라는 자가 아리따운 임씨를 아내로 삼았는데, 나중에 알고 보니 요호였다. 당나라 전기소설 「임씨전」(任氏傳)에 나오는 이야기다.

24) 최도(崔韜)가 행역(行役)을 떠나 효의관(孝義館)에 이르렀는데, 한 여인이 머리에 호피(虎皮)를 베고 자고 있는 게 눈에 띄었다. 최도는 그 호피를 우물에 던져 버렸다. 여인이 놀라 잠을 깨었는데, 호피를 잃어버려 범으로 변할 수가 없었다. 최도는 그녀를 처로 삼았

야 마땅하다.

황 아무개에게도 할 말이 있다. 너는 뜻이 약하고 군건함이 적어 마음이 욕심에 많이 이끌렸다. 그리하여 안숙자(顔叔子)가 옆집 여인을 물리친 일[25]을 본받지 못하고, 무승사(武承嗣)가 꽃의 요정에 혹한 일[26]을 본받았다. 그러니 죄가 없다고 할 수 없으며, 조금은 있다 할 것이다.

이제 말을 마치겠으니, 일을 맡은 자는 받들어 행하라.

면류관을 쓴 자는 황을 보며 말했다.

"너는 어릴 때부터 유학을 공부해 성현의 책을 읽고 고금의 일들을 공부했으면서도 어찌 여색을 경계해야 한다는 걸 모르고 스스로 그런 일을 자초했느냐?"

말을 마치자 붓으로 이렇게 썼다.

"강직함을 잃고 욕심을 좇았으니, 수명을 12년 감하노라."

그리고는 두 귀졸로 하여금 집으로 돌려보내게 했다. 바로 이때 황은 잠을 깼는데, 등에 진땀이 흘렀다.

몇 년 후 황은 일 때문에 삼기강(三岐江)[27]에 갔다가 봉주의 사당 아래

다. 3년 후 그 여인은 최도에게 호피가 어디에 있느냐고 물었다. 최도는 "우물에 있지"라고 가르쳐 주었다. 여인은 우물에서 호피를 꺼내 몸에 둘렀다. 그러자 금세 호랑이로 변해 포효하며 가 버렸다. 『향대』(香臺)에 실려 있는 이야기인데, 비슷한 이야기로 『태평광기』에 수록된 「신도징」(申屠澄)이 있다.

25) 주(周)나라 때 노(魯)나라의 홀아비. 그 사는 집 옆에 과부가 살았었다. 어느 날 밤 폭풍우가 칠 때 과부의 집이 무너져 안숙자의 집으로 찾아왔다. 안숙자는 그 과부에게 촛불을 잡고 있게 했으며, 촛불이 다 떨어지자 관솔로 대신하게 했다. 날이 샐 때까지 그 뜻을 흐트러뜨리지 않은바, 그 독실함이 지극하였다.

26) 무승사(武承嗣)의 첩은 이름이 소아(素娥)인데, 얼굴이 예뻤다. 꽃의 요정이었다고 한다. 제1부 「유유랑과 도홍랑」의 주 18을 참조할 것.

27) '삼기강'(三岐江)이 '삼강'(三江)으로 되어 있는 본도 있다. 홍하, 흑강(黑江), 청강(淸江)이 합류하는 일대를 말한다. 『영남척괴열전』(嶺南摭怪列傳)의 「용안여월이신전」(龍眼女月二神傳)에 의하면 여월강(女月江), 록남강, 천덕강(天德江)이 합류하는 일대 역시

서 쉬고 있었다. 그런데 이게 웬일인가. 사당의 담과 전각, 모셔 놓은 신상과 무너진 곁채, 이 모두가 하나같이 자신이 꿈에서 본 그대로이지 않은가.[28] 황은 비로소 이곳이 자기가 전에 끌려와 재판을 받은 곳임을 깨닫고, 말을 채찍질해 뒤도 돌아보지 않고 급히 내달았다. 때는 소평(紹平) 2년[29] 8월 정사일(丁巳日)이었다고 한다.

아아, 귀신이 방을 내려다보고 대들보에서 휘파람을 분다[30]는 것은 지나치게 괴이한 일이 아닐까? 그렇지 않다. 우연(羽淵)의 곰[31]이나 패구(貝丘)의 멧돼지[32]는 지나치게 괴이한 일이 아닐까? 그렇지 않다. 한유(韓愈)가 「원귀」(原鬼)라는 글을 써서 귀신에 대해 논하고 좌구명(左丘明)이 쓴 『좌전』(左傳) 가운데 귀신에 대해 언급한 대목이 나오는 것은 괴이한 일이 이상한 게 아니었음을 말해 준다. 그렇다고 한다면 창강의 요귀 이야기 또한 괴이한

　　삼기강(三岐江)이라 하고 있으나 여기서 말하는 삼기강과는 다르다.

28) 이 대목에서 면류관을 쓴 자가 사당신임을 알 수 있다.

29) 1435년에 해당한다. '소평'(紹平)은 여(黎) 태종(太宗, 재위 1434~1442)의 연호.

30) 한나라 양웅(揚雄)이 쓴 「해조」(解嘲)라는 글에 "으리으리한 집에는 귀신이 방을 내려다보고 있다"라는 말이 보인다. 또 당나라 한유(韓愈)가 쓴 「원귀」(原鬼)라는 글에 "대들보에서 휘파람소리가 들려 불을 켜 보니 아무것도 보이지 않았다"라는 말이 있다.

31) 『좌전』에 나오는 말. 소공(昭公) 7년에 정자산(鄭子産)이 진(晉)나라에 초빙되었는데 당시 진후(晉侯)는 병이 든 상태였다. 한선자(韓宣子)가 정자산에게 물었다. "우리 임금이 병에 걸린 지 석 달이나 됩니다. 지금 꿈에 누런 곰이 왕이 누워 계시는 방문으로 들어가니 이게 무슨 귀신일까요?" 자산이 대답했다. "옛날에 요(堯)임금이 곤(鯀)을 우산(羽山)에서 죽였지요. 그는 죽어 황색 곰이 되어 우연(羽淵)으로 들어갔는데 그곳은 곧 하(夏)의 교외였습니다. 그리하여 하, 은(殷), 주(周) 3대에 걸쳐 그를 제사지냈습니다. 진나라는 지금 제후들의 맹주인데 혹 그를 제사지내지 않은 건 아닌지요?" 마침내 자산의 말을 좇아 제사지냈더니 진후의 병에 차도가 있었다.

32) 『좌전』에 나오는 말. 장공(莊公) 8년에 제후(齊侯)가 패구(貝丘)에서 사냥을 하던 중 큰 멧돼지를 발견했다. 시종 들던 자가 말하길 "저 멧돼지는 공자 팽생(彭生)입니다"라고 했다. 제후는 화를 내며 "팽생이 감히 내 앞에 나타나다니!"라면서 활을 쏘았다. 멧돼지는 활을 맞자 울었다. 제후는 이에 놀라 수레에서 떨어져 발을 다치고 신발을 잃었으며, 마침내 돌아오는 길에 도적을 만나 죽임을 당했다.

일이 아니다. 더군다나 요녀가 사람을 미혹시키는 것을 보고 여색을 경계하게 될 것이고, 저승에서 재판받는 것을 보고 귀신을 경이원지(敬而遠之)하게 될 것이다. 의심스러운 일을 의심스러운 그대로 전하는 것은 허물이 아니다. 이렇게 한 걸음 한 걸음 나아가면 유차(劉叉)[33]나 간보(干寶)[34]와 같이 될 것이다.

---

33) 당나라 때의 인물. 젊을 때 협기(俠氣)가 있어 술을 먹고 사람을 죽였으나 후에 사면되어 행실을 고쳐 글을 읽었다. 한유가 천하의 선비들을 대접한다는 말을 듣고 찾아가 그 밑에서 놀았다. 한유는 금 서너 근을 갖고 있었는데, 유차(劉叉)가 그걸 가지고 가면서 "이는 죽은 사람에게 아첨하여 얻은 거니 저에게 주는 게 좋지요"라고 했다. 한유는 그것을 막을 수 없었다. "죽은 사람에게 아첨" 운운한 말은, 한유가 비문을 많이 써 주고 돈을 받았음을 가리킨다.

34) 동진(東晉) 때 인물로 고금의 온갖 신이한 이야기를 모아놓은 『수신기』(搜神記)라는 책의 저자로 유명하다.

기이한 나무꾼

청화(淸化)는 그 주변이 모두 산이다. 구불구불 이어진 산이 수천 리인데, 그중 특히 우뚝 솟은 산이 하나 있었으니 그 이름을 나산(邪山)이라 했다. 나산에는 한 골짜기가 있는데, 험하고 긴 데다 좁고 어둑하여 세상의 티끌이 닿지 않는 곳이요 사람 발길이 미치지 않는 곳이었다. 그런데 날마다 한 나무꾼이 그 골짜기에서 나무를 지고 나와 그것을 물고기나 술과 바꾸는 것이었다. 그자는 술만 실컷 마시면 그만일 뿐 돈 같은 건 일체 신경을 쓰지 않았다. 그리고 촌 늙은이나 시골 청년을 만나면 늘 유쾌하게 농사일에 대한 이야기를 주고받았다. 하지만 그 이름이나 사는 곳을 물으면 웃기만 할 뿐 대답하지 않았다. 그러다가 해가 서산에 기울면 다시 골짜기로 향하는 것이었다. 그래서 당시 사람들은 이 나무꾼을 고대의 은자(隱者)인 신문(晨門)[1]과 접여(接輿)[2]에 견주었으며, 당나라의 채화(采和)[3] 이하는

---

* 이 작품의 원제는 「나산초대록」(邪山樵對錄)이다.

1) 문지기로 숨어 지냈던 중국 고대의 현인.

2) 춘추시대 초나라의 은자(隱者). 당시 사람들은 그를 '초광'(楚狂: 초나라의 미친 이)이라고 불렀다. 『논어』(論語)에 그 이름이 보인다.

3) 당나라 말엽의 일사(逸士). 한쪽 발에만 신을 신고 다녔으며 여름에는 두꺼운 솜옷을 입고 겨울에는 얼음 위에 누워 지내는 기행을 일삼았는데, 나중에 신선이 되어 하늘로 올라

동렬에서 논할 수 없다고 생각했다.

　호조(胡朝)⁴⁾ 개대(開大)⁵⁾ 연간에 한창(漢蒼)⁶⁾이 사냥을 나갔다가 길에서 우연히 이 나무꾼을 만났다. 나무꾼은 길을 가며 다음과 같은 노래를 부르고 있었다.

> 나산은 참 높기도 하지.
> 나무는 울창하고 안개는 짙고 시냇물은 졸졸 흐르누나.
> 아침에 거길 나와 저녁에 그리로 돌아가네.
> 연잎으로 만든 옷에 난초를 허리에 찼네.⁷⁾
> 푸른 산은 병풍이요 밭 주위의 녹수(綠水)는 베개로다.
> 조정과 저자, 거마(車馬)의 시끄러움이 여기엔 없지.
> 송나라⁸⁾ 제왕의 무덤은 풀에 덮였고
> 동진(東晉)의 공경(公卿)들 무덤은 언덕으로 변했네.⁹⁾
> 왕(王)·사(謝)¹⁰⁾의 풍류와 조(曹)·소(蕭)¹¹⁾의 위업이 무슨 소용인가?
> 고금의 재상들 비석엔 이끼만 가득한데
> 숨어서 한가히 사는 나만 같을까.

갔다고 한다.
4) 진(陳) 왕조의 신하였던 호계리(胡季犛)가 제위(帝位)를 찬탈해 세운 왕조. 1400년에서 1407년까지 부자 2대 동안 존속했다. 제1부 「열녀 예경」의 주 23을 참조할 것.
5) 호조의 제2대 황제인 호한창(胡漢蒼)의 연호.
6) 호조의 제2대 황제 이름. 호계리의 아들이다.
7) 은자의 옷차림을 뜻하는 말. 굴원(屈原)의 「이소」(離騷)에서 유래하는 말.
8) 남조(南朝)의 유송(劉宋)을 가리킨다.
9) 높은 벼슬에 올라 부귀를 누리던 자들도 죽고 나면 그만이라는 말.
10) 왕씨(王氏)씨와 사씨(謝氏)는 동진(東晉)의 대표적인 벌열 집안으로서 부귀를 누리며 일세의 예술을 구가했다. 왕도(王導), 왕희지(王羲之), 사안(謝安) 등이 모두 이 집안 출신이다.
11) 조참(曹參)과 소하(蕭何). 한나라 고조(高祖)를 도와 한나라를 창업했으며 훗날 재상이 되었다.

노래를 마치자 옷을 떨치고 멀리 가 버렸다. 한창은 그가 도를 지닌 은자라 여겨 측근 신하인 장공(張公)에게 명령하여 따라가서 누군지 물어보라고 했다. 장이 뒤쫓아가 보니 나무꾼은 이미 골짜기 안으로 들어간 다음이었다. "여보시오!" 하고 불렀지만 아무 대답이 없었으며, 구름과 안개 사이에 나무꾼이 걸어가는 뒷모습만 소나무와 대나무 가지 사이로 아스라이 보일 뿐이었다.

장은 그가 보통 사람이 아닌 줄 짐작하고 그 뒤를 쫓았다. 우거진 수풀을 헤쳐 길을 내며 2, 3리쯤 가자 험한 산길이 나타났다. 들어갈수록 길이 깊고 험해 더 이상 앞으로 나아갈 수 없었다. 그래서 주위를 이리저리 살피는 사이에 나무꾼을 시야에서 놓치고 말았다. 하릴없이 산마루에 걸린 석양을 바라보고 있노라니 숲이 벌써 어둑어둑해지고 있었다. 이젠 되돌아가고자 해도 불가능했다. 조금 있자 닭 우는 소리가 대나무 숲 꼭대기에서 희미하게 들리는 것이었다. 장은 기뻐서

"인가가 멀지 않구나!"

라고 소리쳤다. 지팡이를 짚고 올라가니 초가가 한 채 나타났다. 집 좌우에는 금전화(金錢花)12)가 조금 심어져 있으며 벽도와 살구나무도 눈에 띄었는데, 모두 무성하여 보기 좋았다. 집 안에는 등나무로 만든 상(床)이 하나 놓였으며, 상 위엔 거문고, 퉁소, 안석 등이 있었다. 동서의 벽면은 흰 칠을 했는데, 노래가 둘 적혀 있었다. 노래 제목은 「애면」(愛眠: 잠을 사랑함)과 「애기」(愛棋: 장기를 사랑함)였다. 다음은 「애면」의 가사다.

무얼 사랑하나? 잠자는 거라네.
한가하게 사는 것 천성에 맞아라.
장막에서 새 글 지으니 새로운 부귀요
작은 등나무 상은 옛 인연이라.

---

12) 동전 모양의 황색꽃.

처마엔 매화, 뜰에는 대

은사(隱士)의 취미는 산수에 있네.

뒤에는 죽부인,13) 앞에는 붉은 술

좋은 경치는 잠을 부르고

마음은 편하고 가벼워라.

더러운 속세의 일 듣지 않고

구름가 흰 바위에 팔 베고 누우니

저 옛날 초가에 누운 제갈량(諸葛亮) 같고

잠자며 벼슬을 마다한 진단(陳搏)14)과도 같네.

시원한 북창(北窓)에 앉으면 시상(詩想)이 잘 떠오르고15)

서쪽 대청에 잠들면 명구(名句)를 얻네.16)

책은 저녁에야 보고

낮엔 주점(酒店)에 가네.

현학(玄鶴)은 밤마다 적벽(赤壁)에 울고17)

해마다 미인과 상수(湘水)에 노네.18)

때때로 취해 누우면

---

13) 대오리로 길고 둥글게 만든 물건. 더위를 식히기 위하여 여름밤에 끼고 잔다.

14) 오대(五代) 말에서 송나라 초의 인물. 자(字)는 도남(圖南)이며, 호(號)는 부요자(扶搖子). 흔히 희이 선생(希夷先生)이라 부른다. 한 번 잠을 자면 백여 일을 잤다고 하며, 일찍이 「애수가」(愛睡歌)를 지은 적이 있다. 화산(華山) 백운관(白雲館)에 은거하여 도를 닦았으며, 조송(趙宋)의 태조가 불렀으나 사양하고 나가지 않았다 한다.

15) 도연명(陶淵明)이 여름날 북창(北窓) 아래에 누워 시원한 바람이 불어오자 스스로 '희황상인'(羲皇上人: 옛날 태평했던 복희씨 시절의 백성)이라 했다는 고사가 있다.

16) 사령운(謝靈運)이 서당(西堂)에서 시를 짓다가 시구를 얻지 못하고 잠이 들었는데, 꿈에 족제(族弟) 사혜련(謝惠連)이 나타나 "지당생춘초"(池塘生春草)라는 명구를 주었다는 고사가 있다.

17) 소동파(蘇東坡)의 「적벽부」(赤壁賦)에 현학(玄鶴)이 나오는데, 도사를 암유(暗喩)한다.

18) 어떤 사람이 베개를 하나 얻었는데, 밤마다 그걸 베면 미인과 상수(湘水)에서 노는 꿈을 꾸었다는 고사가 있다. '상수'는 동정호로 흘러들어가는 강 이름.

풀로 깔개 삼고, 꽃으로 장막 삼네.
도연명(陶淵明)이 잠드니 주렴엔 잔월(殘月)이요[19)
주렴계(周濂溪)가 베개 베면 두견새 소리 들린다지.[20)
남들은 날 게으름뱅이, 잠꾸러기, 신선이라 말할 테지.

「애기」의 가사는 다음과 같다.

무얼 사랑하나? 장기 두는 거라네.
풍운(風雲)과 같은 천태만변 기이하여라.
질 때는 용이 실세한 것 같고
이길 때는 위용 있는 호랑이 같네.
차(車)와 마(馬) 나란히 양변을 공격하고
강 건너는 졸(卒)은 에워쌈을 일삼네.
남북으로 대치하여 형세 서로 의지한 채
그윽이 전술 고안하여 온갖 꾀를 다 쓰누나.
적적한 봄날 잠을 깨우며
손을 들어 장기짝을 놓네.
독락원(獨樂院)[21)에 벗들이 찾아올 때요
죽루(竹樓)[22)의 새벽에 술이 반쯤 깰 때로다.

---

19) 향리에 돌아온 도연명이 술에 취하자 사람들에게 "내가 취해 이제 자야겠으니 당신들은
　　그만 돌아가구려"라고 했다는 고사가 있다.
20) 주렴계(周濂溪)에게 베개가 하나 있었는데 그걸 베면 두견새 우는 소리가 들렸다는 고
　　사가 있다.
21) 송나라 사마온공(司馬溫公)이 세운 정자. 그가 쓴 「독락원기」(獨樂院記) 중에 "한 동이
　　술로 늦봄을 즐기고 / 장기로 긴 여름을 소일하네"라는 구절이 있다.
22) 왕원지(王元之)가 황주(黃州)에 세운 누각. 그가 쓴 「황주죽루기」(黃州竹樓記)에 다음
　　과 같은 구절이 있다. "여름에 소나기가 내리면 폭포소리가 나고, 겨울에 큰 눈이 내리면
　　옥을 쪼개는 소리가 나며, 장기를 두면 '탁탁' 소리가 나고, 투호(投壺)를 하면 '쟁쟁' 소리

긴긴 여름, 객을 머물게 해 대국(對局)하나니
암자가 높아 장기짝 놓는 소리 느즈러지네.
뜨락은 첩더러 쓸라고 하고
동자(童子)의 관전(觀戰)을 내버려두네.
이긴 자가 강산을 갖기로 하고
공명의 득실 따윈 안중에 없네.
몰입해 날이 저문 줄도 몰라
달이 뜨고 안개 끼고 대나무 가지가 늘어졌네.
낭풍(閬風)23)의 신선이 한가로이 소일하듯
장안 공자(公子)가 술에 취해 돌아감을 잊은 듯.
자리에는 거문고와 그림과 벽에 쓴 시가 두루 다 있군.

나무꾼은 대청 앞의 돌에 다리를 쭉 펴고 앉아 앵무새에게 말을 가르치고 있었으며, 그 곁에서 두 아이가 장기를 두고 있었다. 나무꾼은 장이 온 것을 보고 놀라며 말했다.

"이곳은 한적한 곳으로 숲이 깊고 멀리 떨어진 땅이라 산새들만 서로 화답하고 바위에 숨어 사는 짐승들의 자취만 있을 뿐인데 그대는 어인 일로 수고를 마다 않고 이 먼 데까지 오셨소?"

"저는 조정의 관원입니다. 임금님께서 저로 하여금 숨어 사는 선생을 찾아뵈라고 해서 왔습니다. 지금 임금님께서 산 아래에 계시니 잠시 알현하지 않겠습니까?"

나무꾼이 허허 웃으며 말했다.

"나는 세상을 등진 은자며 속세를 피해 사는 늙은이에 불과하오. 이 작은 초가에서 목숨을 부지하며 도끼로 나무를 해 살아가고 있소이다. 날마다

가 난다. 이 모두는 죽루가 도와서 그러하다. 바야흐로 술이 깨고 차 끓이는 연기가 멈추기를 기다려 석양을 보내고 흰 달을 맞이하니, 이 모두는 귀양살이의 아름다운 경치다."
23) 곤륜산(崑崙山)에 있는 땅 이름. 신선이 산다고 한다.

술에 취해 지내고 있으며 찾아오는 속인은 아무도 없다오. 벗이라곤 물고기와 사슴이며 함께 하는 것은 눈과 바람과 달과 꽃이라오. 여름이면 칡으로 짠 옷을, 겨울이면 털옷을 입고, 노을과 구름을 사랑하며, 산을 파먹고 샘물을 길어 먹는 것밖엔 아는 게 없다오. 그러니 지금 바깥 세상이 어느 왕조이고, 그대가 누구의 신하인 줄 알게 뭐겠소?"

말을 마친 나무꾼은 장에게 날이 저물었으니 자고 가라고 했다. 산도(山稻)로 밥을 짓고 명아주로 국을 끓여 상을 차렸는데, 산채도 몇 가지 곁들였다. 밤늦게까지 이야기를 주고받았는데, 하나같이 들을 만한 내용이었다. 그러나 시사(時事)와 관련된 이야기는 단 한마디도 하지 않았다.

이튿날 장은 다시 나무꾼한테 초빙에 응할 것을 청하면서 말했다.

"옛날의 군자가 시대를 구제하고 도를 행하려 하지 않은 게 아니면서도 자신을 깊이 감추고 벼슬하지 않은 것은 자기를 알아줄 사람을 기다린 때문입니다. 그러므로 초상을 그려 그 사람을 널리 찾은 다음에야 부열(傅說)을 재상으로 맞이할 수 있었으며,24) 수레 뒤에 싣고 돌아온 다음에야 목야(牧野)의 공을 이룰 수 있었던 것입니다.25) 지금 선생께서는 금옥(金玉)처럼 고귀한 몸에 많은 경륜을 지니고 계시면서도 명리를 구하는 세속에서 이름 얻기를 마다하여 고기 잡고 나무하는 즐거움에다 자신의 덕을 감추었습니다. 그러나 산수간에 은둔하고 있음에도 그 이름이 구중궁궐에까지 알려졌으니, 은자의 생활을 청산할 때가 바로 지금이 아닌가 합니다. 바라건대 부열이 제방 쌓는 일을 그만두고 재상이 된 일과 강태공이 위수(渭水)에서 낚싯대를 버리고 재상이 된 일을 본받아 백성들의 여망을 저버

---

24) 은(殷)나라 고종(高宗)이 어느 날 하늘이 자기에게 좋은 재상을 내려주는 꿈을 꾼 뒤, 꿈에 본 얼굴을 그림으로 그려 그에 해당되는 사람을 널리 찾았다. 그리하여 부암(傅巖)에서 제방 쌓는 일을 하고 있던 부열(傅說)을 얻어 재상으로 삼았다.

25) 강태공의 고사. 주(周)나라 문왕(文王)이 사냥을 나갔다가 반계(磻溪)의 위수(渭水)에서 낚시하고 있던 강태공을 만나 자기가 탄 수레의 뒤에 태워 돌아왔다. 훗날 강태공은 문왕의 아들 무왕(武王)을 도와 목야(牧野)에서 은나라 주왕(紂王)을 정벌함으로써 주나라 창업의 일등공신이 되었다.

리지 말았으면 합니다."

나무꾼이 대답했다.

"선비는 뜻이 제각각이니 꼭 말씀하신 대로 해야 할 필요는 없겠지요. 엄자릉(嚴子陵)[26]은 동강(桐江)의 안개 낀 강물을 간의대부(諫議大夫)와 바꾸지 않았으며, 강백회(姜伯淮)[27]는 천자의 명령을 거역해 자신의 얼굴을 그리지 못하게 함으로써 끝내 팽성(彭城)의 산수를 더럽히지 않았지요. 나는 재주가 비록 적으나 옛사람과 비교해 나은 점도 없지 않으니, 검루(黔婁)[28]보다 생활 형편이 낫고 안회(顔回)[29]처럼 단명하지도 않으며 위개(衛玠)[30]보다 건강하고 원정목(爰旌目)[31]보다 배부르며 순봉천(荀奉倩)[32]보다 사리에 밝으니, 가만히 생각건대 천지로부터 얻은 바가 많은 것 같소이다. 만약 분외(分外)의 욕심을 부려 벼슬길에 나서고자 한다면 선현들에게

---

26) 자릉(子陵)은 자(字)이며, 이름은 광(光). 어릴 때 후한의 광무제(光武帝)와 친구였는데, 훗날 광무제가 제위(帝位)에 오르자 그에게 간의대부(諫議大夫)를 제수해 조정으로 불렀다. 부춘산(富春山)에 은거하여 동강에서 낚시질로 소요하고 있던 그는 이를 받아들이지 않았다고 한다.

27) 백회(伯淮)는 자(字)이며, 이름은 굉(肱)으로 팽성(彭城) 사람이다. 한나라 환제(桓帝)가 누차 불렀으나 나오지 않았다. 환제가 사신에게 그의 초상을 그려오게 했으나 백회는 암실에서 이불을 뒤집어쓴 채 병이 들었다고 핑계를 대며 얼굴을 내보이지 않음으로써 사신이 그의 초상을 그릴 수 없었다는 고사가 전한다.

28) 『고사전』(高士傳)에 나오는 인물. 지극히 가난하여 임종 때에 옷이 한 벌밖에 없었는데, 그마저 제대로 된 것이 아니어서 얼굴을 가리면 발이 드러나고 발을 가리면 얼굴이 드러남을 하기 어려웠다는 고사가 전한다.

29) 공자의 수제자로 32세에 요절했다.

30) 동진(東晉) 때 사람. 풍채가 수려하고 노장(老莊)의 도를 말하기 좋아했으나 27세에 죽었다.

31) 『열자』(列子)에 동방의 선비로 나오는 인물. 길에서 굶주릴 때 어떤 도적이 그에게 음식을 주었다. 그는 음식을 준 자가 도적임을 알고 먹은 것을 토하려고 캑캑거리다가 그만 목이 막혀 죽고 말았다.

32) 위나라 사람. 봉천(奉倩)은 자(字)이며, 이름은 찬(粲). 미인인 처를 몹시 사랑했다. 처가 겨울에 열병이 나자 뜰에 나가 자신의 몸을 차게 하여 그 몸으로 처의 열을 식힐 정도였다. 처가 죽고 나서 얼마 되지 않아 그도 따라 죽었다는 고사가 전한다.

부끄러운 일일 뿐 아니라 고향 산천을 저버리는 일이니, 그대는 그만 떠나도록 하시지요. 나는 다시는 아무 말도 하고 싶지 않소이다."

그러자 장이 말했다.

"선생께서는 지금 시국이 나서서 벼슬할 때가 아니라고 생각하십니까? 지금 성인(聖人)이 정치를 하시매 온 천하가 잘 다스려져 점파(占婆)[33]의 왕은 그 땅을 떼어 바쳐 번신(藩臣)이 되기를 청했고, 명나라 군사는 항복하는 글을 보내 퇴로를 열어 달라고 간청했습니다.[34] 뿐만 아니라 노과(老撾)[35]와 대리(大理)[36]도 저마다 먼저 신하가 되겠다고 야단들입니다. 지금의 주상(主上)께 결여된 것이 있다면 초야에 숨어 사는 빼어난 선비의 보좌이니, 그런 선비가 주상을 도와 주상의 공덕이 멀리 요(堯)임금이나 순(舜)임금과 견줄 수 있게 했으면 합니다. 선생께서 끝내 재능을 감춰 고대의 은자인 무광(務光)이나 연자(涓子)[37]를 본받는다면 그만이지만, 만

---

33) 지금 베트남의 중부 지역에 있던 왕국 이름. 호한창이 점파(占婆)를 공격하자 점인(占人)은 두려워 흑백 두 마리의 코끼리와 토산품을 진상하는 한편 점동(占洞)의 땅을 떼어 바쳤다고 한다.

34) 명나라는 당시 베트남의 내정에 개입하여 군대를 파견해 베트남을 공격했다. 이에 호한창은 호사(胡射) 등에게 명령해 요충지인 지릉관(支棱關)을 끊게 했다. 그러자 명군은 데리고 온 진첨평(陳添平)을 호한창에게 넘겨 주며, 퇴로를 열어 줄 것을 요청하는 글을 보냈다. 그 글에는, '진첨평이 명나라로 도망와 자신이 안남국 왕자라고 주장하기에 명에서는 대군을 보냈는데 막상 와 보니 이곳의 백성들이 모두 불복하여 그의 말이 거짓임을 알았다. 이에 첨평을 바치니 퇴로를 열어 주면 고맙겠다'는 내용이 들어 있었다. 호사는 이 글을 받고 명군의 요청을 수락했다.

35) 지금의 라오스.

36) 현재 중국의 운남성(雲南省) 일대.

37) 무광(務光)은 하(夏)나라 사람. 탕(湯)임금이 걸(桀)을 칠 때 그에게 나아가 의견을 구하자 그는 "내 일이 아니다"라며 거절했다. 또 탕이 천하를 그에게 맡기려 하자 "임금을 폐한 것은 의(義)가 아니며 백성을 죽인 것은 인(仁)이 아니다. 남이 못할 짓을 했는데 내가 그 이익을 누린다면 이는 염치없는 짓이다. 도가 행해지지 않는 세상에 오래 살아 뭐하겠나"라며 돌을 메고 물에 빠져 자살했다. 연자(涓子)는 제(齊)나라 사람으로 암산(巖山)에 숨어 살았다.

일 조금이라도 이 땅의 백성들에게 관심이 있으시다면 지금 안 나갈 경우 영영 초목과 함께 썩어 좋은 임금을 만날 기회가 없을 겁니다."

이 말에 나무꾼은 언짢은 낯빛을 하며 말했다.

"그대의 말은 과장이 좀 심한 것 같소. 듣고 있노라니 낯이 간지럽고 마음에 몹시 부끄럽소. 지금 임금은 호씨(胡氏) 아니오?"

"그렇습니다."

"호씨가 들어 승룡성(昇龍城)을 버리고 안손(安孫)으로 천도하지 않았소?"[38]

"그렇습니다."

"내 비록 도성을 밟지 않고 조정에 서지는 않았다 할지라도 일찍이 그 사람됨에 대해 들은 적이 있소이다. 말에는 거짓과 간사함이 많고 성격은 탐욕스러워 백성들을 가혹하게 부역에 동원하여 금구(金甌)[39]에 궁궐을 짓게 해 호사를 다하고, 화가(花街)[40]에다가는 길게 점포를 짓게 했다지요. 그리고 값비싼 비단을 분토(糞土)처럼 여기고 옥으로 젓을 담그며 금을 티끌처럼 여기면서 돈 쓰기를 물 쓰듯 한다지요. 또 재판은 뇌물에 좌우되고 관직은 돈으로 매매되며, 나라에 충성하려는 사람은 말을 하기도 전에 살해되고 아첨하는 자는 상을 받는다지요. 뿐만 아니라 민란이 일어나자 저강(底江)에 군대를 파견하고,[41] 국경에 분쟁이 생기자 고루(古樓)를 떼어

---

38) 안손(安孫)은 지금의 영복현(永福縣) 안손사(安孫社)이다. 진(陳) 순종(順宗, 재위 1388~1398) 때 호계리가 두성(杜省)으로 하여금 청화부(淸化府) 안손동(安孫洞)에 성을 쌓아 천도할 준비를 하게 했다. 당시 그 계획이 적절치 못하다는 간언이 있었으나 계리는 듣지 않았다. 후에 계리는 순종을 윽박질러 겨우 세 살인 태자에게 제위를 물려주게 한 뒤 원래 계획대로 천도했다.

39) 지금의 영복현 금구사(金甌社). 호계리는 영복현 안손에 천도한 후 진(陳) 소제(少帝)를 폐위한 후 스스로 황제가 되어 새 왕조를 개창했다. 계리는 곧 그 아들 한창에게 제위를 물려주고 자신은 태상황(太上皇)이 되어, 금구궁(金甌宮)을 짓고 그곳에 거주했다.

40) 영복현 화가사(花街社). 호계리는 여기에 상가를 건설했다.

41) 저강(底江)은 입석현(立石縣)에 있다. 호계리가 소제를 폐하고 제위를 찬탈하자 완여개(阮汝蓋)는 철산(鐵山)으로 달아나 백성들을 불러모아 만여 명을 얻었다. 완은 입석과 저

내 주었다지요.42) 한편 조정의 신하들은 모두 시류에 영합해 출세하려고만 할 뿐 백성을 도탄에서 구할 방도를 지닌 이는 없다고 들었소이다. 다만 완붕거(阮鵬擧)는 법도는 있으나 굼뜨고,43) 황회경(黃晦卿)44)은 배움은 있으나 명민하지 못하고, 여경기(黎景奇)45)는 계책은 좋으나 과단성이 부족하며, 유숙검(劉叔儉)46)은 군자이기는 하나 어질지 못하다지요. 그 나머지는 재물을 좋아하지 않으면 술에 빠져 있으며, 일신의 편안함을 추구하지 않으면 권세와 직위에 관심이 있을 뿐이니, 기이한 계책과 깊은 꾀를 내어 백성을 위할 사람이 없다더군요. 내가 지금 산림에 은둔하여 어지러운 나라를 피하기에도 겨를이 없거늘 어찌 벼슬길에 나서겠소? 그대는 돌아가서 이렇게 전하시오. 곤산(崑山)47)의 불에 옥과 돌이 다 함께 타버려서야 되겠느냐고 말이외다!"48)

장이 대답했다.

"현자가 벼슬길에 나가지 않으려 함이 이다지도 고집스런 것입니까?"

나무꾼이 말했다.

강을 왕래하며 침탈을 일삼았는데, 주현(州縣)에서는 막을 수 없었다. 이에 계리는 완붕거(阮鵬擧)에게 명령을 내려 토벌케 했다.

42) 당시 명나라는 베트남에 사신을 보내 양산(諒山)과 녹주(祿州) 땅을 할양할 것을 요구했다. 호계리는 황회경(黃晦卿)을 할지사(割地使)로 삼아 고루(古樓) 등 59촌(村)을 명나라에 떼어 주었다.

43) 북강(北江)의 동안(東岸) 사람. 진(陳)에 출사하여 동로안무사(東路安撫使)를 지냈다. 또 호씨 정권에서도 벼슬했다. "법도가 있고 진중하다"는 말은 일찍이 한나라 유엽(劉曄)이 유비(劉備)를 평한 말이다.

44) 진조 말엽에 태학생이었으며, 호씨 정권 말기에 시랑(侍郞) 겸 영절도(領節度)였다. 후에 명군의 포로가 되어 금릉(金陵)으로 이송되던 중 단흡(丹崎) 해구(海口)에서 자살했다.

45) 진조에 이어 호씨 정권에서도 벼슬을 했다. 사람됨이 자신에게 편한 것만 추구하여 호계리가 제위를 찬탈했을 때에도 죽음으로 절개를 지키지 못했다. 후에 명군의 포로가 되어 금릉으로 이송되었는데 굶어 죽었다.

46) 진조에서 1등으로 태학생에 뽑혔다.

47) 곤산(崑山)은 형산(荊山)에 있는 옥이 많이 나는 산이다.

48) 『서경』(書經)에 "곤산에 불이 나면 옥과 돌이 모두 타버리고 만다"라는 말이 있다.

"내가 고집스런 게 아니라오. 다만 말만 그럴 듯하게 하는 자가 어지러운 조정에 몸담아 지조를 잃었으면서도 다른 사람까지 끌어넣어 함께 몸을 망치게 하려 함을 미워해서 그러는 것뿐이오."

장은 잠자코 아무 대꾸도 하지 않았다.

장은 마침내 산을 나와 나무꾼이 한 말을 임금에게 자세히 고했다. 한창은 마음이 몹시 언짢았다. 그러나 어떻게든 잘 예우하여 나무꾼을 초빙하고자 했기에 장을 다시 나산에 보냈다. 장이 산에 다다르니 골짜기 어귀엔 이끼가 가득하고 가시나무가 산을 덮었으며 덩굴이 치렁치렁 늘어져 이미 전에 온 길을 가려 버린 터였다. 다만 석벽 사이에 매끈하게 깎은 곳이 있었는데 거기에 다음과 같은 시 한 구절이 적혀 있었다.

> 기라(奇羅)[49]의 바닷가에서 애태우고
> 고망산(高望山)[50] 언덕에서 수심에 잠기네.

그 시상(詩想)은 원진(元稹)과 백낙천(白樂天)[51]이 당시의 정치 현실을 풍자한 것과 비슷했으며, 그 글씨는 주태사(籒太史)와 이사(李斯)[52]의 전서(篆書)를 본뜬 것이었다. 하지만 그 말뜻이 무엇인지는 알 수 없었다.

장이 이 사실을 한창에게 고하자 한창은 대로하여 그 산을 불태워 버리도록 명령했다. 초목을 다 태워 버리매 산에는 아무것도 남은 게 없었는데 다만 한 마리 현학(玄鶴)이 상공을 날며 너울너울 춤을 추고 있는 모습이 눈에 띄었다.

---

49) 기화현(奇華縣) 기화사(奇華社)에 있으며 지지탄(止止灘)이 있다. 1407년 5월 11일, 호계리가 여기서 명군의 포로가 되었다.

50) 기화현 병례사(秉禮社)에 있다. 1407년 5월 12일, 호한창이 이 산중에서 명군의 포로가 되었다.

51) 당나라 때 시인들. 현실을 비판하고 풍자하는 시를 많이 썼다.

52) 주태사(籒太史)는 대전(大篆)을 창시한 주(周)나라 태사(太史) 주(籒)를 말하며, 이사(李斯)는 소전(小篆)을 창시한 진(秦)나라 승상을 말한다.

그후 두 호씨53)가 명군의 포로가 되는 화를 당했으니, 시에서 노래한 내용 그대로였다. 나무꾼은 참으로 득도한 사람인 듯하다.

아아, 신령하여 미래를 알고 지혜로워 과거를 잘 간직함은54) 성인(聖人)의 일이다. 나산의 나무꾼이 어질다고는 하나 어찌 이런 경지에 이르렀겠는가? 하지만 그가 호씨의 몰락을 말한 것은 마치 점을 친 것처럼 딱 들어맞았다. 이는 천리(天理)를 살피고 인심(人心)을 점쳐 말을 많이 하는 중에 혹 들어맞힌 것이니 이치로 볼 때 당연하다. 바라건대 임금된 자는 자신의 마음을 바르게 함으로써 조정을 바르게 하고 백관을 바르게 하며 만민을 바르게 하는 근본으로 삼아야 한다. 그리하여 나무꾼과 같은 처사의 거리낌없는 말이 훌륭한 말이 되는 일이 없도록 만들어야 할 것이다.

---

53) 호계리와 호한창 부자를 일컫는다.
54) 『주역』(周易) 「계사전」(繫辭傳)에 나오는 말.

황폐한 절

    진조(陳朝)[1]의 풍속은 귀신을 숭상했다. 그래서 신을 모신 사당과 절이 없는 데가 없었다. 황강(黃江), 동고(銅鼓), 안생(安生), 안자(安子), 보명(普明) 등지의 절과 옥청(玉淸)의 도관(道觀)[2]과 같은 것이 즐비했으며, 머리 깎은 승려가 백성의 반이나 되었다. 그중에서도 동조현(東潮縣)의 귀신 숭상이 특히 심하여 사당과 절을 많이 건립했으니, 큰 촌락[3]의 경우 많으면 십여 개나 되고 작은 촌락이라 하더라도 보통 대여섯 개쯤은 되었다. 그 주위는 대나무가 심어져 있었으며 으리으리한 탑이 에워쌌다. 그리하여 병이 있는 사람들이 하늘에 빌기 위해 명절 때와 매달 삭망에 공양을 드리고 보시를 하는 일이 끊이지 않았다. 신령스런 부처 역시 그 덕을 보고 있는 터였으므로 사람들이 빌면 즉시 반응을 보여 영험이 빨리도 나타났다. 그러므로 사람들은 더욱 공경하고 믿어 감히 함부로 대하지 아니하였다.

---

* 이 작품의 원제는 「동조폐사전」(東潮廢寺傳)이다.

1) 진(陳)은 1225년에서 1400년까지 존속한 베트남 왕조.

2) 도교의 사원.

3) 촌락의 원문은 "사"(社)이다. 당시 베트남의 행정 조직은 로(路), 부(府), 주(州), 현(縣), 사(社)로 되어 있었던바, '사'는 최소 행정 단위였다.

후진(後陳)의 간정제(簡定帝)4) 때 몇 년 동안 전쟁이 계속되는 바람에 집과 건물은 모두 불타 버렸으며 목숨을 건진 사람은 열에 한 명도 채 안되었다. 그리고 비바람이 몰아쳐 여기저기 나뒹굴던 해골들은 잡초에 뒤덮여 버리고 말았다. 명나라 군대가 물러가자 백성들은 비로소 생업에 복귀했다. 마침 토관(土官)인 문사립(文斯立)이 고을 원으로 있었는데, 마을이 파괴되고 황폐해진 것을 걱정해 장정들과 의논하여 집을 짓고 수리했으므로 차츰 복구가 되었다.

이러구러 1년이 지나자 고을에 도둑이 나타나 닭, 돼지, 거위, 오리, 연못의 물고기, 정원의 과일 등 배를 채울 수 있는 것은 몽땅 쓸어가 버렸다. 사립은 탄식하며 말했다.

"수령인 내가 명민하게 간사함을 막거나 강직하게 악을 제거하지 못하고 나약하기만 해 화를 초래했으니 모두 내 책임이다."

그러나 그저 좀도둑이려니 생각하고 크게 걱정하지는 않았다. 그래서 마을 백성들을 조직하여 야경을 돌게 하는 조처를 취했을 뿐이었다. 그런데 이게 웬일인가. 열흘 동안 도적은 분명 나타나지 않았는데 백성들의 재물

---

4) 1407년 호조(胡朝)가 망한 후 베트남은 명나라의 지배를 받게 되는데 이 해 10월에 진(陳) 예종(藝宗, 재위 1370~1372)의 차남인 진위(陳頠)가 황제를 칭하여 간정제(簡定帝)라 하고 진의 계승을 표방했다. 그는 등실(鄧悉) 등의 지지를 얻어 청화(淸化) 이남 지역에서 세력을 확대했다. 특히 명나라의 장보(張輔)·목성(沐晟)이 이끄는 주력 부대가 중국으로 돌아간 이후에는 더욱 세력이 커져 명나라의 관직을 받은 베트남인 600여 명을 살해했으며 명군의 본거지인 동도(東都)를 향해 북상했다. 중국 측에서는 베트남에 잔류시킨 병력만으로는 사태를 수습할 수 없다고 판단해 다시 목성이 이끄는 4만의 군대를 베트남에 파병했다. 간정제는 목성의 군대를 대패시킴에 따라 그 세력을 더욱 확장할 수 있는 기회를 잡았으나 불행히도 베트남 저항 세력 사이에 내분이 일어났다. 즉, 간정제가 휘하의 유력자인 등실과 완경진(阮景眞)을 의심하여 살해하는 사건이 일어나자 이들 두 사람의 아들인 등용(鄧容)과 완경이(阮景異)가 반기를 들고 간정제의 조카인 진계확(陳季擴)을 황제로 추대했다. 양자 사이에 곧 화해가 성립되어 간정제를 상황(上皇)으로 앉히고 진계확이 저항 세력의 주도권을 잡았다. 명나라는 목성의 패배 후 다시 장보가 이끄는 4만 7천 명의 증원군을 보내 베트남의 저항군을 격파하고 간정제를 포로로 잡아 중국으로 보냈다. 장보의 군대는 대량 학살을 자행하여 베트남인들 사이에 공포심을 불러일으켰다.

이 없어지는 건 예전과 마찬가지였다. 시간이 흐르자 도둑질은 더욱 거리낌이 없어져서 심지어는 부엌에 들어와 술을 퍼먹기도 하고 감히 안방에 침입하여 남의 아내를 범하기도 했다. 사람들이 둘러싸 잡으려고 하면 금방 사라져 버리는 것이 마치 바람이나 그림자 같아 도무지 잡을 수가 없었다. 이에 사립은 웃으며 말했다.

"그 동안 억울하게 도둑이 누명을 썼구나. 대개 마귀는 친구들을 불러 야료를 부리는 법이니, 지금까지의 소란은 모두 이것들의 짓이다."

그리하여 널리 고승을 구하고 도사를 찾아 부적으로 누르기도 하고 악귀를 배에 태워 멀리 떠나보내는 의식을 행하기도 했다. 그러나 갈수록 귀신의 횡포는 점점 더 심해지는 것이었다. 마침내 사립은 크게 두려워하며 백성들을 모아 의논했다.

"너희들이 평소 부처를 열심히 섬기더니 그 동안 전쟁으로 인해 공양을 드리지 못한 까닭에 요귀들이 설쳐대도 부처가 구해 주지 않는 모양이다. 어서 가 부처에게 비는 것이 급한 불을 끄는 한 방법이 아니겠느냐."

사또의 이 말에 백성들은 부처 앞에 향을 피우고 차례로 기도했다.

"저희 중생이 하늘을 우러러 귀의한 지 이미 오래된바, 부처님께 바라는 게 간절합니다. 지금 요사한 귀신이 나타나 백성을 못살게 굴어 그 화가 가축에까지 미치고 있음에도 부처님께서는 가만히 보고만 계시니 귀신에게 너무 자비를 베푸시는 것 같습니다. 엎드려 바라건대 저희를 불쌍히 여겨 요귀를 물리칠 힘을 주시고 귀신과 사람이 뒤섞이지 않아 백성들과 만물이 다 편안함을 누려 모든 생명을 지닌 것들이 다 같이 부처님의 은혜를 갚고자 하는 마음을 갖도록 해주십시오. 다만 전쟁이 이제 막 끝나 생활이 안정되지 못해 재목과 기와를 마련할 도리가 없으니 장차 형편이 나아지면 새로 절을 지어 부처님 공덕에 보답토록 하겠습니다."

그러나 이 날 밤 요귀의 야료는 더욱 심했다. 사립은 이제 어떻게 할 방도가 없었다. 마침 금성(金城)의 왕선생이 역점(易占)을 잘 본다고 하므로 가서 점을 보았는데 이런 점괘가 나왔다.

"말을 타고 털옷을 입고 가죽 활집과 주석 화살을 지닌 자가 곧 신사(神師)다!"

왕선생은 또 다음과 같은 주의를 주었다.

"사또께서 이 일을 이루고자 한다면 다음날 아침 일찍 이문(里門)⁵⁾ 왼쪽에서 남쪽을 향해 걸어가십시오. 그러면 털옷을 입고 주석 화살을 지닌 사람을 만날 수 있을 겁니다. 이 사람은 분명히 요귀를 퇴치할 수 있으니 강력히 요청하여 그가 아무리 마다하더라도 절대 포기해서는 안됩니다."

그리하여 사립은 마을 원로들과 함께 왕선생이 가르쳐 준 대로 했다. 길에는 남북으로 오가는 사람들이 많았는데 왕선생이 일러준 사람과 비슷한 사람은 보이지 않았다.

날이 저물어 그만 돌아가려 하는데 홀연 털옷을 입은 한 사람이 말에 채찍질을 하며 산중에서 나오는 것이었다. 기다리던 사람들이 다투어 다가가 절을 하니 그는 깜짝 놀라며 그 까닭을 물었다. 사람들이 자초지종을 말하자 그자는 껄껄 웃으며 말했다.

"여러분께서는 잘못 들으셨습니다! 저는 젊어서부터 새 잡는 일에 종사하여 몸은 말에서 떠난 적이 없고 손은 활을 놓은 적이 없습니다. 어제 안부산(安阜山)⁶⁾에 살진 노루와 날랜 토끼가 많다는 말을 듣고 우연히 사냥을 나왔을 뿐 한 길이나 되는 단을 쌓아 형체 없는 귀신을 사로잡는 도술이 어떤 건지 제가 알 턱이 있겠습니까?"

사립은 이자가 틀림없이 단을 쌓아 귀신을 물리치는 노련한 도사이건만 부적으로 유명해져 남들의 시달림을 받는 것을 원치 않아 산수에 노닐며 사냥에 몸을 숨기고 있는 자라고 지레짐작하고 거듭 간청하며 포기하지 않았다. 그자는 어찌할 수 없음을 깨닫고 마지못해 응낙하고는 객사에 묵었다. 객사의 장막과 이불은 모두 깨끗했으며 마을 사람들은 그를 공손하게

---

5) 동네 어귀에 세운 문.
6) 협산현(峽山縣)에 있는 산.

대해 마치 신명을 받드는 듯하였다.

그자는 혼자 가만히 생각했다.

"고을 사람들이 나를 공손하게 맞이하고 잘 대접하는 것은 내가 귀신을 물리칠 수 있다고 생각해서다. 그러니 내가 귀신을 물리치는 법도 모르면서 이분들의 융숭한 대접을 계속 받는 것은 마땅한 도리가 아니다. 지금 떠나지 않으면 장차 부끄럽게 될 것이다."

사냥꾼은 밤이 이슥해져 사람들이 깊이 잠들었을 때를 틈타 가벼운 행장으로 방을 빠져나와 다리 서쪽으로 갔다. 어둠침침한 하늘에 아직 달이 뜨지 않은 때였다. 바로 그때 장대한 자 몇이 으스대며 야외에서 오는 것이 보였다. 사냥꾼은 재빨리 몸을 숨기고 그들이 무얼 하는지 엿보았다. 조금 있으니 그들은 손을 연못에 넣어 물고기를 잡더니 크고 작은 것을 가리지 않고 모두 통째로 씹어먹는 것이었다. 그리고는 서로 돌아보면서 웃으며 말했다.

"숭어는 맛이 좋지만 잘 씹어먹어야 해. 불자(佛者)들이 공양하는 담박한 음식보다 훨씬 낫지. 그 맛을 늦게 안 게 한스러울 뿐이야."

또 다른 자가 웃으며 말했다.

"우리 무리는 머리와 눈이 허황되게 커서 오랫동안 세상 사람들의 놀림을 받아 왔지. 그런데 저 한 사발밖에 안되는 밥으로 어떻게 3만 근이나 들어가는 내 배를 채워 사람들을 위해 문지기 노릇을 할 수 있겠어? 만일 오늘 같은 날이 없었다면 육식을 금하고 재(齋)를 지내듯 살았을 것이니 일생을 잘못 살 뻔했지 뭐야."

그러자 또 다른 자가 말했다.

"나는 평생 제삿밥을 받아먹었는데 당신네들과는 그 음식이 달랐어. 그렇지만 몇 년 동안 백성들이 가난하고 물자가 부족해 기도 드리는 사람이 없는 바람에 목은 마르고 배에서는 꼬르륵 소리가 나 배고픔을 견디기 어려웠었지. 정말 고기맛을 못 본 지 몇 년째니, 공자가 훌륭한 음악을 듣고 고기맛을 석 달이나 잊었다7)는 일과 어찌 비교하겠어? 하지만 오늘밤은 날씨가 춥고 물이 얼음처럼 차가우니 오래 머물 순 없겠군. 잠시 사탕수수 밭으로 가 고개지(顧愷之)처럼 사탕수수나 먹도록 하세."8)

말을 마치자 서로 이끌고 밭으로 올라가더니 사탕수수의 끝부분부터 단물을 빨아먹기 시작했는데 마치 차를 마시는 것 같았다.

숨어서 엿보던 사냥꾼은 마침내 활에다 화살을 먹여 높은 곳에서 몰래 쏘아 연달아 적중시켰다. 그들은 '아이쿠!' 소리를 내더니 비틀비틀 달아나다가 수십 보쯤 가서 사라져 버렸다. 형체는 사라졌음에도 자기네들끼리 서로 꾸짖는 소리가 들려왔다.

"일진이 안 좋으니 그만 돌아가자고 했건만, 내 말을 안 듣더니 이렇게 됐잖아!"

사냥꾼은 큰소리로 사람들을 불렀다. 마을 사람들은 놀라 잠에서 깨었다. 사람들은 등불을 들고 각각 길을 나누어 화살에 맞은 자들의 뒤를 밟았다. 땅의 핏자국은 서쪽으로 나 있었다. 그것을 따라 반 리쯤 가서 무너진 절로 들어가니, 쓰러져 있는 호법신상(護法神像)9)들이 보였는데 허리에는 모두 화살이 깊이 박혀 있었다. 마을 사람들은 모두 혀를 내두르며 고금에 없던 기이한 일이라고들 했다. 마침내 그 소상(塑像)들을 때려부수니 나무와 흙더미가 되고 말았다. 그러자 그 흙더미에서 다음과 같은 말이 들려왔다.

"허기진 배를 채우려다 몸뚱아리가 산산조각이 나고 말았으니 나는 이제 끝장이로구나! 저 강(江)의 신이 제일 먼저 이 꾀를 내었건만 자기는 오히려 화를 면하고 나는 그가 하자는 대로 했을 뿐인데도 이런 화를 당했으니

---

7) 공자는 제나라에서 '소'(韶)라는 음악을 듣고 그 아름다움에 심취하여 석 달 동안 고기맛을 잊었다고 한다. 『논어』 「술이」(述而)에 나오는 말이다.

8) 고개지(顧愷之)는 동진(東晉)의 안제(安帝) 때 인물로서 호두장군(虎頭將軍)이라 불렸다. 늘 사탕수수를 먹을 때 끝에서부터 먹기 시작해 맨 나중에 가운데를 먹었다고 한다. 사람들이 왜 그렇게 먹느냐고 물었더니, 그는 "점입가경"(漸入佳境)이라 대답했다는 고사가 전한다.

9) 호법신(護法神)은 불법(佛法)을 수호한다는 천신(天神)으로, 절 입구에 그 소상(塑像)이 세워져 있다. 우리나라 절에서 흔히 볼 수 있는 사천왕상(四天王像)이 이에 해당한다.

참으로 부끄러운 일이로다."

사람들은 강신(江神)을 모신 사당으로 가 보았다. 사람들이 사당에 들어서자 흙으로 만든 신상의 얼굴빛이 갑자기 변하면서 파랗게 질렸는데, 그 입가엔 물고기 비늘이 아직 남아 있었다. 사람들은 그 신상 또한 박살내 버렸다.

사립은 자기가 지닌 것을 다 털어 그 사냥꾼에게 후사했다. 사냥꾼은 말에 재물을 가득 싣고 마을을 떠났다. 이후로는 요사한 일이 일체 생기지 않았다고 한다.

아아, 심하도다! 불교의 설이 무익하고 유해하기만 한 것이. 그 말을 들으면 자비가 광대하지만 그 보응(報應)을 구하면 아득하여 마치 바람을 붙잡는 것처럼 실체가 없다. 그럼에도 백성들은 공경하고 믿어 파산할 때까지 보시하는 자도 있다. 지금 무너진 절의 남은 재앙이 오히려 이 정도로 대단하니 평시 불교를 숭봉하던 때의 해악이란 이루 말할 수 없을 것이다. 빼어나고 의로운 군주가 늘 불교를 배척하고자 했으나 뜻을 이룰 수 없었던 것은 고명한 군자 가운데 불교를 비호한 자가 많았기 때문이다. 가령 송나라의 소동파(蘇東坡)나 여조(黎朝)의 양장원(梁壯元)[10] 같은 이가 모두 그런 사람이다. 어찌하면 당나라의 한창려(韓昌黎)[11]처럼 이단을 배척하는 이가 여럿 나와 무리를 지어 불교를 공격해 그 경전을 불태우고 절을 환수할 수 있을지?

---

10) 양세영(梁世榮)을 가리킨다. 여조(黎朝)의 성종(聖宗) 순황제(淳皇帝, 재위 1460~1497) 때 인물로서 과거에 장원 급제했으며 불교를 숭상했다.

11) 한유(韓愈)를 말한다. 그는 유교를 옹호하고 불교를 배척하는 입장을 취하였다.

재회

　　건흥(建興)의 여윤지(余潤之)는 이름이 조신(造新)인데, 시로써 이름이 높았다. 그가 지은 가사(歌詞)는 서울에 유명해 작품이 한 편 이루어질 때마다 악공(樂工)들이 돈을 갖고 와 후하게 사례했다. 이 때문에 시인들의 시세가 크게 올랐다.

　　진(陳) 소풍(紹豊)[1] 말년이다. 여생은 일 때문에 양강진(諒江鎭) 원수(元帥) 완공(阮公) 충언(忠彥)[2]을 찾아뵈었는데, 완공은 그가 왔다는 말을 듣고 뛰어나와 반갑게 맞이했다. 그리고 범벽당(泛碧堂)에서 잔치를 베풀어 주었다. 그 자리에는 가희(歌姬) 10여 명이 있었는데, 그중 취소(翠綃)라는 아이가 가장 호리호리하고 예뻤다. 공은 장난 삼아 여생에게 말했다.

　　"기생 점고를 그대에게 맡기니, 마음에 드는 자를 한번 골라 보게."

　　이윽고 음악이 연주되자 여생이 시를 지어 읊었다.

---

* 이 작품의 원제는 「취소전」(翠綃傳)이다.

1) 유종(裕宗, 재위 1341～1369)의 연호. 1341년에서 1357년까지 사용되었음.

2) 완충언(阮忠彥). 호(號)는 개헌 선생(介軒先生). 16세에 진사 시험에 합격하여 신동으로 일컬어졌다. 1355년에 양강진(諒江鎭) 경략사(經略使)를 제수받았으며, 유성(宥省)을 역임한 후 조정에 들어갔다.

드리워진 연꽃에 붉게 취하고
선녀를 대하여 말을 나누네.
술에 취해 취소를 일어나게 하니
「망강남」(望江南)3) 그 노래 좋기도 하지.

읊기를 마치자 완공은 취소에게 말했다.
"수재(秀才)4)가 너에게 뜻을 두었구나!"
이 때문에 여생은 유쾌히 술을 마셔 고주망태가 되었는데 밤중에 깨어나
보니 곁에 취소가 있었다. 여생은 공에게 몹시 감사하는 마음이 들었다. 날
이 새자 여생은 공에게 절을 하고 취소를 자기에게 준 데 대해 감사드렸다.
공은,
"이 아이는 풍류가 있으니 잘 돌봐 주게."
라고 말했다. 여생은 즉시 취소를 데리고 건흥으로 돌아왔다.
취소는 천성이 총명하여 여생이 독서할 때면 가만히 그것을 기억했다가
금방 따라 외곤 했다. 그래서 여생은 『고금시화』(古今詩話)와 사곡(詞曲)
이 수록된 책을 취소에게 주었는데, 1년이 채 안돼 긴 시와 짧은 시를 막론
하고 여생과 서로 겨룰 만한 실력이 되었다.
무술년(戊戌年, 1358)에 과거시험이 있어 여생은 짐을 챙겨 서울로 가야
했다. 그러나 여생은 잠시도 취소와 떨어질 수 없어 함께 가기로 했다. 서울
에 도착하여 강어귀에 있는 상가의 좋은 집에 유숙했다. 마침 설날이라 취소
는 여종 두어 명을 불러 보천탑(報天塔)에 가서 향을 올리고 예불(禮佛)을
드렸다. 그때 신주국(申柱國)5)이 몰래 행차했다가 우연히 그녀를 보고 마음
이 동해 붙잡아 가 자기 여자로 삼았다. 여생은 이 일을 조정에 하소연했지
만 조정의 관리들은 세력을 붙좇는지라 권세가의 눈치를 보아 아무런 조처

---

3) 곡명.
4) 서생.
5) 주국(柱國)은 국가의 중임을 맡은 대신을 일컫는 말이다.

도 취하지 않았다. 여생은 너무나 비통하여 과거 보는 걸 포기했다.

어느 날 서울 거리를 산책하던 여생은 꽃구경을 하고 돌아가는 수레 행렬을 만났다. 추종배(騶從輩)가 앞뒤에서 호위했으며, 수레에 탄 여인들은 붉은 꽃을 머리에 꽂았고 비녀와 귀걸이가 호사스러웠다. 그 뒤를 따라 아름답게 장식한 수레 한 대가 버드나무 그늘 아래를 지나가고 있었는데 타고 있는 사람은 바로 취소였다. 여생은 옛정을 말하고 싶었으나 취소 주위에 있는 사람이 모두 신주국의 인척들이라서 감히 뛰쳐나갈 수가 없었다. 때문에 여생은 정을 머금은 채 멀리 바라보며 눈물을 줄줄 흘리기만 했을 뿐 한마디 말도 건네지 못했다.

당시 취소는 앵무새 두 마리를 기르고 있었다. 여생이 그 새를 보자 손가락으로 가리키며 말했다.

"너는 미물이지만 하루 종일 취소 곁에 있으니 독수공방하는 나보다 낫구나. 두 나래를 펼쳐 날아가 나를 위해 취소에게 편지를 좀 전해주지 않으련?"

앵무새는 울음소리를 내며 폴짝폴짝 뛰면서 편지를 전하겠다는 시늉을 했다. 그래서 여생은 편지를 써서 새의 발에 묶었는데 그 내용은 다음과 같다.

어저께 수레를 타고 버드나무 그늘을 지나갔건만 한마디 말도 건네지 못했구려. 잠시 당신을 바라보았는데 지척이 천리 같았다오. 공경의 저택은 바다처럼 넓은데, 보고 싶은 마음 간절하군요. 지난 일을 말하니 슬픈 마음이 더합니다. 저 옛날 범벽당에서 나는 시를 읊조리고 당신은 노래를 불렀더랬지요. 사마상여(司馬相如)[6]처럼 거문고를 탄 것도 아니언만 아름다운 당신을 배필로 삼을 수 있었지요. 그러나 은근한 정을 다하지도 못한 채 일찍 헤어지게 된 게 한스럽기만 하오. 가을 기러기는 이별을 슬퍼하고, 구름은 떠나온 곳을 그리워해 침울한 빛입니다. 한 사람

---

6) 한나라의 문인. 금(琴)을 잘 타 그것으로 탁문군(卓文君)을 유혹해 부부가 되었다.

은 좋은 장막을 친 집에서 따뜻하게 지내지만, 다른 한 사람은 얇은 이불을 덮고 떨고 있군요. 당신과 오순도순 즐겁게 살기를 바랄 뿐 공부는 해서 뭐하나 싶어요. 늘 당신을 그리워하며 쓸쓸한 마음입니다. 먼 하늘에는 가을 기러기가 떠나가고, 적막한 밤 늦은 시간 어디선가 바람결에 피리소리가 들려옵니다. 언제나 품은 정을 말하지 못하고, 책을 덮고는 길게 탄식하곤 합니다. 경치를 대할 때마다 쓰라린 마음 참을 수 없군요. 아아, 허준(許俊)[7]이 없고 곤륜노(崑崙奴)[8]가 없어 당신을 데려올 길이 없으니, 안타깝게도 백년 해로하자던 약속을 저버리고 말았군요. 짧은 편지에 의탁해 이별의 마음을 적어 보냅니다.

앵무새는 훌쩍 날아가서 취소의 방에 앉았다. 취소는 편지를 다 읽자 종이와 붓을 준비해 답장을 썼다. 그 내용은 다음과 같다.

저는 어려서부터 청루(青樓)에 매인 몸으로 이름이 기적(妓籍)에 올라 있었습니다. 노래를 부르고 곡을 연주하면서 부질없이 풍류를 자랑스럽게 생각했으며, 집안 살림을 하며 남편을 지성스레 받드는 여염집 부인의 태도를 배우지는 못했습니다. 그러나 누가 알았겠습니까? 범벽당의 그 자리에서 좋은 인연이 맺어질 줄. 당시 서방님이 지은 시는 두목(杜牧)[9]의 시처럼 훌륭했지요. 마음이 끌리는 사람을 만난 게 반가웠으며, 몸을 의탁할 수 있게 된 것이 기뻤어요. 그리하여 서방님과 살게 되었는데, 그 즐거움을 충분히 누리기도 전에 헤어지는 슬픔을 맛봐야

---

7) 당나라 전기소설 「유씨전」에 나오는 협객 이름. 당나라 한횡(韓翃)이 자신의 첩을 사타리(沙吒利)에게 빼앗겼는데, 허준(許俊)이 그 사연을 듣고 유씨(柳氏)를 빼내왔다.
8) 당나라 전기소설 「곤륜노」(崑崙奴)에 등장하는 인물. 이름은 마륵(磨勒). 곤륜노의 주인이 어떤 고관의 첩을 사랑했는데, 곤륜노의 의협적인 행동으로 두 사람의 사랑이 이루어진다는 내용이다.
9) 당나라 시인. 일찍이 이총(李聰)의 집에서 시를 읊어 이총이 거느리고 있던 자운(紫雲)이라는 기생을 얻었다는 고사가 전한다.

했습니다. 그래서 아름다운 님은 그만 원망스런 분이 되어 버렸고, 좋은 인연은 나쁜 인연이 되고 말았습니다. 몸을 빼앗긴 것도 부끄러운데 두렵게도 주국께서 저를 총애하는 바람에 바깥나들이도 마음대로 못한답니다. 이처럼 떨어져 있으니 옛정을 견디지 못하겠군요. 아미를 그리기도 싫고 머리를 빗고 싶은 마음도 없습니다. 밤 늦은 시간, 벽에 등불은 가물거리는데, 봄을 슬퍼하니 애가 끊어지는 것 같습니다. 화장도 하지 않아 얼굴에는 이별의 눈물 자국만 가득합니다. 어제 보내신 편지를 받자 서방님 생각이 더욱 간절합니다. 비록 잠시 절개를 잃었다 하더라도 마땅히 서방님께 돌아가야 한다고 생각하고 있습니다. 그리운 마음 편지에 다 담을 수가 없군요.

취소는 마침내 병이 들었다. 그러자 주국이 물었다.

"당신은 아직도 시 나부랭이나 짓던 전남편을 그리워하고 있소?"

"그렇습니다. 서로 깊은 정이 들어 이별을 슬퍼하고 있습니다. 생사를 같이 하자던 맹세가 아직 다하지 않았건만 평생 해로하자던 약속을 이미 저버리고 말았습니다. 지금 서로 헤어져 한 사람은 편안하게 지내고 있고 다른 한 사람은 곤궁하게 살고 있는데, 그리운 마음에 천고의 한을 품게 됩니다. 이 때문에 옛사람은 눈앞의 부귀를 버리고 미천한 떡장수 남편을 그리워한 것이며,[10] 자신의 분수에 맞지 않는 호사를 대수롭지 않게 여기고 서슴없이 누각에서 떨어져 목숨을 끊은 것이겠지요."[11]

---

10) 당나라 영왕(寧王)의 집 근처에 한 떡장수가 살았는데 그 처가 몹시 예뻤다. 왕이 첫눈에 좋아하는 마음이 생겨 떡장수 남편에게 돈을 많이 주어 그 처를 자기 사람으로 삼았다. 그후 왕은 그녀를 몹시 총애했다. 1년 후 왕이 그녀에게 "너는 아직도 떡장수 남편을 생각하느냐?"라고 묻자 그녀는 아무 대답도 하지 않았다. 이에 왕이 떡장수를 불러 대면시켰더니 그녀는 눈물을 비 오듯 흘리는 것이었다. 이 모습을 보고 영왕이 그녀를 돌려보냈다는 고사가 있다.

11) 동진(東晉) 때 석숭(石崇)의 첩인 녹주(綠珠)의 고사. 녹주가 얼굴이 예뻤으므로 조왕(趙王) 윤(倫)은 손수(孫秀)를 시켜 자기에게 달라고 청했다. 석숭이 거절하자 손수는 조

말을 마치자 취소는 두건으로 목을 매 죽으려 했다. 주국이 놀라 마음에도 없는 말을 했다.

"내가 지금 당신을 위해 생각 중이니 마음을 진정하고 몸을 잘 돌봐 억지로 밥을 먹도록 하오. 내가 조만간 여생을 불러 당신의 옛 인연을 잇게 해주리다. 어찌 목숨을 가볍게 여겨 함부로 죽으려 하오?"

"정말 그렇게 해주신다면 당신의 명을 따르겠지만 그렇지 않다면 오늘 죽겠습니다!"

주국은 부득이 사람을 시켜 여생을 불러오게 해 취소를 돌려보내겠다고 말했다. 그리고 다음과 같은 말도 했다.

"나는 지위가 상공으로서 권세가 높고 봉록이 많아 식객에게 들어가는 비용만도 하루 수천 금이나 된다오. 오늘 당신을 보자고 한 것은 후대하고자 해서이지 박대하려 함이 아니오. 하물며 서울은 물가가 비싸 생활하기에 어려움이 많을 터이니 그대는 불편하게 여기지 말고 내 집에서 지내면서 생활비를 아끼도록 하시오."

마침내 작은 누각을 청소하여 거주하게 하고, 날마다 여종으로 하여금 시중들게 했다. 주국은 잔치 자리에서 여생을 볼 때마다 따뜻한 말로 후대했다. 하지만 취소에 대해서는 입을 다문 채 한마디 말도 하지 않았다. 여생이 기다리다 못해 물어보니 주국은 아직 만나서는 안된다며 이렇게 말하는 것이었다.

"은근한 마음이 누구에겐들 없겠소? 생각건대 취소가 그대를 그리워하는 마음은 그대가 취소를 그리워하는 마음과 같을 것이오. 다만 지금 취소는 병이 들어 당장 만날 수 없으니 조금 기다렸다가 차차 의논합시다."

취소는 여생이 왔다는 말을 듣고 그 거처로 찾아가고 싶었지만 주국의 첩들이 워낙 많은 데다가 그들의 감시가 엄중하여 잠시도 기회를 얻을 수

왕을 부추겨 석숭을 죽이게 했다. 이에 석숭이 녹주에게 "너 때문에 죽게 되었다"라고 하자 녹주는 "마땅히 서방님 앞에서 죽겠다"며 누각에서 떨어져 죽었다.

없었다. 그러던 어느 날 취소는 주국이 아침 조회에 나갔다가 아직 돌아오지 않은 때를 틈타 뭇 첩들이 깊이 잠든 사이에 몰래 여생의 거처로 갔다. 그러나 여생은 출타하고 없었다. 벽에 보니 다음과 같은 절구 두 수가 적혀 있었다.

섬돌의 해진 신에는 이끼가 끼고
쓸쓸한 객사는 문을 닫았네.
청조(靑鳥)도 아니 오고 봄소식 늦어
풀이 무성한 뜨락엔 석양만 비치네.

차가운 월궁에 갇혀 있으니
선녀가 돌아올 날 그 어느 땐가?
그리워하는 마음에 시를 지어서
이별을 원망하는 마음 부쳐 보노라.

취소는 화답하는 시를 적으려 했지만 갑자기 문 쪽으로 누군가가 오는 소리가 나 결국 적지 못했다.

어느 날 취소는 자기와 친한 여종 교앵(嬌鶯)을 여생에게 보내 잠자리를 모시게 했다. 여생이 거절하자 교앵이 말했다.

"이건 낭자의 뜻입니다. 낭자께서는 서방님이 혼자 지내신다고 저로 하여금 대신 잠자리를 모셔 자신이 곁에서 섬기는 것처럼 하라고 하셨습니다."

이에 여생은 허락했다. 이후 소식을 서로 주고받아 취소는 자신의 마음을 전할 수 있었다.

이러구러 시간이 흘러 연말이 되었다. 여생은 틈을 보아 주국에게 여쭈었다.

"저는 상공의 은혜로 멀리에서 와 객으로 지내고 있습니다만, 취소를 가까이 두고도 만나지 못하고 있습니다. 세월은 흘러 이미 한 해가 저물었습니다. 취소를 돌려주겠다고 한 말씀을 다시 환기하지는 않겠사오나 주렴 앞에서 한 번 바라보는 것만이라도 허락하여 떨어져 있는 마음을 잠시 위로하게 해주십시오."

주국은 턱을 끄덕이며 대답했다.

"오늘 제야(除夜)는 참 좋은 밤이 되겠소이다. 내 마땅히 한유(韓愈)가 유지(柳枝)를 놓아 주고12) 유의성(柳宜城)이 금객(琴客)을 시집보낸 일13)을 본받아야 하는 건데, 사욕을 참지 못해 미인을 사사로이 가두어 두었구려. 그대는 잠시 기다려 나의 결단이 늦은 걸 나무라지 마시오."

여생은 '예예' 하고 물러났다. 그 날 밤 여생은 등을 밝힌 채 잠을 자지 않고 목이 빠지게 취소를 기다렸다. 저녁 여덟 시경 대나무 가에서 자박자박 신발소리가 들리기에 문을 열고 맞았더니 취소가 아니라 계집종이었다. 왜 왔느냐고 물으니 차를 갖고 왔다고 대답했다. 조금 있으니 꽃 앞에서 탁탁 문 두드리는 소리가 들렸다. 옷을 걷고 나가 보니 취소가 아니라 하인이었다. 온 까닭을 물으니 술을 가져왔다고 했다. 밤이 장차 끝나가려는데 그 다음부터는 아무 소식이 없었다. 여생은 크게 실망했다. 날이 새자 여생은 교앵에게 말했다.

"취소에게 이렇게 말을 전해다오. 나는 사랑 때문에 감언(甘言)에 속아 가며 욕됨을 참고 지금까지 주국의 집에 머물러 왔다. 한 번 만나 술 마시며 정회(情懷)를 펴는 것도 허락지 않거늘, 하물며 집에 돌아가도록 허락하겠느냐? 만일 주국에게 시기하고 질투하는 마음이 생긴다면 필시 나를 해치려고 할 테고 그 경우 나는 큰 해를 입게 될 것이다. 그렇게 되면 나는 소기의 목적을 이루지 못하는 반면 주국은 자신이 노리는 것을 얻게 되는

---

12) 유지(柳枝)는 한유(韓愈)의 애첩. 한유가 태수로 나가 집을 비운 사이에 유지가 도망갔다. 한유는 하인으로 하여금 그녀를 잡아오게 했는데, 그녀가 잡혀오면서 지은 시를 보고 그만 놓아 주었다고 한다.

13) 유의성(柳宜城)에게는 애첩 금객(琴客)이 있었는데, 거문고를 잘 탔다. 의성은 퇴관(退官)하자 금객으로 하여금 시집가게 했다.

셈이다. 그러니 그만 돌아가야겠다. 그만 돌아가야겠어. 구슬을 얻고자 해서 용의 턱 아래 머물 수 있겠느냐?"

취소가 다시 교영을 보내 말을 전해왔다.

"제가 그 동안 여기서 목숨을 부지하며 죽지 못한 것은 오로지 서방님이 살아 계시기 때문이었어요. 오늘 아침 돌아가시겠다면 백년 해로하자던 약속은 어찌 되는 건가요? 들으니 나라 풍속이 정월 보름날 밤에 동진(東津)의 물가에다 등(燈)을 단 나무를 성대하게 준비해 도성의 남녀들이 전부 나와 벽처럼 빙 둘러싸고 구경을 한답니다. 당신이 저를 버리지 않으신다면 그 날 밤 틈을 엿보도록 하겠어요. 우리가 다시 만남이 이 날의 행동에 달려 있으니 저는 죽음을 참고 기다리겠어요."

마침내 여생은 뜻을 정했다. 주국은 여생이 떠나겠다고 하자 다행스레 여겼다. 많은 선물을 주었으며 돈과 비단을 아끼지 않았다. 여생은 그것을 수레에 가득 싣고 전에 유숙하던 집으로 향했다. 그때 마침 길에서 늙은 하인을 만났다. 하인이 물었다.

"서방님, 무슨 근심이 있으십니까? 바싹 야위신 게 어째 옛날과 다르십니까?"

여생은 그 까닭을 말한 다음 정월 보름날의 약속에 대해서도 언급했다. 그러자 하인이 말했다.

"그건 아주 쉬운 일입니다! 쇤네가 서방님을 위해 힘을 써보겠습니다."

급기야 보름날 밤이 되자 여생은 하인과 함께 동진으로 갔다. 과연 취소가 몇 대의 수레를 탄 사람들과 함께 와 물가에서 나무의 연등을 구경하고 있었다. 하인은 소매에 넣어 간 철퇴로써 좌우에 있던 자들을 내리쳤다. 그러자 교꾼들이 일시에 흩어졌다. 하인은 이때를 틈타 사람들 속에 끼여 있던 취소를 몰래 데리고 왔다. 여생과 취소는 얼굴을 대하자 희비가 교차했다. 그러나 주국에게 발각되어 붙잡히게 되지나 않을까 하는 걱정을 떨칠 수 없었다. 취소가 말했다.

"주국은 용렬한 사람임에도 높은 벼슬을 차지하여 백성의 재물을 마음대로 빼앗고 온갖 청탁을 일삼는 등 그 권세가 하늘을 찌를 듯합니다. 그리고 금은보화가 집에 가득 쌓여 있어 집이 불에 휩싸이지 않는 한 그 재물이 없어지지 않을 거예요. 하지만 너무도 많은 죄악을 저질러 반드시 오래 가지는 못할 겁니다. 다만 아직 권세를 누리고 있으니 그 위세가 두려울 따름이지요. 그러니 자취를 감추고 시골에 숨어 사람들의 이목을 피함으로써 화를 면하도록 하는 게 좋겠어요."

여생은 취소의 계책을 옳게 여겨 몰래 천장(天長)으로 가서 친구 하(何) 아무개에게 의탁했다.

대치(大治) 7년[14]에 주국은 사치가 문제가 되어 처벌되었다. 여생은 비로소 상경하여 진사 시험에 응시해 합격했으며, 취소와 해로했다고 한다.

아아, 보통 임금이라면 불충한 사람을 신하로 삼는 것을 부끄럽게 생각하며, 보통 선비라면 부정한 여자를 아내로 삼는 것을 수치스럽게 생각한다. 취소는 그 출신이 기생으로서 본래 아름다운 덕을 지닌 여인이 못되거늘 여생은 그녀의 어떤 점이 좋아서 그토록 그리워한 것일까? 취소는 그 절개를 보면 장씨의 아내나 이씨의 부인[15]과 같았으나, 미색을 보면 경국지색이었다. 여생은 그 거취를 경솔히 해 욕됨을 참아 남에게 투탁(投托)함으로써 호랑이의 머리를 만지고 그 수염을 꼬았으니, 하마터면 호랑이 밥이 될 뻔했다. 여생은 참으로 어리석다 이를 만하다.

---

14) 1364년에 해당한다. '대치'는 진(陳) 유종의 연호. 1358년에서 1369년까지 사용되었음.

15) '장씨의 아내나 이씨의 부인'은 절개가 없는 여인을 뜻한다. 『전등신화』의 「애경전」(愛卿傳)에 나오는 말. 이씨의 부인에 대해서는 다음과 같은 고사가 전한다. 이계(李季)는 멀리 여행하기를 좋아했다. 그 처에게는 정부(情夫)가 있었다. 어느 날 이계가 귀가했는데 정부가 방에 있어 그 처가 어쩔 줄을 몰라했다. 이에 첩이 말하기를 "벌거벗고 머리를 푼 채 곧장 문을 나가게 한 다음 우리들 눈에는 안 보인다고 거짓말을 합시다"라고 했다. 정부는 첩이 시키는 대로 달음박질쳐 문 밖으로 나갔다. 이계는 "저자가 누구냐?"고 물었다. 처첩이 모두 "아무것도 안 보이는데요"라고 하자, 이계는 "내 눈에 귀신이 보이니 어쩌면 좋지?"라고 했다고 한다.

변신

　병인년(丙寅年, 1386)에 진(陳) 폐제(廢帝)1)가 사냥을 나갔다가 타강(沱江)2)의 북쪽 언덕에 머물면서 밤에 장막을 설치하고 술자리를 베풀었다. 그때 여우 한 마리가 산기슭을 나와 남쪽으로 가다가 길에서 늙은 원숭이를 만났다. 여우가 말했다.

　"임금님이 장차 산에서 사냥을 할 모양인데 우리들에게 잔뜩 뜻을 두고 있는 것 같아! 날짐승과 물고기의 목숨이 임금님의 화살과 그물에 달려 있으니, 혹 눈이 내리고 바람이 불어 사냥을 포기한다면 모르지만 그렇지 않다면 네 목숨이 위태로울 거야! 만일 살려 달라고 빌지 않는다면 우리를 깡그리 없애 버릴걸. 내가 분연히 나서서 한마디 말로 그런 사태를 막고자 하는데 나하고 같이 가지 않을래?"

　원숭이가 말했다.

　"너는 문장이 뛰어나고 말을 잘하니 세 치 혀로써 사냥을 중지시킨다면

---

　* 이 작품의 원제는 「타강야음기」(沱江夜飮記)이다.
　1) 예종(睿宗, 재위 1373∼1377)의 장자 현(晛, 재위 1378∼1388). 연호는 창부(昌符). 제위(帝位)에 오른 지 10년 만인 1388년에 실력자 호계리(胡季犛)에 의해 폐위(廢位)되었기 때문에 폐제(廢帝)라 불린다.
　2) 산원산(傘圓山) 일대의 흑강(黑江)을 타강(沱江)이라 함.

정말 쾌거가 되겠지. 하지만 만일 저들이 응하지 않는다면 필시 의심을 해 장차 그 화가 나에게까지 미칠 거야. 넌 무덤 앞의 나무와 여우가 함께 화를 당했다는 고사도 못 들었니?"3)

여우가 말했다.

"임금님을 수행하여 사냥하는 자들은 대부분 무인이야. 그들은 장화(張華)4)처럼 박물군자(博物君子)5)도 아니고 온교(溫嶠)6)처럼 식견이 높은 것도 아니니 별일이야 있겠어?"

마침내 각각 사내 대장부로 변신하여 여우는 호처사(胡處士)로 원숭이는 원처사(猿處士)로 자처하여 밤에 폐제가 머무는 곳으로 찾아갔다. 그리하여 내시를 통해 임금께 여쭈었다.

"신이 들은 바에 의하면 성인(聖人)께서 나라를 다스리면 하늘이 맑고 땅은 편안하며, 밝은 임금께서 힘써 덕을 닦으면 금수가 모두 순종한다 하옵니다. 지금 주상께서는 태평 시절을 맞아 온 백성과 만물의 주인이시니, 마땅히 어진 이를 찾고 선비를 예로써 맞이하기 위한 그물을 펼쳐야 할 것입니다. 저 주공(周公)처럼 머리를 감다가도 선비가 찾아오면 머리카락을 움켜쥔 채 얼른 나가 맞이해야 할 것이며,7) 신릉군(信陵君)처럼 수레의 상

---

3) 동진(東晉)의 혜제(惠帝) 때 장화(張華)의 고사. 연(燕) 소왕(昭王)의 무덤에 요호(妖狐)와 천년 묵은 신목(神木)이 있었다. 하루는 요호가 서생으로 변신하여 장화의 강론을 들으러 왔다. 장화가 자기를 찾아온 서생이 요호인 줄 알고 소왕의 무덤 앞에 있던 신목을 베어다가 불을 붙여 서생을 비추니 여우로 화하는 것이었다. 이에 여우를 삶아 죽였다고 한다.

4) 동진 때 인물. 박학으로 유명하며 시중(侍中)으로 나라에 충성을 다했다. 저서로 『박물지』(博物志)가 있다.

5) 천하의 온갖 사물에 박식한 선비를 일컫는 말.

6) 동진 때 사람으로서 박학하고 글에 능했다. 그가 우저기(牛渚磯) 강을 건널 때 무소뿔에 불을 붙여 강물을 비추면서 건넜다는 고사가 전한다.

7) 주(周)나라 주공(周公)은 어진 이를 찾는 데 성심성의를 다해, 머리를 감고 있을 때 손님이 찾아오자 머리카락을 손으로 움켜쥔 채 나간 적이 세 번이나 되며 밥을 먹다가 입에 든 것을 뱉어내고 손님을 맞은 적이 세 번이었다는 고사가 전한다.

석에다 선비를 앉혀야 할 것이옵니다.8) 좋은 수레를 준비해 재야에서 토끼를 잡으며 살아가는 어진 이9)를 사냥해야10) 할 것이며, 좋은 폐백11)과 겸손한 말로써 높은 하늘을 나는 기러기12)를 잡아야 할 것입니다. 그리하여 이런 분들이 조정의 모범이 되어 백성을 윤택하게 하고 생명을 지닌 모든 것들로 하여금 그 온전한 수명을 누리게 해야지, 곰을 때려잡고 토끼를 포획하는 등 산림관이 할 일을 해서야 되겠습니까?"

이때 임금은 술에 취해 막 취침하려던 참이었다. 그는 수상 계리(季釐)13)에게 분부해 호처사 등을 맞아들여 주빈(主賓)의 예를 갖춘 다음 사냥은 옛날부터 내려온 제도로서 폐할 수 없는 것이라고 유시(諭示)하게 했다.

그러자 호처사가 말했다.

"주공(周公)이 호랑이, 표범, 물소, 코끼리를 내쫓은 것은 그 해악을 없애기 위해서였고,14) 옛날의 임금들이 춘하추동 네 번 사냥한 것은 군사를 훈련시키기 위해서였으며, 문왕(文王)이 위수(渭水)에 사냥 나간 것은 강태공을 얻기 위해서였습니다. 그리고 노(魯)나라 소공(昭公)은 천 대의 수

---

8) 전국시대의 위(魏)나라 신릉군(信陵君)에게는 식객이 3천 명이나 있었는데, 늘 자기 몸을 낮춰 선비를 예(禮)로써 대접했다. 그는 후영(侯嬴)이라는 70살 된 문지기가 어진 사람인 줄 알아보고 자신의 수레 상석에 태워 집에 초대한 적이 있다.

9) '토끼를 잡으며 살아가는 어진 이'의 원문은 "토저지현"(兎罝之賢)이다.『시경』주남(周南)에「토저」라는 시가 있는데, 들에서 토끼나 잡으며 살아가는 사람의 재주도 쓸 만함을 노래한 시다. 여기서는 토끼를 잡아먹고 사는 여우 자신을 암유하는 뜻이 내포되어 있다.

10) '사냥해야'에는 '맞이해야'라는 뜻이 함축되어 있다. 여우의 말에는 이처럼 사냥을 빗댄 표현이 많은데, 중층적 의미를 내포하고 있다.

11) 혼인할 때의 예물만이 아니라, 예를 갖추어서 보내거나 갖고 가는 예물은 모두 폐백이라 한다. 가령 옛날에는 선생을 찾아가 배움을 청할 때나 어진 이를 초빙할 때 꼭 폐백을 준비했다.

12) '높은 하늘을 나는 기러기'는 은둔한 고사(高士)를 가리킨다.

13) 진(陳) 왕조의 신하였는데 후에 제위(帝位)를 찬탈해 호조를 세웠다. 호조는 1400년에서 1407년까지 호계리와 그 아들 호한창(胡漢蒼) 2대 동안 존속했다.

14)『맹자』「이루」(離婁)에 "주공이 호랑이·표범·물소·코끼리를 내쫓자 백성들이 편안해졌다"라는 말이 보인다.

레를 동원하여 홍(紅)에서 사냥했으며,[15] 한나라 평제(平帝)는 짐승이 많음을 오랑캐에게 자랑하기 위해 장양궁(長楊宮)에서 사냥을 했습니다.[16] 지금은 옛날과 달라 한여름에도 백성들을 동원해 사냥하니 이는 사냥할 때가 아닌 때 사냥하는 것이며, 논밭을 유린하며 마음 내키는 대로 짐승의 뒤를 쫓으니 이는 사냥할 곳이 아닌 곳에서 사냥하는 것입니다. 또 못의 물을 말려 물고기를 잡는 것과 산에 불을 질러 사냥하는 것은 예의가 아닙니다. 공은 어찌하여 임금을 올바르게 인도해 사냥을 그만두게 함으로써 백성들과 만물이 모두 편안하게 살 수 있도록 만들지 않습니까?"

계리가 대답했다.

"그건 안되오!"

호처사가 다시 말했다.

"저는 작은 새와 잔약한 짐승을 불쌍히 여겨 그들을 위해 말씀드리는 것입니다. 만일 사냥하는 분들이 유능하고 민첩하다면 어찌 저 먼 곳에 가서 사냥하지 않고 고작 이곳에서 지나가는 토끼나 잡으려 하시는지요?"

계리가 대답했다.

"임금님의 이번 사냥은 들짐승을 잡는 데 탐닉해서도 아니고 날짐승을 함부로 잡고자 해서도 아니오. 다만 이곳에 천년 묵은 여우가 있다는 말을 듣고 일거에 소탕하여 요망함을 부리지 못하게 하려 함이지, 다른 일에는 관심이 없소이다."

이 말을 듣고 원처사는 호처사에게 눈짓을 하며 미소를 지었다. 계리는 왜 웃느냐고 물었다. 호처사가 얼른 대답했다.

"여우가 바로 눈앞에 있거늘 어찌 여우를 말하십니까?"

"무슨 뜻이오?"

"지금 임금의 교화는 제대로 퍼지지 않고 있으며, 변방은 조용하지 않습

---

15) 『좌전』 소공(昭公) 8년에 "홍(紅)에서 크게 사냥하여 수레가 천 대였다"라는 기록이 있다.
16) 장양궁(長楊宮)은 궁궐 이름으로, 진(秦)·한(漢) 때 사냥을 하던 곳이다.

니다. 봉아(蓬莪)17)가 미친개처럼 날뛰며 동남방에서 으르렁대고 있는가 하면, 이영(李瑛)18)은 주린 범처럼 서북방에서 포효하고 있는 판입니다. 발호하던 오폐(吳陛)19)는 처형되었지만, 좀도둑인 당랑(唐郞)20)은 아직 살아 있습니다. 어찌하여 성인의 활과 천자의 칼을 쓰지 않는 건가요?

인(仁)은 사람을 어질게 하고 의(義)는 남의 업신여김을 막는 방패입니다. 충성스런 신하로써 갑옷을 삼고 호걸스런 신하로써 수족을 삼아 고분 고분하지 않는 장군을 제압하고 복종하지 않는 나라를 무력으로 평정해야 할 것입니다. 그리하여 도적들을 토벌하여 그 괴수는 수레로 압송하고 졸개들은 힘들이지 않고 몽땅 사로잡아야 할 것입니다. 이런 일은 하지 않고 구구하게 사냥이나 하려 하고 있으니 설사 짐승을 산더미처럼 잡는다 할지라도 저는 그것이 잘하는 일이라고 생각지 않습니다."

이에 계리는 두 처사의 말을 받아들였다. 두 사람은 몰래 기뻐하며 뇌까렸다.

"우리 생각대로 되었다!"

그리하여 큰 술잔에 술을 따르고 고담준론(高談峻論)을 펼쳤는데 호처사의 말은 샘물이 솟듯해 당해낼 재간이 없었다. 계리는 노여운 낯빛으로 말했다.

---

17) 제봉아(制蓬莪). 점파(占婆)의 왕 이름. 당시 자주 베트남의 국경을 침범했다. 예종(睿宗)은 제봉아가 다스리던 점파를 정벌하러 나섰다가 전사했다. 한편 제봉아는 순종(順宗, 재위 1388~1398) 때 진갈진(陳渴眞)과 해조(海潮)에서 싸우다가 전사했는데, 제봉아의 거듭된 베트남 침공은 진(陳) 왕조의 몰락을 앞당겼다.

18) 명나라 장군. 당시 명나라는 이영(李瑛)을 보내 점파로 가려 하니 길을 빌려 달라고 했으며, 코끼리 50마리를 요구했다.

19) 다향(茶鄕) 사람. 유종(裕宗, 재위 1341~1369) 때 안부산(安阜山)에서 무리를 모아 산 위에 깃발을 세우고 임금을 참칭하며 "빈민을 구제한다"고 표방했다. 그리하여 천료(天寥)에서 지령(至靈)까지의 땅이 모두 그의 수중에 들어갔다. 후에 체포된 후 서울로 압송되어 참수되었다.

20) 완보(阮補)를 말한다. 그는 북강로(北江路) 사람으로 당랑자의(唐郞紫衣)라 불렸는데 도술을 부리며 왕이라 참칭하면서 세상을 어지럽히다가 붙잡혀 처형되었다.

"내 일찍이 명나라 사신을 마주 대해 나무랐고 말로써 점파(占婆)[21]의 군대를 물리쳤소이다. 아무리 말 잘하는 사람이라 할지라도 나한테는 당하지 못했었소. 그런데 이제 그대에게는 못당하겠군요. 요사스런 여우나 도깨비가 아니라면 어찌 그리 말을 잘할 수 있겠소?"

두 처사는 화를 내며 말했다.

"공은 수상으로서 마땅히 인물을 천거하여 국가의 동량으로 삼아야 할 자리에 있거늘 오히려 어질고 유능한 이를 질투하고 있으니, 어찌 『서경』(書經)에서 말한 '남이 지닌 재능을 자기 것처럼 여긴다[22]'는 말을 생각지 않으십니까?"

이 말에 계리는 낯빛을 고치며 사과했다. 그리고 두 처사를 격려했다.

"내 생각해 보니 지금 세상에는 그대들만한 인물이 없는 것 같소. 왜 은자의 생활을 청산하여 제갈량처럼 활약하고 방사원(龐士元)[23]처럼 능력을 펴 보이지 않는 거요? 벼슬하여 공경이 되고 대부가 되면 당세에는 공을 이루고 죽어서는 이름이 후세에 전해질 것이오. 암혈(巖穴)에서 가난하게 살다 죽을 이유가 없지요. 누가 그걸 알아주겠소?"

두 처사는 웃으며 말했다.

"저희들은 안개 낀 나뭇가지에 몸을 의탁하고 구름 덮인 바위굴에 살고 있습니다. 졸리면 풀을 자리 삼아 그 위에서 자고, 목마르면 샘물을 단술 삼아 마십니다. 안개와 노을이 우리의 발을 어루만져 주고, 사슴과 고라니가 우리와 함께 놉니다. 노루는 우리의 오랜 벗이고, 양은 우리의 망년우(忘年友)입니다. 먹는 것은 솔잎과 잣이며, 노래하는 것은 달과 바람입니

---

21) 현 베트남의 중부 지역에 있던 왕국 이름.

22) 『서경』「태서」(泰誓)에 나오는 말.

23) 후한의 방통(龐統). 사원(士元)은 그 자(字). 유비가 방통을 뇌양(未陽) 수령으로 삼았는데, 종종 술에 취해 있었으며 고을을 제대로 다스리지 않았다. 유비가 몹시 화를 내니 제갈량이 '방사원은 백 리의 작은 고을을 다스릴 재주가 아닙니다. 별가(別駕)의 임무를 맡긴다면 틀림없이 그 타고난 능력을 발휘할 것입니다'라고 했다는 고사가 있다.

다. 바라는 것은 세상의 티끌에 떨어져 몸을 더럽히지 않는 것이니 어찌 세상을 위해 자신을 희생하겠습니까?"

그리고 나서 다시 다음과 같이 말했다.

"저희들은 떠돌아다니는 몸으로 그 무엇에도 얽매이지 않지만 옛날부터 시를 잘한다고 암혈에 소문이 나 있습니다. 오늘밤 공을 모시고 술을 마셨으니 그 정경을 시로 읊지 않을 수 있겠습니까?"

말을 마치자 호처사는 즉시 시를 읊었다.

> 맑은 샘과 파아란 냇물 마시며
> 명리 따위야 돌아보지 않네.
> 구름가의 바위굴은 뛰어다니기 좋건만
> 티끌세상은 발붙이기 어렵네.
> 해 지면 산 속의 무덤에서 잠을 깨고
> 깊은 밤 조심스레 언 강을 건너네.[24]
> 이제 떠나가면 종적이 없으리니
> 훗날 다시 보길 기약하세나.

이어 원처사도 시를 읊었다.

> 1만 골짜기 1천 시내마다 길이 있어서
> 동서남북 그 어디든 마음대로 다니네.
> 춘산(春山)에서 벗과 노닐 땐 흥이 치솟고
> 물가에서 이별할 땐 수심에 잠기네.
> 해 지는 상수(湘水)에서 소리 죽여 울고[25]

---

24) 여우는 언 강을 건널 때 얼음 밑에 물소리가 나지 않는 것을 확인한 다음 건넌다고 한다.

25) 『원기』(圓機)에 "원숭이여 소상(瀟湘)의 언덕에서 울지 말아라 / 밝은 달 아래 나그네 외배에 탔으니"라는 시가 보인다. '상수'는 동정호로 흘러들어가는 강 이름.

초나라 사람이 활 쏘려 하자 눈물을 흘리네.26)
나는 숲에서 살고 너는 굴에서 사니
몸 숨겨 살아가는 법 다름을 웃노라.

두 처사는 읊기를 마치자 그만 가겠다고 했다.

계리가 몰래 사람을 시켜 그 뒤를 밟게 했는데, 두 처사는 숲 속에 이르자 각각 여우와 원숭이로 변하여 달아났다.

아아, 천지가 만물을 낳을 제 유독 사람에게 후했다. 그러므로 사람은 만물의 영장이 될 수 있었다. 비록 봉황이 신령한 새이고 기린이 어진 짐승이라고는 하나 동물에 불과하다. 그러나 타강에서 벌인 논쟁에선 사람이 동물한테 졌으니 이는 어째서일까? 아아, 여기에는 까닭이 있다. 대개 호계리는 마음이 바르지 못해 요사한 동물이 마음대로 조롱하고 놀릴 수 있었던 것이다. 장무선(張茂先)27)처럼 충성스럽고 위원충(魏元忠)28)처럼 강직한 신하라면 여우와 원숭이가 그 강론을 듣거나 그 집 아궁이의 불을 지켜주는 데에도 겨를이 없겠거늘 어찌 감히 논쟁을 일삼을 수 있겠는가? 아아, 창랑(滄浪)의 물이 맑으면 나의 갓끈을 씻고 창랑의 물이 탁하면 나의 발을 씻는다고 했으니,29) 군자는 스스로 재앙을 초래해서는 안되는 법이다.

---

26) 초나라의 명궁 양유기(養由基)가 활을 당기려 하자 원숭이는 자신이 죽을 것을 알고 나무를 안고 슬피 울었다는 고사가 전한다.

27) 동진(東晉) 때 인물 장화(張華). 무선(茂先)은 그 호(號). 본 편의 주 3을 참조할 것.

28) 당나라 사람으로서 성품이 강직하고 곧았다. 젊을 적에 몹시 가난해 집에 여종 하나밖에 없었다. 그 여종이 부엌에 불을 때다가 물을 길러 갔다오니 웬 원숭이가 부엌에서 불을 지키고 있었다. 위원충(魏元忠)에게 이 사실을 고하니 그는 자기가 집이 가난해 원숭이가 도와주는 것이니 고맙지 않느냐고 했다. 그후 별다른 일은 없었다고 한다.

29) 『맹자』 「이루」에 나오는 말.

제 4 부

.....

촛불 그림자

씨설(氏設)은 남창(南昌) 여자다. 얌전하고 정숙했으며 자태가 빼어났다. 같은 마을에 사는 장생(張生)이라는 사람이 씨설의 행동거지와 용모를 사모하여 자기 어머니를 졸라 100냥의 황금을 예물로 주고 혼인했다. 그러나 장생은 본래 의심이 많은 성격이라서 그 아내를 몹시 단속했다. 씨설은 늘 예법을 따랐으며 남편을 거스르지 않았다.

얼마 후 점파(占婆)[1]와 전쟁이 벌어져 나라에서는 대대적으로 군사를 동원했다. 장생은 비록 호족(豪族)이었지만 글을 공부하지 않아 이름이 군적(軍籍)에 올라 있었으며 우선 징발 대상이었다. 집을 떠날 때 장생의 어머니는 이렇게 당부했다.

"이제부터 군중(軍中)에 몸을 담고 슬하를 떠나 있겠구나! 자고로 공명을 이룰 기회가 자주 있는 건 아니지만 전쟁에선 몸을 건사하는 게 으뜸이란다. 안되겠다 싶으면 물러서고, 제 힘을 요량해 싸우도록 해라. 공을 세우려는 욕심으로 죽음을 자초해서는 안된다. 높은 관작은 다른 청년에게 양보하고 부디 이 노모를 근심케 하지 않았으면 한다."

---

* 이 작품의 원제는 「남창여자록」(南昌女子錄)이다.
1) 현 베트남의 중부 지역에 있던 왕국 이름.

장생은 무릎을 꿇고 어머니의 분부를 들었다. 씨설 역시 술잔에 술을 따르며 당부했다.

"저는 서방님께서 큰 공을 세워 금의환향하기를 바라지 않아요. 오직 개선하는 날 성한 몸으로 무사히 돌아오시기만을 바랄 뿐이에요. 다만 걱정스러운 것은 전쟁이란 앞을 헤아리기 어려운 법이라 승리를 장담할 수 없는 데다 적군이 쉽게 항복하지 않아 전쟁에 시일이 많이 걸리지 않을까 하는 거지요. 적을 무찔러 공을 세우고 어서 돌아오기만을 저와 어머님은 빌겠어요. 장안의 초생달을 바라보며 전장에 보낼 겨울옷을 다듬이질하고, 길가의 버드나무를 보고 당신을 생각할 거예요. 긴 편지를 쓴다 한들 보낼 방도가 없으니 안타깝군요."

씨설의 이 말에 곁에 있던 사람들 또한 모두 탄식하고 눈물을 흘렸다. 드디어 송별하는 자리에 있던 사람들이 다 흩어지고 장생 내외 또한 이별했다. 씨설의 눈에는 남편을 떠나보내는 이별의 정이 가득했다.

당시 씨설은 임신 중이었는데 남편과 헤어진 지 열흘 뒤에 아이를 낳아 이름을 '탄'(誕)이라 지었다. 날이 가고 달이 가 어언 반 년이 흘렀다. 씨설은 뜰에 날아다니는 나비를 보거나 산모롱이에 걸린 구름을 볼 적마다 이별의 슬픔이 커지기만 했다. 어머니 역시 아들을 그리워하는 마음이 쌓여 그만 병이 되고 말았다. 씨설은 시어머니의 병을 고치기 위해 의원을 부르고 부처님께 빌었으며 무당과 천지신명에게도 빌었다. 그리고 온갖 좋은 말로 시어머니의 마음을 위로해 드렸다. 하지만 시어머니의 병은 점점 더 심해져 회복될 가망이 없었다. 시어머니는 씨설에게 당부했다.

"건강하거나 병이 드는 건 하늘에 매인 일이며, 오래 살거나 요절하는 것은 타고난 운명이다. 그 동안 자식과의 만남을 기다려 억지로 마음을 먹어 왔다. 난들 살고 싶은 마음이 왜 없겠냐마는 액운을 피할 순 없구나. 힘과 기운이 소진해 이제 저 세상으로 떠날 때가 되었다. 목숨이 얼마 남지 않았으니 너와 하직해야겠다. 아이는 전장에 나가 살았는지 죽었는지…. 네 고마움을 갚을 길이 없구나. 훗날 하늘이 착한 너에게 큰 복을 내려 자자손손 집안이 번성할 게다. 너가 이 늙은이를 저버리지 않았듯이 하늘도 널 저버리지 말았으면 좋으련만…."

말을 마치자 시어머니는 숨을 거두었다. 씨설은 시어머니의 죽음을 너무 슬퍼하여 몸이 수척해졌지만 그 장례를 마치 친부모 장례처럼 극진히 지냈다.

이듬해에 점파를 정벌하고 군대가 돌아왔다. 장생이 집에 돌아와 보니 어머니는 이미 돌아가시고 어린 자식이 한창 말을 배우고 있었다. 어머니 산소를 물어 아이와 둘이서 가 보려 했는데 아이가 울면서 안 가겠다는 것이었다. 장생이 아이를 달래며 말했다.

"애야, 울지 마라. 네가 우니 아빠 마음도 슬퍼진다."

그러자 아이가 말했다.

"아저씨도 아빠라구요? 아저씨는 말은 하시지만, 말을 못하는 우리 아빠만 못해요!"

장생은 이상해서 무슨 말이냐고 자세히 물었다.

"아저씨가 안 계실 때 늘 어떤 남자가 밤마다 찾아왔어요. 엄마가 나가면 따라 나가고 엄마가 자리에 앉으면 따라 앉았어요. 하지만 저를 한번도 안아 주신 적은 없어요."

장생은 본래 질투심이 많은 사람이었다. 아이의 말을 듣자 온갖 의혹이 점점 깊어져 머릿속이 복잡했다. 장생은 집으로 돌아온 즉시 씨설에게 따지면서 화를 냈다. 씨설이 울면서 말했다.

"저는 한미한 집안의 딸로서 외람되게도 좋은 가문에 시집왔지만 부부의 즐거움을 나누기도 전에 서방님께서는 전장에 나가서야 했습니다. 서방님과 헤어진 지 3년 동안 저는 집안일을 도맡아 했어요. 마음은 재처럼 식어 얼굴 단장도 하지 않고 지냈으며, 버드나무 우거지고 꽃이 아름답게 핀 거리는 한번도 밟아 본 적이 없어요. 그러니 어찌 음란한 마음과 경박한 태도로 서방님이 말씀하신 것과 같은 짓을 했겠어요? 제 마음을 드러내 보여 서방님의 의혹을 풀었으면 해요. 저를 음란한 여자로 보아 곽소옥(霍小玉)[2]처럼 원한을 품게 하지 마세요."

장생은 씨설의 말을 믿으려 하지 않았다. 어디서 그런 말을 들었느냐고 물으면 숨기고 가르쳐 주지 않았으며 엉뚱한 말만 해댔다. 그리고 온갖 욕설을 퍼부으며 때때로 집에서 내쫓기까지 했다. 마을 사람들이 씨설은 그런 여자가 아니라고 이야기해도 아랑곳없었으며 친척의 말도 듣지 않았다. 씨설은 어찌할 수 없어 이렇게 말했다.

"제가 서방님께 시집온 것은 부부의 즐거움을 누리고 의지하고자 해서입니다. 어찌 이처럼 욕을 해대며 박정하게 대할 줄 알았겠어요? 이제 서방님께 버림받아 부부의 정이 끊어지니 차가운 물가에 떨어진 부용과 같은 신세며 가을바람에 잎이 다 진 버드나무 신세로군요. 이슬 맞아 떨어진 꽃이 눈물을 흘리는 것 같고, 봄에 제비가 우짖으며 처마를 떠나는 것 같습니다.[3] 아득한 강에 홀로 떠 있는 배와 같은 신세라 산에 올라 망부석이 되기도 어렵겠네요."

씨설은 목욕 재계한 후 황강(黃江)[4]으로 가서 하늘에다 하소연했다.

"제가 박명한 탓에 부부 생활이 고단하며 남편이 괴로워하고 있습니다. 저는 억울하게도 터무니없는 비난을 받으며 음란한 여자라는 오명을 썼습니다. 강의 신이시여! 제 말을 듣고 계시다면 부디 굽어살피소서! 제 행실에 추호도 잘못이 없다면 물에 빠져 죽거들랑 미주(媚珠)[5]처럼 진주가 되

---

2) 당나라 전기소설 「곽소옥전」(霍小玉傳)의 여주인공 이름. 이익(李益)에게 시집갔는데 후에 이익은 그녀를 버리고 다른 여자에게 장가들었다. 그녀는 상심하여 죽은 후 원귀가 되어 이익으로 하여금 의처증을 불러일으켜 그 가정 생활을 파탄으로 이끌었다.

3) 베트남은 우리나라와 반대로 가을에 제비가 찾아오고 봄이 되면 떠나간다.

4) 남창(南昌) 일대의 홍하(紅河)를 '황강'(黃江)이라 함.

5) 구락국(甌貉國)의 안양왕(安陽王)에게 딸 미주(媚珠)가 있었는데 남월국왕(南越國王)인 조타(趙佗)의 아들 중시(仲始)에게 시집갔다. 중시는 미주를 꾀어 안양왕의 신노(神弩)를 몰래 다른 것과 바꾸어 놓았다. 그후 남월국왕이 구락국을 공격했는데 안양왕은 신노가 없어 패주했다. 왕은 말에 미주를 태우고 남쪽 바닷가로 달아났다. 그때 금빛 거북이 물에서 올라와 꾸짖기를, "말 뒤에 있는 자가 도적이다! 왜 죽이지 않느냐?"라고 했다. 이에 왕이 칼을 뽑아 딸을 죽이려 했다. 미주는 하늘에 빌며 "내 마음은 충성스러웠지만 남에게 속임을 당했으니 바라건대 죽은 후 진주가 되어 이 부끄러움을 씻었으면 하나이다"라

게 하고 땅에서 죽거들랑 우미인초(虞美人草)6)가 되게 해주소서. 만일 제가 지조를 지키지 못하고 부정한 짓을 했다면 아래로는 물고기의 배를 채우고 위로는 독수리의 밥이 되며, 사람들로부터 음란한 여자라고 비웃음을 사더라도 쌀 것입니다."

하늘에 빌기를 마친 씨설은 강에 빠져 죽었다.

장생은 씨설이 절개를 잃은 데 대해 분개하기는 했지만 생사의 이별을 하게 되자 또한 슬픈 마음을 금할 수 없어 백방으로 그 시신을 찾았다. 하지만 끝내 찾을 수 없었다. 장생은 홀로 빈 방을 지키며 밤마다 등불을 밝힌 채 잠을 이루지 못했다. 그때 아이가 갑자기 말하는 것이었다.

"아빠가 또 왔어!"

장생은 아이에게 그 아빠가 어디 있느냐고 물었다. 아이는 벽에 비친 그림자를 가리켰다.

"저기 있잖아요!"

씨설은 이전에 전장에 나간 남편이 생각날 때면 늘 장난 삼아 손가락으로 그림자를 가리키며 아이에게 '네 아빠'라고 말했던 것이다. 장생은 비로소 아내의 결백을 깨달았지만 어쩔 도리가 없었다.

씨설의 동네 사람 가운데 반씨(潘氏)가 있었는데, 이전에 황강 나루터를 지키던 관리였다. 하루는 꿈에 푸른 옷을 입은 여인이 슬피 울며 살려 달라고 애원했다. 바로 그 날 새벽, 한 어부가 푸른빛이 나는 거북을 잡아 그에게 바쳤다. 반씨는 꿈에 나타났던 여인이 바로 이 거북이라 생각하여 거북을 강으로 돌려보냈다.

그후 호조(胡朝)7) 개대(開大)8) 말년에 진첨평(陳添平)9)이 귀국하여 지

고 말했다. 왕은 마침내 딸의 목을 베었다. 그 피가 바다로 흘러들어갔는데 조개가 그 피를 머금어 진주를 만들었다. 이 고사는 기원전 2세기 무렵의 일이다.

6) 항우의 애첩인 우미인(虞美人)의 무덤에 피어난 풀 이름. 제1부 「항우의 변명」의 주 38을 참조할 것.

7) 진(陳) 왕조의 신하였던 호계리(胡季犛)가 제위(帝位)를 찬탈하여 세운 왕조. 1400년에

릉관(支稜關)10)을 침범했다. 반씨와 마을 사람들은 배를 타고 바다로 나가 난리를 피했는데, 태풍을 만나 배가 난파되는 바람에 모두 익사하고 말았다. 반씨의 시신은 바닷속에 가라앉아 구동(龜洞)이라는 곳에 닿았다. 그 곳의 영비(靈妃)11)가 반씨를 보자

"이전에 나를 살려 주신 분이다!"

라고 말하고는 붉은 비단 부채로 몸을 닦게 한 후 영약(靈藥)을 먹이게 했다. 조금 있으니 반씨가 소생했다. 반씨는 눈앞의 으리으리한 궁궐을 보고 놀라 눈이 휘둥그레졌으나 자신이 바닷속 수정궁(水晶宮)에 있음을 알지 못했다. 영비는 구름을 수놓고 옥 가루로 장식한 비단옷을 입었으며, 노을 무늬에다 금술을 드리운 신을 신고 있었다. 영비가 반씨에게 웃으며 말했다.

"저는 구동의 영비로서 남해 광리왕(廣利王)12)의 부인입니다. 옛날 어릴 적에 강가에서 놀다가 어부에게 잡혔었는데 공의 은혜로 살아날 수 있었지요. 오늘 이렇게 상봉하게 된 것은 하늘이 저에게 기회를 주어 그 은혜에 보답하라는 뜻이 아니겠습니까?"

이에 조양각(朝陽閣)에서 잔치를 열었다. 비빈(妃嬪)이 모두 참석했는데 맵시 있는 치마를 입고 머리에 쪽을 올린 여인이 퍽 많았다. 그중 엷게 화장을 하고 있는 한 여인이 꼭 씨설 같았다. 반씨가 이따금 흘깃흘깃 쳐다보았

서 1407년까지 그 자신과 아들 2대 동안 존속했다.

8) 호계리의 아들인 호한창(胡漢蒼)의 연호.

9) 호조 말엽인 1406년에 명나라의 한관(韓觀) 등이 진첨평(陳添平)을 데리고 베트남의 지 릉관(支稜關)을 침범했다. 진첨평은 본래 진원휘(陳元輝) 집안의 종으로 본명은 완강(阮 康)이었다. 후에 도적에 가담했다가 체포령이 내리자 명나라로 도망해 진씨의 자손이라고 사칭하며 이름을 첨평이라고 고쳤다. 또 자신은 안남국 왕자인데 호씨에게 제위를 찬탈당 했다고 거짓말을 했다. 명은 당시 영락제(永樂帝)의 치세(治世)로 한창 대외팽창 정책을 취하고 있던 때였으므로 진첨평을 내세워 베트남을 침공한 것이다. 제3부 「기이한 나무꾼 」의 주 34를 참조할 것.

10) 베트남의 관문으로서 요충지였다.

11) 선녀의 이름.

12) 남해신(南海神)의 이름. 한유(韓愈)의 「남해신묘비」(南海神廟碑)에 보인다.

지만 감히 물어보지는 못했다. 잔치가 끝나자 그 여인이 반씨에게 말했다.

"저는 존장과 한 마을 사람입니다. 그 동안 못 뵈었기로서니 어찌 생판 모르는 사람처럼 그렇게 무정하게 대하십니까?"

반씨는 그때서야 이 여인이 정말 씨설임을 깨닫고 어떻게 해서 여기에 오게 됐는지 물었다.

"저는 불행히도 심한 오해를 받아 강물에 투신했습니다. 그런데 용궁의 선인(仙人)들이 제가 죄 없이 죽는 것을 불쌍히 여겨 물길을 열어 주어 살아날 수 있었습니다. 그렇지 않았다면 악어의 뱃속에 들어갔을 터이니 어찌 여기서 어르신과 만날 수 있었겠습니까?"

"부인은 조아(曹娥)[13]처럼 아버지 때문에 물에 빠져 죽은 것도 아니고 염제(炎帝)의 딸[14]처럼 바다에서 놀다가 익사한 것도 아니지만, 억울함을 견디지 못해 물에 투신한 거군요. 하지만 시간이 많이 흘러 그것도 이제 옛날 일이 되었거늘 고향에 돌아가고 싶지 않나요?"

씨설이 대답했다.

"제가 비록 남편에게 쫓겨난 몸이기는 하지만 어찌 늙어 죽을 때까지 이 수궁에서 지내고 싶겠습니까? 하지만 남편과 상면하고 싶진 않군요."

반씨가 말했다.

"부인의 부모님께서 사시던 집은 그 사이 뽕밭으로 변해 버렸고 부모님 무덤가엔 나무가 무성하더군요. 부인이야 가슴 아파하지 않는다 할지라도 황천에 계신 부모님께서 부인을 어찌 생각하겠소?"

이 말에 씨설은 하염없이 눈물을 흘렸다. 잠시 후 씨설은 결연히 낯빛을

---

13) 한나라의 여인. 아버지가 물에 빠져 죽자 그 시신을 찾기 위해 7일 밤낮을 헤맸으나 찾지 못하자 자신도 강에 몸을 던져 죽었다. 당시 그녀는 열네 살이었다. 3일 후 그녀의 시신이 떠올랐는데 아버지의 시신을 꼭 껴안고 있었다. 그후 사람들은 사당을 세워 그녀를 제사 지내 주었다.

14) 중국 상고시대 전설상의 임금인 염제(炎帝)의 딸이 동해에서 놀다가 익사했는데 죽은 후 정위(精衛)라는 새가 되어 늘 서산(西山)의 나무와 돌을 물어다가 바다를 메우려 했다는 고사가 전한다.

고치며 말했다.

"언제까지 종적을 감춘 채 오명을 쓰고 살 수는 없겠지요. 북쪽 되땅에서 태어난 말은 고향에서 불어오는 북풍을 향해 우는 법이고, 남쪽 월나라에서 온 새는 고향이 그리워 남쪽 나뭇가지에 둥지를 트는 법이거늘,15) 전들 그런 감정이 왜 없겠습니까? 고향으로 돌아가야겠어요!"

이튿날 영비는 반씨에게 향기 나는 자주색 비단 보자기에 싼 진주 열 알을 주었으며, 청어(青魚)로 하여금 반씨를 물 밖으로 인도하게 했다. 씨설은 반씨에게 금으로 만든 비녀를 주면서 부탁했다.

"저를 위해 남편께 말을 전해주세요. 만일 조금이라도 옛정이 남아 있다면 강가에 가서 굿을 한 후 수신(水神)을 비추는 등을 밝히라고 하세요. 그러면 제가 그리로 갈 거라고요."

반씨는 고향으로 돌아가자 장생의 집에 가 씨설의 말을 전했다. 장생은 처음엔 믿지 않았지만 비녀를 꺼내 보이자 깜짝 놀라며 말했다.

"이건 처가 집을 떠날 때 하고 있던 건데!"

장생은 씨설의 말대로 황강 가에 가서 굿을 3일 밤낮 동안 했다. 그러자 과연 씨설이 아름답게 꾸민 수레를 타고 물결 사이로 나타나는 것이었다. 뒤따르는 자들이 무려 50여 대의 수레에 나눠 타고 있었으며, 펄럭이는 깃발들이 강을 수놓았다. 그 사이로 씨설의 모습이 얼핏 보였다 사라졌다 했다. 장생은 다급해져

"여보!"

하고 불렀다. 그때 저 멀리 물결 속에서 소리가 들려왔다.

"저는 영비의 은덕을 입었으니 죽을 때까지 그 은혜를 갚아야 해요. 당신께 미안하지만 다시 인간 세상에서 살 수가 없군요!"

소리가 그치자 씨설의 모습은 차츰 사라져 갔다.

---

15) 중국의 고시(古詩) 19수 중에 "되땅 말은 북풍을 향해 울고 / 월나라 새는 남쪽 나뭇가지에 둥지를 트네"라는 구절이 있다.

아아, 의심나는 일에 지혜롭기는 어렵지만 미혹되기는 아주 쉽다. 그러므로 증자(曾子)16)와 같은 현인(賢人)의 어머니도 자기 아들이 사람을 죽였다고 하는 말을 세 번 듣자 마침내 그런가 의심하여 하던 일을 내팽개치고 달아났던 것이며,17) 도끼를 훔쳤다는 혐의를 받은 이웃집 자식은 스스로 그 혐의를 해명할 수 없었던 것이다.18) 율무를 싣고 온 수레에 대해 광무제(光武帝)는 분노했으며,19) 묶어 죽이자는 말을 듣고 조조(曹操)는 은인을 살해하기에 이르렀다.20) 씨설의 이야기 또한 이와 비슷하다. 만일 하늘이 그 정성을 굽어살피지 않았다면 물에 빠져 죽어 물고기 뱃속에 들어갔을 터이니 어찌 다시 소식을 전해 자신의 깨끗한 절개를 세상에 환히 밝힐 수 있었겠는가? 사내 대장부는 미인을 이런 지경에 빠뜨려서는 안될 것이다.

---

16) 공자의 제자인 증참(曾參).
17) 증자와 이름이 같은 자가 사람을 죽였다. 어떤 자가 그 모친에게 당신 아들이 살인을 했노라고 말했다. 증자의 어머니는 자기 아들은 살인할 사람이 아니라며 태연히 베를 짰다. 조금 있다가 다른 사람이 똑같은 말을 했다. 증자의 어머니는 여전히 태연하게 베를 짰다. 조금 있다가 또 다른 사람이 똑같은 말을 했다. 그러자 증자의 어머니는 베틀의 북을 던져 버리고 담을 넘어 달아났다고 한다.
18) 『열자』에 다음과 같은 고사가 있다. 부(符) 땅의 사람이 도끼를 잃어버렸는데 이웃집 자식에게 의심이 갔다. 그 행실을 보아도 도끼를 훔친 듯했고 그 말을 들어도 도끼를 훔친 듯했으며 그 동작이나 태도를 보아도 어디 하나 도끼를 훔치지 않았다고 여겨지는 구석이 없었다. 조금 지나 잃어버린 도끼를 다른 데서 찾았다. 훗날 이웃집 자식을 보니 동작과 태도에 도끼를 훔쳤다고 의심 가는 데가 한 군데도 없었다.
19) 한나라 장군 마원(馬援)이 교지(交趾)를 정벌했을 때 율무가 몸을 가볍게 하고 습기를 이기는 데 도움이 된다고 해 즐겨 먹었다. 군대가 귀환할 때 마원은 장차 율무를 재배하려고 수레에 가득 싣고 돌아왔다. 훗날 어떤 자가 광무제에게 글을 올려 마원이 싣고 온 것이 모두 진주와 무소뿔이라고 참소했는데 광무제는 그 글을 그대로 믿고 분노했다고 한다.
20) 조조(曹操)가 동탁(董卓)을 죽이려다가 일이 발각되어 달아나다가 여백사(呂伯奢)의 집에 이르렀다. 여백사는 조조의 아버지와 친구였다. 여백사가 조조를 대접하려고 술을 사러 나가고 조조가 혼자 있을 때 집 뒤에서 칼 가는 소리가 들렸다. 조조가 몰래 그리로 가서 들어보니 "묶어 죽이자"고 말하는 것이었다. 조조는 자기를 죽이려는 것으로 의심해 칼을 뽑아 그 집에 있던 남녀 여덟 명을 모조리 죽였다. 그리고 나서 부엌을 살펴보니 돼지 한 마리가 묶여 있었다. 그때서야 돼지를 묶어 죽이려 했다는 사실을 알고 그 집을 떠났다. 조조는 길에서 술을 사 가지고 오던 여백사마저 찔러 죽였다.

이장군

후진(後陳)의 간정제(簡定帝)[1]가 모도(謨渡)[2]에서 즉위하자 사방의 호걸들이 원근에서 호응하여 각기 무리를 모아 황제를 위해 명나라 군대와 싸우겠다고 했다. 동성(東城)의 이우지(李友之) 역시 농부로서 떨쳐 일어나 저항군에 가담했다. 그는 타고난 성품이 모질고 표독했지만 전쟁에서 잘 싸웠으므로 재상인 등실(鄧悉)[3]이 그를 장군으로 임명해 의병을 이끌고 명나라 군대를 공격케 했다.

이장군은 권세가 좀 생기자 불법을 자행했으며 무뢰배를 심복으로 삼고

---

* 이 작품의 원제는 「이장군전」(李將軍傳)이다.

1) 1407년 호조(胡朝)가 망한 후 베트남은 명나라의 지배를 받게 되는데 이 해 10월 진(陳) 예종(藝宗, 재위 1370~1372)의 차남인 진위(陳頠)가 황제를 칭하여 간정제(簡定帝)라 하고 진의 계승을 표방했다. 간정제는 장안주(長安州) 모도(謨渡)에서 즉위했으며 연호를 흥경(興慶)이라 했다. 제3부 「황폐한 절」의 주 4를 참조할 것.

2) 안모현(安謨縣)을 말한다.

3) 연주(演州)의 동성(東城) 사람. 호조에서 벼슬하여 화주(化州)의 대지주(大知州)가 되었으나 명나라가 호조를 멸망시키자 명나라에 항복했다. 그후 간정제가 즉위했다는 말을 듣고 명나라 관리를 죽이고 군사를 모아 간정제에 합세했다. 포고(浦姑)에서 명군을 격파하는 등 세력을 크게 떨쳤으므로 간정제는 그를 국공(國公)에 봉했다. 그러나 후에 간정제는 무고를 믿어 그를 살해했다.

선비를 원수처럼 대했다. 또한 돈을 좋아하고 여색을 탐해 그 탐욕이 그칠 줄 몰랐다. 남의 처첩 중 예쁘게 생긴 사람은 모두 빼앗았으며, 전원을 많이 장만해 높다란 누각을 지었다. 토지를 점유하여 연못을 팠으며, 마을 사람들을 쫓아내고 그 땅을 자기 것으로 했다. 그리고 인근 마을에서 날라온 진기한 꽃들과 기기묘묘한 형상의 돌들로 정원을 장식했다. 마을 사람들은 모두 이 일에 동원되어 형과 동생, 남편과 부인이 번갈아 가며 노역을 하지 않으면 안되었다. 백성들은 손이 갈라터지고 어깨살이 벗겨져 고통을 참기 어려웠지만 이장군은 의기양양하기만 했다.

어느 날 한 술사가 찾아왔는데 제법 화복을 알아맞추는 것 같았다. 이장군은 자신의 관상을 한번 봐달라고 했다. 그러자 술사가 말했다.

"행실에 이롭기론 충성스런 말이 제일이고 병을 고치는 덴 쓴 약이 최고올시다. 공께서는 저를 용납하여 무슨 말이든 다 하게 허락해 주십시오. 입에 쓴 말을 한다고 싫어하지 말고, 꺼리는 부분까지 말하도록 해주셨으면 합니다."

"물론이오!"

이에 술사가 말했다.

"선악은 그 쌓인 것이 드러나는 것이며, 응보에는 틀림없이 인과가 있습니다. 그러므로 운수를 논하려면 반드시 이치부터 논해야 하며, 관상을 보는 것은 마음을 보는 것만 못한 법입니다. 지금 장군께서는 폭압은 있지만 덕이 없으며, 사람을 경시하면서 재물만 중히 여기고 있습니다. 위세를 빌어 백성을 학대하고 있으며, 사치와 욕심을 마음껏 추구하면서 거드름을 피우고 있습니다. 이미 인심을 거슬렀으니 반드시 하늘의 벌이 따를 것입니다. 무슨 방법으로 하늘의 재앙을 피하겠습니까?"

이장군은 웃으며 말했다.

"나에게는 군사와 요새가 있소. 내 손은 늘 무기를 놓지 않고 있으며, 내 힘은 번개와 바람을 쫓을 만하다오. 하늘이 비록 군세다고 하나[4] 나를 피하기에 겨를이 없을 텐데 어찌 내게 화를 내릴 수 있겠소?"

술사가 말했다.

"장군께서는 힘이 넘쳐 도저히 말로써 깨닫게 하지 못하겠군요. 제가 가지고 있는 큰 구슬을 비춰 보면 길흉을 훤히 알 수 있는데, 장군께서 한번 보시렵니까?"

그러더니 소매에서 구슬을 꺼냈다. 이장군이 구슬 속을 들여다보니, 가마솥이 펄펄 끓고 있었으며 그 곁엔 귀신의 머리에다 괴상한 얼굴을 한 것들이 포승을 들고 있기도 하고 칼을 들고 있기도 했다. 자신은 목에 칼과 쇠사슬을 두른 채 가마솥을 향해 기어가고 있었다. 이장군은 놀라 눈이 휘둥그레지고 진땀을 흘리며 술사에게 화를 면하는 방법이 없겠는지 물었다.

"저지른 악이 이미 깊으니 화가 장차 나타날 것입니다. 지금 급히 계책을 마련한다면, 여러 첩들을 돌려보내고 사치스럽게 꾸민 정원을 없애며 병권(兵權)을 포기한 다음 조용한 곳에 은거하는 것보다 좋은 계책은 없습니다. 그렇게 하면 비록 지은 죄가 즉시 없어지는 건 아니라 할지라도 그 만분의 일은 없앨 수 있습니다."

이장군은 한참 골똘히 생각하더니 말했다.

"그만둡시다. 그럴 수는 없소이다. 장차 닥쳐올지 어떨지 확실히 알지도 못하는 화를 미리 헤아려 수년 동안 노력해 거의 다 이룬 공을 이제 와서 쉽게 포기할 수는 없소."

그후 이장군은 더욱 방종하고 광태를 부려 기분에 따라 사람을 죽였다. 이에 그 어머니는 이렇게 원망했다.

"무릇 사람이란 사는 걸 좋아하고 죽는 걸 싫어한다. 하늘의 도가 환하거늘 너는 어찌해 사람들을 함부로 죽이느냐? 내가 이 늙은 나이에 장성한 자식이 형벌받는 걸 보게 될 줄 몰랐구나!"

이장군의 아들 숙관(叔款) 또한 일이 있을 때마다 간했지만 이장군은 끝내 뉘우치지 않았다. 나이 마흔에 이장군은 집에서 운명했다. 길에서 이 소

---

4) 원문은 "행건"(行健). 『주역』「건괘」(乾卦)에 나오는 말이다.

식을 들은 사람들은 기뻐하면서 이렇게 말했다.

"선을 행한 사람은 전쟁에서 혹 곤경을 겪는데 악을 저지른 자는 자기 집에서 편안히 죽다니, 과연 하늘의 도가 있기나 한가?"

같은 고을 사람 완규(阮逵)는 강개한 데다 기절(氣節)을 숭상했는데, 평소 숙관과 우의가 두터웠다. 그러나 완규는 이미 3년 전에 세상을 하직한 터였다. 어느 날 새벽, 숙관은 우연히 길에서 완규를 만났다. 완규는 다음과 같은 말을 했다.

"자네 선친께서 곧 재판을 받게 될 걸세. 자네와의 우정 때문에 미리 와 알려주는 거라네. 자네가 그 광경을 보고 싶다면 밤에 자네를 데리러 사람을 보낼 테니 와서 볼 수 있을 걸세. 하지만 보기만 하고 남에게 말하지 말아야지 혹 한마디라도 발설했다가는 화가 나에게 미칠 걸세."

완규는 말을 마치자 사라졌다. 숙관은 약속한 시간이 되자 작은방으로 가 누가 오는가 주시했다. 한밤중이 되자 과연 귀졸 서넛이 나타나 그를 큰 궁궐로 데려갔다. 궁궐에는 쇠옷을 입고 청동 투구를 썼으며 도끼나 창을 든 자들이 죽 늘어서서 왕을 호위하고 있었다. 섬돌 밑을 지키는 군사들도 위엄이 있었다.

이윽고 판관 네 명이 왼쪽 집에서 걸어나왔는데 그중 한 명이 완규였다. 그들은 모두 홀(笏)을 들고 있었으며 붉게 칠한 책상 앞으로 와 무릎을 꿇고 홀에 적힌 글을 읽었다. 한 명이 아뢰었다.

"아무 직책에 있던 아무개는 세상에 있을 때 강직하여 세도가를 겁내지 않았습니다. 벼슬자리가 높아질수록 더욱 더 겸손했으며, 자신의 사사로운 몸을 잊고 나라에 충성하여 나라를 빛내는 인물이 되었습니다. 청컨대 옥황상제께 알려 선인(仙人)의 품계를 주었으면 합니다."

또 한 명이 아뢰었다.

"아무 관아의 아무개는 사람됨이 탐욕스러워 뇌물이 문에 가득하고, 자신의 벼슬이 높다 하여 남을 거만하게 대하며, 덕이 있는 사람을 경멸했습니다. 또한 어진 선비를 추천하여 임금을 보필하게 한 적도 없습니다. 청컨대 남두성(南斗星)5)에 알려 그 수명을 줄였으면 합니다."

또 다른 자가 아뢰었다.

"아무 고을에 살던 하(何) 아무개는 힘써 선을 행하여 하루가 부족한 듯이 여겼습니다. 근자에 전쟁이 끝난 다음 질병이 창궐했는데 이자는 사람들에게 처방전을 내주고 약을 나눠 주어 그 덕에 살아난 사람이 천여 명이나 됩니다. 좋은 집안에 다시 태어나게 하여 삼세(三世)6)의 복을 누리게 해줌으로써 사람들을 살린 선행에 보답했으면 합니다."

또 한 명이 아뢰었다.

"아무 마을의 정(丁) 아무개는 형제간에 반목하고 친척들과 불화한 데다가 고아가 된 어린 손자들을 기만해 유언장의 내용을 고침으로써 손자들의 땅을 모조리 빼앗았습니다. 그래서 손자들은 거지 신세가 됐습니다. 청컨대 이자를 굶주리는 종으로 다시 태어나게 해 구걸하며 떠돌아다니다가 죽게 함으로써 그 악행에 대한 대가를 치르게 했으면 합니다."

염라왕은 판관들의 주청(奏請)을 모두 재가했다.

이어서 붉은 옷을 입은 자가 오른쪽 집에서 걸어나왔는데, 앞의 판관들과 마찬가지로 앞으로 다가와 무릎을 꿇고 아뢰었다.

"신이 관할하는 곳에 성명이 아무개인 자가 있사온데, 몹시 완악해 불법을 자행했습니다. 재판을 한 지 1년이 되었지만 아직 판결을 내리지 못했사오니 판결을 내려주시기 바랍니다. 그자는 곧 여기에 끌려올 것입니다."

말을 마치자 죄를 꾸짖는 글을 읽었다.

신이 들으니, 천지가 형성되자 맑은 양(陽)과 탁한 음(陰)이 생겨났으며 사람과 사물이 생명을 부여받을 때 악과 선의 차이가 있게 되었다고 합니다. 이는 만물에 해당되는 이치일 것입니다.

---

5) 인간의 수명을 관장하는 곳.

6) 전세(前世), 현세(現世), 내세(來世)를 말한다.

하늘은 사람에게 이(理)를 품부했지만, 사람마다 모두 성현이 되도록 하지는 않았습니다. 또 사람은 하늘로부터 부여받은 본성을 따르지만 본성에는 혹 우매함이 없을 수 없습니다. 그러므로 편벽되어 중용을 지키지 못하기도 하고, 잘못된 곳으로 흘러 악을 저지르기도 하는 것입니다. 그러나 길흉이 나타남은 분명하여 조금도 어긋남이 없고, 인과응보가 따름은 필연적이어서 마치 형체에 그림자가 있는 것과 같습니다.

생각하면 이 이치는 본래 명백한 것이건만, 어찌하여 인간들은 한결같이 완악하고 어리석어 곧잘 분노를 일으키고, 망령되이 피아(彼我)를 구분해 남을 강에 빠뜨려 죽이거나 깊은 우물에 빠뜨리며[7] 항복한 군사 40만 명을 구덩이에 처넣어 죽이거나[8] 선비들을 생매장함[9]을 다반사로 행하는지 모르겠습니다. 그러니 그 억울한 죽음을 슬퍼할 만합니다.

이에 구천(九天)[10]은 죽은 자를 제도하는 법을 두어 우매한 자들에게 경각심을 불러일으키고, 명부의 시왕(十王)[11]은 윤회를 결정하는 재판을 함으로써 죽은 자를 징계하고 살아 있는 자에게 교훈을 주고자 하니, 잘못을 저지르고도 뉘우치지 않는 자는 반드시 형벌을 받게 됩니다.

지금 이 아무개는 무인으로서 그 신분이 하찮은 자였습니다. 벗들과 사귈 때에는 이해 관계에 따라 요리조리 표변했으며, 그 마음은 사악했습니다. 선비 보기를 원수처럼 했으며, 재물을 중히 여겨 모은 재산이

---

7) 순(舜)임금의 아버지가 순임금을 우물에 빠뜨려 죽이려 한 일을 말한다.
8) 전국시대에 진(秦)나라 장군 백기(白起)는 항복한 조나라 군사 40만 명을 모두 구덩이에 처넣어 죽였다.
9) 진시황의 분서갱유(焚書坑儒)를 가리킨다.
10) 구천(九天)의 제1천은 울단무량천(鬱單無量天), 제2천은 상상선보무량수천(上上禪善無量壽天), 제3천은 범감천(梵監天), 제4천은 도솔천(兜率天), 제5천은 불교락천(不驕樂天), 제6천은 화응성천(化應聲天), 제7천은 범보천(梵寶天), 제8천은 범마가이천(梵摩迦夷天), 제9천은 파려답답서천(波黎答答恕天)이다. 이 구천은 각기 3천(天)을 거느리고 있어 도합 36천이 된다.
11) 명부에 있다는 염라왕을 비롯한 10명의 왕.

산더미 같았습니다. 남의 땅을 빼앗음은 한나라 홍양(紅陽)12)과 같았고, 사람을 학살함은 수나라 양소(楊素)13)를 능가했습니다. 사람을 해치고 재난을 초래함은 승냥이나 살쾡이 등의 맹수보다 더했으며, 욕심과 사치가 끝이 없어 비록 산과 들을 소유했지만 마음에 흡족하게 여기지 않았습니다. 이는 모두 탐욕의 결과이니, 참으로 간악한 사람 가운데 으뜸이라 할 만합니다. 그러니 어찌 엄한 법을 적용해 뒷사람을 경계하지 않을 수 있겠습니까?

읽기를 마치자 형리(刑吏)가 이장군을 끌고 들어와 문 아래에 꿇어앉히더니 회초리로 마구 내리쳤다. 이장군은 피투성이가 되어 땅바닥에 뒹굴며 신음했다. 그 모습은 매우 참혹해 차마 눈뜨고 볼 수 없을 지경이었다.

그때 염라왕이 물었다.

"부서를 나누어 취조함은 경들의 일인데, 어째서 그리도 지체하며 1년이나 끌었소?"

붉은 옷을 입은 자가 대답했다.

"이 죄수는 그 죄가 하도 커 감히 가볍게 다룰 수 없었습니다. 그래서 분부를 받아 그 형을 정하고자 한 것입니다."

이어 그 죄를 조목조목 아뢰었다.

"남의 처를 빼앗고 남의 여자를 간음한 덴 무슨 벌을 주어야 하겠습니까?"

"이는 애욕의 강에 빠진 것이니 마땅히 펄펄 끓는 물로 위(胃)를 세척해 다시는 욕정이 생기지 않게 만들어라!"

좌우에 있던 자들이 즉시 이장군을 붙들어 펄펄 끓는 솥에 집어넣자 그 팔과 다리, 몸뚱아리가 익어 흐물흐물해졌다. 이윽고 솥에다 신령한 얼음

---

12) 한나라 성제(成帝)의 장인 홍양후(紅陽侯) 왕립(王立)을 말한다. 그는 개간지 수만 이랑을 점유하여 이익을 취하려 했다.

13) 수나라의 장군. 잔인하기로 이름이 높았다.

을 조금 넣으니 곧 원래 모습으로 돌아왔다. 붉은 옷을 입은 자가 다시 아뢰었다.

"남의 논밭을 빼앗고 남의 재산을 강탈한 덴 무슨 벌을 주어야 하겠습니까?"

"이는 탐욕의 강에 빠진 것이니 마땅히 비수로써 그 창자를 도려내어 탐욕스런 마음이 다시는 생기지 않게 만들어라!"

좌우에 있던 자들이 즉시 이장군의 가슴과 배를 칼로 째어 오장육부를 모두 들어냈다. 조금 있다 버드나무 가지로 몸을 가볍게 스치니 곧 다시 원상으로 돌아왔다. 붉은 옷을 입은 자가 다시 아뢰었다.

"옛사람의 무덤을 파괴하고, 형제들에게 위아래도 없이 행동한 덴 무슨 벌을 주어야 하겠습니까?"

왕은 한참 동안 잠자코 있더니 천천히 말했다.

"이는 포학무도함이 한량없음을 말한다. 그러니 칼로 된 산을 걸어가게 하거나 쇳물에 빠뜨리거나 쇠뭉치로 내려친다 하더라도 부족하다. 마땅히 구옥(九獄)[14]으로 데려가 가죽 새끼줄로 그 머리를 칭칭 두르고 발에는 시뻘겋게 달군 못을 박은 다음 굶주린 독수리로 하여금 그 가슴을 쪼도록 하고 독사로 하여금 그 배를 깨물게 해 영겁이 지나도 그 속에서 나오지 못하게 만들어라!"

왕의 명령이 떨어지자 귀졸들은 이장군을 다시 끌고 갔다.

담장 틈 사이로 이 광경을 엿보고 있던 숙관은 그만 실성하여 울음을 터뜨렸다. 두어 귀졸이 급히 다가와 주먹으로 그 입을 막더니 공중에서 아래로 떨어뜨렸다. 그 바람에 놀라 꿈에서 깼다. 돌아보니 집안 사람들이 빙 둘러앉아 곡을 하고 있었다. 자신이 죽은 지 이틀쨌데 가슴에 온기가 남아 있어 아직 장사를 치르지 못하고 있다는 것이었다.

숙관은 처자들을 물리친 후 재산을 모두 없애고 빚문서를 불태운 다음

---

14) 명부에 있다는 아홉 지옥. 제2부 「두 신령의 다툼」의 주 11을 참조할 것.

산 속에 들어가 약초를 캐며 살아갔다. 이 일은 세상에 알려지지 않았으며 오직 숙관과 그 종 두어 명만 알고 있을 뿐이어서 지금까지 잘 전해지지 않고 있다.

아아, 하늘의 도는 지극히 공정하며 사사로움이 없다. 또한 하늘의 법망은 비록 성기기는 하나 누구도 그것을 빠져나올 수 없다. 그러므로 혹 살아 있을 때 벌을 받지 않았다 하더라도 죽은 후에는 벌을 받게 된다. 그렇기는 하나 산 사람이 벌을 받는 것을 보지 못한 터에 죽은 자가 벌을 받는다는 사실을 어찌 알겠는가? 세상에 나라를 어지럽히는 신하와 어버이를 해치는 자식이 많은 것은 이 때문이다. 만일 저들로 하여금 산 사람이 벌을 받는 것을 보게 하고 죽은 자가 벌을 받는다는 사실을 알게 한다면 설사 악한 일을 억지로 시킨다 할지라도 어찌 감히 악한 일을 하겠는가? 그러나 이장군은 이미 그 점을 알았으면서도 계속 악을 자행했으니 대단히 어리석은 인간으로서 논할 가치조차 없다 하겠다.

죽음보다 깊은 사랑

완씨염(阮氏琰)은 동산(東山)[1]의 거족인 진갈진(陳渴眞)[2]의 외사촌 누이다. 그녀는 상업에 종사하는 금강(錦江) 출신의 여인 이씨(李氏)와 서도(西都)[3] 성 밖에 화장품 가게를 나란히 열어 늘 서로 접했으므로 정분이 날로 도타워졌다. 하지만 둘 다 아직 자식이 없었다. 두 사람은 어느 날 호공동(壺公洞)[4]에 가 신령에게 자식을 낳게 해달라고 빌었다. 이씨는 완씨에게 이렇게 말했다.

"우리 둘은 성시(城市)에서 알게 된 사이로 서로 약속하지도 않았건만 오늘 똑같이 여기 왔으니 혹 신령께서 우리의 기도를 들어주어 자식을 점지해 준다면 꼭 서로 혼약을 맺도록 합시다. 어찌 의혼(議婚)이 최씨·노씨·이씨·정씨[5]만의 것이겠어요? 산신령께 맹세컨대 꼭 약속을 지키겠어요."

---

* 이 작품의 원제는 「여랑전」(麗娘傳)이다.
1) 서도(西都) 서남쪽의 지명.
2) 진(陳) 순종(順宗, 재위 1388~1398) 때의 상장군(上將軍). 집안이 3대에 걸쳐 상장군이었다. 현 베트남의 중부 지역에 있던 왕국인 점파(占婆)와의 전쟁에서 그 임금 제봉아(制蓬峩)를 죽이는 공을 세웠다.
3) 호조(胡朝)의 수도임.
4) 영복현(永福縣) 천역사(天域社)의 땅 이름.

과연 두 사람에게 태기가 있어 완씨는 딸을 낳아 여랑(麗娘)이라 이름짓고, 이씨는 아들을 낳아 불생(佛生)이라 이름지었다. 장성한 두 남녀는 모두 글을 좋아했다. 부모가 서로 친한 사이여서 두 사람 또한 왕래하며 스스럼없이 지냈다. 둘은 늘 시를 지어 읊으며 서로 화답했다. 비록 아직 결혼할 나이는 아니었지만 두 사람은 몰래 서로의 마음을 허락하여 부부나 진배없었다.

이생은 여랑이 진(陳) 말 건신(建新)[6] 연간에 진갈진의 화(禍)[7]를 만나 궁녀가 되는 바람에 크게 낙담했다. 이러구러 시간이 흘러 한 해의 마지막 밤인 제야가 되었다. 이생이 5경까지 밤을 지키다가 바야흐로 취침하려는 참이었다. 문득 문 밖에서 길을 비키라고 크게 외치는 소리가 들렸다. 뭔가 싶어 급히 문을 열어 보니 백여 대의 화려한 수레가 길게 대열을 지어 지나가고 있었으며 난간에는 웬 편지가 던져져 있었다. 펴 보니 곧 여랑의 글씨였다. 편지의 내용은 이러했다.

들으니, 하늘에는 음양이 있어 천도(天道)가 그로써 갖추어지고 사람에게는 부부가 있어 인도(人道)가 그로써 이루어진다고 합니다. 아아, 저는 얼마나 오래 당신과 만나지 못하고 있는지…. 제 마음을 옛날에 이미 당신께 주었건만 지금 이렇게 헤어져 그리워하고 있군요. 누대 앞의

---

5) 당나라 태종(太宗) 때 산동(山東)의 최씨·노씨·이씨·정씨 네 성씨는 혼인에 많은 지참금을 요구했다. 그래서 당시 사람들은 '매혼'(賣婚)이라고 비난했다. 그러나 여기서는 이 고사가 '의혼'(議婚)을 뜻하는 것으로 쓰였다. 의혼은 두 집안 부모가 서로 의논하여 자식들을 혼인시키는 것을 말한다.

6) 원문에는 "호조(胡朝) 건흥(建興)"으로 되어 있으나 연대가 맞지 않는바, 착오이다. 진(陳) 말기인 건신(建新)이 맞다. 건신은 진 왕조의 마지막 임금인 소제(少帝, 재위 1398~1400)의 연호이다.

7) 진(陳) 말인 1399년에 호계리(胡季犛)가 상황(上皇)인 순종(順宗, 재위 1388~1398)을 시해하자 상장군 진갈진 등 황실의 지지 세력은 그를 제거하려는 음모를 꾸몄다. 그러나 거사하기 전에 발각되어 진갈진 등 370명이 처형되었다. 호계리는 진갈진의 집을 적몰(籍沒)하고 집안 여자들을 모두 종으로 삼았다.

해는 속절없이 지고 뜨락의 봄은 지루하기만 합니다. 늘 짝 잃은 난새의
신세를 서글퍼하며,[8] 「별학」(別鶴)의 곡조[9]를 타고 있답니다. 봄날 도
성에 해는 저물고 한식날 불어오는 동풍에 버드나무는 하늘거립니다.[10]
궁궐을 돌아 흐르는 도랑물은 궁녀의 애를 끊는군요.[11] 수심은 쌓이고
쌓여 눈물이 하염없이 흐릅니다. 평소의 소원이 어그러짐을 슬퍼하고,
인생을 헛되이 보냄에 쓴웃음을 짓습니다. 다시 돌아가겠노라 다짐하지
만 다시 만나기란 기약하기 어렵군요. 옥소(玉簫)는 다시 태어나 님을
만났지만,[12] 내세의 일을 모르겠군요. 바라건대 당신은 자중자애하여 다

---

8) 서역 계빈국(罽賓國)의 왕이 준묘산(峻峁山)에 그물을 놓아 난새 한 마리를 잡았다. 왕
   은 난새를 심히 사랑하여 그 울음소리를 듣고자 했으나 들을 수 없었다. 좋은 먹이를 주었
   지만 3년 동안 한 번도 울지 않았다. 그 부인이 "새는 그 짝을 보면 운다고 하니 거울을
   비춰 줘 보자"고 하여, 왕이 그 말대로 했더니 난새는 거울에 비친 자기 모습을 보고 슬피
   울다 죽었다는 고사가 있다.

9) 이별을 슬퍼하는 거문고의 곡조 이름. 상(商)나라 능목자(陵牧子)의 처는 결혼한 지 5년
   이 되도록 자식이 없었다. 그 시부모는 자식을 다시 장가들게 하고자 했다. 그 처가 이
   말을 듣고 밤새 슬피 울자 능목자는 크게 느껴 「별학」곡을 지었다는 고사가 있다.

10) 이 구절은 당나라 전기소설 「유씨전」의 주인공으로 등장하는 한횡(韓翃)이 읊은 다음의
    한식시(寒食詩)를 패러디한 것이다. "봄날의 도성은 번화하지 않은 곳이 없어 / 한식날 불
    어오는 바람에 버드나무 하늘거리네"(春城無處不繁華 寒食東風御柳斜).

11) 당나라 시인 고황(顧況)은 궁궐 도랑에 흘러가는 오동나무 잎에 다음과 같은 시가 적혀
    있는 것을 발견했다. "한 번 깊은 궁궐 들어온 이래 / 해가 바뀌어도 봄은 못 보내 / 그래서
    한 조각 나뭇잎에다 / 유정한 사람께 이 마음 전하네." 고황 역시 나뭇잎에다 다음과 같은
    시를 지어 상류에다 던졌다. "구중궁궐 꽃이 지니 꾀꼬리 또한 슬프네 / 이때는 궁녀들 애
    탈 때라지 / 궁궐도 흐르는 물은 어쩔 수 없나 / 나뭇잎에 시를 적어 누구께 보내나?"

12) 당나라의 위고(韋皐)가 젊어서 강하(江夏)에서 노닐었다. 고을 수령의 관사에 옥소(玉
    簫)라는 일곱 살 된 여종이 있었는데 늘 위고의 시중을 들었다. 그녀는 나이가 들자 위고
    를 좋아하게 되었다. 위고는 떠나가기 전에 그녀에게 옥가락지와 시를 주면서 7년 후에
    꼭 돌아와 결혼하겠다고 약속했다. 그러나 7년이 지나도 위고가 돌아오지 않자 옥소는 식
    음을 전폐해 숨을 거두었다. 이 사실을 전해 들은 위고는 매우 슬퍼하며 널리 불상(佛像)
    을 조성해 그 혼을 위로하고자 했다. 어느 날 밤 옥소가 꿈에 나타나 "서방님의 큰 은혜를
    받들어 마땅히 다시 태어나 서방님을 모시고자 합니다"라고 말했다. 그후 위고는 여러 벼
    슬을 거쳐 중서령(中書令)이 되었다. 그 생일날 여러 절도사들이 진귀한 선물을 보냈는데

른 데 장가들도록 해 한때의 사랑으로 평생을 그르치지 말았으면 해요. 그럽고 보고픈 마음을 어찌 글로 다 말할 수 있겠어요. 당신의 생각을 알 수 없지만 먼저 제 생각을 전합니다.

이생은 편지를 보고 몹시 상심하여 침식을 폐하였다. 그러나 여랑과 다시 만나는 것도 이제 글렀다고 여겨 마침내 동쪽 지방으로 이사했다. 그렇지만 여랑의 마음을 생각하니 차마 다른 데 장가들 수가 없었다.

호(胡) 왕조 말에 명나라 장수 장보(張輔)가 군대를 나누어 쳐들어와 서울을 공격했다.[13] 이생은 한창(漢蒼)[14]이 패했다는 말을 듣고 여랑이 필시 적에게 쫓기고 있으리라 생각하여 모친을 하직하고 남쪽으로 가 여랑을 만나고자 했다. 열흘 만에 신부(神符)[15]의 해구에 당도하니 들려오는 말이 적장 여의(呂毅)[16]가 부녀 수백 명을 붙잡아 천장부(天長府)[17]에 웅거하고 있는데 고립무원의 형세에 있다고 했다. 이생은 여랑이 거기에 있으리라 생각됐지만 맨손으로 타향에 와 있는 처지라 어찌 해볼 도리가 없었다. 그때 마침 간정제(簡定帝)가 장안주(長安州)에서 군대를

동천(東川)의 노팔좌(盧八座)는 옥소라는 한 가희(歌姬)를 바쳤다. 그런데 그녀의 손가락에 옛날의 그 옥가락지가 끼어져 있어 위고는 마침내 옛날의 옥소가 환생했음을 알았다는 고사가 전한다.

13) 1406년 9월, 명나라는 정이우부장군(征夷右副將軍) 장보(張輔) 등으로 하여금 40만 대군을 이끌고 파루관(坡壘關)을 공격하게 했다. 동년 12월에 명나라 군대는 동도(東都)로 진군해 여자와 재물을 노략질했다.

14) 호조의 제2대 황제 이름. 호한창(胡漢蒼)의 군대는 1407년 5월에 명나라의 군대에 패배했으며, 그의 아버지 호계리와 함께 명군의 포로가 되어 중국으로 붙잡혀 갔다. 이후 호조는 망하고 베트남은 이후 20년간 명나라의 지배를 받았다.

15) 신투(神投)를 말하는 게 아닐까 생각되나 확실치 않음.

16) 명나라 비장(裨將) 이름. 명군의 총사령관인 장보와 목성(沐晟)은 호계리와 그 아들 호한창을 붙잡아 본국으로 돌아가고, 여의(呂毅)와 황복(黃福) 등으로 하여금 베트남에 남게 했다. 여의는 후에 포고(逋姑)의 싸움에서 패해 등실(鄧悉)에게 죽임을 당했다.

17) 땅 이름.

일으켰는데 적에게 밀려 예안(乂安)으로 피하려던 참이었다.[18] 이생은 그 힘을 빌려 여랑을 구해 볼까 해 간정제의 말 앞에 나아가 계책을 바쳤다. 그것은 대략 다음과 같다.

신이 들으니, 군대의 흩어짐을 구하여 공을 이룸은 흥하는 운세에 말미암고 적을 막는 계책을 얻음은 신하의 꾀에 의존한다 하옵니다. 그러므로 적을 공격할 때에는 아군이 적에게 나아갈 것이 아니라 적을 아군 쪽으로 불러들이는 이치에 밝아야 하며, 적을 깨뜨리고자 한다면 마땅히 적을 헤아리는 데 밝아야 할 것입니다. 호조가 실정을 함에 중국이 침략의 야욕을 품어 황중(黃中)과 한관(韓觀)[19]을 선봉으로 내세워 변방을 공격했습니다. 또한 목성(沐晟)[20]은 악을 자행하며 수도 외곽으로 진군해 왔습니다. 그리하여 백여 년 간 평화로웠던 땅이 하루아침에 싸움터로 변해 버렸습니다. 전쟁이 나자 백성들은 먹을 것을 구하지 못해 해골을 빨아 식량을 삼고 있습니다. 강가의 수백 만 백성 가운데 그 누군들 적에게 이를 갈지 않겠습니까? 사방의 호걸들은 모두 전의(戰意)를 불태우고 있으며, 난리를 평정할 웅대한 지략을 지닌 분이 나타나기를 기

18) 간정제는 진(陳) 예종(藝宗, 재위 1370~1372)의 차남이다. 1407년 호조가 망하고 베트남이 명나라의 지배하에 들어가자 이 해 10월 즉위하여 진 왕조의 회복을 표방하면서 명군에 대한 저항을 선언했다. 그러나 명군이 공격해 오자 집결한 무리들은 싸우지도 않고 궤멸되어 마침내 서쪽의 예안(乂安)으로 옮겨가지 않으면 안되었다.

19) 모두 명나라 장수들이다. 1406년 4월에 명나라는 정남장군우군도독동지(征南將軍右軍都督同知) 한관(韓觀)과 참장도독동지(參將都督同知) 황중(黃中)으로 하여금 광서(廣西)의 군사 10만을 이끌고 베트남을 침공케 했다.

20) 당시 베트남을 침공한 명나라 군대의 총사령관 이름. 그 공식 직함은 정이좌부장군(征夷左副將軍). 명나라 군대는 동군(東軍)과 서군(西軍)으로 나누어 쳐들어왔는데 장보가 동군의 총사령관이었으며 목성은 서군의 총사령관이었다. 황중과 한관은 목성 부대의 선발대였다. 목성은 참장우군도독동지(參將右軍都督同知) 이빈(李彬) 등과 함께 40만 군사를 이끌고 부령관(富令關)을 공격했는데 산을 뚫고 나무를 베어 길을 만들어 가며 진군했다고 한다.

다려 큰 공을 세우려고들 하고 있습니다. 지금 대왕께서는 진 왕조가 망한 데 분개하여 군사를 일으켜 왕조를 부흥시키고자 하시며, 3천 명도 채 안되는 군사를 이끌고 여러 군데에서 쳐들어오는 저 막강한 적과 싸우고 계십니다. 요란한 천둥과 번쩍거리는 번개처럼 그 세력이 크게 떨치고 있으니 안개와 구름이 걷히듯 국토를 되찾는 공을 이룩할 수 있을 것입니다. 수도를 회복하여 그 땅을 밟는 것을 목전에 두고 있거늘 어찌하여 적 앞에서 군대를 돌리고자 하십니까? 연주(演州)에 있는 등실(鄧悉)21)을 부르고 모도(謨渡)에다 조기(肇基)22)를 남겨 둔 다음 바다로 배를 몰아 곧장 평탄(平灘)23)으로 들어가십시오. 보병은 수레를 몰아 곧바로 함자(鹹子)24)로 향하게 하십시오. 혹 장수에게 명해 목환(木丸)25)의 어귀를 막게 하고, 혹 군사를 나누어 고롱성(古弄城)26)을 치게 하십시오. 백학강(白鶴江)27) 어귀에서 적을 막아 군량을 운송하지 못하게 하고, 만주진(幔廚津)28)에 말뚝을 박아 적선이 들어오지 못하게 하십시오. 그리하여 뭍으로는 수레가 얼씬거리지 못하게 하고 물로는 배가 활보하지 못하게 만드십시오. 밤에는 먼 곳에 불을 피워 후원군이 있는 것처럼 보이게 하고 낮에는 북채를 들고 몸소 북을 쳐 군사를 독려하십시오. 서도(西都)의 형세가 떨친다면 동쪽 지방도 자연히 굳세어질 것입니다. 그리하여 이쪽이 적을 공격하면 저쪽이 호응할 터이니, 서로 힘을

---

21) 연주(演州)의 동성(東城) 사람. 호조에서 벼슬하였으나 명나라가 호조를 멸망시키자 명나라에 항복했다. 그후 간정제를 도와 명군과 싸웠지만 후에 모함을 받아 살해되었다. 제4부 「이장군」의 주 3을 참조할 것.

22) 성은 진(陳)이다. 산남(山南)의 천장(天長) 사람으로 무리를 거느려 간정제를 제위에 추대했다.

23) 북강(北江)의 지명. 간정제는 하홍(下洪)에 진군하여 이곳에 병영을 두었다.

24) 쾌주부(快州府) 동안현(東安縣) 함재사(鹹載社).

25) 삼대부(三帶府) 선풍현(先豊縣) 목환사(木丸社).

26) 산남처(山南處) 위인부(葳仁府) 청렴현(靑廉縣) 고강사(古岡社).

27) 백학현(白鶴縣)에 있는 강 이름.

28) 동안현(東安縣) 만주사(幔廚社)에 있는 나루. 옛 이름은 타막주(拖幙洲).

합하면 적은 고립되고 말 것입니다. 아군은 싸울수록 용맹해져 어렵지 않게 승리하고, 적은 부상자를 돌보기에 겨를이 없어 패배가 눈앞에 있을 것입니다.

제 말을 의심하여 결정을 내리지 못하고 머뭇거리다가 적에게 패주하는 상황이 닥치지 않을까 염려스럽습니다. 때는 다시 얻기 어려우니 왕께서는 아무쪼록 제 말을 의심하지 마시옵소서! 엎드려 바라옵건대 아군을 승리로 이끌고 적군을 이 땅에서 축출했으면 하며, 아군이 구름처럼 단결하여 일시에 힘을 합해 공격함으로써 적군을 대패케 해 말 한 필, 수레 한 채도 본국으로 돌려보내지 말았으면 합니다.

이생이 계책을 바치자 간정제는 그 글을 읽고 훌륭하게 여겨 이생에게 군사 500명을 주어 천장부를 공격케 했다. 이생이 강개한 얼굴로 군사들 앞에서 맹세하며 진 왕조를 부흥시키자고 하니 모두 열렬한 반응을 보였다. 밀물 때를 틈타 밤에 이동했는데, 여의는 성이 함락된 후 야밤에 도주하여 북쪽의 창강(昌江)[29]에 머물다가 거기서도 패배해 양산(諒山)의 북아역(北牙驛)으로 퇴각했다는 것이었다. 이생은 다시 귀문관(鬼門關)에 웅거하여 군량을 조달하는 일을 맡았다.

그때 막부(幕府)에서 간정제의 조서(詔書)를 갖고 온 자가 있었는데 그에 의하면 적장 장보가 제군(諸軍)을 독려하기 위해 북쪽으로 돌아간 게 이미 며칠 된다는 것이었다. 이생은 본래 아내를 구하기 위해 왔으며 처음부터 공을 세우고자 하는 뜻이 있었던 건 아니었으므로 명군이 변방으로 나갔다는 말을 듣고 장교들과 작별을 고한 다음 어두워질 무렵 북아역으로 갔다.

역사(驛舍)는 고요했으며, 아무도 찾아오는 사람이 없었다. 마침 노파가 한 사람 보이기에 말을 걸었다. 노파는 눈썹을 찡그리며 말했다.

---

29) 안용현(安勇縣)에 속한 땅 이름.

"이곳은 삼군(三軍)30)이 주둔해 있던 데라 살기(殺氣)가 가득하다오. 날도 저물었는데 젊은이는 어디서 왔소? 어디 묵을 집을 정하지도 않은 것 같구려?"

이생은 서글픈 표정으로 자기가 왜 여기에 왔는지 설명했다. 노파가 다시 말했다.

"응, 그러고 보니 이름과 나이가 젊은이가 말한 것과 딱 들어맞는 여인이 한 사람 있었는데 불행히 한을 품고 죽었구려."

이생은 자세히 물었다.

"그러니까 5일 전이겠군요. 명군이 한창 떠날 채비를 할 때 완씨31)는 주씨(朱氏)와 정씨(鄭氏) 두 부인에게 이렇게 말했답니다. '우리들은 연약한 여인의 몸으로 운명이 기구하여 나라와 집이 망해 흘러흘러 여기에까지 오게 되었어요. 이제 다시 명군과 함께 북으로 간다면 그곳은 낯선 타향일 테니 고향 가까운 여기서 죽는 게 이국에서 죽어 고혼(孤魂)이 되는 것보다 낫지 않겠어요?' 그 뒤 세 사람은 모두 스스로 목숨을 끊었는데, 명나라 장군은 그 절개를 동정하여 예(禮)를 다해 산등성이에 묻어 주었다는구려."

말을 마치자 노파는 무덤이 있는 곳으로 이생을 데려가 손가락으로 가리켰다. 무덤의 비석에는 이렇게 적혀 있었다.

"곧고 순결하며 굳세고 열(烈)을 지킨 여인은 이 세 사람뿐이다. 그 나머지는 모두 몸을 더럽혔다."

이생은 자기도 모르게 울음을 터뜨렸다. 이생은 이 날 밤 무덤 곁에서 훌쩍거리며 말했다.

"내가 당신 때문에 멀리서 왔소. 꿈속이라도 좋으니 제발 나를 찾아와 한 마디 말이라도 해주오."

밤이 이슥해지자 여랑이 천천히 다가오더니 흐느끼며 말했다.

---

30) 많은 군대를 일컫는 말.
31) 여랑을 가리킨다.

"저는 평범한 사람임에도 당신의 넘치는 사랑을 받았어요. 부부의 정을 다하지도 못했건만 기박한 팔자 때문에 헤어지지 않으면 안되었지요. 운세와 뜻이 서로 어긋나 당신을 하직하고 멀리 떠나야 했어요. 궁중에서 한을 품고 몇 번이나 지는 해를 바라보았는지 몰라요. 심부름할 사람이 없으니 누가 당신의 편지를 가져다 주겠어요? 얼굴은 갈수록 수척해지는데 하릴없이 세월을 보내며 연명하는 것이 슬프기만 했어요. 누가 알았겠어요? 호씨의 실정으로 저에게 다시 재난이 닥칠 줄. 명나라의 침략을 저지하지 못해 궁녀들은 적에게 몸을 더럽히게 될 걸 걱정했지요. 저는 신세의 기구함을 한탄하고 액운이 거듭 다가옴을 탄식했어요. 끝내 목숨을 끊지 못하고 적에게 포로가 되고 말았답니다. 위험 속에 처하니 하루가 꼭 1년 같았어요. 강을 건너고 산을 넘어 온갖 고초를 다 겪었답니다. 인연을 좇아 당신을 찾아가자니 적병이 지키고 있어 안되겠고, 북으로 끌려갈 경우 고향이 그리워 안되겠더군요. 그래서 구차하게 살기를 바라지 않았으며 옥에 갇히는 것도 두려워하지 않았습니다. 마침내 등불 앞에서 목숨을 끊자 혼백은 전장의 북소리를 따라 흩어졌어요. 홀연히 객지에서 수건으로 목을 맨 거지요. 이제 영혼은 비록 남아 있으나 육신은 옛 모습이 아닙니다. 멀리서 찾아온 당신께 부끄러움을 느끼며, 지난날을 되돌아보고 길이 탄식합니다. 감히 제 마음을 말씀드리니 아무쪼록 잘 헤아려 주셨으면 해요."

마침내 부부는 사랑을 나누고 옛일을 이야기했는데 살아 있을 때와 똑같았다. 이생이 말했다.

"당신은 기왕 불행했지만 나는 당신을 고향으로 운구해 가 홀로 왔다가 홀로 돌아감을 면했으면 하오."

"당신의 깊은 정을 무척 고맙게 생각해요. 그러니 그 후의를 어찌 갚지 않을 수 있겠어요? 하지만 저는 다른 두 여인과 상종한 지 퍽 오래되어 정분이 두터워진지라 차마 하루아침에 버리고 떠날 수가 없군요. 게다가 이곳은 산수가 수려하고 구름과 안개가 아름다워 혼백이 편안히 쉴 수 있으니 번거롭게 고향으로 이장할 필요가 없을 듯해요."

급기야 새벽닭이 세 번 울자 여랑은 급히 자리에서 일어나 작별을 고했다. 날이 밝자 이생은 은화 네댓 냥을 갖고 관으로 쓸 재목과 향료를 구입한 후 여랑과 두 여인의 장례를 정식으로 치렀다. 그 날 밤 세 여인이 찾아와 감사의 뜻을 전했다. 이생은 아내와 다시 정을 나누고 싶었지만 아내의 모습은 홀연 보이지 않았다. 이생은 마침내 슬픈 마음으로 고향에 돌아와 다시는 장가들지 않았다.

그후 여태조(黎太祖)32)가 남산향(藍山鄕)에서 군대를 일으키자 숙한(宿恨)을 풀지 못하고 있던 이생은 군사를 이끌고 그 휘하에 들어갔다. 그는 명나라 장교를 만나기만 하면 모조리 베어 죽였으므로 침략자들을 물리치는 데 큰 힘이 되었다고 한다.

아아, 약속이 의(義)에 가까우면 그 말을 실천해야 한다.33) 혹 의에 합당하지 않다면 어찌 그 말을 실천할 것인가? 저 이생은 은정(恩情) 때문에 이전의 맹세를 굳게 지켜 환난 속에 떠돌면서도 약속을 잊지 않았으니 그 정은 가히 슬퍼할 만하지만 의에 있어서 합당한 것은 아니다. 어째서인가? 그리운 마음 때문에 여랑을 찾고자 한 것은 옳다고 하더라도 죽음을 무릅쓰며 그녀를 찾고자 한 것은 옳지 않기 때문이다. 죽음을 무릅쓰며 그녀를 찾고자 함이 오히려 잘못된 것일진댄 하물며 재혼을 하지 않아 후사(後嗣)를 끊는 일이 옳은 일이겠는가? 그러기에 군자는 권도(權道)를 행하며 반드시 하나만을 고집하지 않는다. "지킨 것은 적고, 잃은 것이 많다"라 함은 이생 같은 사람을 두고 이른 말일 게다.

---

32) 여리(黎利). 1418년에 기병(起兵)하여 10년의 저항 끝에 명나라의 베트남 지배를 종식시키고 여(黎) 왕조를 세워 베트남의 독립을 이룩했다. 제1부 「열녀 예경」의 주 26을 참조할 것.
33) 『논어』「학이」(學而)에 "약속이 의에 가까우면 그 말을 실천해야 한다"(信近於義, 言可復也)라는 말이 보인다.

한밤의 정담

　금화(金華)[1]의 여인 지란(芝蘭)은 성이 오씨(吳氏)인데 부(符)선생의 어진 부인이었다. 시에 능했고 글을 잘 지었으며 가사(歌詞)를 짓는 솜씨는 더욱 절묘했다. 여조(黎朝)의 순황제(淳皇帝)[2]는 그녀가 글에 뛰어남을 총애하여 궁중에서 글을 가르치게 했다. 황제는 또한 잔치를 벌일 때면 늘 그녀로 하여금 붓을 들고 곁에 있게 했다. 그리하여 황제가 글을 지으라고 하면 명령이 떨어지자마자 즉각 글을 지었는데 한 군데도 고친 데가 없었다. 그러나 나이 마흔에 죽어 서원(西原) 언덕에 묻혔다.

　단경(端慶)[3] 말, 선비 모자편(毛子編)이 책 궤짝을 등에 지고 서울로 공부하러 갔는데 시간이 흐르자 고향이 그리웠다. 그래서 귀향길에 올라 태

＊ 이 작품의 원제는 「금화시화기」(金華詩話記)이다.
1) 경북(京北)에 속한 땅 이름.
2) 성종(聖宗, 재위 1460~1497)을 가리킨다. 여조(黎朝) 번영기의 황제로서 대내적으로 정치·경제·법률·문화의 제반 제도를 확립하고 대외적으로 정복 사업을 펼쳐 국토를 확장했다. 그는 천품이 총명하여 어려서부터 학문에 몰두해 유교 경전을 공부했다. 제위에 오르자 유교의 이념을 바탕으로 군주권을 강화함과 동시에 여러 가지 제도적 개혁을 단행했다. 그는 또한 문학적 재능이 뛰어났던바 문인들을 주위에 모아 함께 많은 시문을 지었으며 베트남 민족 문화의 창달에 큰 관심을 쏟았다.
3) 여조 위목제(威穆帝, 재위 1505~1509)의 연호.

원(太原)의 동희현(洞喜縣)으로 출발했는데, 금화를 지날 때 폭풍우를 만나 더 이상 길을 갈 수 없었다. 그러나 마을은 멀리 떨어져 있었으며, 밤이 되어 사방은 칠흑 같았다. 그때 남쪽을 바라보니 희미한 불빛이 보였다. 자편이 급히 그리로 찾아가니 두어 칸 초가집이 있었으며 주위는 대나무로 둘러싸여 있었다.

곤경에 처한 자편은 하룻밤 묵어 가게 해달라고 청했지만 문을 지키는 하인이 들여보내 주지 않았다. 집안을 들여다보니 노인 한 분이 평상 한가운데 앉아 있었으며 아름답게 생긴 한 여인이 그 곁에 있었다. 그 여인은 구슬로 장식한 신발을 신고 있었으며 옥으로 만든 비녀를 꽂고 있었는데 흡사 궁궐의 비빈(妃嬪)처럼 보였다. 그녀가 문을 지키는 사람에게 말했다.

"날이 저문 데다 날씨까지 몹시 궂어 하룻밤 묵어 가자는 손님에게 그렇게 매정하게 거절한다면 손님이 어디 가서 주무시란 말이냐?"

마침내 자편은 문으로 들어가 남쪽 방에 묵을 수 있었다.

그 날 밤 열 시경 수염과 눈썹이 희끗희끗하고 어깨가 치솟은 어떤 자가 준마를 타고 당도했다. 그 집 노인이 섬돌 아래로 내려와 읍하며 맞이했다.

"선생께서는 먼 길을 오시느라 힘드셨겠습니다."

"이미 약속한 일이라 차마 어길 수 없었다오. 하지만 한스러운 건 풍우 때문에 시흥(詩興)이 솟지 않는다는 점이오."

두 사람은 즉시 방으로 들어가 대좌하여 문장을 논했는데 그 여인도 자리를 함께 했다. 다만 여인의 자리는 조금 아래에 있었다. 그자는 운모로 장식한 병풍에 적혀 있는, 여인이 지은 「사시사」(四時詞)를 죽 훑어보았다. 그 글을 소개하면 다음과 같다.

> 맑게 갠 봄날, 하늘은 취한 듯 훈훈하고
> 아름다운 누대에 아지랑이 피어오르네.
> 주렴 너머 버드나무에 꾀꼬리 날고
> 난간을 에워싼 꽃에는 나비가 훨훨.

뜨락의 해시계엔 낮 시간이 길고
향내 나는 땀은 적삼에 배이네.
아이는 봄 근심의 괴로움 알지 못하고
웃으며 침상 앞을 지나가누나.

이는 병풍 제1폭의, 봄을 노래한 시다.

바람에 석류꽃 분분히 지고
미인은 뜰에서 그네를 타네.
꾀꼬리는 지나간 봄을 상심하고 있고
제비는 시간이 아까워 울고 있누나.[4]
바느질 멈추고 말없이 수심에 잠겨
노곤한 몸을 창에 기대 꿈속에 드네.
누군가 주렴 걷으며 잠을 깨우나
향기로운 혼은 꿈길에서 돌아오지 않네.

이는 병풍 제2폭의, 여름을 노래한 시다.

구슬픈 소리 하늘 울리고 경치는 맑은데
서리 속에 기러기 날아오누나.
열 길의 연꽃 지니 못이 향기롭고
깊은 밤 단풍 지니 강이 차갑네.
개똥벌레 빛을 내며 난간에 나는 밤
옷이 얇아 추위를 견디기 어렵네.
퉁소소리 끊어져 우두커니 섰거늘

---

4) 베트남은 우리나라와 반대로 제비가 가을에 찾아오고 봄이 되면 떠나간다.

봉황새를 어디서 찾는단 말가?[5]

이는 병풍 제3폭의, 가을을 노래한 시다.

은병(銀瓶)처럼 조그만 화로에 불을 지펴서
한 잔 술 마시는 것으로 아침을 여네.
성긴 주렴에 날리는 눈은 차갑기만 하고
바람 불어 물가에 살얼음 덮이네.
미인은 장막으로 방을 가리고
창에는 종이 발라 바람을 막네.
몰래 봄기운 돌아오니
매화꽃 소식이 들려오누나.

이는 병풍 제4폭의, 겨울을 노래한 시다.
그자는 병풍에 적힌 「사시사」를 다 읽자 탄식하며 말했다.
"이 나라에 내가 없다면 누가 부인의 절창을 알아보겠소? 또 부인이 없다면 내가 어찌 걸작을 접할 수 있겠소? 옛사람이 말하기를 '이름은 헛된 것이 아니다'라고 했는데 정말 옳은 말인 듯싶소."
부인이 말했다.
"저의 재주는 하찮은 것이니 유명한 문장가의 발꿈치인들 따라가겠습니까? 다행히 저는 선왕(先王)의 총애를 받아 날마다 붓을 잡았으므로 조금 격식을 알아 대강 글을 엮을 따름이지요. 언젠가 위령산(衛靈山)[6]을 유람

---

5) 소사(蕭史)와 농옥(弄玉)의 고사를 염두에 두고 한 말. 제2부 「모란꽃으로 맺은 사랑」의 주 30을 참조할 것.
6) 금화현 위령사(衛靈社)에 있다. 영삭산(靈朔山)이라고도 한다. 이 산에는 다음과 같은 전설이 전한다. 베트남 상고시대의 국가인 문랑국(文郞國)의 웅왕(雄王) 6세(世) 때 부동향(扶董鄕)에 사는 어떤 부자가 아들을 얻었는데 세 살이 되도록 말을 못했다. 당시 중

했는데 그곳은 동천왕(董天王)[7]이 승천하신 곳이었어요. 저는 즉흥적으로 다음과 같은 시를 지었지요.

위령산 봄나무에 흰 구름이 한가롭고
울긋불긋 온갖 꽃들 자태가 아름답네.
하늘로 간 천리마는 역사에 이름 남고
영령(英靈)의 늠름한 기상은 강산에 가득하네.

두어 달 후 이 시가 궁중에 전해졌는데 임금님께서는 크게 칭찬하시면서 옷 한 벌을 하사하셨습니다. 그후 어느 날 임금님께서 청양문(靑陽門)에 거둥하셔서 완시서(阮侍書)[8]에게 「원앙사」(鴛鴦詞)를 지으라고 하셨습니다. 글이 완성되자 임금님께서 보셨는데 잘 되었다는 말씀을 하지 않으시더군요. 그리고 저를 보며 말씀하시기를
'너 또한 글을 잘 지으니 한 번 지어 보지 않겠느냐?'
라고 하셨지요. 제가 즉시 시를 지었는데 그 마지막 구절이 다음과 같습니다.

푸른 산빛은 궁전의 기와에 어리고
붉게 핀 꽃은 금강(錦江)의 물결에 비치네.

국이 침략해 와 나라에서 이를 물리칠 사람을 구했는데 그 아이가 갑자기 말을 하면서 어머니에게 조정의 사신을 불러오라고 했다. 그리하여 임금에게 아뢰기를 "칼 하나와 말 한 필을 준다면 걱정하실 게 없습니다"라고 했다. 왕은 그 말대로 했다. 마침내 아이는 말을 타고 칼을 휘두르면서 앞장섰으며 관군이 그 뒤를 따랐다. 무녕산(武寧山)에 이르러 적을 무찌르니 적은 무기를 버리고 항복했다. 그러자 아이는 말을 타고 하늘로 날아올라 사라졌다. 그후 왕은 아이의 집에 사당을 세워 제사지내게 했다. 또한 훗날 이태조(李太祖)는 그를 충천신왕(冲天神王)에 봉했다.

7) 본 편 주 6의 충천신왕을 가리킨다.
8) '완'(阮)은 성이고, '시서'(侍書)는 임금을 시종(侍從)하며 글을 짓는 관직 이름이다.

이 시를 보시고 임금님께서는 한참 칭찬하셨으며 황금 다섯 냥을 하사하셨어요. 그리고 저를 '부씨(符氏) 집안의 여학사(女學士)'라 불렀답니다. 이때부터 제 이름이 세상에 널리 알려졌으며 문인들에게 존경을 받았는데, 이는 모두 임금님께서 저를 알아주신 때문이었습니다. 급기야 순황제께서 돌아가시자 저는 다음과 같은 만사(挽詞)[9]를 지었지요.

30여 년 나라를 다스리매
천하가 모두 귀복(歸伏)하였네.
여기저기 정복하여 땅을 넓혔으며
도량은 넓고 사업은 새로웠네.
구름이 가려 선유(仙遊)[10]하심 보지 못하고
꽃 피기를 재촉하나 누구를 위한 봄인가?[11]
밤 들어 꿈에서 임금을 뵙고
슬피 능침(陵寢)[12]을 바라보며 눈물을 흘리네."

그자가 말했다.

"이 작품은 기발함과 참신함은 부족하지만 추모하는 감정을 잘 표현했으니 옛사람의 뜻을 깊이 얻었다 하겠군요. 옛날의 시는 웅혼함을 근본으로 삼았으며 화평함과 담박함을 훌륭한 것으로 여겼으므로 말은 비록 짧으나 그 뜻이 무궁하며 시어(詩語)는 비록 평범하나 그 뜻이 심원하지요. 그러나 오늘날의 작품은 전연 그렇지 못해요. 경박한 데로 떨어지지 않으면 남

---

9) 죽은 이를 추모하는 글.
10) 제왕이 죽어 승천하여 선인이 되어 노닌다는 뜻.
11) 당나라 측천무후(則天武后)가 상원(上苑: 황제의 정원)에 거둥하기 전에 명령하기를 "내일 아침 상원에 노니려 하니 속히 봄의 신에게 알려 밤 사이에 꽃을 다 피우게 하라"고 했다는 고사가 있다.
12) 임금의 무덤.

을 조롱하거나 원망하는 데로 빠지지요. 「고당부」(高唐賦)[13] 같은 작품은
신녀(神女)를 헐뜯고, 「칠석가」(七夕歌)[14] 같은 작품은 천손(天孫)을 꾸
짖었으니 모함하고 비방함이 이보다 더할 수 있겠어요? 이 때문에 제가 시
속(時俗)을 슬퍼하는 거지요."

부인은 가만히 듣고 있다가 자기도 모르게 눈물을 떨구었다. 그자가 왜
그러느냐고 물었다.

"저는 오랫동안 순황제를 섬겼으며 이어서 헌종(憲宗)[15]도 섬겼지요. 말
이 군신간이지 실제는 부모 자식과 같았어요. 쉬고 계실 때 알현해도 괜찮
았으며, 늘 왕래하는 가까운 사이였어요. 그런데 어찌 알았겠어요? 천박한
자들이 불손한 말을 해대며 늘상

　　궁궐 잔치 끝나니 시흥(詩興)이 다하고
　　6경(更)[16]까지 머무니 새벽잠이 늦네.

라거나

　　임금께서 심심소일하려 하니 한스러워라.
　　금화학사(金華學士) 부를 게 뻔하니까.

라는 따위의 시를 지어 퍼뜨릴 줄 말이에요. 선비란 예의법도 속에 즐거움
이 있는 법이거늘 어찌하여 없는 일을 갖고서 있다 하고 옳은 걸 갖고서 그

---

13) 초나라 송옥(宋玉)의 작품. 초 회왕(懷王)과 무산(巫山) 신녀(神女)의 사랑을 읊었다.
　　제1부 「열녀 예경」의 주 13을 참조할 것.
14) 송나라의 문인 장뢰(張耒)가 지은 시. 천제의 딸인 직녀가 견우와 사랑을 나누다가 그만
　　천제의 노여움을 사 1년에 한 번밖에 만날 수 없었다는 내용이다.
15) 순황제 성종의 장남. 부친이 죽자 제위에 등극했으나 요절했다. 재위 기간 1498~1504년.
16) 오대(五代) 때 왕인유(王仁裕)가 지은 『개원유사』(開元遺事)에 "궁궐에는 6경이 있어,
　　임금께서 늦게서야 일어나신다"라는 구절이 있다.

르다 말하면서 경박하게 글을 지어 장난을 일삼는지 모르겠어요."

그자가 말했다.

"어찌 유독 부인만 그렇겠어요? 자고로 정렬(貞烈)이 있던 여인으로서 조롱하고 놀리는 붓끝에 괴로움을 당한 이가 어디 한둘이겠어요? 더군다나 항아(姮娥)[17]는 월궁의 선녀이건만 그녀에 대해 노래한 자는

  항아는 불사약 훔친 걸 후회하리라
  하늘의 달 속에서 밤이면 밤마다.[18]

라고 했으며, 농옥(弄玉)은 남편과 함께 신선이 되어 하늘로 올라갔건만 그녀에 대해 읊은 자는

  어찌할꼬 훗날 꿈에 봉황대(鳳凰臺)[19]에 노니는 자
  소사(蕭史)를 만나지 못하고 심랑(沈郎)을 만나리니![20]

라고 했지요. 왕후(王侯)의 문(門)에 들어간 여인은 언필칭 녹주(綠珠)[21]라 하지 않나, 측천무후(則天武后)에 빗대어 후토부인(后土夫人)[22]을 비방하지 않나, 이처럼 망령되이 말하면서 공공연히 기롱하니 어떻게 하면

---

17) 후예(后羿)의 처. 남편의 불사약을 훔쳐 달나라로 달아났다는 전설이 전한다.
18) 당나라 시인 이상은(李商隱)의 시 구절.
19) 진(秦)나라 목공(穆公)의 딸 농옥이 소사와 결혼해 이곳에서 살다가 훗날 나란히 봉황을 타고 신선이 되어 하늘로 올라갔다는 전설이 전하는 누대 이름.
20) 당나라 문인 심아지(沈亞之)의 다음 고사에서 유래하는 말이다. 심아지가 여관에서 자다 꿈에 진나라 목공을 만났는데 목공은 자기 딸 농옥이 소사에게 시집간 후 남편을 잃었다며 심아지를 농옥의 사위로 삼겠다고 했다. 심아지가 농옥과 결혼한 지 1년 만에 농옥은 병이 들어 죽었다. 심아지는 농옥의 장례를 치른 후 목공을 하직하고 떠나왔는데 그때 문득 꿈에서 깼다.
21) 동진(東晉) 때 석숭(石崇)의 애첩. 절개를 지켜 자결했다.
22) 선녀의 이름.

노강(瀘江)23)의 물을 끌어다가 옛사람을 위해 고약한 시들을 싹 쓸어 없애버릴 수 있을는지…."

부인은 눈물을 거두며 말했다.

"공께서 알아주심이 없었다면 저는 몸을 더럽힌 인물로 오해될 뻔했으니 방정한 품행이 무슨 소용이 있겠습니까? 그렇긴 하나 좋은 밤은 얼른 지나가고 정다운 자리는 늘 있는 게 아니거늘 남편이 곁에 있고 공 또한 오셨으니 쓸데없는 이야기로 마음을 울적하게 할 필요는 없겠지요."

그리하여 두 사람은 화제를 바꿔 여조(黎朝)의 시인들에 대해 이야기했다. 그자가 말했다.

"졸재(拙齋)24)의 시는 기이하나 수심에 잠겨 있고, 저료(樗寮)25)의 시는 준엄하나 격정적이며, 송천(松川)26)의 시는 씩씩한 사내가 적을 공격하는 듯하여 다소 거칠고, 국파(菊坡)27)의 시는 여인이 봄날에 거니는 듯하여 섬약한 게 흠이지요. 그밖에 금화(金華)의 두윤(杜閏)28)이나 옥새(玉塞)의 진씨(陳氏),29) 옹묵(翁墨)의 담신휘(譚愼徽),30) 당안(唐安)의 무경(武瓊)31) 등이 거침없고 빼어나지 않은 것은 아니지만, 시어가 화락하고 이치가 담겨 있어 『시경』의 풍격을 갖춘 것으로는 충애(忠愛)를 노래한 완억재(阮抑齋)32)의 시밖에 없지요. 그의 시는 충군(忠君)의 뜻을 담고 있어

---

23) 하노이 부근의 홍하(紅河)를 '노강'(瀘江)이라 함.

24) 누구의 호(號)인지 미상.

25) 누구의 호인지 미상.

26) 누구의 호인지 미상.

27) 완몽순(阮夢荀)의 호. 청화(清化)의 동산(東山) 사람이다.

28) 금화현 금화사 사람. 소단(騷壇)의 부원수(副元帥)로 임금의 시를 평한 바 있다.

29) 누구인지 미상.

30) 동안현(東岸縣) 옹묵사(翁墨社) 사람.

31) 당안현(唐安縣) 모택사(慕澤社) 사람. 역사서인 『통감』(通鑑)을 편찬했으며 설화집 『영남척괴열전』(嶺南摭怪列傳)을 교감했다.

32) 완채(阮廌). '억재'(抑齋)는 그 호. 정치가이자 문인·학자이다. 완채의 시집 『억재집』(抑齋集)은 『베트남 최고시인 완채』(지식산업사, 1992)라는 책명으로 국내에 소개된 바

두보(杜甫)의 시와 비교할 만하지요. 하지만 시어가 구름과 안개처럼 변화무쌍하고 세상의 교화에 도움이 되는 시를 쓰기로는 이 늙은이 역시 남에게 뒤지지 않을 게요."

두 사람은 이런 이야기를 한참 했는데 자편은 그 내용을 다 기억할 수 없었다. 자편은 벽에 귀를 대고 몰래 이야기를 엿듣고 있었는데 그만 발소리를 내는 바람에 그자에게 들키고 말았다. 그자가 말했다.

"오늘밤 모임은 남의 눈에 띄어서는 안되는데 지금 누군가가 엿듣고 있는 듯하군요. 우리가 나눈 풍류스런 이야기가 이자에 의해 세상에 퍼뜨려질까 우려되는데 부인께서는 모르고 있었소?"

부인이 웃으며 대답했다.

"뒤에서 엿듣고 있는 선비는 우리가 황당한 소리를 한다고 여길 텐데 뭐 상관이 있겠습니까?"

자편은 그 말뜻을 알 수 없었다. 그는 엿듣고 있던 곳에서 나와 그들 앞으로 다가가 인사를 드린 후 시 짓는 법에 대해 여쭤 보았다. 그자는 품속에서 한 권의 책을 꺼냈는데 분량이 어림잡아 백 장쯤 되어 보였다. 그자는 자편에게 책을 주면서 말했다.

"집에 돌아가 읽어 보면 배울 게 있어 다른 책을 찾을 필요는 없을 거외다."

이윽고 마시던 술도 다 떨어져 그자는 돌아가려 했다. 그자가 떠난 후 자편은 잠에 곯아떨어졌다. 동이 터 일어나 보니 자신은 풀 위에 누워 잤으며 옷이 이슬을 맞아 축축했다. 주위를 둘러보니 초목이 우거진 들판에 동서로 무덤이 둘 있을 뿐이었다. 책을 펴 보니 모두 백지였으며 아무 글도 적혀 있지 않았다. 다만 표지에 '여당시집'(呂塘詩集)이라는 네 글자가 적혀 있었는데 술에 취해 일필휘지한 것으로서 먹이 생생하여 아직 덜 마른 듯했다. 자편은 그제서야 그자가 여당(呂塘) 채선생(蔡先生)[33]이며 자신이

있다. 제1부 「유유랑과 도홍랑」의 주 3을 참조할 것.

묵은 곳이 부교수(符敎授)[34]와 그 처의 무덤임을 깨달았다.

　자편은 친히 여당으로 가 채선생의 유고가 있는지 알아봤는데 좀벌레가 먹어 온전한 것이 열에 아홉밖에 되지 않았다. 마침내 원근에 탐문하여 힘을 다해 책을 편집했으며, 한마디 말이나 작은 쪽지에 적힌 글이라 할지라도 전부 수집하여 하나도 버리지 않았다. 여조가 창업된 이래 배출된 시인이 무려 백여 명이나 되지만 유독 채선생의 시집이 성행했는데 이는 모두 자편이 수고한 덕택이라 한다.[35]

---

33) 채순(蔡順). 여당(呂塘)은 그 호. 초류(超類)의 유림(柳林) 사람이며 시집이 세상에 전한다.

34) 부(符)는 성, 교수(敎授)는 관직명이다.

35) 이 책에 실린 다른 작품들에는 모두 말미(末尾)에 평어(評語)가 있는데 유독 이 작품만큼은 평어가 보이지 않는다.

야차들의 장수가 된 사나이

    국위(國威)[1]의 기이한 선비 문이성(文以誠)은 호탕하고 협기(俠氣)가 있어 꽃의 정령이나 잡귀 등 나라에서 공인하지 아니한 귀신은 모두 멸시했으며 조금도 두려워하지 않았다.

    진(陳) 중광(重光)[2] 말년에 전쟁으로 사람들이 많이 죽었다. 의지할 데 없는 원혼들은 종종 떼거리를 지어 다녔는데 혹 술집에 가 술을 요구하기도 하고 혹 기생을 불러와 잠시 관계를 맺기도 했다. 이 원귀들을 만난 사람은 병에 걸려 위중해졌다. 평소 귀신을 잘 물리치던 자도 뚜렷한 묘책이 없었다. 그리하여 원귀들은 들판에 횡행하며 아무 거리낌이 없었다. 어느 날 이성(以誠)은 술에 취한 김에 말을 몰아 귀신들이 있는 곳으로 곧장 들이닥쳤다. 뭇 요괴들은 깜짝 놀라 일시에 흩어졌다. 이성은 급히 소리쳤다.

    "너희들은 장사(壯士)였건만 불행히 원귀가 되었다! 내가 너희를 찾아온 것은 이해 득실을 깨우쳐 주려 함이니 달아나지 말라!"

---

* 이 작품의 원제는 「야차부수록」(夜叉部帥錄)이다.

1) 땅 이름.

2) 중광(重光)은 간정제(簡定帝)의 조카인 진계확(陳季擴)의 연호로, 1409년에서 1414년까지 사용되었다. 진계확은 간정제를 이어 5년 동안 재위했다. 이 시기에 베트남 인민은 명나라 군대에 맞서 항쟁했다.

이 말을 듣고 요괴들이 하나둘씩 다시 모여들더니 이성을 맞이하여 상좌에 앉혔다. 이성은 그들을 깨우치는 말을 했다.

"너희들은 사람들이 재앙을 겪는 것을 다행으로 여기고 사람들이 죽는 것을 즐거워하니 장차 어쩌려는 거냐?"

"우리 군사를 늘리려는 거라오."

"너네 군사를 늘리려 한다면서 왜 사람 목숨을 해치느냐? 너네 군사가 늘어나면 자연 제삿밥이 적어질 테고, 사람들이 줄어들면 자연 너희들에게 기도하는 자도 적어지고 만다. 대체 너희에게 무슨 이득이 있다고 기를 쓰고 사람들에게 해코지를 하느냐? 너희들의 욕심은 골짜기보다 깊고 너희들의 포악함은 맹수보다 더 심하다. 자신에게 이로우면 한 조각 옷이나 몇 푼의 돈이라 할지라도 다 빼앗아가고, 배를 채울 수만 있다면 새는 항아리나 깨진 독 속에 든 것이라 할지라도 부끄러워하지 않는다. 그리하여 술을 토색질하는 데 급급하고 음식을 강탈하는 데 여념이 없다. 너희가 재앙을 일으키고 화를 초래함은 조물주의 권한을 훔친 것이라 할 만하다. 또한 너희는 방 위에서 내려다보고 대들보에서 이상한 소리를 내어 백성들을 현혹시키고 있다.

너희들이 즐거워하는 일을 나는 마음속으로 부끄럽게 생각한다. 더군다나 하늘은 덕을 사용하지 위엄을 사용하지 않으며, 사람은 사는 것을 좋아하지 죽는 것을 좋아하지 않는다. 그렇건만 너희들은 스스로 화복을 초래하고 제멋대로 못된 짓을 하니, 천제께서는 너희들이 저지른 악에 대해 반드시 벌을 내릴 것이다. 너희들은 장차 어디로 달아나 그 형벌을 피하려느냐?"

뭇 귀신이 슬픈 표정을 지으며 말했다.

"우리도 부득이해서 이 짓을 하는 것이지 하고 싶어서 하는 짓이 아니라우. 우리는 나쁜 시절에 태어나 비명(非命)에 죽은지라 쫄쫄 굶주려도 누구 하나 밥을 갖다 주는 이 없고, 의탁할 사람도 전연 없다우. 수북이 쌓인 백골은 묵은 풀에 수심만 더하며 황토 들판에서 차갑게 가을바람을 맞고 있다우. 그래서 벗들을 불러 주린 배를 한번 채워 보려 한 것이라우. 게다가 세상 운수는 갈수록 쇠미해져 장차 천지가 크게 바뀌려 하고 있으며 사람들의 생활은 점점 어려워져 가난에 시달리고 있다우. 그러므로 명부에서도 우리들의 행동을 금하지 못하고 있으니, 우리들이 이런 짓을 하는 데에는 다 까닭이 있는 것이라우. 다만 걱정되는 건 내년이 올해보다 더 사정이 나쁘지 않을까 하는 거라우."

이윽고 귀신들은 부엌에서 음식을 날라왔으며 술동이와 접시를 가져왔다. 안주로 내놓은 쇠고기는 아무 고을에서 강탈한 것이고, 술은 아무 고을에서 빼앗아온 것이었다. 이성이 마파람에 게눈 감추듯 술과 안주를 얼른 먹어치우니 뭇 귀신은 좋아라며 서로 말하기를

"히야, 우리 대장감이다!"

라고 했다. 그리고는 이성에게 다음과 같이 청하는 것이었다.

"저희들은 오합지졸로서 서로 자기가 우두머리라고 주장해 영 통솔이 되지 않으니 이런 형세라면 오래 가지 못할 것입니다. 그런데 마침 공께서 바람 따라 나타나셨으니 이는 하늘이 공을 저희에게 보내신 것입니다."

이성이 대답했다.

"나는 문무를 겸했으니, 비록 재주가 용렬하긴 하지만 가히 너희들을 통솔할 수 있다. 그러나 사람과 귀신은 그 속한 세계가 다르거늘 나의 노모 (老母)는 어찌한단 말이냐?"

귀신들이 말했다.

"그렇지 않습니다. 원컨대 공께서는 위엄을 세우고 약속을 내걸어 낮에는 저희들을 여기저기 흩어져 있게 하고 밤이 되면 부하로 하여금 명령을 받들게 하면 될 터이니 저희가 귀신이라고 해서 위축될 필요는 없습니다."

이성이 말했다.

"만약 부득이 나를 장수로 받들고자 한다면 내가 제시하는 여섯 가지 법에 따르겠다고 맹세해 주어야 허락하겠다!"

"분부대로 하겠습니다."

이성은 사흘째 되는 날 밤에 모처에다 단을 세우게 했다. 이 날 밤 약속대로 귀신들이 다 모였는데 다만 늙은 귀신 하나가 좀 늦게 도착했다. 이성은 그자의 목을 베도록 명령했다. 이에 뭇 귀신은 모두 겁에 질렸다. 그러자 이성은 다음과 같은 명령을 내렸다.

"내 명령을 가볍게 여기지 말 것. 음란한 짓을 하지 말 것. 백성들에게 탈을 일으켜 그 목숨을 빼앗지 말 것. 백성들의 재물을 강탈함으로써 그들에게 어려움을 끼치지 말 것. 밤에 무리를 짓지 말 것. 대낮에 변신하여 나타나지 말 것. 이 여섯 가지 명령을 따른다면 너희들의 장수 노릇을 할 용의가 있다. 하지만 이 명령을 어긴다면 내 너희들에게 벌을 내리겠다. 내 말을 명심하여 후회함이 없도록 하라."

이성은 귀신들을 몇 개의 부대로 나누었으며 좋은 일이 있거나 문제가 생기면 즉시 자신에게 보고하게 했다.

그러고 나서 달포 가량이 지났다. 하루는 이성이 한가히 앉아 있는데 어떤 자가 나타나 말하길, 자신은 명부의 사자(使者)인데 함께 가자는 것이었다. 이성이 달아나려 하자 그자가 말했다.

"이는 염라왕의 명령이오. 그대가 강직하다고 해서 높은 벼슬을 주려고 하는 것이지 괴롭히려 함이 아니니 거절하지 말았으면 하오. 그대에게 조금 말미를 줄 테니 자진해서 오기 바라오. 나는 도중에 당신이 오기를 기다리고 있겠소."

말을 마치자 그 모습이 보이지 않았다. 이성은 즉시 귀신들을 불러 어찌된 영문이냐고 물었다. 귀신들은 모두 말했다.

"아니, 또 무슨 일이라고요…. 우리가 미처 미리 말씀을 드리지 못했었군요."

그리고는 다음과 같이 말했다.

"지난번에 염라왕께서 시절이 평화롭지 못하다고 하여 야차(夜叉)3) 4부

---

3) 염라국의 귀졸.

(部)를 설치하시고는 부마다 장수 하나씩을 두어 생사여탈(生死與奪)의 권한을 부여했는데 그 직위의 높음과 직책의 막중함은 다른 관직에 비할 바가 아닙니다. 공의 위엄은 널리 알려져 있어 염라왕께서 그 이름을 들은 지 오랩니다. 게다가 저희들이 극력 추천하여 자주 그 벼슬에 거론됐습니다."

이성이 말했다.

"너희들 말대로라면 내가 복을 받는 거냐 화를 입는 거냐?"

뭇 귀신이 대답했다.

"염라국의 관리 선발은 아주 엄정하여 벼슬을 뇌물로 살 수 없을 뿐 아니라 요행으로 얻을 수 없게 되어 있습니다. 마음이 곧고 올바른 자는 비록 그 신분이 미천하다 할지라도 반드시 높은 벼슬에 오르고, 행실이 간사한 자는 비록 그 집안이 대단하다 할지라도 벼슬에 임용되지 못합니다. 야차를 훈련시키고 통솔하는 일을 공이 아니면 누가 하겠습니까? 만일 처자를 생각해 차일피일 결정을 미룬다면 필시 다른 자가 그 자리를 차지할 것이니 저희들로서는 유감이 아닐 수 없습니다."

이 말에 이성은 낯빛을 고치며 말했다.

"죽는 것은 싫은 일이지만 이름을 얻는 것 역시 쉬운 일이 아니다. 더군다나 문필이 뛰어난 사람은 그 재주 때문에 요절하고 소나무는 그 가지 때문에 베임을 당한다. 장끼는 자신의 아름다운 깃털 때문에 화를 당하며 코끼리는 자신의 상아 때문에 죽임을 당한다. 기러기가 죽임을 당한 것은 울지 못해서요.[4] 가죽나무가 수를 누린 것은 그 재목이 쓸모가 없었기 때문이다. 안회(顔回)는 서른두 살에 요절했지만 저승에서 수문(修文)[5] 벼슬을 했으며, 이장길(李長吉)[6]은 스물일곱에 죽었건만 옥황상제에게 불려 가

---

4) 『장자』(莊子)에 나오는 고사. 장자가 산에 노닐다가 친구 집에 묵었다. 친구가 종에게 기러기를 삶아 대접하라고 했다. 그러자 종이 물었다. "한 마리는 잘 울고 한 마리는 울지 못하는데 어느 놈을 잡을까요?" 주인은 울지 못하는 놈을 잡으라고 했다.

5) 저승의 관직 이름으로, 글 짓는 일을 맡아 본다고 함. 제2부 「천상 구경」의 주 12를 참조할 것.

신축한 백옥루(白玉樓)의 기문(記文)을 지었다. 대장부가 이 세상에 태어나 부귀공명을 누리지 못한다면 마땅히 그 이름이라도 후대에 길이 전해야 하겠거늘 머리를 숙인 채 속세에서 오래 살아야 할 이유가 있겠는가?"

이성은 마침내 집안일을 정리하고 며칠 후에 죽었다.

그때 시골 사람으로 여우(黎遇)라는 자가 있었는데, 평소 이성과 알고 지내던 사이였다. 그는 이리저리 떠돌다가 계양(桂陽)에 이르러 한 여관에 묵고 있었다. 저녁 여덟 시가 조금 지났을 무렵이었다. 준마를 탄 어떤 자가 여관에 왔는데 그 거느린 노복들이 썩 많았다. 여관집 주인은 주렴을 걷고 그를 맞이했다. 그자의 목소리가 이성과 비슷해 여우는 참 이상한 일이라고 여겼지만 그 모습을 보니 조금 다른 듯싶었다. 여우가 문 밖으로 나가며 자리를 피하려 하자 그자가 말을 걸었다.

"나는 자네를 알아보는데 자네는 왜 나를 알아보지 못하나?"

두 사람은 서로 자기가 누구라고 이야기했다. 이성이 말했다.

"나는 명부에 속한 몸으로 벼슬이 높지만 자네와 친분이 있는 까닭에 이렇게 찾아왔다네!"

말을 마치자 이성은 입고 있던 갓옷을 벗어 하인에게 주면서 옷을 잡혀 술을 사오게 했다. 둘은 즐겁게 환담했다. 술이 몇 잔 돌자 여우가 말했다.

"나는 한평생 음덕을 쌓고자 했으며 사사로이 내 자신을 살찌우는 일은 하지 않았다네. 그러니 어찌 남을 구렁텅이에 빠뜨리는 일 따위야 했겠는가? 제자들을 가르칠 때에는 그 재능에 따라 이끌었으며, 나 스스로는 힘써 공부하고 연구했다네. 분수 밖의 것은 바라지 않았고 지나친 일은 한 적이 없지. 하지만 내 신세는 사방을 떠돌아다니며 겨우 연명하고 있으며, 남에게 의탁해 살아가고 있을 뿐이라네. 아이들은 춥다고 보채고 마누라는 늘 굶주리고 있네. 바람을 가릴 집은커녕 비를 막을 우산 하나 없다네. 살

---

6) 당나라 시인 이하(李賀). 장길(長吉)은 그 호(號). 스물일곱에 요절했는데, 죽을 때 붉은 옷을 입은 자가 용을 타고 내려와 말하기를 옥황상제가 이장길을 천상으로 데려와 신축한 백옥루(白玉樓)의 기문(記文)을 짓게 하라고 했다는 고사가 있다.

기 위해 동분서주하고 있지만 날이 갈수록 사정은 점점 더 나빠지고 있네. 친구들 중에는 벼슬한 사람도 많지만 그 재주를 보면 하나같이 보잘것없더 군. 그럼에도 그들은 전도가 양양해 나오는 하늘과 땅만큼 차이가 있다네. 어찌 이리도 그 운수가 다르단 말인가!"

이성이 대답했다.

"부귀는 사람 힘으로 얻을 수 없는 것이며, 가난 또한 운명이라네. 그러 므로 등통(鄧通)은 동산(銅山)을 갖고 있었음에도 굶어 죽었고[7] 주주(周 䥯)는 일시 부자가 되었지만 결국 다시 가난해진 것이라네.[8] 인연이 있으 면 바람이 마당(馬當)[9]에 불어오고, 팔자가 아니면 벼락이 순식간에 천복 (薦福)의 비석을 깨뜨려 버린다네.[10] 그렇지 않다면야 안회나 민자건(閔子

---

7) 등통(鄧通)은 한나라 때 인물. 문제(文帝)가 관상을 잘 보는 자에게 등통의 상을 보게 했다. 관상쟁이는 등통이 가난하여 굶어 죽을 상이라고 아뢰었다. 문제는 "내가 등통을 부 유하게 만들 수 있거늘 어찌 가난하겠는가"라고 말했다. 문제는 촉(蜀)에 있던 동산(銅 山: 구리가 나오는 산 이름)을 등통에게 하사하여 스스로 돈을 주조할 수 있게 허락했다. 이로 인해 등통이 주조한 돈이 천하에 유포되었으며 등통은 그 공으로 상대부(上大夫)의 벼슬에 올랐다. 그러나 경제(景帝)가 즉위한 후 등통의 재산은 모두 몰수되었으며 이 때 문에 등통은 굶어 죽었다.

8) 옛날 중국에 주주(周䥯)라는 사람이 있었는데 집이 몹시 가난했다. 어느 날 밤 꿈에 천제 를 뵈었는데, 천제는 주주의 처지를 딱하게 여겨 그를 부유하게 만들 수 없는지 담당관에 게 물었다. 담당관이 대답하기를 "주주는 그 운명상 가난을 타고났지만 아직 태어나지 않 은 장차자(張車子)의 돈을 잠시 그에게 빌려 줄 수는 있습니다"라고 했다. 천제는 주주에 게 기한을 말하며 "차자가 태어나면 얼른 돌려줘야 하느니라"라고 했다. 이후 주주는 부자 가 되었는데, 약속한 기한이 되자 재산을 수레에 싣고 달았다. 저녁에 어느 곳에 유숙했 는데, 수레 아래에서 자던 어떤 부부가 밤에 아이를 낳아 그 이름을 '차자'라 지었다. 이후 주주는 자신의 재산을 다 날려 다시 가난하게 되었다. 이 이야기는 동진(東晋)의 간보(干 寶)가 저술한 『수신기』(搜神記)에 실려 있다.

9) 산 이름. 당나라의 시인 왕발(王勃)이 벼슬길에 부임하는 아버지를 따라 강좌(江左)로 가던 중 배를 마당(馬當)에 정박시켰다. 그때 갑자기 바람이 불어와 하룻밤에 남창(南昌) 에 이르러 유명한 「등왕각서」(滕王閣序)를 지었다는 고사가 있다.

10) 송나라 범중엄(范仲淹)이 요주(饒州) 자사로 있을 적에 한 서생이 찾아와 뵈며 말하기 를 "평생 배불러 본 적이 없으니 천하에 저처럼 배고픈 자도 없을 것입니다"라 했다. 당시

騫)[11]처럼 덕행이 높은 사람이 현달하지 못했을 리 없고, 노조린(盧照隣)이나 낙빈왕(駱賓王)[12]처럼 글재주가 뛰어난 사람이 불우하게 일생을 마쳤을 리 만무하지. 대개 아무것도 일삼는 것이 없으면서도 일삼는 것이 하늘이요, 부르지 않아도 다가오는 것이 운명이라네. 선비가 중히 여겨야 할 것은 가난하더라도 남에게 아첨하지 않고, 궁할수록 더욱 그 뜻을 견고하게 가지며, 자신의 현재 위치에 안분자족하고, 운명을 순순히 받아들이는 것일세. 그러니 내가 어떻게 자네를 가난하게 만들거나 현달하게 만들 수 있겠나?"

술이 이미 바닥이 났건만 두 사람은 깜박거리는 등잔의 심지를 잘라 가며 지루한 줄 모르고 대화를 나누었다.

날이 밝아 작별할 무렵 이성은 사람을 물리치고 여우에게 말했다.

"나는 천제의 명을 새로 받들어 전염병을 퍼뜨리는 귀졸까지 함께 관장하게 되었다네. 그래서 이 지방 저 지방을 다니며 기근을 들게 하고 전쟁을 일으킬 참인데 사람들은 떼죽음을 당해 열에 네댓 명도 살아남지 못할 걸세. 큰 복을 타고난 자가 아니라면 착한 사람이건 악한 사람이건 다 함께 죽게 될 것 같아 걱정이네. 자네는 박복하니 화를 면하기 어려울 듯싶으이. 그러니 빨리 고향으로 돌아가도록 하고 객지에 오래 머물지 말게나."

여우가 말했다.

"자네에게 의탁하면 큰 힘이 되지 않겠나?"

"각각 맡은 구역이 있어 그걸 넘을 수 없게 되어 있다네. 장강(長江) 이북은 내가 관할하는 구역이고 장강 서쪽은 정장군(丁將軍)이 관할한다네.

사람들이 구양순(歐陽詢)의 글씨를 대단하게 쳤으므로 요주에 있던 천복사비(薦福寺碑)의 탁본이 천금을 호가했다. 범중엄은 서생으로 하여금 이 비석의 탁본을 천 장쯤 뜨게 하여 서울에 내다 팔게 할 요량이었는데 공교롭게도 탁본할 준비를 다 마친 그 날 밤 벼락이 쳐 그 비석을 산산조각으로 만들었다고 한다.

11) 공자의 제자. 덕행으로 이름이 높았다.
12) 당나라 초기의 시인들이다. 노조린(盧照隣)은 악질(惡疾)에 걸려 물에 빠져 죽었고, 낙빈왕(駱賓王)은 모반에 연루되어 처형되었다. 혹 망명했다는 설도 있다.

나는 검은 옷을 입은 야차를 거느리고 있는데 이들은 그래도 자비심이 있는 편이지. 정장군은 흰옷을 입은 야차를 거느리고 있는데 이들은 몹시 악독하다네. 자네는 내 말에 유의하게나."

"그럼 어떡하면 좋은가?"

"사부(四部)의 장수들은 밤마다 천여 명의 야차를 여러 고을에 보내 염병을 퍼뜨린다네. 자네는 술과 안주를 듬뿍 장만하여 마당 한가운데다 차려 놓게. 저들은 천리 밖 먼 데서 오는지라 반드시 허기지고 목이 마를 테니 술과 안주를 보면 별 생각 없이 막 먹을 걸세. 자네는 몰래 숨어 엿보며 다 먹기를 기다렸다가 앞으로 나아가 절하되 아무 말도 해서는 안되네. 요행히 이 방법이 도움이 되었으면 하네."

여우는 눈물을 흘리며 이성과 작별했다.

여우가 고향에 당도하니 과연 전염병이 크게 퍼져 있었다. 병에 걸려 자리에 누운 처자식은 이성을 잘 알아보지 못했다. 여우는 즉시 술과 안주를 장만하여 이성이 일러준 대로 뜰에다 쭉 차려 놓았다. 아니나다를까 밤이 되자 야차 10여 명이 하늘로부터 내려오더니 서로 돌아보며 말하는 것이었다.

"배가 몹시 고픈데 이걸 놔두고 어디로 간단 말야? 몇 잔 술을 마신다고 해서 죄가 되지는 않겠지."

마침내 빙 둘러싸 술을 마셨다. 붉은 옷을 입은 자가 중앙에 엄숙하게 앉았고 나머지는 모두 그 좌우에 섰는데, 칼과 도끼를 든 자가 있는가 하면 명부를 가지고 있는 자도 있었다. 술을 다 마시자 여우는 앞으로 나아가 연신 절하기를 그치지 않았다. 그러자 붉은 옷을 입은 자가 말했다.

"지금 한창 기분 좋게 술을 마시고 있는데 이자가 왜 여기에 나타난 거지?"

뭇 귀신이 대답했다.

"이자는 필시 술을 차려 놓은 사람일 겁니다. 그 가족이 병에 걸려 위독하니 참작해 주셨으면 합니다."

붉은 옷을 입은 자는 화를 내더니 명부를 땅바닥에 내던지며 말했다.

"변변치 않은 술과 안주로써 다섯 사람의 목숨을 구하고자 한단 말이냐?"

뭇 귀신이 말했다.

"이미 남의 재물을 취했으니 어찌 태연할 수 있겠습니까? 만일 우리가 이 일 때문에 견책을 받는다면 죽음을 달게 받아야 할 입장입니다."

이 말에 붉은 옷을 입은 자는 한참 동안 잠자코 있더니 붉은 먹물을 묻힌 붓으로 명부에 있는 10여 글자를 고친 후 떠났다.

2, 3일 후 여우의 가족은 병이 말끔히 나았다. 여우는 이게 모두 이성이 도와준 덕택이라 여겨 집에다가 이성을 제사지내는 사당을 세웠다. 그후 사람들이 그 사당에 빌면 큰 효험이 있었다고 한다.

아, 붕우(朋友)는 오륜(五倫)의 하나이니 어찌 가벼이 여길 수 있겠는가? 이 글에 서술된 일이 실제 있었는지에 대해서는 분변할 겨를이 없다. 우리가 논해야 할 사실은 이성이 생사를 초월해 벗을 사귀었으며, 그 벗 사귐이 올바라 존망(存亡) 때문에 지키는 바를 바꾸지 않았고 환난 때문에 도와줄 것을 잊어버리지 않았다는 점이다. 세속의 술자리에서 우정을 논하는 자들은 당장 간이라도 빼줄 듯하지만 조금이라도 이해 관계가 얽히면 서로 모르는 체하니 이성의 풍모를 들은 자는 어찌 부끄러워하지 않을 수 있겠는가!

『傳奇漫錄』原文

일러두기

1. 여기 실은 원문은 臺灣의 陳益源 교수가 校點한 『傳奇漫錄』(『越南漢文 小說叢刊』 第一册, 陳慶浩·王三慶 主編, 臺北: 學生書局, 1987 所收) 을 底本으로 하였다.
2. 陳益源 교수의 標點을 따르지 않은 경우도 있지만, 이 점을 따로 밝히지 는 않았다.
3. 저본에 보이는 일부 착오를 바로잡고, 이를 교주(校注)에서 밝혔다.

原文 目次

序

　　其錄乃洪州之嘉福人阮嶼所著．公前朝進士翔縹之長子也，少劬于學，博覽強記，欲以文章世其家．

　　粤領鄉薦，累中會試場．宰于清泉縣，纔得一稔，辭邑養母，以全孝道．足不踏城市，凡幾餘霜，於是筆斯錄以寓意焉．觀其文辭，不出宗吉藩籬之外，然有警戒者、有規箴者，其關於世教，豈小補云！

　　峕永定初年秋七月穀日，大安 何善漢謹識．

卷之一

項王祠記

承旨胡宗籧工於詩，尤長規諷嘲謔．陳末奉命北使，經項王祠下，題詩云：

百二山河起戰鋒，携將子弟入關中．煙消函谷珠宮冷，雪散鴻門玉斗空．一敗有天亡澤左，重來無地到江東．經營五載成何事？銷得區區葬魯公．

題訖，回鞭客次．酒酣思睡，見一人前致辭云："受旨吾王，屈君對話．" 公卽慌忙斂整，其人卽導之左．至則殿宇巍峨，從官羅列，項王已先在坐，傍設琉璃榻，揖公卽席，問曰："日間詩句，何見誚之深耶？所謂'一敗有天亡澤左，重來無地到江東'，則誠是矣．至於'經營五載成何事？銷得區區葬魯公'，無乃譏評失當乎？夫漢萬乘也，我亦萬乘也，我不能滅漢，漢反能爵我耶？且田橫一介豎子，猶不貪漢爵，羞殺而死，豈以皇皇霸楚乃甘心於魯公之禮哉？彼爲此舉，蓋虛以爵位相加，償昔日漢中之恥耳．請爲使君言之：昔秦失其鹿，爭者四起，予於是時，因疾秦之民，興攻秦之師；伸鋤而矛，煮麥而糧；甿隸皆兵，豪傑皆將．潰吳如撞蟻穴，舉進若燎鴻毛. 一戰而北章邯之軍, 再戰而墟祖龍之廟. 德義行而無不樹之國, 威令加而無不臣之人. 冠諸侯則楚之兵, 王三秦則楚之將, 天下歸楚, 可坐而策. 然卒見斃於漢, 庸非天乎? 然則天之扶漢, 雖吹簫織薄, 亦足以成功; 天之亡楚, 雖扛鼎拔山, 不能以語勇. 況鍾離之健, 不下淮陰; 亞父之謀, 實浮孺子. 使吾聽言能審, 因敗爲功, 策烏騅倦足, 豈不能犁豐、沛之宮庭乎? 收彭城散卒, 豈不能沼赤劉之宗社乎? 直爲生靈之故, 以堂堂八尺之軀, 挈而付王翳諸人之手. 楚、漢之興亡, 天之幸與不幸耳. 豈可例以成敗而論之哉? 然世之好品評人物者, 或以非天亡議之, 或以天曷故咎之, 長使吟翁墨客, 往往形諸篇什. 有曰: '蓋世英雄力拔山, 楚歌四散淚闌干.' 有曰: '君不君兮臣不臣, 如何立廟在江津?' 日添月積, 多至千章. 惟杜牧之一聯曰: '江東子弟多才俊, 捲土重來未可知.' 委曲忠厚, 得詩家格律, 讀之差強人意; 其餘大抵涉於浮薄. 此吾所以不平, 而爲使君鳴也."

公笑曰: "天理人事, 相爲始終. 謂命在天', 此商紂所以喪國; 謂'天生德', 新莽所以孿身. 今王乃捨人而談諸天, 此王終焉喪敗而不能悟也. 今僕幸蒙延接, 請得正言無隱, 如何?" 王曰: "唯唯." 公曰: "夫運天下之勢, 在機而不在力; 收天下之心, 以仁而不以暴. 王則以叱咤爲威, 以剛強爲德: 戮冠軍之宋義, 無君之過; 殺已降之子嬰, 不武之甚. 韓生以無辜烹, 淫刑何濫; 阿房以無故火, 虐焰何深! 以若所爲, 得人心乎? 失人心乎?"

王曰: "不然! 夫邯鄲之役, 以新造之趙, 當虎狼之秦, 呼吸而成敗分, 瞬息而存亡判. 而義也, 逡巡畏縮, 而伺夫賊之疲; 顧望淹留, 而阻夫師之進. 使帳中之計不行, 渡河之兵少緩, 則趙城士女, 又慘於長平之禍矣. 是吾戮一宋義, 而活百萬生靈之命, 夫何過? 列國之君, 均之爲諸侯, 均之有民社, 其爵則天王所加, 其壤則天王所錫. 而秦也, 利其土地, 驕其甲兵, 魚韓肉趙, 脅魏戕燕, 南誘楚而留之, 東紿齊而餓之. 使不覆秦宗, 不赤秦族, 則併吞之恨, 無日可消磨也. 是吾殺一子嬰, 而報曩日六國滅亡之讐, 庸何傷? 咸懷忠良, 乃人臣之大節, 韓生則不然, 誇上以求高, 忘恩而背義, 鼓舌而議君親, 彈脣而宣謗讟. 吾故烹之, 使不忠之人知所戒. 克勤克儉, 乃人君之美德, 始皇則不然, 屬渭而宮, 表山而道, 築民怨以崇其基, 浚民膏以充其積. 吾故焚之, 使在後之人知尙儉. 以此見罪, 吾竊不服."

公曰: "然則六經灰冷, 聖人之澤幾存? 一劍霜寒, 江中之舉何忍? 孰若漢人: 懼君臣之分失, 則聽董公之說, 爲仁義之舉, 而帝王之統, 幾絫而復正; 憂道學之傳泯, 則還曲皇之車, 展太牢之禮, 而『詩』·『書』之脈, 幾斷而復續. 故爲之說曰: '漢得天下, 不在蕭·張之用, 而在三軍縞素, 有以倡豪傑忠憤之心; 漢保天下, 不在規模宏遠, 而在曲皇親祠, 有以爲後世憑藉之地.' 王安得與漢高同日而語哉?" 項王辭塞, 面色如土.

傍有老臣姓范進曰: "臣聞: '爲人者, 不外乎天地以有生; 爲治者, 不外乎綱常以立國.' 王之臣有名咎者, 介石其心, 歲寒其操, 寧歿其身而不忍甘其辱, 寧死其節而不忍偸其生, 非御得其道, 而能得其死乎? 『傳』曰: '君使臣以禮, 臣事君以忠.' 大王得之矣. 彼使守豐而雍齒降, 命監趙而陳豨反, 綱常之道, 孰爲得乎? 王之姬有姓虞者, 命輕霜葉, 魂逐劍光, 寄芳心於寂寞之枝, 埋宿恨於荒閑之野, 非處盡其倫, 而能盡其節乎? 『詩』曰: '刑于寡妻, 以御于家邦.' 大王有之矣. 彼呂雉嬌則塵動壁衣, 戚姬嬖則禍成人彘, 綱常之道, 孰爲得乎? 況忍於天性之親, 而肆杯羹之語; 溺於趙王之愛, 而輕國本之搖, 父子之綱, 又安在哉? 後之議者, 不原輕重, 不究是非, 胸中之權度旣無, 口裏之雌黃妄發, 於漢則襃之如不及, 於楚則抑之恐不勝, 使吾王於冥冥之中, 久負深誚. 蕪辭穢語, 煩公洗之, 亦遭逢中一快也." 公見其言頗有理, 頷之者再, 顧從者曰: "汝其識之." 已而更闌茶歇, 步履言還, 王送出門, 則東方漸白矣. 攬衣急起, 乃篷牕一夢.

公沽酒市脯, 於舟中酹之而去.

嗚呼! 擬楚於漢, 漢爲優; 進漢於王, 漢則未. 何則? 鴻門釋憾, 太公遣歸, 楚不爲不仁, 但仁淺而暴深; 潁川之屠, 功臣之戮, 漢不爲無失, 但失少而得多. 楚固仁義之反, 漢亦仁義之似. 楚項不霸, 漢高雜之, 治天下者，當進於純王之道，漢、楚之仁與不仁，姑置勿論．

快州義婦傳

快州 徐達宦遊東關城，僦舍同春橋側，與簽書馮立言鄰接．馮富而徐貧，馮奢而徐儉，馮尚通而徐執禮，二家氣習，大抵不同．然能以義相交，往來遊宴，不啻如親兄弟焉．馮之子名仲遠，徐之女名藥卿，才色俱優，長大相等，每席間相遇，悅其姿色，遂有朱、陳之願，父母亦欣然許嫁焉．乃卜日通媒，定期納聘．

藥卿雖少，及歸于馮，能以仁睦族，以順從夫，人皆以賢內助稱許．仲遠既壯，頗事游俠，藥卿時時直諫，言雖不見聽，甚敬重之．年二十，以父蔭補建興一職，會父[1]安盜起，朝廷詔求良守一人能治劇者，廷臣忌立言之直，意欲害之，遂以名應選．將之任，立言謂藥卿曰："道途遙遠，吾不欲以兒女相從，可暫留家貫，須關河平定，早晚與仲遠相見．"生見藥卿不往，心亦願留，微有繾綣之意．藥卿止之曰："今者嚴堂，以直言見忌，要地不容，陽雖假於雄藩，陰實擠於死地．忍使波濤萬里，瘴霧雙親，寄身於蠻獠之鄉，阻迹於黿鼉之境，晨昏定省，誰備使令？兄勉相從，妾不敢以房闈之私，而缺庭闈之養．任使脂憔粉瘦，翠謝朱殘，勿以香閨介意也．"生不得已，始開筵餞別，與立言挈室南徙焉．

豈期天心難信，人事多乖，藥卿父母相繼殞歿，扶喪歸快州．葬祭禮畢，與祖姑劉氏相處．時同邑有白將軍，劉氏表孫也，欲得藥卿為妻，以財懇請．劉氏許之，因乘間謂藥卿曰："國家自閩胡受籙，日事遊宴，舉朝濁政，亂在朝夕．而馮郎一別，動至六年，音耗不通，存亡未卜，脫或龍爭虎鬭，蝶浪蜂狂，遭吒利老拳，欠押衙義士；祇恐章臺柳絮，漂泊向誰邊也．莫

---

1) 父：저본에는 "義"로 되어 있으나 바로잡는다．

若別求佳配, 再結新緣, 絶傍人花柳之嘲, 副之子松蘿之願, 何至惸惸踽踽, 爲孤棲之娥乎?"藥卿聞言大駭, 廢寢食彌月. 劉氏雖知志不可奪, 然强欲以禮相加, 婚期有日矣.

藥卿一日謂老蒼頭曰: "汝乃我家厮養, 獨不思所以報先人之德乎?"曰:"唯娘子所命."藥卿曰:"我所以偸生忍死者, 只以馮郎在故; 如不在, 當擧身相從, 斷不能著主衣裳, 爲人作春姸也. 汝何惜間關旬日, 不抵义²⁾安訪問乎?"蒼頭如教而往.

時干戈爛漫, 路極艱阻崎嶇, 旬日始達义³⁾安境. 訪於民舍, 則云:"立言已於某年捐館, 遭兒不肖, 家計一空, 噫可嘆也!"遂抵舟沿岸. 適於市上見生, 携至所居, 則一榻蕭條, 家徒⁴⁾四壁, 止有棋枰釀具, 馴禽走狗, 餘無長物也. 謂蒼頭曰:"先人不幸, 奄棄孤兒, 于今四載矣. 我爲兵戈所礙, 欲返不能, 雖在他鄉, 夜夜夢魂, 未嘗不在藥卿側也."乃卜日爲歸計.

比到門, 遂夫妻對泣. 生於是夕, 枕上賦詩云:

憶昔平生日, 曾諧契合姻; 感君情太厚, 笑我命多屯. 別袂分携早, 長亭勸酒頻; 依依愁嶺嶠, 優優逼風塵. 共憶人千里, 相望月半輪; 侵尋閑六載, 零謝悵雙親. 怕睡橫山曉, 行歌演水濱; 登樓王粲淚, 索句杜陵巾. 竹石難醫俗, 琴樽不療貧; 他鄉勞寄目, 故國重傷神. 放浪非吾事, 淹留病此身; 寧知蓬島客, 遙達錦江鱗. 采石重移棹, 黃姑兩問津; 幾年巫峽夢, 一旦武陵春. 蝴蝶交情舊, 鴛鴦變態新; 輕償唐虢國, 靡曼宋東鄰. 綠暗鶯聲澀, 紅稀燕子嗔; 狎遊今杜牧, 奇遇古劉晨. 吟詠聊隨興, 風流肯讓人; 會應傳勝事, 命筆記「周秦」.

二人以睽離日久, 倍相憐愛, 情鍾意適, 其和可知.

---

2) 义 : 저본에는 "義"로 되어 있으나 바로잡는다.
3) 义 : 저본에는 "義"로 되어 있으나 바로잡는다.
4) 徒 : 저본에는 "徙"로 되어 있으나 바로잡는다.

但生少以落魄之資，長於膏紈之習，放情任俠，技癢如故，日與賈人杜三昵比，生則羨杜之財，杜則慕生之色．因共飲博，啗以厚利，仲逵角勝收錢，如探囊中之物，往無不獲．藥卿戒之曰："富商多狡，慎勿締交．始雖因彼求贏，終必喪吾所有．"生不聽．

他日，會賓客為呼盧之戲，杜出錢百萬，請以藥卿為賭，仲逵狃其勝，不暇他顧，竟許之．交書畢，飲而射之，仲逵三擲三北，神氣沮喪，舉座亦皆慘然失色．乃召藥卿至，告以實事，交書見授，且勞曰："我為貧所驅，不免相累，事既如此，噬臍焉及！且悲歡聚散，人事之常，善事新人，不日黃金來贖矣．"娘度不免，佯為好語曰："去貧就富，妾亦奚辭？天數安排，莫非前定．倘新郎不棄過朵殘容，當致力衾裯，勉奉巾櫛，如前日之事故郎也．但請一盃別酒，還與諸兒一訣．"杜大喜，命酌紫螺盃飲之．既訖，歸家，携兩兒撫其背曰："汝父薄情，殊無聊賴，別離常事，死亦何難？徒以汝曹為念．"言終，以翠條自縊．杜怪其遲，促令召之，則死已久矣．

仲逵悔恨，備儀收葬，為文祭曰：

維娘子，閨門之秀，令德之全．精神雅淡，舉止鮮妍．泊歸于我，與我周旋．豈期中路，遽爾離筵？我公遠守，相隨遙邊．北南無鴈，垂六餘年．銷金帳裏，怨鶴驚猿．嗟嗟奇塞，前途屯邅．天涯海角，風塵客氈．幸聞來信，舉策歸鞭．琴瑟之樂，鸞膠續絃．甫償契闊，已誤嬋娟．我殊太薄，汝最堪憐．棄捐至此，負之何言？花摧別院，桂隕中天．芙蓉滴露，楊柳搖煙．風景如舊，人何依焉！何以度娘？禮中乘禪．何以慰娘？結後生緣，山衢海陸，此恨難痊．嗚呼小姐！歆此芳樽．尚享！

仲逵既失偶，深懲過咎，然而生理日蹙，朝干暮貸，取給於人．因念故交有任歸化者，往投之，冀求活己．途中渴睡，假息丹楓樹下，聞空中有聲曰："果是馮郎否？如有舊情，某日某刻，可就徵王祠下相候．恩情切至，勿以幽冥為間．"生怪其聲似藥卿，引目四望，但有陰雲暝合，從西方去．

生甚怪訝, 然猶欲驗其實, 如期至祠所. 只見斜陽入牖, 綠苔沿砌, 時聞烏鵲噪於枯柴脩竹間. 惆悵將歸, 日已銜山矣, 乃僵臥於橋梁破板. 三更末, 聞哭聲裊裊, 自遠漸近, 及前半丈, 可辨顏色, 果藥卿也. 語生曰: "多謝良人, 遠來跋涉, 何以爲贈?" 仲逵但稱罪責, 因備詢始末. 藥卿曰: "妾歿後, 上帝憫其非命, 尋加恩旨, 見隸嚴祠, 職掌箋奏, 豈遑相訪? 昨因行雨, 暫爾驚喚; 否則終古悠悠, 無地可遭逢也." 仲逵曰: "娘來何遲也?" 藥卿曰: "頃御雲車, 上參帝所, 以卿來故, 稟請先回, 所以少不如約耳." 相携就寢, 語及時事, 藥卿戚然曰: "妾常奉侍左右, 竊聽諸仙語, 謂: '胡朝訖籙, 丙戌歲兵革大起, 殺傷攻刺, 二十餘萬, 虜掠者不在, 自非邁於種德, 只恐玉石俱焚.' 時有眞人姓黎, 從西南方出, 勉敎二子堅與追隨, 妾雖死不朽矣." 天將明, 急起爲別, 且行且顧, 冉冉而逝.

仲逵逐不復娶, 撫育二子, 至於成人. 及黎太祖藍山奮劍, 二子以兵從之, 歷入侍內等職, 至今快州猶有子孫在云.

嗚呼! 女有三從, 從夫一也. 藥卿之死, 果從夫乎? 曰: "不然! 古之所謂從者, 蓋從義而不從欲. 死合於義, 何害其爲從? 從義所以從夫也." 有婦如此, 使之含寃泯泯, 仲逵亦豚犬兒哉! 欲齊其家者, 當躬率以正, 使之無愧於妻子, 斯無愧於天地矣.

木綿[5]樹傳

程忠遇, 北河美男子也, 家貲極厚. 賃舟南販, 泊柳溪橋下, 常往來南昌市間. 每至途中, 輒見美姝從東村出, 一侍兒踵後, 程偸眼微觀, 眞絶代佳人; 但異鄉旅次, 無從質問, 含情鬱結而已.

---

5) 綿: 저본에는 "棉"으로 되어 있다.

他日復出, 見亦如之, 欲以微辭挑動, 則翻裳急逝, 語侍兒曰: "我久爲春酲所困, 貪眠不起, 溪橋泯跡, 將半載矣; 未審今朝已作如何風景? 夜當訪舊, 少慰幽情, 汝肯相從否?" 侍兒曰: "諾!" 忠遇聞之喜甚. 日旣暮, 預就溪橋竊候. 人定時, 女果與侍兒携胡琴一張, 行至橋頭, 嘆曰: "溪山歷歷, 不改前度; 惟恨女郎零落, 不作向時逐伴, 使人有感舊之悲耳!" 遂憑欄危坐, 自援胡琴, 操「南宮」幾音, 弄「秋思」數遍. 良久, 捨琴而作, 曰: "欲寫幽懷, 謾勞寄指; 但調高意遠, 舉世無知音, 誰能會意? 不如早歸來耳!" 忠遇趨前揖曰: "僕知音者, 願少試之." 女伴驚曰: "郎亦在是耶? 昨妾屢蒙下顧, 厚惠銘心; 第以路次匆6)忙, 誠難款曲. 今乘淸夜, 暫覓閒遊, 不意郎先在此. 向非天緣素定, 未必重逢屑屑. 雖珠玉在側, 但覺我形穢, 不能不以此爲嫌也." 問其姓名住址, 女攢眉曰: "兒姓葉名卿, 鄉中大姓晦翁之女孫也. 嚴慈急逝, 家計單寒, 昨爲夫兒所棄, 徙居外郭矣. 竟覺得人生如夢, 不如身在時且暫爾行樂; 一旦入地, 便是黃泉人物, 雖欲追歡覓愛, 尙可得乎?" 遂同入舟中. 女低聲謂曰: "殘容衰謝, 與死爲鄰, 度日如年, 無人酬答. 願君子扇陽和於幽谷, 泄暖氣於寒荄, 使墮紫飄紅, 偸弄韶光, 則一生之活計足矣." 乃褰裳戲劇, 極其歡昵.

女占詩二首, 以記其樂. 云:

其一

窮閣久困午眠遲, 羞對新郎話別離. 玉笋整斜珠釧子, 香羅脫換繡鞋兒. 夢殘半枕迷蝴蝶, 春盡三更怨子規. 此去未酬同穴約, 好將一死爲心知.

其二

佳期忍負此良宵, 醉抱銀箏撥復挑. 玉燕任慵簪墜髻, 金蟬幾怕束纖

---

6) 匆 : 저본에는 "匂"로 되어 있으나 바로잡는다.

腰. 煙舒棠萼紅猶濕, 汗褪梅粧白未消. 早晚結成鸞鳳友, 風晨月夕任招邀.

程本商人, 不識文字. 女爲隨言釋意, 忠遇大稱曰:"子之艷藻, 不減易安, 必能以文章名家." 女笑曰:"人生貴適志, 文章土苴, 一堆黃壤耳! 班姬、蔡女, 今亦何在? 孰若眼前借景, 偸弄片時春, 過了一生哉?"將曉辭去, 晚則復來, 將及月餘.

時並宿商友, 其中有識者, 謂忠遇曰:"吾子在羈旅中, 宜深自韜匿, 遠避嫌疑. 胡乃萌有欲之懷, 悅無媒之女? 不明去處, 不究來由, 脫非繡閨寵姬, 便是紅樓富女. 一旦事情難掩, 聲跡易彰, 上有嚴刑之加, 下無親黨之援, 子豈得晏然而已乎? 奚不問至所居, 賺求得實? 或辭而遣, 或竊而逃, 如昌黎之放柳枝, 李靖之載紅拂, 此萬全之計也."忠遇然之.

他日, 謂女曰:"我本遠客, 偶結良緣; 然咫尺仙居, 未嘗蹤跡, 非所以安遊子之情也." 女曰:"妾居誠不遠, 但今日遭逢, 私中之遇, 只恐嬋娟見妒, 耳目生疑, 鴨打而鴛驚, 蘭焚而蕙慘. 故寧候星而往, 戴月而歸, 免爲郎君所憂也."忠遇請之力, 女笑曰:"妾本以敝居爲恥, 今君不信, 何惜偕往?"

乃於是夜三鼓, 乘天氣陰暝, 步至東村. 見竹籬環匝, 間以數叢枯葦, 中有一區茅屋, 制極卑陋, 四面皆薛蘿侵壁. 女指之曰:"此妾停針餘暇安身之所, 郎且排門少憩, 候妾點燈來也."遂傴僂而入, 暫停門限間. 每微風來, 覺有腥臭味發. 方徘徊驚訝, 忽火光中起, 見左邊安小藤床, 床上有朱棺, 背覆紅羅一幅, 以碎銀沙題曰:"葉卿之柩."柩傍有塑泥女子, 捧胡琴侍立. 忠遇膽寒髮竪, 狼狽走出. 已見女子當道而立, 謂曰:"兄旣遠來, 萬無歸理; 況曩日詩句, 固以死爲期, 願早相從, 以諧同穴之約. 孤眠若此, 豈輕相捨哉?"遂前挽其衣. 幸而衣裾微毀, 裂之得脫. 走至溪橋, 幾不能言矣.

詰朝, 詣東村覓問. 果有晦翁孫女年二十, 死已半載, 殯在外郭矣. 忠遇因感重疾, 其女亦炎忽來往, 或於沙磧大呼, 或就船窗細語. 忠遇每時時應答, 欲翻身馳去. 舟人以繩苦繫, 則罵曰: "我妻所處, 在樓臺之樂, 有蘭麝之薰. 行當赴之, 斷不爲塵籠絆著, 汝曹何預? 强以繩索相加哉!" 一夕, 船夫熟睡, 經明始覺, 則亡已久矣. 急趨外郭, 已見抱棺而死, 因卽其地葬之.

此後凡陰黑之宵, 見二人握手同行, 或歌或笑. 往往索人之祈禧, 要人之薦祭, 稍不如願, 禍害尋作. 鄉人不勝其患, 潛發塚破棺, 倂男女骸[7]骨, 散之江中. 江上有寺, 寺有木綿古樹, 相傳已百餘年, 遂依樹爲妖. 欲加斬伐, 則斤摧斧折, 牢不可動.

<u>陳</u> 開禧庚午歲, 有道人宿樹傍古刹, 時江寒月淡, 萬籟俱寂, 見二人, 裸逐笑闐移時. 俄就禪關扣門.[8] 道人疑其懷春男女, 乘月相招, 且醜其爲人, 閉門堅臥. 翌日, 就村中老叟, 備言所見, 且嘆民風偸薄. 叟曰: "吁! 此妖物依憑古樹, 于今有年, 安得斬邪之劍, 爲斯民斷此惡薆也!" 道人沈吟良久, 曰: "我以濟人爲業, 事有至此, 已曾面覿, 若不垂法手, 是見溺而不援也." 乃召鄉人, 具嚴壇法椅, 書符三道, 一釘之樹側, 一沈之江中, 一則當空焚碎. 宣行畢, 卽厲聲曰: "此間淫祟, 久矣憑陵, 假爾神兵, 翦除凶醜, 法無稽滯, 火速奉行!" 有頃, 雲霾漲浮, 咫尺不辨; 洪波震蕩, 聲動天地. 俄而風止, 稍稍開霽, 則木綿已拔, 枝柯碎爛, 如裂麻之狀. 繼聞空中有鞭撾泣哭聲, 衆人仰視, 見牛頭駄卒, 可六七百人, 枷二人去矣.

鄉人以財厚贈, 道人拂衣不顧, 竟入深山去矣.

嗚呼! 魑魅魍魎, 雖自古不以爲天下患, 然匹夫多欲, 庸或犯之. <u>忠遇</u>商人無識, 不足深責矣. 彼道人爲民除害, 功德宏茂. 後有秉<u>王充</u>之『論衡』, 姑取節焉. 不可以其學之幻, 而竟斥其非; 不可以其途之他, 而竟沒其善. 庶乎君子與人忠厚之意也.

---

7) 骸: 저본에는 "駭"로 되어 있으나 바로잡는다.
8) 門: 저본에는 "間"으로 되어 있으나 바로잡는다.

茶童降誕錄

楊德公，名昁，山南 常信人，李惠宗朝按獄宣光鎮，伸冤理枉，獄得其
平，因其慈祥惠物，時人以德公呼之.

年五十無子，忽病革，死而復甦，語人曰：“我適至一所，黑城鐵壁，方
欲趨就；俄而有一吏止之，引之而右. 右則紅門朱扁，遂攝衣偕入，見長
廊巨宇，束絛而前後侍立者，約百餘人. 中有紫袍二員，對案而坐，目吏
取楊氏朱簿來，撿閱移時，相顧謂曰：‘陽間無此等人物，全活甚衆；所恨
者享齡不退，箕裘無繼. 不表斯人，爲善何勸？行將白之帝矣！’卽命退東
廊憩息. 半日許，復命引入，謂曰：‘子平生在世，素以善聞，上帝嘉汝，畀
以奇男，延壽二紀. 可早歸來，努力陰功，勿謂冥冥無知也！’使吏引還. 既
出門，楊公問曰：‘是何官府？所主者何員？所司者何事？’吏曰：‘此卽酆都
別署，二十四司之一也. 凡人初死，必經于此，由朱錄尚有生還，陷墨籍斷
無出理. 非公誠於樂善，恐亦無由得脫也.’遂叉手爲別，如夢始覺.”

夫人亦言：“是夜一更末，有小星墮懷中，心覺微動.” 既孕，及期而生
子，命名天錫. 性酷好茶，常自比於盧仝、陸羽；然天資高邁，學問該博，
書廚文苑無不涉獵. 公喜曰：“吾有後矣！”遂專以義方教焉.

後二十四年，公無病而終. 天錫哀痛踰禮，遠近哀之. 既免喪，晨昏肆
業，略不少懈. 但家貲甚寠，鮮能自給，望門出贅，無人肯納，村翁里嫗率
以貧見拒. 生嘆曰：“我父能活千人死，不能救一子貧，爲善者果何益哉！”
言未竟，見一人衣冠甚偉，自稱石大夫，前來揖曰：“昔受楊公厚恩，無以
爲報，止有息女漢英，願拂枕席. 卿宜重自愛惜，勿以貧故，損平生志慮.”
言訖不見. 天錫甚怪之，但私識其言.

聞仙遊有陳先生，授徒數百人，挾策從之，寓居青鄰村舍. 村有巨族姓
黃，見生容貌瓌奇，文詞贍麗，遂有東床之願. 謂妻曰：“吾累世以商起家，
非歉於財，所乏者佳婿令婚. 今有楊生僑居鄰左，眞南州豪傑，且吾觀其
相，終當貴發. 我家醜女，垂及長成，牽絲之求，舍此奚適？”其妻允可.

竟納而堵之，凡納聘之需，娛賓之具，一切黃家取辨．生殊感悅，喜慰如狂．但時時於岑寂中，常凝情獨坐，掩卷長吁．娘適見，因問其故．生曰："昔見神人先告，謂我所娶者，<u>石氏漢英</u>也．今而幸贅高門，獲聯華族，神人指示，旣爾乖戾，將來成就，未必端的，故不能不掛慮也．"娘聞言，泫然下淚，曰："此必妾父也．妾幼時字漢英，父姓石名虺，守在<u>宣光</u>，爲上官誣構，一門遭禍，竟死獄中，時妾方在童稚．聞有<u>楊德公</u>者，憫其無罪，堅拒有司，毅然竟赦，顛連賤質，僅獲生全．嚴堂哀之，養爲己子，蜾蠃之托，十載于兹，實則石大夫子也．"生駭曰："吾卽<u>德公</u>兒也．古來伉儷，莫匪夙緣，孰謂赤繩紅葉果虛語哉！"

生旣以事出希奇，情好愈篤．內有棲身之所，外無餬口之憂，文場肆力，學業精硏．歷春秋兩試，初受京官教職，次歷提刑等官．纔二十年，遂躋于顯宦焉．公能忠以事君，廉以律己，兩朝開濟，廟堂倚重；但少時貧婁，侮慢者多，髮怨絲恩，稍稍修復，是其短也．

常設祈安道會，峩星冠而曳霞裾者，數百人餘．繼有一道士，弊袍破履，盤跚而進，把門者不納，强之至再，閽者稟命．公叱之，道士行且嘆曰："故人尋故人，不意故人果薄情如是！<u>烏蹲</u>之厄，幸免相煩，勿謂故人負故人也．"公聞之，使人追請，下階延接．坐定，道人曰："相公今日官居鼎鼐，地起樓臺，行則金吾靜街，止則花鈴護閣，人間富貴，想極平生，獨不記<u>紫微</u>之樂乎？"公曰："鼎鼐之居，粗嘗竊寵；<u>紫微</u>之樂，未究來由．"道人曰："公爲慾河汩沒，迷沈至此，請爲陳之：昔公爲帝所茶童，吾爲星曹酒吏，日侍<u>紫微垣</u>，相從舊矣．帝一日罷朝，語群仙曰：'汝曹誰肯作下界遊觀，領取十餘年宰相？'群仙相視，無適先對．公卽欣然從之．帝曰：'行矣！閻浮之樂，不減天曹，勿以塵寰爲隘也．'時予侍立，故見其詳．"且以靈丹一粒授之．飲旣畢，則惺然有悟，漸漸記前生事矣．曰："吾之履歷，旣以略聞，君何以却在人世？"曰："某性麤豪，又善使酒，上帝微賜譴訶，謫在塵寰，將歷三紀．今謫期已滿，還補星曹舊職，與公有舊，故來相訪耳．"公又問<u>烏蹲</u>之說，道人愀然不樂，屛人謂曰："後五年，公當有海濱之行，吾恐於其時，重遭奇禍。"公請其故，曰："公爲宰相，無他過咎；只緣當途日久，頗用愛憎，今則產怨已深，冤魂塞路矣！"公曰："奈何？"曰："無傷也．吾本字君房，脫有急，但焚香一瓣，以字呼之，吾至，亦一助也。"

是夜遂同宿．公曰："君旣相知，奚以相敎？"道人曰："夫德者善之基，財者爭之府．積德如孤根滴露，會見發榮；積財如熾火點冰，終當溜破．況不耘而長者，善惡之根；不持而滿者，禍福之機．倚伏之間，至爲可畏．相公珍重，勉爲仁而已矣。"公曰："吾聞天道公明，如持衡握鏡．有神明以記其迹，有造化以司其平；照必洞而無私，網雖疎而不漏；法可謂至嚴而至密，人固宜無怨而無尤．夫何勸懲所加？猶有混淆若是！利於物者未聞降福，瘠於人者未見罹殃；貧雖有志難酬，富則無求不獲；或力學而終身黃馘，或尙奢而奕葉朱幡．誰云投李報瓊？自是種瓜得豆！此吾所以深惑而終不解也。"道人曰："不然！善惡之積微而彰，報應之機遲而果．陰功顯處，必須善果圓成；陽福散時，必待惡根滋蔓．或將伸而預屈，或欲挫而先驕．有行而貧，或是前生業障；不仁而富，定爲宿世善緣．雖云深遠難知，實則毫釐不爽．故勿以一偏立論，以一槩觀天也。"如是凡數千言，皆寓規勉，公甚欣納．

次早當別，公以黃金十錠爲遠行之贐．道人笑曰："安用此爲？但力行方便，免使重來，是則故人之賜也。"

後天錫果因言事忤旨，遠投南裔，途經海口，白晝中忽陰霾垂暝，南風勃起，大波如山．有鬼相數百輩，相喧呼曰："仇家至矣！我乃今日得甘心於相公哉！"或操船尾，或登船背，船幾覆者再．急問篙師，則曰："烏蹲之地。"方記道士之言，依敎呼之．俄見雲軿一兩，憑空按駐，仙童玉女，侍衛嚴肅，遙謂衆鬼曰："汝曹汩沒，業障殊深，生前旣犯於條章，死後更萌於芥蔕，冤冤相繼，無有了時．胡不滌腸易慮，一心向道？我當奏聞帝庭，一切洗冤魂矣。"衆鬼聞言踴躍，一時散去．公懇款相邀，詢以後事，顧盼間，失所在矣．

已而風晴浪帖，舟始達岸，遂屛其妻子，不知所之．後有見於東城山，或者疑其得道云.

嗚呼! 爲善在人, 福善在天. 天人之相與淵乎哉! 楊公一治獄吏, 僅能伸寃理枉, 而天之陽報, 已諄諄於夢寐之間; 況宰天下者, 佐天子, 理陰陽, 順四時, 正心率人, 推行善政, 使穹壤間無一物不得其所, 則天之畀福, 當何如哉? 至於天錫之事, 其白圭之玷乎! 然與其玷也, 孰若倂其玷而去之爲愈? 當官守者, 願勉其所當勉, 監其所當監云.

西垣奇遇記

天長士子何仁者, 紹平間客遊長安, 從抑齋先生受業. 每朝聽講, 途經曲江坊, 坊有陳太師故宅, 常見二女子, 日乘西垣敗壁中, 讙謔笑謔, 或以佳菓投之, 或以好花擲之. 積之日久, 生殊不能定情, 遂致懋懋焉. 女卽回顏一哂, 謂生曰: "妾一姓柳字柔娘, 一姓桃字紅娘, 舊時太師婢女. 自公卽世, 久秘芳踪. 今日逢春, 願作向陽花草, 庶不負風光佳節也." 乃携歸寓所, 敍其歡愛. 採摘間, 二人羞花懇曰: "妾等春事未諧, 芳心正怯, 祇恐花情顚掉, 柳絮顚狂, 怨綠羞紅, 減了風流一段也." 生曰: "姑試可爾, 不敢以雲雨見困." 已而翦燈就寢, 則偎金倚玉, 纏歆枕間, 已擺碎桃花浪矣. 生於臥次索吟. 柳先吟曰:

麝塵涼汗濕羅衣, 翠黛輕顰八字眉; 報道東風寬嚲綠, 纖腰擺亂不勝吹.

桃續吟曰:

天高禁籥漏聲遲, 燈擁銀釭出絳帷; 分付才郎攀折去, 新紅認取小桃枝.

生撫掌大笑曰: "春闈情狀, 曲盡其妙, 艷辭綺句, 吾不及也." 亦續吟曰:

倦掩書齋客夢懦, 誤隨雲雨到巫峯; 交飛蝶弄參差白, 連蒂花開次第紅. 並宿任敎鴛上下, 分流忍禁水西東; 絕聯均是風流種, 興到風流自不同.

此後朝去而夕來, 日以爲常. 生自謂平生奇遇, 未之有過, 可以伯仲裵航而尋常僧孺也.

又一夕, 風疎雨驟, 二人冒冷而至, 低聲語曰: "妾等恐負佳期, 勉尋舊約, 身如燕子, 不耐寒色矣." 生卽以袖擁柳, 因戲曰: "柳嬌艷態, 當今獨步, 可謂美人顏色嬌如'花'者矣." 桃卽斂容俯首, 若含羞之狀. 後, 數日不至, 生問柳曰: "桃娘安否?" 曰: "彼固無恙, 但郞君以形跡見拘, 故不敢來也." 因出桃所寄詩一首, 詩曰:

晴霞骨骼雪精神, 露蘂煙條兩樣新; 可恨東皇偏著力, 一枝憔悴一枝春.

生讀訖, 懊惱移時, 再賡前韻以答, 詩曰:

想思一度一勞神, 底事纏成別恨新; 憑仗封姨煩寄語, 爲誰憔悴爲誰春?

桃得詩, 始往復如初.

時及元夕, 京城士女, 觀遊四出, 二人請曰: "密邇蓬門, 君子未嘗信步, 每以爲恨. 今乘令節, 願暫相邀, 幸勿以婢子爲羞, 以敝居爲遠也." 生喜, 與之偕往. 步入西垣, 踰重籬、度曲墻, 約數十丈, 復經芙蓉沼, 沼窮而琪園出, 錦樹交加, 奇葩馥郁; 但夜色朦朧, 不辨其爲某花某樹, 只聞淸香萬斛, 時時逆鼻而來耳. 二人相顧曰: "我家冷淡, 風味酸寒, 止於園中促席可也. 於是鋪以竹編之席, 燃以松膏之燈; 酒則宿釀杏漿, 餠則冷淘槐葉，登盤盛供，盡一時佳品．繼有美人自稱韋氏、李氏、楊氏、梅氏、石家娘子、金氏兒郎，同來參賀．天色將曉，各各散去；二人亦送生出牆．比至書房，則紅日東生矣．

數月後，生鄉信至長安，言父母欲爲生覓偶，且責歸來之早，生徬徨不忍．二人揣知之，謂曰："妾等率以蒲柳之姿，難主蘋蘩之事．鳳占之選，必屬高門；宋子、齊姜，非賤質所敢望也．但歸來後，倘深情未斷，厚意有加，割懷土之思，決尋芳之計，則韓翊之柳，迎舞長條；崔護之桃，依舊笑春風矣！兄善圖之，無以新婚之樂，而忘舊日之情，徒使妾等爲江南無主花也．"因携觴餞別，各歌一曲．柳先歌曰：

帝城東邊蕃草木，破屋數間曲江曲．銀篦綵盎事梳粧，霧閣雲窗苦幽獨．粵從二八惜芳容，蝶使蜂媒未肯通．盡日對依紅杏塢，窺春羞向少年叢．挾書何處佳公子？學博才奢貫經史．草草墻頭一見間，良緣未許心先許．便將凡卉向陽栽，分付東皇好好開．絮暫迎風香落泊，影初試暖綠徘徊．禭花露滴檀心吐，消得從前春恨苦．歌笙軟度小蠻腰，脂粉膩勻西子乳．會來屈指未周星，滿目山河旅夢驚．淚落枌鄉魚遞信，魂消梅驛馬諳程．長亭又趁車聲早，使妾長憂來祖道．西垣雨暗泣黃梅，南浦波寒愁綠草．梅黃草綠暗傷神，妾在君歸影暫分．鄭重爲君歌此曲，臨岐應有斷腸人．

桃亦歌曰：

秋霄抹碧兮，秋葉棲丹．千戶萬戶兮，寒砧聲乾．孤鴈南飛兮，征鴻度關．暮烟慘淡兮，新愁一般．我公不留兮，我心盤桓．竟捐舊愛兮，暫結新歡．河汾嘆菊兮，楚畹羞蘭．泛我瓊觴兮，羞我銀盤．別時容易兮，見時良難．嗚呼一歌兮，鬱陶長嘆．恨不遊絲兮，纏挽歸鞍．恨不長坡兮，障杜回轅．恨不鶯簧兮，喚客縈蠻．咄嗟此別兮，何時當還？花留洞口兮, 水到人間. 忍令小妾兮, 抱此生冤. 嗚呼再歌兮, 珠淚汍瀾.

歌竟, 生歔欷泣下, 分手而歸.

比至家, 則婚期定矣. 生謂其父母曰: "竊聞: '男子生而願之有室, 女子生而願之有家.' 此父母之至情, 門庭之深慶. 但小子長於簪紳之族, 業於『詩』·『禮』之傳, 學未成名, 志猶願仕, 縱有妻孥之樂, 恐妨燈火之功. 莫若緩花燭之程期, 假螢窗之歲月, 使平生志遂, 則針線之求未晚也." 父母重違其志, 事爲中止; 然生亦以思娘之故, 居常悶悶, 復命駕爲長安之遊.

纔到西垣, 已見二女迎笑曰: "星期在邇, 新寵方姸, 胡不伸宴爾之情, 副歸歟之願, 而乃早覓來程也?" 生語以故. 二人稱曰: "兄可謂亘信人', 不負尋芳之約." 乃再爲生具禮, 使就鱣堂肄業焉. 生雖以遊學爲名, 然屬意在美人, 佔畢之期疎, 講歡之意密.

歲華冉冉, 時再更多. 一日, 生自外來, 見二人流涕, 怪問之, 皆忍淚言曰: "妾等不幸, 偶罹霜露之疾, 惟恐雪侵病骨, 春去寒荄, 風恙難醫, 花顏易謝, 香魂一片, 更向誰家漂泊也?" 生驚曰: "我與子等, 初非良媒之求, 偶諧羅帶之結, 何忍遽言暌隔, 使人驚怖如傷弓之鳥耶?" 柳曰: "貪歡慕愛, 誰無是心? 然在天之數難逃, 歸盡之期又迫, 會將翠鈿委地, 紅粉塡泥, 不知此後三春行樂處, 竟屬誰邊也?" 生惆悵終不能捨. 桃曰: "人生如樹花, 榮瘁有期, 非短景所能留住. 願郎君强力加飱, 及時進業, 使緝柳成功, 看花得力, 雖小妾終塡溝壑不恨也." 生曰: "子言零謝, 尚得幾多時耶?" 曰: "只在今夕, 如有狂風一陣括地而來, 是妾等捨命之秋. 兄如有伉儷舊情, 可就西垣一訪, 妾且含笑入地矣!" 生泣曰: "事勢旣迫, 情亦無奈; 但我他鄉旅寓, 資貺全無, 何以相報?" 二人曰: "妾等命薄遊絲, 身輕落葉, 奄棄後, 不過以雲爲翣, 以飈爲御; 草茵其席, 露珠其釧; 殘鶯當鼓吹, 倦蝶護郊垌; 封妾者綠徑之苔, 送妾者長溝之水, 烟消風化, 不煩葬也." 因各留所服結珠鞋, 囑生曰: "人亡物在, 別思何堪? 區區憑此, 爲死生契闊之贈. 倘步武所及, 常如妾之在足下也." 是夕果不來.

夜將半，風雨暴至，生倚欄悽愴，徬徨之狀可掬．乃就鄰居老叟，始吐實言之．叟曰："吁！子誕矣．此地自太師歿後，二十餘年，華聲久歇，半間祠宇，無人洒掃，安有姓氏甚繁，若彼所言哉？此必懷春遊女，不然則陰精滯魄，假體爲妖耳！"天旣明，與生俱造西垣，只見廢院荒涼，數株桃柳，葉碎枝摧，地糁殘蕤，籬橫敗絮矣．叟指謂生曰："此非子所狎遊者乎？所謂金氏兒郎，金錢花也．石家娘子，石榴樹也．其如李氏、韋氏、梅氏、楊氏，皆因花冒姓．不意芳株，乃能變幻如此！"於是生大感悟，歎其半生浮浪，全是對花眠也．歸取所留鞋視之，則應手飛揚，片片成嫩葉矣．明日，典衣一領，以酒殽致奠，自爲文祭之．其辭曰：

維二人氷凝奇骨，露滴妍芳．雅負天然之質，恥爲時世之粧．均是名姝第一，信乎絶代無雙．閬苑英華，厭看富貴；糊窗燈火，好伴清光．盆長雙頭茉莉，池棲交頸鴛鴦．惟願久霑於恩海，如何遽返於仙鄉？冉冉穠花頓改，悠悠別恨空將．風乘我，我乘風，片時撩亂．色是空，空是色，半夜凄涼．慘淡紅稀院落，低迷綠暗池塘．深深兮瘞玉，鬱鬱兮埋香．身世逐秋風之客，繁花驚春夢之場．噫！一朝離別，萬古悲傷．魂欲招兮不返，踪擬訪兮無方．縱有靈兮未泯，尚來舉兮吾觴．嗚呼哀哉！尚享！

其夜夢二人來謝曰："昨蒙哀奠，聲價倍增，重感此情，虔來伸拜."生欲留之，則騰空而逝，不知所矣．

嗚呼！清心莫若寡欲，欲誠不行，則心虛而善入，氣平而理勝，邪魅豈能干乎？何氏童心多欲，物誘牽之，故彼得以乘機伺隙；不然，則花月之妖，何以能惑憸小之承嗣，而不能蹹踪躡跡於正大之梁公哉？士之負笈來長安者，當精專其業，正大其見；雖不敢望於無欲之境，亦勉進焉於寡欲之地，則善矣！

卷之二

龍庭對訟錄

洪州 永賴, 舊多水族, 沿江而祠, 凡十餘所, 積年寖久, 間或爲妖; 但祈晴禱雨, 無不立應, 故香火不絶, 而人加敬憚焉.

陳 明宗時, 有鄭縣令, 任在洪州, 其妻楊氏歸寧, 舟次祠側. 忽見二女童, 捧粧金小匣, 前致語曰: "吾君奉此, 聊寓微情, 早晚於水雲鄉, 契乘龍之願矣." 言訖不見. 拆匣, 見同心紫帶, 帶上題詩一絶句云:

佳人笑插碧瑤簪, 勞我情懷屬望深; 留待洞房花燭夜, 水晶宮裡結同心.

楊氏大懼, 與小婢捨舟而途, 復投任所, 備實以告. 鄭驚曰: "淫祠水怪, 將禍子矣. 子宜避之, 凡江津水次, 愼無蹤跡焉." 每風雨之宵, 幽陰之夕, 則張燈設警, 如是者半載. 纔值中秋之夜, 是夕, 纖雲掃跡, 一碧萬頃, 明河在天, 星宿如晝. 鄭喜曰: "風月如此, 少寬吾懷." 遂夫妻對飲. 飲酣而睡熟, 雷電隨作; 及起, 則門關如故, 而楊氏不在矣. 往觀祠所, 則江寒月淡, 惟衣裳在焉. 其憐香惜玉、沈蘭散蕙之恨, 情狀可掬, 但臨風哽咽, 時時無可奈何.

已而遂棄官歸，虛葬賴山之下．日居一小樓，樓瞰江津，津之頭則沖淵也．鄭每登樓縱目，常見老叟負淺紅囊，朝出而暮歸．鄭私念曰："此乃江淵深處，那有村墟，而往來若是？"至其所，則平沙莽漠，夐無人煙，惟數叢蘆荻，搖動江波耳．怪覓之，已於南市儌塵賣卜矣．鄭見其人，顏癯而澤，神清而淡，意其逃名隱士，否則得道眞人，又否則煙霞中仙客也，遂與之遊．日賞酒殽，盡歡而罷，叟頗德之；然問其姓名，則笑而不答，鄭疑甚．他日晨起，預匿於葦叢竊候，時宿露未洗，晨煙尙昏，見叟從水中娑婆而出，鄭直前趨拜．叟大笑曰："得無以形骸索我乎？然子旣相知，今告子矣．我乃白龍侯，幸而歲旱，暫覓閑遊，若玉皇勅至行雨，則不暇矣！豈能就人間賣卜乎？"鄭曰："昔柳毅有洞庭之遊，善文有龍宮之宴，不知凡骨，果可追踪前輩乎？"侯曰："何難之有！"即以杖端激水，水路漸漸開朗，將及半里，則乾坤光霽，樓臺突兀，所居之宇，所供之饌，非人世所有．侯又周旋禮接，極其隆重．鄭喜曰："不圖寒妻，近挹光儀，昔有非常之變，今有非常之遇，報復之擧，正在今日．"龍侯問故，即以楊氏事告之，"且望憑藉威靈，剪除凶醜，使帆因風而得力，狐托虎以揚威，不負此遭逢．"龍侯曰："彼雖狡僞，自有王庭勅命；況彼此絶域，本非統攝，安能遠涉波濤，擅興兵甲，犯不赦之誅乎？"曰："然則訟之王庭何如？"侯曰："幽明自隔，事跡不彰，子欲以不根之言，攖莫强之敵，恐未能卽服．不若先期發間，覘得事由，則彼奸不足圖矣．然吾左右無足與計事者，介使之命，自謂缺然．"傍有一綠衣娘子進曰："妾請當其選．"鄭卽禮而遣之，且授以碧樣瑤釵，執以爲信．

娘到洪州神蛟廟，果有姓楊，見封昌邑夫人，居以琉璃碧殿，環以芙蓉翠沼，巾櫛之寵，冠絶房闈，已於前年生一子矣．娘喜甚，但樓臺稠疊，無路可通，且躊躇就門前停足．時春色方媚，薔薇盛開，如紅霞萬點，連綴於牆角，娘佯爲不識，且搖且折．闍者怒，娘卽以瑤釵見賂，且曰："妾謂閑花凡卉，不足多惜，偶然驚觸，誠爲有罪，只恐幼質，不勝鞭楚，願郎持此奉達主樓，使寬杖箠之憂，受賜無量矣．"其人如言，持獻楊氏．諦視良久,佯怒曰:"何物兒女,敢爾唐突,拗碎我一欄紅錦?"命繫在銀杏園中.
乘間獨來,持瑤釵泣謂曰:"此吾夫鄭郎舊物,兒何從得?宜以情告."娘
曰:"此誠鄭郎所授,且言今時見住白龍侯家矣.以夫人故,忘殘廢寢,遂
因賤妾密寄遙情,了此相思舊債也."言未竟,小鬟已報神蛟促召矣,乃狼
狽趨出.明朝又至,懇懇勞問,授以濤箋書子,且戒之曰:"爲我語鄭郎,
天涯孽妾,尚有犬馬之情,願百計求之,使鳳返雲中,馬還塞上,無徒老
處於水雲鄉也."其書併錄于後,書曰:

盟山誓海,嗟往事之已非;撥霧撩雲,笑此生之多誤.江天萬里,心事
半箋.重念妾、跡甚暌孤,質慚婉娩.自天作合,幸聯兩姓之歡;同穴
相期,忍負百年之約?誰料變生於一夜,翻教影落於重淵.不能玉碎
而珠沈,終見鶯狂而燕黠.委衣裳於鱗介,飽見腥膻;寄身世於蜉蝣,
謾延喘息.含愁似海,度日如年.誰知梗斷之踪,辱有魚書之訪?撫瑤
釵而淚落,對介使而心驚.一死幸偷,動野草閑花之感;三生爲誓,如
皇天后土之臨.白璧未完,黃金幸贖.

娘既反命,龍侯謂鄭曰:"事濟矣."乃偕就南溟,至大城府,侯先入,命
鄭在城門候旨.俄頃,見一人引至殿所,王方披猩紅之衣,橫驪珠之帶,
群臣陪拱,不知其數.鄭長跪哀訴,辭極悽愴.王顧左寞一員,促行關牒,
二卒騰空而去.半日許,押一丈夫,軀體甚壯,朱冠鐵面,鬖髶如戟,就庭
間跧伏.王責曰:"爵非濫得,必待勳勞;刑不妄加,欲懲奸宄.今以汝舊
有勳勞,使司長一方,爲民保護,胡乃縱其淫虐,豈禦灾捍患之意乎?"其
人曰:"彼處人間,臣居水際,殊途異轍,何以相及?而乃妄宣簧舌,構陷
無辜.使邪說得行,則朝廷有愚弄之侮,而小臣受曖昧之刑,非所以安上
而全下也."言辭往反,終不能屈.王亦狐疑難決.侯從旁附耳言曰:"不如
訴楊氏姓名謚號,一併勾勘."鄭如言奏請,王果命追取.日向哺,復見二
卒引一美人,婷婷嫋嫋,從東方來.王問:"汝夫何在?"曰:"青衣者夫也,

朱冠者讐也. 前者不幸, 爲彼妖所掠, 首尾三年, 向非太陽垂光, 則殘魂朽質, 終受汚衊, 安能復見天日哉?" 王盛怒曰: "不意猾賊乃懷奸如是! 處己則陰圖淫洪, 在公則面肆欺瞞, 此尙忍爲, 死何足惜?" 時有綠袍人, 號正刑錄事, 奏曰: "臣聞徇私而賞, 賞也不公; 當怒而刑, 刑之必濫. 屈伸異狀, 斟酌爲宜. 彼以爪牙之才, 任藩籬之寄, 固是孽由己作, 其如德在民何? 有罪當刑, 雖已甘於萬死; 以功準過, 尙可望於全生. 願寬赤族之誅, 薄示黑都之謫."

王稱善, 乃判其罪曰:

蓋聞: 人生如逆旅, 然往者過而來者續; 天道無毫髮爽, 福其善而禍其淫. 條理甚明, 古今一律. 今汝猥由勳閥, 濫守方隅, 固宜揚赫赫之靈, 普施龍德, 胡乃恣厭厭之欲, 自效蛇淫? 念妖邪愈日愈滋, 在典憲不容不擧. 嗚呼! 攘非己之財, 淫非己之色, 旣逞昏迷, 犯罔赦之罪, 加罔赦之條, 用懲奸惡. 彼楊氏者, 疵雖可指, 情亦甚憐. 身宜反於前夫, 子合還於後父. 判文旣具, 主者奉行.

聽命畢, 神蛟俛首而逝, 左右亦目鄭使退. 龍侯於是開筵命酒, 贈以文犀玳瑁. 夫妻拜謝歸家, 具道始末, 人皆喜其歸而奇其事也.

後鄭有事之洪州, 再經其處, 則頹垣壞壁, 殘碑斷蘚, 惟有木綿飛絮, 撩亂斜陽耳. 訪於野老, 皆云: "前一歲白晝間, 忽無雲而雨, 江水漲溢, 前有十丈長蛇, 碧鱗朱幘, 浮而北徙, 脩蛇短蟒, 從者百餘. 其祠自此無顯應焉." 屈指計之, 則當勘訟日也. 噫! 異哉!

嗚呼! "能禦大災, 則祀之; 能捍大患, 則祀之." 祭法也. 享是祭者, 當顧名思義, 烏有歜人之祀, 而反爲人之禍哉? 然則神蛟之罪, 止於投竄, 廣利王猶失刑也, 必得許遜、伏飛, 然後可以快其擧. 此仁傑巡撫河南, 奏毀淫祠千七百所, 良有以哉!

陶氏業冤記

慈山名妓陶氏，小字寒灘，曉音律，通文字．陳紹豐五年，選充宮籍，
日以飲博入侍．一日，帝泛舟珥河，沿至東步頭，帝朗吟曰：

霧翳鐘聲小，沙平樹影長．

近臣未及屬和，陶應聲曰：

寒灘魚吸月，古壘鴈鳴霜．

帝稱賞者久之，因呼爲寒灘妓．裕宗崩，屛居都下，常往來行遣魏若眞家．
其夫人無子而妬，意與若眞通，痛加箠楚．陶不勝恚恨，捐珠玉首飾，
募刺客入若眞家，爲御子所得，辭連寒灘．寒灘懼，乃落髮披緇，逃名佛
跡寺．講經說偈，數月精通．常構居淨庵，會客屬求榜文．
時有村中小童年十四五，寒灘欺其少，戲曰："彼豎子亦能文乎？試爲
我綴之．"生全無怒色，退而廉得寒灘事跡，爲文曰：

蓋聞：佛本慈悲，其名曰覺．人能清淨，即僞成眞；能脩法界津梁，便
是叢林宗主．敬惟佛跡山庵主陶氏，名逃樂籍，頂禮梵王．桃口柳腰，
掉舌際纔按閱「梁州」幾曲；慈雲慧日，擡頭間已皈依兜率諸天．裙抛
湘水層層，鬢落楚雲段段．夢裡無端觸景，半枕遊仙；風前何處撩人，
數腔短笛．歌院不如僧院靜，衲衣絕勝舞衣凉．水掬曹溪，猶分窺鏡
影；夜宣貝葉，尙作遶梁聲．雖云禪定忘機，叵奈狂心被酒．足不向潯
陽送客，身却來杭郡參禪．五陵兒拋錦纏頭，追隨未已；三生客結蓮
花社，招引何頻！鐘殘茶歇無餘事，好向山房一打眠．

文成，大揭寺門，遠近傳寫．寒灘乃挺身宵遯．

聞海陽 麗奇山寺，山幽水清，仙景絶勝，寺有老宿法雲，及小僧無己，因投謁焉．法雲不納，且謂僧曰："此女行非謹慎，性涉輕儇，年屬妙齡，色幾傾國．竊恐禪心匪石，尤物移人，雖紅蓮不染黑泥，然尺霧易籠皎月．汝善拒之，無貽後悔．"僧不聽，竟受之．法雲即日移居鳳凰絶頂．

陶雖居淨境，然故態猶昨，每上堂講，披鮫綃之衣，曳硃羅之裙，施宮樣之粧，欲界既親，禪機易觸，遂與之私焉．二人既相得，放情肆慾，不啻如經旱之霖，逢春之蝶，禪窗象教，不暇留念．但昏迷任意，日與陶氏聯句，凡山間景物可供吟詠者，無不揮毫紀勝．不能徧錄，姑述其一二于左：

其一　山雲

遙睇濃還淡，天邊濕未晞；曉隨疎雨去，暮帶落霞歸．靉靆因風捲，悠揚到處飛；僧慵童亦懶，誰爲掩岩扉？

其二　山雨

一雨千岩暝，瀟瀟作意鳴；珠璣堆地色，星斗落天聲．溜奪泉流急，涼回客夢清；山房無箇事，入夜幾殘更．

其三　山風

靈籟噓幽澗，終宵淅淅聲；翻花紅意亂，捲樹綠陰驚．僧衲含涼淺，鐘樓送響清；茫茫天地內，非爲不平鳴．

其四　山月

隱隱林梢逈，連空灝氣浮；銜山銀鏡缺，隔霧玉盤收．影落松關靜，涼回竹院幽；清光隨處有，何必上南樓？

其五　山寺

一簇輝金碧, 岩腰隱夕陽; 風高松洶浪, 天近桂飄香. 洞小禽聲鬧, 峯斜塔影長; 塵間名利客, 望此幾徬徨.

其六　山童

生長樵蘇地, 寧知淺草原? 狂歌雲黑暗, 短笛日黃昏. 麋鹿鳧鷺侶, 煙霞水石村; 歸來深洞裡; 雲閉小乾坤.

其七　山猿

隱約巢南侶, 緣崖日幾回? 愁將巴淚落, 聲入楚雲哀. 飲澗呼朋去, 聞經喚伴來; 雲深何處覓? 山色正崔嵬.

其八　山鳥

身世雲煙外, 依依盡日閑; 一聲山色暝, 數箇夕陽還. 僧供銜來果, 巢棲到處山; 啁啾誰會意? 飛繞薜蘿間.

其九　山花

暖入高低樹, 枝枝火欲燃; 東西霞世界, 遠近錦山川. 紅雨林腰墮, 香風洞口傳; 自開還自落, 今古幾春天.

其十　山葉

一碧天無際, 叢條人望迷; 秋來黃被逕, 春到綠盈蹊. 晝倦無人掃, 煙深有鳥啼; 蒼然看不盡, 千里夕陽西.

夫何昏迷不返, 取快目前, 樂極生哀, 理無足怪. 己丑年果得胎病, 自春徂夏, 動止須人. 僧素不善醫, 又不諳方顯治, 蓐間抱孌, 輾轉而亡. 僧哀痛殊甚, 殯在西廊盡處, 旦夕撫棺泣曰: "汝銜冤老草, 爲我而終, 脫得相從，甘心瞑目，誠不使佳人獨死；況娘子平生聰敏，特異凡流，死若有知，早求我於黃間之境，不願與法雲相見也．"數月後，亦因思致病，纏綿半載，饘粥不刜．一夕見寒灘就曰："妾前者以桑榆之景，陪蘭蕙之遊；笑塵慮之難拋，恨障根之未滅．瑤臺命泯，遂致分飛．生前未足於深歡，歿後何妨於再合？所望悟六如之法侶，拋四大之禪床，暫棄招提，屈臨泉壤，使妾仰憑佛力，驟假冥胎，了別一段冤家債也．"言終不見，疾遂加劇．法雲聞之，下山相省，至則疾不可為矣．相視流涕，頃然而逝．

是夜風雨晦冥，都下飛沙折屋．前行遣若真夫人夢兩蛇交嚙，穿脇傍左腋，遂覺胎孕．生兩男，乃命名長曰龍叔，次曰龍季．周歲能言，八歲能屬文，甚為父母所鍾愛．時方盛夏，若真一日於飛樓避暑，樓瞰街衢，有丐僧經其下，躇躇眺望，欲捨不能，俄嘆曰："異哉如此樓臺！會見為蛟龍淵窟，可惜！可惜！"若真駭愕失色，遽追而叩之．初不肯言，但曰："適間恍惚，非有異聞，幸勿深訝．"公強請不置，乃言："君家上積妖氣甚濃，非前身業報，則今世冤家，其人已在室中，不出數月，闔門無遺類矣．"若真哀懇求救，僧曰："僕本以相人之術顯，請一一諦視，若見其人，即扣盆為識；誠泄一言，禍今作矣．"若真命家人一時參拜，僧搖首曰："若非其人，未必遽變形象．"索之再三，乃召兩男於學府中．既至，即以手扣盆，漠然嘆曰："美哉二丈夫！信能立奇事業，興造君家，駭世觀瞻，未必非此人也．"二人怒曰："僧來何從？妄爾饒舌！"各拂衣而去．若真不懌，僧亦辭去．是夕，龍季泣謂龍叔曰："日間妖僧，言多不類，似有覬覦之心，縱彼知之，吾曹無地矣！"龍叔笑曰："能除去我，惟老宿法雲，其餘諸子，唾手掠符耳！況彼以骨肉之親，必不嫌於我，可保無虞矣！"時若真寢不成寐，獨步徘徊，適於窗隙間聞之，驚怖駭愕，計不知所出．

明日，托以他事，廣訪名藍，求法雲姓名．月餘，至麗奇山寺，有童言少時聞有是名，已移入深山若干年矣．因指鳳凰絶巘曰："是矣．"乃褰裳而往，又四五里，始達其境．僧方隱几而臥，鼾聲如雷，左右有二童子侍立．若真傴僂步進，二童呵止．僧睡尋覺，若真致拜，具告以來意．僧笑曰：“先生何誤耶？老生身不棲寺觀，足不躡城市，已多時矣．祇能於構草庵中，掃地焚香，誦『楞嚴』數遍，飛符走籙，非分內事！”拒之甚嚴．二童從傍贊曰：“我佛以慈悲爲筏，濟渡爲門，憫苦海之沈淪，救迷川之陷溺，蓋欲同登彼岸，共沐善緣；若復牢辭，豈能宏大？”僧始欣然聽納．仍卽其地，設法壇，四面張燈，以朱書符籙．一更許，有黑雲十丈，周匝壇邊，寒風颯來，冷不可犯．僧持鐵如意，指揮左右，時或離壇，若詬罵之狀．若眞遙於別所，開簾竊視，寂無所見，但於空中聞哭聲縷縷．俄而聲止，雲漸散去．明日，僧以雄黃塗石，書墨其上，授若眞曰：“公歸時見妖祟變爲甚物，急以石投之，禍根自絶矣．”旣到家，見家人環泣，言：“於某夜三鼓，二子相携，入井而死，井水大漲，幾沒庭階．妾已謹殯在南園，俟卿還葬耳．”若眞曰：“死亦何言？”家人曰：“但相悔曰：‘遲數箇月，吾事畢矣，重爲狂僧所誤．’”因復大慟．若眞止之，共卽南園剖棺而驗，已化爲兩蛇．投之以石，旋朽爛成灰．

夫婦厚賞金帛，往謝法雲．至則苔鎖草庵，無復行跡，竟憫然而返．

嗚呼！“攻乎異端，斯害也已．”況旣治其敎而反不依其敎，流害豈勝言哉？彼無己以奸人之雄，肆奸淫之態，不徒欺人，又欺其所謂佛者，律以魏主沙門之誅，有餘辜矣．然則若眞果無失乎？曰：“爲達官而若是，正家奚其得哉？禍胎果釀，幾陷不測，‘出乎爾者反乎爾’，何足多怪！”

傘圓祠判事錄

吳子文，名選，諒江之安勇人也．慷慨尚氣，直不容姦，北州月旦評亦以剛方許之．

村有舊祠，稔著靈應．胡氏末，吳兵侵掠，地爲戰場，沐晟部將有崔百戶者，陣亡于祠所，自是以來，轉作妖怪，民至傾貲破產，猶不足以供祈禱. 子文不勝憤怒, 沐浴齋戒, 祝天而焚之. 旁觀吐舌, 無不危懼, 子文攘臂弗顧也. 焚訖歸家, 身覺不快, 頭搖心顫, 寒熱交作. 見一魁梧傑相, 冠冑而來, 言語衣服, 類燕臺人物, 自稱居士, 求復原祠, 且曰: "子旣業儒, 讀聖賢經傳, 豈不知鬼神之爲德? 而乃輕相凌蔑, 毀焚其像, 煨燼其居, 使香火無所依, 威靈無所闢, 謂之何哉? 爲我重修, 平復如故; 不然, 無故而毀廬山之廟, 豈不增顧邵之禍乎?" 子文不應, 危坐自若. 其人怒曰: "酆都非遠也! 我雖駑力, 寧不能相致耶? 不聽吾言, 變今作矣." 遂拂袖徑去.

薄暮, 又有老人, 布衫烏帽, 風度閑雅, 徐徐向階前揖曰: "我居士也, 聞君快擧, 敢不伸賀." 子文驚曰: "向來冠冑, 非土地之神耶? 鳳兮鳳兮, 何鳳之多耶?" 老人曰: "噫! 彼乃北朝僨將, 南國羈魂; 竊據我殿堂, 假冒我姓名; 以詐妄爲長策, 以慘虐爲良籌; 上帝被其欺, 下民受其害. 凡興妖作孽, 皆彼之爲, 其實則非我也. 請爲言之: 我自李南帝時爲御史大夫, 以死勤王, 受封於此, 佑民護物, 千有餘年, 曷嘗扇構禍凶, 邀求奠酹, 如猾賊之所爲哉? 近者失於預防, 被彼攻驅, 見依傘圓祠, 已數星霜矣!" 子文曰: "事至如此, 何不伸理冥曹, 上箋帝所, 顧乃輕抛職位, 爲鄉人之布衣乎?" 老人蹙然曰: "惡蔓繁滋, 勢難搖動, 欲從控訴, 則又多方阻截, 傍祠近宇, 利其貨賄, 群而保之, 區區之誠, 無由得達, 故不得不隱忍投閑耳!" 子文曰: "彼誠凶悍, 能禍我乎?" 曰: "彼方甘心於子, 掃衆而往, 訟在陰司. 我瞰其亡, 間來報告, 得便爲計, 免作無名之死也." 且戒之曰: "倘冥司鞫訊, 但以吾言實之, 彼如不服, 即請關報傘圓祠, 便當辭塞, 否則我必終泯, 而子亦不起矣!" 子文許諾.

至夜, 病遂加劇, 有二鬼卒相持甚急, 曳出東郊外. 半日間, 至大宮府, 鐵城岌然, 高可數十丈. 二卒就門前稟命, 守門者入, 有頃復出, 宣旨曰: "罪深惡重, 不在原例." 揮之使北. 北卽大江, 江上架長橋, 約千餘步, 腥風黑浪, 寒氣砭骨, 橋左右有夜叉數萬, 皆綠睛赤髮, 形狀獰惡. 二卒以長枷大索疾驅之去, 子文呼曰: "吳讜, 人間直士, 有何譴咎? 乞賜顯責,未應泯泯含冤也。"俄聞殿上宣言:"此人狼抗,自是心頭蠢悍,不經判斷,未必帖然誠服。"乃引入殿門,已見冠冑者當庭哀訴。王者責子文曰:"彼居士忠純激烈,有功前朝,皇天以血食酬勞,使歆其祀,汝寒士敢爾欺慢,孽由己作,尚可逃乎?"子文具陳履歷,一如老人指教,辭極剛正,無少曲撓。其人曰:"王府前猶倔強如此,喧騰煩輔,造立誣謗;況子餘祠宇,荒涼蕪沒於一炬,何有哉!"反覆辨詰,終不能勝,王果疑之。子文曰:"既不信臣言,請關報傘圓祠,質其虛實;其言不驗,臣請受虛妄之辜有餘矣!"其人始有懼色,即跪奏曰:"彼書生誠為愚戇,無所逃刑,但既呵責,亦足懲戒,願垂寬貸,昭示容德,不必連傳窮治,以傷好生之德也。"王厲聲曰:"審如彼言,汝當有嚴誅,欺罔之條,典章具在,汝何為出入人罪哉!"即差人詣傘圓祠,參詳取驗。及回報,一一與子文辭合。王大怒,謂諸判官曰:"卿等各分曹局,各理職事,秉至公之心,行至公之法,賞必當而不之私,罰必中而無所濫,猶有此等姦欺,售其詐妄;況漢、唐賣官鬻獄,其弊可勝道哉?"即命以鐵籠罩其頭,木丸塞其口,押赴九幽獄。王以子文能除害,仍命本祠居士:凡歲時牲醴,分其半與之。且目甲士送子文還家,則死已一日矣。因殫述所見,人皆驚駭不信,遂就女巫附降,其言若合符契。鄉人乃掄材鳩工,構祠宇而新之;而北軍墳塚,皆無故振盪,殘骸粉碎矣。

後一月,見老人來謂曰:"老夫復廟,吾子之功,無以相厚;今見傘圓祠缺判事一員,難於注擬,吾與子有舊,極力推薦,王心甚允,願以此為酬恩之地。人生自古,誰無有死?但有聲於後世足矣!若遲半月,恐為他人所得,努力為之,勿以尋常見視。"子文欣納,遂分置家事,無病而終。

甲午歲,東關人有與子文面識者,晨出西門數里,當雪中望見騶騎雲從,如牆而進,又聞喝道聲云:"行人須避判事車!"于前隔半畝,乃子文也。但於車中叉手,不交一言,竟御風長往。至今子孫猶傳為判事家云。

嗚呼!人有恒言:"太剛則折。"士患不剛耳!折不折,天也,烏可逆料其折,而揉剛為柔哉?吳子文一布衣耳!惟其剛之守,故能火煨淫祠,力折妖鬼，一舉而神人之憤俱雪，以此顯名冥曹，尋受恩職，真無忝矣！爲士者毋以剛爲戒可也．

徐式仙婚錄

陳光泰中，化州人徐式，以父蔭補仙遊縣宰．縣傍古刹，有牡丹一本，春期盛開，每開時，輪蹄翕集，爲看花勝會．丙子年二月，見一美姝，年十五六，薄施粉黛，顏色絕整，前來看花，攀挽花枝，脆而偶折，爲護花人所執．日旣暮，無人承認，徐適見，憐之，解所服白絹衣，就僧房贖而遣之．人以是益稱賢宰．但性自嗜酒、耽琴、淫詩、溺景，簿書委積，數爲長官所罵，曰："你父作執政，你反不能作縣宰耶？"徐輒嘆曰："我不以五斗紅腐，置身於名利之場；一棹歸來，碧山不負吾矣！"卽解印綬去．素愛宋山巖穴，因卜居焉．常命小奚奴，携酒一壺、琴一張，袖陶詩數卷，會適意處，輒欣然引酌．凡奇山秀水，如隻箸山、綠雲洞、鋀江、崀港之屬，無不經品題．

一日早作，望神符海口．數十里外，見五彩祥雲，鬱葱盤結，如蓮花湧出．撐船徑抵，則佳山也．徐駭謂舟子曰："吾長在江湖，東南勝景，皆飽經熟到，不知何等巖穴，乃眼前挺出，意者仙峯落下，神跡移來，何昔無而今有也？"乃維舟登岸，則晴嵐翠削，壁立千丈，自非身具羽翼，未必梯此境也．因題詩一律云：

千章碧樹掛朝暾，花草迎人入洞門．遠澗已無僧採藥，沿流剩有客尋源．旅遊滋味琴三弄，釣艇生涯酒一樽．擬向武陵漁子問，前來遠近種桃村．

題畢，徘徊顧望，若有所候．忽見石壁間拆開一穴，其圓徑丈，襄裳戲入, 未及數步, 則穴隨閉矣. 昏昏默默, 如忽墮黑幽之境, 倉皇失措, 度無生理; 但以手摩挲蒼蘚, 前覺有小蹊, 如羊腸屈曲. 潛行里餘, 見飛磴懸崖, 緣空而上, 步寬一步, 漸漸軒豁. 及山椒, 則天日光霽, 四顧皆罨畫樓臺. 紅霞碧霧, 棲泊於欄檻; 琪花瑤草, 交暎於遠近. 意非琳宮道觀, 則避世村墟, 如鶯嶺、桃源之類. 俄見青衣二女, 相謂曰: "吾家郎君至矣!" 即翻身入報. 頃間復出, 曰: "夫人見召."

生尾之而入, 過錦墻, 度朱門, 門裏則銀宮對峙, 扁曰: '瓊虛之殿'、'瑤光之閣'. 閣上有縞袂仙娥, 據七寶雕床, 傍設檀香小榻, 命徐就坐, 語曰: "卿本好奇成癖, 茲遊快樂, 足慰平生, 夤緣契遇, 獨不記之乎?" 徐曰: "僕乃宋山逸士, 風一帆、葉一舟, 放浪江湖, 任意所適, 豈知此地有紫府、清都? 杖屨登臨, 不啻翰生羽化; 但塵心尚泪, 未曉前途, 願示其詳, 得聞究竟." 笑曰: "卿安得而識之耶? 此所謂浮萊山三十六峒天之第六窟也. 周遭溟渤, 下無根著, 如羅、浮二嶽, 以風雨合離; 蓬萊諸峯, 以波濤伸縮. 而妾即南岳地仙魏夫人也. 以卿高義, 能給人之困, 故屈邀至此." 因目侍兒: "喚阿娘來." 徐竊睨之, 乃前折花人也. 仙娥指謂曰: "此我兒絳香, 昨有看花之厄, 蒙君救援, 此意不忘, 欲結佳婚, 少報不貲之惠." 遂於是夜, 傳鳳膏之燈, 鋪龍紋之簟, 命行交拜禮.

次日, 群仙來賀, 有服綺衣、駕斑螭從北來者, 有曳綃裳、按赤虯從南來者, 或駐瑤裝, 或乘風御, 同時畢集. 乃設宴瑤光閣上層處, 施鉤玉之簾, 下勻黃之帳, 前置琉璃暖椅, 而虛其位. 群仙相揖, 皆班左而坐; 右邊床則徐郎在焉. 坐已定, 有傳呼: "金仙至矣!" 皆下迎拜. 旣畢, 乃命以瑪瑙盤, 盛瓔珞器, 具諸般異供. 又有金漿玉醴, 芬芳可愛, 非世味所能彷彿. 綺衣者曰: "我曹遊此僅八萬年, 南溟已三揚塵矣. 今郎君遠涉, 不隔兩塵之限, 三生香火, 想亦不負, 勿謂神仙之說爲荒唐也." 已而凌波童子分班而舞, 夫人侑席, 絳香行酒. 綃裳人戲曰: "娘子今日肌體舒膩, 不類曩時瘦削. 人言玉女無夫, 果足信哉?" 群仙皆笑, 獨綠袍娘慘然不樂, 曰: "家姬契合, 誠是宿因; 但以雲邊冰玉之姿, 而有世上裙襦之樂. 萬一聲落凡間，誚貽上界，譊譊騰謗，累及高眞，只恐吾曹不免矣！」金仙曰：
「我棲天上樓城，侍帝左右，茫茫塵海，未曾著脚，好事者且謂瑤池觴周，
靑鳥傳漢，我且爾，於汝曹何有哉？但新郎在坐，不必閑論他事，使人徙
亂心曲.」夫人曰：「妾聞仙可遇而難求，道不脩而自至，希奇之會，何代無
之！如薄后之祠，高唐之觀，洛浦凌波之步，江妃解佩之遊，弄玉之嫁蕭
史，綵鸞之遇文蕭，蘭香之逢張碩，陳編歷歷，事有故聞. 若以此見譏，則
彼於前頭，分誚有餘矣！」衆始破顏回哂.

及斜陽西夕，各各東西分散，徐戲謂絳香曰：「欲界諸天，皆有配偶，故
織女嫁牽牛之夫，上元隨封陟而降，僧孺著「周秦」之記，群玉有「黃陵」之
詩，境異情同，千古一致. 今者群仙散去，寂寞無聊，抑逸欲之不生乎？
將有之而強閉乎？」娘愀然曰：「彼數人皆以玄元之氣，眞一之精，名在金
臺，身陪絳闕，所居者淸虛之府，所遊者沖漠之鄉，不待澄而心自淸，不
勞窒而慾無有；非若妾七情未洗，百感易生，跡紫府而累塵緣，身瓊臺而
心濁世. 兄勿以此例群仙也.」徐曰：「若是，則子不逮遠矣！」各撫掌大笑.
絳香所居，有素屛風，徐嘗題詩其上云：

其一
眼底煙霞脚底雲，淸光洒洒逼三神；松花半老香風動，媒引滄浪釣艇人.

其二
秋風一夜月漫山，簾捲黃花人倚欄；酒力困人詩思苦，吟毫醉閣碧琅玕.

其三
寶鴨凝寒換宿香，別裁新譜理「霓裳」；辭成不敢高聲道，驚起陰來風
雨長.

其四

紅霞對起赤城標，插漢宮墻鎖寂寥；星斗繞欄天一握，夜深秦女學吹簫．

其五

蒼茫雲外短長洲，閩、桂乾坤日夜浮；一鳥暮春飛不盡，連空淡掃碧悠悠．

其六

却寒簾放月重重，怯對衰顏把鏡慵；隔竹喚來仙枕夢，五更無奈遠山鍾．

其七

浮浮瑞靄繞金閨，方丈携南弱水西；唱罷鼂更天欲曙，鄉心何處一聲鷄？

其八

煙嵐如髻柳如鈿，瑣闥晴窺海舶船；羽客去時無處覓，步虛聲外碧連天．

其九

四面波濤一髻山，夜來何處夢鄉關？茫茫塵界回頭遠，身在紅雲碧水間．

其十

桃花繞澗接天台，委地殘紅半綠苔；却笑劉郎輕出洞，臨風幾把玉書開．

然徐自去家，閒忙相逼，匆匆冉冉，星環一周，池蓮換綠矣．每風淒之夜，霜冷之晨，見涼月窺窗，寒潮落枕，時時撫景，欲寐不能，一種清愁，數惺喚起．一日遙睇，見投南商舶，指謂絳香曰："吾家從此處去，但天遠波長，不知所矣！"因乘間言曰："我本草心遊子，花淚遠人，笑塵慮之難抛，悵鄉情之易感，願垂體悉，暫賜歸來，未覺芳踪如何指示？"絳香惆悵不忍. 徐郎曰："但假以日月之期, 使賓朋知會, 前頭家計, 商確旣圓, 當復相從, 與子偕老於白雲鄉矣." 絳香泣曰："妾不敢以夫婦之情, 而阻鄉關之念; 但閻浮界小, 短景匆[1]忙, 縱使歸來, 恐庭柳園花, 不復往時顏色." 因白夫人. 夫人曰："不意子爲塵樊所縶, 恓恓至此!" 因賜雲車一乘, 命載之. 娘以帛書一緘見授, 且曰："異日見此, 無忘舊情." 因揮淚爲別.

瞬息至家, 則物換星移, 人民城郭, 一一非舊, 只有溪山兩岸, 不改舊時靑碧矣. 乃以己姓名質諸父老, 皆曰："我少時聞三代祖與君同字, 落脚山間, 八十餘年. 今則黎朝三葉, 延寧之第五年也." 徐方悵恨, 欲再上雲車, 已化爲翔鸞飛去. 拆書觀之, 有"結鳳侶於雲中, 前緣已斷; 訪仙山於海上, 後會無由"之句. 方悟絳香以離別許之. 乃輕裘短笠, 入黃山, 不知所終矣.

嗚呼! 語怪則亂常, 聖賢不道也; 然則徐式仙婚之事, 以爲誠無耶? 未果其無. 以爲誠有耶? 未必其有. 有無荒唐, 其辭若怪矣! 但有陰德者, 必有陽報, 亦理之常. 後之君子倘目焉, 筆之削之, 捨其怪而存其常, 何害?

范子虛遊天曹錄

錦江 范子虛, 俊爽豪邁, 不樂檢束. 師事處士楊湛, 湛常以驕爲戒, 深自克抑, 終爲成人. 及湛死, 諸生散去, 惟子虛編廬墓所, 三歲而後反. 年四十未第.

陳 明宗時, 遊學至京, 寓西湖民舍. 常晨出, 於霧靄中, 見瑤幢寶輦, 騰空而上, 繼有珠軒一乘, 騶從亦整. 從傍竊窺, 乃其師楊湛. 將前趨拜,

---

1) 匆: 저본에는 "匂"로 되어 있으나 바로잡는다.

湛揮止之，曰：“途間老草，談論非所，後此夕可詣北門<u>眞武觀</u>，得便寒暄一叙也.”

　<u>子虛</u>如言，具骰挈酒，依期而至. 旣見歡甚，因問曰：“先生甫棄函丈，華聲赫奕，非復疇昔，望以前由曉示，得伸喜慰之情也.”曰：“我平生在世，無一善可稱，止能篤信師友，愛重字紙，有所碎落，輒掇拾焚之. 帝君獎其用心，奏爲<u>梓潼</u>門直吏. 昨陪靈駕，上謁天宮，與子相逢，蓋亦有緣師弟也.”<u>子虛</u>曰：“先生踐歷華要，當途用事，某之生死壽夭，可得聞乎？”曰：“非吾所職.”<u>子虛</u>曰：“然則先生所職何事？”曰：“凡天下士人應擧文章，科名次第，吾皆得而關掌之矣.”<u>子虛</u>喜曰：“決如此，則某之前程窮達，先生必識之矣！”曰：“若子之詞章才藝，當代無輩，加之以忠厚，重之以誠愨；但少時以詞藻驕人，故天晚其成，挫其驕誇之志. 不然，奪<u>蒙正</u>之先籌，拾<u>夏侯</u>之地芥，於子何有哉？此古今論士，必先德行，良有以也. 今之衣儒服、佩儒紳，乃大不然：往往變姓而從師，易名而應擧. 纔見黜則罪有司之失選，稍成名則欺前輩之不如. 志氣驕盈，輕變所守. 視窮師爲可恥，捨賤友而不親，不知平日所以誘掖切偲，大抵皆師友之力也. 且吾往日授徒數千，交遊徧京師，卽世以後，聞有曳朱紫而登顯宦者矣，有躡岩廊而據要津者矣，未見持數盂薄酒，一酹新阡墳上，此吾所以拳拳於吾子也.”

　<u>子虛</u>因擧當時居官者，一一問之曰：“某居清要，而貪濁無厭；某職師資，而表儀不足；某居典禮，而禮多所缺；某居牧民，而民受其殃；某居校文，而私所擧之人；某居理獄，而入不辜之罪. 平居議論，唇舌如流，及籌國家之大策，決國家之大計，蒙然如坐雲霧. 甚者不循名撿實，不忠君上，大則爲<u>劉豫</u>之賣國，小則爲<u>延齡</u>之欺君. 此曹歿後，固可以擬議之乎？抑終可以享尊榮乎？”<u>湛</u>笑曰：“<u>酆都</u>之設，正爲是人.‘種瓜得瓜，種豆得豆；天網恢恢，疏而不漏’，直須時至耳！今爲吾子言之：天地間報應輪迴，善惡兩科而已. 勉於爲善者，雖猶在世，而名已簡於帝庭；厚於積惡者，不待亡時，而獄已成於地府. 故<u>顏回</u>生前陋巷而死後修文，<u>王雯</u>平

日驕頑而死時污地. 非若世人, 可因勢而得官, 可緣財而免禍; 刑辟不中而濫, 爵賞不公而私, 俛眉承睫, 雖猥冗而必甄; 賕吏奸夫, 以苞苴而幸脫. 子其勉之, 勿種來生業報也." 子虛曰: "禍福之言, 旣聞其略; 但今之士子, 每就帝君祠, 占夢將來事業, 前期顯報, 此事果信然否乎?" 湛笑曰: "帝君吞吐元氣, 周覽八極, 日閱箋書, 夜朝帝所, 豈暇隨人曉喩, 爲此屑屑哉? 但其人齋祓一心, 清淨無雜, 恍惚之間, 若有所覩. 世人不曉此意, 遂謂誠然, 甚可噡也." 曰: "然則天門放榜之事, 亦傳訛乎?" 曰: "此則不誣也." 因出文書一束, 緘封甚密, 謂子虛曰: "此來年春榜, 我方受命帝君, 備查詳閱, 付天門填寫, 以子來故, 遲遲未卽去耳! 且言天曹之樂, 絶勝凡間, 子能勉身勵行, 自然可到, 如我亦希奇有幸也." 子虛曰: "塵容俗狀, 何階及此? 但望追隨飆御, 暫時觀遊, 未料凡踪, 亦可夤緣否乎?" 曰: "何難之有? 但當申稟帝君, 以姓名填入耳!" 乃以朱書紙尾, 約十餘字, 仍命撤席.

　　時子虛御左驂直上, 見銀堞層層, 貝闕雙峙, 兩邊皆珠樓玉殿, 通明如白晝. 天河星渚, 縈抱前後, 香風浮動, 撲欄銜檻. 但覺清光奪目, 高寒逼人; 下視塵寰, 如積蘇累塊. 湛曰: "子識此乎? 世人所謂天上白玉京, 最中一朵紅雲, 乃紫微帝座. 子可於城門候立, 吾當奏請." 乃捧章而入, 良久始出. 俄聞城上喧呼: "明年冠榜, 已得范狀元矣!" 乃引子虛歷諸曹省. 至一所, 扁曰: '累德之門', 中有千餘人, 花冠蕙佩, 或坐或立. 子虛叩問, 則曰: "此仙衆皆生前惠愛, 雖非傾貲施予, 然能隨時賙給, 旣無悋心, 又無德色. 帝錄其仁, 使躋清品, 故得居此." 又至一所, 題曰: '順行之門', 中有千餘人, 雲衣雨蓋, 或歌或舞. 子虛又問, 則曰: "此仙衆皆生前孝友, 或於流離相保, 或以土地相移, 或數世同居不忍分異. 帝嘉其志, 使隸雲宮, 故得居此." 又至一所, 題曰: '儒臣之門', 皆褒衣博帶, 亦不下千人. 中有二人, 着綠袍紗帽, 指謂子虛曰: "此卽李朝蘇憲誠、陳朝朱文安也. 其餘皆漢、唐名臣, 無官位、無職掌, 但朔望參謁帝君, 如今世散官之奉朝請也. 每至五百年, 復許降生, 高者爲卿、爲相, 次者不失爲士夫、爲校尹."其他諸曹署尙百餘所, 但天色向曙, 不暇徧觀, 急御長風, 冷然而下. 至北門, 百官已趨朝矣.

子虛辭歸. 明年應擧, 果領進士第. 凡子虛家內吉凶禍福, 其師亦時時顯報焉.

嗚呼!『齊諧』好誕, 莊周寓言, 誠非君子所尙; 設或事關彝倫, 辭寓勸戒, 筆而傳之, 何傷乎? 今「子虛傳」一篇之中, 有篤於從師者, 旣足以爲之勸; 薄於事師者, 亦足以爲之戒, 其有關於民彝也大矣! 若夫天曹之遊, 其有其無, 何必深辨?

卷之三

昌江妖怪錄

峯州人有姓胡名期望，胡朝末，販泊昌江城，因而病故，其妻貧不能歸葬，鬻其小女氏宜于富商范氏。女既長成，頗有姿色，范氏悅而私焉。其妻揣知其意，托以他故，痛笞至死，瘞在村居之側。既數月，興妖作幻，變態百出：或托形於賣漿之姝，或假體於沽酒之女；有頭目者則爲淫殺，有財貨者則被潛攘。沿途十里，皆晏行早泊，以色爲戒。久之，鄉人覺得，以骸散在江次，妖亦稍息焉。

黎朝混一，有諒江一員姓黃，赴長安領職，舟次江側。時月明星淡，萬籟俱寂，忽聞東南沙觜，一哭聲轉哀。移船就之，見一女年可十七八，擁紅羅袖，茵草而坐。問之曰："夜深如許，何故悲啼，令人攪碎鐵石心腸也？"女斂容收淚曰："妾峯州人，父母以販繪爲業，群盜利財，一時見害，魂埋魚腹，骨葬江心；惟餘賤質惸惸，幸免虎口，投身沿岸，寄食村民。昨爲主婦採桑，偶經故處，不覺悲哀至此。"黃曰："兒既顛連孤苦，無所依投，今我有長安之遊，縱欲歸來，可於船間寄足；況由京國直抵兒鄉，纔半餉間，一風帆力也。"其女又泣曰："隻影零丁，誠不足惜。所恨者，先人骸骨不能還葬耳！"黃曰："我誠不愛捐數金之費，爲兒收散骨返故鄉，亦邂逅一因緣也."女喜曰:"天也! 君誠能如此, 所謂生死而肉骨也. 妾雖屏質, 願糜身以報."黃即募善泅者, 於亂波中, 淘沙收斂, 挈載南行. 時或以微辭挑謔, 細觀其意, 女拒之甚確, 黃尤嬖而畏之. 至京, 遂不即上官, 直趨白鶴江口, 於江邊安葬.

他日, 女謂黃曰:"妾與卿初非相期, 偶有良會, 但昔日以先人塋兆未安, 故殷勤見拒, 今事既圓成, 願侍巾櫛; 況君江湖遠宦, 主饋無人, 蘋藻之供, 妾請當其任矣!"既成夫妻, 情愛加密. 女又能動必以禮, 口必擇言, 僚朋親族, 稱之者如出一口.

居官閱月, 黃因感疾, 顛狂恍惚, 昏昏不省, 女亦旦夕涕泣, 不離在側. 但藥之則不飲, 診之則不受; 有以符呪來者, 輒遭侮罵. 醫工術士, 皆疑其妖祟, 然無可奈何, 但相環視而已. 繼有一人, 破巾穿履, 襤褸步進, 一坐大笑. 其人曰:"卿輩皆屠工, 我神醫也, 非徒能療疾, 兼能使人翰生羽化."問其術, 則醫風, 治氣; 探其囊, 則附子, 陳皮. 黃即笑以手示之, 使診其脉, 其人曰:"無傷也, 但臟腑不調, 生此迷惑. 宜飲以進食湯, 兼多市酒殽, 禱神禳鬼, 自然無恙矣!"乃罄所需藥, 以粉磁瓶調劑, 一啜而盡, 嘔涎數斗, 憒然如夢. 女大怒, 以杖碎磁瓶, 罵曰:"甚處幻人, 離間我夫妻, 分析我家室!"其人以符投之, 女應符驀然仆地, 乃一堆白骨. 仍急以七香湯灌黃胸臆, 有頃甦醒, 問從前事跡, 皆不省也. 衆人爭叩所以, 其人曰:"吾適覩其貌, 妖氣甚濃, 而此女乃妖祟根原. 使彼尋常吾語, 始得以施吾巧; 不然, 其能進刀圭之餌乎?"衆皆驚服. 遂使人至白鶴江掘塚, 止有數丸鮮血, 而殘骸亡矣. 方欲收取, 焂然已不見. 其人嘆曰:"枝蔓雖除, 而根荄未剪, 向非天兵將吏, 猛鋤力剔, 只恐更遭毒手, 公其危哉!"

旬餘, 黃於白晝閑臥, 見兩卒牽提令去. 至一處, 垣墻周繞, 殿宇嚴邃, 但左廊頹弊傾圮. 上有一人垂冕, 厲聲言曰:"閻王有旨, 命予追勘!"令左右授以筆紙, 逼使供狀. 黃曰:"僕本寒流, 幸登仕版, 處已絕憸邪之態, 居官無賄賂之求, 罪狀弗彰, 非敢聞命."言未畢, 已見女從左廊步出. 黃

大悟, 卽援筆供曰:

　　恭聞:『春秋』紀異, 雖石言、神降而必書; 野史摭遺, 凡梅魄、楘精而亦錄. 豈自古唱爲怪說, 欲使人得備神奸? 故<u>太眞</u>燃照水之犀, 龍宮請命; <u>馬亮</u>寫入窗之手, 鬼物祈哀. 或袪吹火之精, 或却移床之祟. 是歷代剛方之士, 不怕邪妖; 況百年香火之祠, 更容醜類? 如某者, 性慚守拙, 仕幸逢辰. 一官蕭條, 忝竊代耕之祿;[1] 半衾寂寞, 翻含失偶之悲. 誰知月下奇逢, 便是生前業報? 蠱惑臣以妖姿丰態, 粉黛朱鉛; 耗損臣之元氣眞精, 什三四五. 匪遇上醫之手, 幾成泉下之塵. 入江而曰非漁, 誰其信者? 以德而行其罰, 伏願矜之!

　　供已進呈, 王大怒曰:"不圖幻質, 遽爾生心, 旣逞淫風, 又懷妄訴, 可押赴犁舌獄!"仍大書判曰:

　　蓋聞: 猿鶴蟲沙之化, <u>周</u>代曾聞; 狐狸華表之精, <u>晉</u>朝再見. 世運寢乎愈降, 邪魔概不勝妖. 故道家以三尺盪氛, 而地獄以尺符攝召. 二十四司之關掌, 各有分曹; 百千萬狀之鬼妖, 舉皆遁跡. 夫何穢濁, 敢肆猖狂! 一生惟事於龜淫, 貪婪殆甚; 再死猶懷於狙詐, 假冒何多! 謂罪名可以力逃, 謂冥府不能顯責. <u>任</u>之狐、<u>崔</u>之虎, 變態愈滋; 劍爲樹、刀爲山, 條章載擧. 至如<u>黃</u>某, 亦有可言: 志溺少剛, 心牽多欲. 不能效<u>顏叔子</u>, 却鄰家之女; 顧乃携[2]<u>武承嗣</u>, 惑花月之妖. 罪不能無, 薄云乎耳! 吾言止此, 主者奉行.

　　又顧謂<u>黃</u>曰:"子少業儒, 讀聖賢書傳, 記古今事跡, 豈不知在色之戒, 而躬自蹈之?"仍以筆批曰:"去剛卽欲, 減壽一紀."復命兩卒送之還家.

----

1) 祿 : 저본에는 "錄"으로 되어 있으나 바로잡는다.
2) 携 : 저본에는 "攓"으로 되어 있으나 이본을 따른다.

欠伸一覺，汗流浹背．

數年後，因幹事至三岐江，憩峯州祠下，見垣牆殿宇，頹廊塑像，一如夢中所覩，乃知向日追勘者此處也．遂策馬疾驅，不敢回顧．時紹平二年八月丁巳日．

嗚呼！瞰于室、嘯于梁，不已怪乎？曰：「未也．」羽淵之熊、貝丘之豕，不已怪乎？曰：「未也．」蓋昌黎「原鬼」，丘明釋經，此怪所以爲常；然則昌江之錄，非怪也．況觀妖女之惑人，則當謹在色之戒；覽叢祠之判事，則當起遠神之敬．疑以傳疑，未足過也；步進一步，則劉叉、干寶．

那山樵對錄

清化路，其地皆山也，周遭盤亘，直數千里．其中崒然而峻拔者，名曰那山．山有洞焉，阻而脩、湫而杳，塵囂之所不接，人迹之所罕到．日有樵夫負薪，從洞中出，換魚易酒，纔取醉飽，一錢不問也．每遇村翁野竪，輒欣然話桑麻事，問其姓名庄冊，則笑而不答．及西日銜山，復從洞中去．時人以晨門、接輿許之，朶和以下不足論也．

後胡開大中，漢蒼出獵，適遇諸途，行且歌曰：

那之山，有石巑岏．樹蒼蒼，煙漠漠，水潺潺．朝兮吾出，暮兮吾還．有衣兮製芰，有佩兮紉蘭．闥排靑兮屏曉嶂，田護綠兮枕晴灘．任他朝市、任他車馬，緇塵不到此江山．幽草宋朝弓劍，古丘晉代衣冠．王·謝風流、蕭·曹事業，算往古來今卿相，石篆苔漫．爭如我，掉頭一覺，紅日三竿？

歌竟，拂衣長往．漢蒼意其有道隱者，遂命侍臣張公追請焉．比至，則已趨蹌入洞矣. 忙呼不應, 只見乘雲劈霧, 踐蹦於松梢竹杪間. 知非常人, 尾其踪而追之, 披茆取徑, 約二三里, 但見山程艱甚, 轉入深峻, 步不能前, 轉盼間, 忽不知所適. 仰見斜陽在嶺, 煙草向暝, 徬徨欲返, 已無及矣. 俄聞鷄聲, 縹緲於孤篁絶頂, 喜曰："人家不遠也!" 携笻獨上, 見一草庵, 左右植金錢數本, 雜以碧桃紅杏, 皆扶疎可愛. 內設藤床一具, 床上置絲竹隱囊. 東西壁面, 各以粉膏塗抹, 題歌兩闋：一曰愛眠, 二曰愛棋. 其辭云：

吾何愛? 愛惟眠. 愛爲安舒適性天. 淺墨帳添新富貴, 矮藤床結舊因緣. 梅之軒、竹之園, 幽居趣味有林泉. 靑奴擁後, 紅友羅前；媒引黑甛勝景, 涼思輕便. 雙掩耳, 紅塵世上；小曲肱, 白石雲邊. 寄傲草廬, 南陽閑日月；欠伸雲觀, 趙宋窄山川. 北窗吟魂易促, 西堂春夢常圓. 書樓初捲夕, 酒店欲晴天. 玄鶴黃州夜夜, 美人湘水年年. 有時向醉鄉打臥, 草鋪茵、花鋪幄、地鋪氈. 彭澤夜深, 半簾殘月；濂溪院靜, 一枕啼鵑. 任人道爲懶夫士、爲渴睡漢、爲隱神仙.

右「愛眠歌」.

吾何愛? 愛惟棋. 愛爲風雲變態奇. 劣處類龍蛇失勢, 勝邊如熊虎揚威. 車雙馳、馬雙飛, 渡河一卒靠重圍. 北南相界, 形勢相依；默運方圓動靜, 妙算無遺. 春寂寂, 乍敲殘夢；手搖搖, 擺碎香泥. 獨樂園中, 賓朋初定候；黃州樓曉, 酩酊半醒時. 晝永天留客久, 庵高子落聲遲. 院敎慵妾掃, 簾許小童窺. 贏輸賭江山半局, 功名消得失閑機. 渾不覺一天向夕, 月斜窗、烟斜篆、竹斜枝. 閬苑神仙, 閑中度日；長安公子, 醉裡忘歸. 相對處兼些琴、兼些畫、兼些壁題詩.

右「愛棋歌」.

時樵夫方踞石軒，調鸚鵡語，傍有兒童對局，見張至，驚曰："此間寥闃，林深地遠，山鳥之嚶其鳴，岩獸之交其迹，子奚爲遠涉吾境，曾不憚勞乎？"曰："僕當朝之供奉臣也，以君高蹈，辱奉弓旌之命，鑾輿在此，願少回顧。"樵夫笑曰："我乃遯世逸民，避塵老叟．頤性命於衡門茅屋，足生涯於月斧風斤．日有醉鄉之遊，門無俗客之到．友我者魚鰕麋鹿，牽我者雪月風花．但知夏葛而冬裘，霞棲而雲臥；斸山而食，汲泉而飲．寧知外間是何朝代，是何君相也？"因留之宿，設雕胡之飯，薦錦帶之羹，錯雜登盤，兼有澗毛數味．更闌對話，皆歷歷可聽，但無一言及時事者．

明日，張又請曰："古之君子，非不欲濟時行道，所以深藏不市，待價者也．故必有肖象之求，而後商霖之澤溥；必有後車之載，而後牧野之功成．今夫子以金玉之軀，袖經綸之手，逃聲名於榮利之場，蘊致澤於漁樵之樂，迹泯山澗，名聞九重，裂芰焚荷，今其時也．願早脫傅岩之築，投渭水之竿，無徒渴蒼生望也．"樵夫曰："士各有志，何必乃爾？所以嚴子陵不以東都諫議，易桐江之煙波；姜伯進不以天子畫圖，浣彭城之山水．吾才雖薄，視古有間，幸而富於黔婁，壽於顏回，健於衛玠，飽於爰旌目，達於荀奉倩，靜算所以得於天地亦多矣！若分外求贏，更規仕進，非惟愧於前賢，仰亦負故山猿鶴．子往矣！幸勿復言。"張曰："君以時不足有爲耶？今聖人端拱，四海仰治，占人獻地而稱藩，明師納款以求退，老撾、大理，臣妾恐後，所乏者林壑逸人爲之輔佐，使主上勳德遠軼輩堯、舜．君若終焉鏟彩，效務光、涓子，遠引不妨；如少有意於斯民，捨今不出，吾恐與草木俱腐，無時可際遇也。"樵夫變色曰："若子之言，無乃鋪張過甚，聽之令人面赧而心怍．且當今臨御，非胡氏耶？"曰："然．"曰："此非捨龍肚之區，而歸重於安孫之地耶？"曰："然．"曰："吾雖足不城市，身不軒墀，然嘗聞其爲人也：言多詭譎，性多貪欲，殫力役而興金甌之宮，窮侈靡而廠花街之庾．糞壤繪帛，醢醢珠玉，用金如草芥，使錢如泥沙．獄因賄而成，官以財而敍．獻忠者未言而已戮，進諂者有賞而無刑．民心搖則疲底江之師，邊釁啓則喪古樓之地．而在廷之臣，上下波隨，先後旅進，無能出一匕強劑, 以起其生者. 惟阮鵬舉有度而遲, 黃晦卿雖學而蔽, 黎景奇善謀焉而不斷, 劉叔儉君子焉而未仁. 其餘非溺於財, 則耽於酒; 非以宴安而自逸, 則以勢位而相傾, 未有奇計深謀, 爲斯民慮者. 吾方泯跡山林, 避地不暇, 豈可褰裳而就之乎? 子幸歸來, 煩爲居士謝之, 我不能以崑山之玉, 併烈於崑山之火矣!"張曰:"賢人出處固如是其執乎?"樵夫曰:"吾非執也, 直惡夫佞者失身於濁亂之朝, 而援人以偕溺也."

張默然無對, 力求反命, 具以其言白主. 漢蒼心不能平, 然猶欲以安車強致, 命張再往, 至則苔漫洞口, 荊棘彌山, 蔓草叢條, 已斷來時路矣. 但見石壁間有垂膏削膩, 題詩兩句云:

　　奇羅海口吟魂斷, 高望山頭客思愁.

其語意類元、白嘲放, 其字體倣籀、斯篆隸, 然竟不曉所謂. 漢蒼大怒, 命赭其山, 山窮而無所覩, 只見玄鶴翔空, 婆娑而舞. 後二胡得禍, 皆如詩語. 若樵夫者, 眞得道之士歟?

　嗚呼! 神以知來, 知以藏往, 聖人事也; 樵夫雖賢, 何足與此? 然言胡氏喪敗, 殆若蓍龜, 是不過徵於天理, 卜諸人心, 多言或中, 理固然也. 爲人主者, 願正心以爲正朝廷、正百官、正萬民之本, 無使處士之橫議, 斯善矣!

東潮廢寺傳

陳朝舊俗尙鬼, 神祠佛舍, 無處無有, 如黃江、銅鼓、安生、安子、普明之寺, 玉淸之觀, 皆蟬聯絡繹, 僧尼祝髮, 與齊民半. 東潮一縣, 崇尙尤甚, 創立院宇, 大社多至十餘, 小社不下五六, 皆插之以叢篁, 繚之以金碧．凡有疾病，舉皆聽命於虛無．歲時朔望，牲醴之奠、幡幢之供，靡靡不絶；神佛亦依憑得安，輒祈輒應，靈答如響，故敬信有加，而不敢慢也．

後陳簡定帝時，連年兵火，煨焚幾盡，見存者不能什一，然亦風撞雨撼，南北撐拄粉軀胎骨，縈沒於烟蘿蔓草間．吳兵既退，民始復業，土官文斯立遹尹其縣，閔其荒穢摧倒，約丁夫葺苴編葦，稍稍修復．居一歲，縣之傍苦盜，雞、豚、鵝、鴨及池魚、園菓，凡可以充口腹者，悉爲攘去．斯立嘆曰："吾幸備員邑宰，不能明以破奸，剛以威惡，仁柔致咎，我實尸之．"然猶意其奸人草竊，未足深慮，但分隸村氓，略加夜警，旬日間雖無所覩，而財物傷耗猶昨也．既久，益無所憚，至有越廚竈而發人之釀，冒房闥而摟人之妻，急就攻圍，隨失所在，恍如捕風捉影，了無一獲．斯立笑曰："久矣，盜之被誣也．蓋是陰魔厲鬼，呼朋作祟，凡昔紛擾，皆是物也．"於是徧訪名師，廣求法手，安鎮符籙，假舟筏而遣之，但禳迻愈加，而憑陵愈肆．斯立大懼，聚村人謀曰："而輩平日事佛甚謹，昨因兵燹，香火弗歆，故妖孽橫行，而佛不之救．盍往愬乎？亦權宜之一助也．"衆乃燃香歷祝曰："我衆生瞻仰諸天，皈依有日，所望於佛切矣！今者妖祟並興，扇動平民，禍及六畜，佛顧恬然坐視，無乃慈悲過甚乎？伏望垂哀憫之心，假鞭除之力，使神人不擾，民物咸寧，一切有情，均有酬恩之念．但攘甫定，生理未復，寸材片瓦，取辦全無，須來時富有，始一新殿宇，報此功德．"是夕愈加昌熾，斯立無可奈何．聞金城王先生善『易』，往筮之，曰："有馬而騎，有褐而披，皮囊錫箭，的是神師．"且戒之曰："公欲了此，次早當縣門左，投南而去，見服是衣、持是器者，其人決能除害，宜強招力請，雖牢辭勿許也．"遂與父老如期往候，南來北去，道路如織，無人肯者．

日向晡，沉吟將退，忽一人自山中披褐掛弓，策鞭而至．衆爭前羅拜，其人驚問，則告以本來之故．其人笑曰："諸公過聽矣！吾少時以從禽爲業，身不離鞍馬，手不釋弓箭．昨聞安皇多肥羣狡兔，偶出遊獵．豈解結方丈之壇，緻無形之鬼，爲何等事哉？"斯立意謂必法壇老手，不欲以符籙顯名，爲人所禍，故優游山澗，泯跡於弓箭之間，固邀弗置．其人度不得脫，勉强聽從．乃館之縣廡，幄帟裀褥，皆極鮮楚，周旋有恪，殆若神明．

其人私計曰：「凡彼所以恭迎優接者，爲能驅鬼也；顧我辟除無狀，而彼供給有加，豈古人食功之意乎？不去，將有餅罍之恥．」夜旣半，乘衆人熟寢，輕裝徑出．行至版橋西，時天色朦朧，淡月未出，見數人形貌充碩，施施然來從野外，卽竄來屏處，潛覘其所爲．良久，見攔手入洿池，截捕鮮鱗，不問小大，皆橫吞直啖，乃相顧笑曰：「子魚風味甚佳，只宜細嚼，絕勝伊蒲淡供，但恨口嘗較晩耳！」一人笑曰：「我曹頭目虛大，久被世人欺誑，安有以升合蒸米實千鈞之腹，爲彼守門哉？不有今日，幾爲長齋所誤，浪度一生也．」一人曰：「我平生血食，固與諸公異饌，但當日民貧物瘠，無人許賽，渴喉饞腹，飢不可忍，弗知肉味，若干年矣！豈但居齊三月哉？然今夕天寒冰冽，誠難久駐，少可寄步蕉園，效虎頭將軍也．」乃相携而上，曳倒銜之，嚥啜蜜漿，如吸茶之狀．其人彎弓注矢，乘高暗射，連中之，喑啞讙譁，盤跚走脫，將數十步，冉冉始滅；然猶大聲罵曰：「日辰不利，固已却之，不聽吾言，今何如矣！」

其人始喧呼遠近，村人驚覺，爭傳以燭，各分途追躅，見血痕點點，迸地而西．及半里餘，入從廢寺，見護法敗軀，腰間各著一箭，幾飮羽矣．衆人噴噴吐舌，以爲古今奇事，遂踣壞其像，土木傾殘，猶聞作語曰：「本圖實腹，終至糜身，我則已矣！彼瀆神者，首造此謀，竟能脫禍，我從之爾，反當其殃，誠可嗤也．」乃使人之江瀆神廟，見塑泥神像，忽勃然變色，面如藍靛，魚鱗數片，宛然在口，仍併其像碎之．

斯立馨其所有厚謝，其人重載而去，妖邪自此竟絕影響云．

嗚呼！甚矣！佛氏之說，無益而有害也．聽其言則慈悲廣大，求其報則茫然捉風，民敬信之，至有破產而充施者．今其頹廓餘甓，猶且張皇；況平時崇奉，其害可勝道哉？然英君誼辟，每欲去而不能去者，以高明君子佐之者衆，如宋朝之蘇學士、黎朝之梁狀元，大抵皆是．安得百昌黎者出，群而攻之，火其書、廬其居而後可！

翠綃傳

建興 余潤之, 名造新, 有詩聲, 以歌詞鳴京國, 每篇成, 伶人携金厚贈, 騷壇爲之增價. 陳 紹豐末, 因事謁諒江鎭元帥阮公忠彦, 公聞其來, 倒履迎接, 乃設宴泛碧堂, 出歌姬十數, 其中有名翠綃, 尤爲纖麗. 公戲謂余生曰:"此曹任卿撿點, 可意者, 屬東風幹當." 已而樂作, 生吟曰:

蓮花朵朵倚紅酣, 曾對仙家玉塵談; 醉挽綃衣呼得起, 數聲好唱「望江南」.

吟罷, 公笑謂翠綃曰:"秀才屬汝矣!" 生因暢飲沉醉, 夜間始覺, 已見翠綃在側, 感恩殊甚. 明日, 生拜謝贈, 公曰:"此子風流不惡, 卿善視之." 即携歸建興.

翠綃性聰慧, 每生讀書, 暗記之, 輒能成誦, 因授『古今詩話』及詞山曲海, 未期年, 長篇短什, 與生相埒. 戊戌歲, 有大比之擧, 生治裝赴省, 不忍暫捨, 與之偕往, 乃於江口坊綵廡安頓焉. 適元日, 翠綃拉女伴數人, 就報天塔拈香禮佛; 時有申柱國, 潛行寓目, 見而悅之, 掩爲已有. 生將訴于朝, 則隨方勢軋, 諸司省院, 皆避權豪, 閣筆無敢伸理. 生懷悽愴, 遂不果入省.

一日, 生於天衢散步, 見看花回騎, 前呼後擁, 插紅張白, 遺簪墮珥, 遠近狼藉. 繼見翠綃乘綵棚兜子, 從柳陰過, 欲一敍舊情, 然其間皆主家戚畹, 不敢唐突, 含情遙睇, 淚下如雨, 弗能以一辭相達. 時翠綃有畜鸚鵡一雙, 生指之曰:"汝微物尚得終日相隨, 不如我孤眠獨宿. 安得翩雲兩翅, 爲我達書娘子哉?" 鸚鵡鳴躍, 如請行之狀, 生乃裁書繫其足, 書曰:

昨者, 柳陰一過, 道達無由. 寄雙眸於片時, 曾咫尺於千里. 始信侯門之似海, 剛嫌客思之如秋. 備述舊由, 倍增深感. 憶昔, 我陪詩席, 子侑歌筵. 不勞綠綺之彈, 辱荷紫雲之惠. 笑未酬於繾綣, 恨已早於分

飛. 鴻別燕而秋聲, 雲愁秦而暝色. 一則暖流蘇之帳, 一則寒糊紙之
衾. 但貪綉幕之歡, 豈念書樓之苦? 每聽短墻殘3)雨, 廢壁寒螿, 長天
霜鴈之征離, 寂宵風笛之唱晚; 每有含情不語, 掩卷長吁, 對景關懷,
不能已已. 噫! 許虞候之不作, 崑崙奴之已非; 應無反璧之期, 空負尋
芳之約. 爰憑寸楮, 用寫離懷.

鸚鵡一時飛去, 止翠綃帳中. 娘旣得書, 復伸薛濤之箋, 泚臨川之筆,
修書以復, 書曰:

妾翠綃, 少倚市門, 長投樂籍. 調歌按曲, 謾誇河右之風流; 舉案齊
眉, 未識孟光之態度. 誰知好席, 便是良媒? 綠綺琴心, 不假長卿之
調; 華堂詩句, 酷憐杜牧之才. 自喜針芥之有緣, 深慶苧蘿之得托. 天
台客逢客, 未洽深歡; 章臺人送人, 載將離恨. 佳偶翻成怨偶, 好緣轉
作惡緣. 恥忍棲鴉, 懼頻打鴨. 出入起居之際, 未免從權; 別離契闊之
懷, 不勝感舊. 惟餘翠蛾倦掃, 綠鬢慵梳. 粉壁燈殘, 傷春腸斷; 香奩
綉倦, 別淚痕多. 昨承寄鴈之書, 倍切離鸞之想. 雖韓翃之柳, 暫折長
條; 然合浦之珠, 當還故郡. 悠悠心緒, 書不盡言.

娘遂因感疾. 柱國謂曰: "卿復憶賣詩奴否?" 曰: "然! 誠以情深伉儷,
念切睽離; 同穴之盟未寒, 偕老之約已負. 今則燕晴楚雨, 柳慘桃舒, 離
別悠悠, 一恨千古. 此昔人所以薄眼前富貴, 而懷賣餅之師; 輕分外繁華,
而甘墮樓之死. 卽欲以羅巾自縊, 柱國紿之曰: "予方思之, 子但頤神就
養, 强力加飱, 早晚召余郎, 續子因緣舊債, 何至輕生, 草草爲無名之死
乎?" 曰: "審如此, 庶幾從命; 不然, 命盡於今日矣!"
柱國不得已, 使人督召余生, 諭以還珠之意, 且謂之曰: "吾位致上公,

---

3) 殘: 저본에는 "滯"로 되어 있으나 바로잡는다.

權尊祿重，館賓餼客，日費千鍾．今日見招，欲相厚，非相薄也；況長安煮珠炊桂，難於自給．卿勿以聲跡爲嫌，宜於此安泊，少舒薪米之費．"遂糞除小閣爲讀書之所，日命小鬟侍側．每宴見，必溫辭款接；但翠綃之事，絕口未嘗道及．生方欲啓齒，則拒之曰："繾綣之私，誰無是心？想彼念卿，亦猶卿念彼．但風花有忌，未卽相見，卿第遲之，可徐徐議也．"娘聞生至，亦欲擬情見訪，然姬妾衆多，彼又防閑過密，未嘗於半餉間得乘便也．一日早朝未退，伺群姬睡着，間至書房，值生他出，見壁上題詩二絕云：

其一

小塔破履落苔衣，客舍淒涼獨掩扉；靑鳥不來春信晚，莎庭漠漠又斜暉．

其二

月殿長寒鎖翠眉，仙娥何日是歸期？相思豈直無佳句，不把文章怨別離？

方欲屬和，已聞玉珂聲將及門矣，遂不果酬答．又一日，遣所厚婢嬌鸞就生房覓寢，生拒之，鸞曰："娘意也．娘子以郞君無伴，使妾代薦枕席，如娘子之在左右也．"生許之．自此信息稍通，而閨闥之情得達矣．

時將及除夕，生乘閒言於杜國曰："僕以恩情之故，遠來爲客，而咫尺巫峯，一信不到，日月逾邁，歲又云暮，還珠之事，非敢復言．但望簾前一見，得片時敍別耳．"杜國頷之曰："更前數刻，便是良宵．吾當放昌黎之柳枝，縱宜城之琴客；斷不禁人情所欲，而私耳目之娛．卿姑少待，勿嫌晚也！"生唯唯而退．至其夕，燃燈不寢，懸望移時．一更許，於竹邊躑躅，聞曳履聲，開門迓之，則靑衣婢子；問其來也，則餽之茶．少頃，於花前剝啄，有叩門聲，褰裳就之，則赤脚蒼頭；問其來也，則餽之酒．夜半將末，竟絕音耗，大失所望．明旦，謂嬌鸞曰："爲我語翠綃：我牽於欲界之私，樂於甘言之紿，棲遲忍辱，倉卒投人．安有於杯勺之前，伸情敍話，尙不可得；況望能歸崔郊之婢，開處仲之閣乎？萬一狼忌生心，龜涊見妬；

惡念易萌於芥蒂，狂柯見贈於斧斤；在我爲失圖，而彼爲得算矣．歸歟！歸歟！豈可以求珠之故，而處於驪龍之頷下哉？”翠綃更使嬌鶯謂曰：“妾所以淹留曠日，欠綠珠一死者，第以郎君尚在．今朝言歸，何以爲約？妾聞本朝舊制，每於元夕在東津水次，盛張火樹，傾城士女，觀者壁立．兄如未忍遽棄，當如期覘候．鸞分鳳合，在此一舉，妾姑忍死以待．”生意遂決．柱國幸其去也，厚加資遣，金錢匹段，曾不斬費．

生滿載而歸，道逢老奴，謂曰：“郎君得無憂乎？何瘦削不類疇昔？”生語其故，且告以翠綃之約．奴曰：“此事易耳！當爲郎君致力．”及元夕，偕往東津，果見翠綃從數車兩，於水次縱觀．奴以所袖鐵椎，椎碎左右，傘夫轎子，一時散走，密於萬衆中掠去．彼此相視，悲喜交集，然猶慮爲彼所覺，橫遭掩捕．翠綃曰：“彼以屠瑣之資，當衛、霍之選，誅求請託，門如沸羹．寶貝金銀之積，棟充而箱露，向非鬼爐煤火，只恐橫財無由爍破也．罪盈惡貫，勢必不長；但火勢尚烘，熏灼可畏．莫若韜踪遁跡，屣脫鄉村，使無耳目之虞，庶免門庭之禍．”生然其策，密就天長依友人何某．

大治七年，柱國以侈汰伏罪，生始至京，擢進士第，遂夫妻偕老焉．

嗚呼！不忠之人，中君羞以爲臣；不正之女，中士羞以爲婦．翠綃出自倡流，本非令德，潤之果何所取，而戀戀若是？以其賢耶？則張婦、李妻；以其色耶？則陽城、下蔡．顧乃輕於去就，忍辱投人，編虎頭、摩虎鬚，幾不免於虎口．若潤之者，誠可謂愚矣！

沱江夜飲記

丙寅歲，陳廢帝出獵，止沱江北岸，夜開帳飲．有一狐由山脚投南而往，道逢老猿，謂曰：“昌符君將有事山間，屬意於吾曹厚矣！飛潛之命，懸於羅繳．縱媵六之雪未降，巽二之風緩來，子其危矣！若非掉尾乞憐，必致

犁庭掃穴. 吾欲挺身徑往, 以一言止之, 子獨不樂從乎?"老猿曰:"吾子
能持詞鋒說刃, 以言語解圍, 誠爲快擧; 只恐言辭不應, 彼以生疑, 將預
林木池魚之禍. 獨不見華表狐精之事乎?"狐曰:"從王而獵, 多武人也,
胸中欠張華博物, 目下無溫嶠高見, 保無他也."遂各化丈夫而去, 一稱袁
秀才, 一稱胡處士, 夜叩行宮. 因內侍人附奏曰:"臣聞: 聖人在御, 乾坤
清寧; 明王懋德, 鳥獸咸若. 今主上當亨泰之時, 爲民物之主, 因宜布蒐
賢之網, 張禮士之羅; 當沐而握髮, 登車而虛左; 以蒲輪駟馬而獵兔罝之
賢, 以厚幣卑辭而弋冥鴻之士, 使羽儀朝著, 潤澤生民, 一切有生, 驅而
歸仁壽之域. 何至格熊伐兔, 侵山虞之職乎?"時帝方醉欲寢, 命首相季鷹
延入, 席于西階之下, 且諭以遊畋古制, 何可廢也!

胡生曰:"夫犀象之驅以除害也, 蒐苗之閱以講武也, 渭陽之田爲非熊
之叟也. 張耀戎卒, 於是有于紅之蒐; 誇示胡人, 於是有長楊之射. 今則
不然, 當夏而興勞民之役, 非其時矣; 蹂穀而逞從禽之欲, 非其所矣; 掩
澤而圍, 窮山而火, 又非其禮矣. 公何不上啓聖明, 暫還龍御, 使人物咸
安其性哉!"季鷹曰:"不可!"胡生曰:"吾哀微禽孱獸, 爲之請命; 若高材
疾足, 豈不能遐擧於南山之南、北山之北? 寧能效守株之兔乎?"季鷹曰:
"君王此擧, 非淫原獸, 非縱禽荒, 第聞此處有千歲狐精, 故欲一擧勦除,
使奸無所容, 妖不妄作, 其他非所預也."袁目胡微笑, 季鷹問故, 胡卒然
應曰:"豺狼當道, 安問狐狸!"季鷹曰:"何謂也?"曰:"方今聖化未敷, 疆
場未靜, 蓬茇狂猘, 猖噬於東南; 李瑛餓虎, 咆哮於西北. 吳陛之鷗張雖
殄, 唐郎之鼠竊猶存. 何不挽聖人之弓, 按天子之劍; 仁爲羈絆, 義爲干
櫓; 甲冑之以忠信, 爪牙之以豪傑; 謹條籠以御難制之將, 厲弧矢以威不
服之邦, 使角掎窮寇, 檻迻兇渠, 一簇不遺, 隻輪不返! 舍此弗爲, 顧乃
區區於矰繳之末, 雖獲獸如丘山, 僕不取也."季鷹許之. 二人暗喜曰:"吾
得請矣!"因擧白浮鍾, 高談致理, 言如湧泉, 終莫能屈.

季鷹慍色曰:"吾嘗面折明人, 口伐占寇, 驚筵雄辨, 未少挫衄; 而今卒
困於子. 子非山妖野魅, 何其談鋒犀銳, 乃爾有力也?"二人怒曰:"公爲

首相, 當薦引人物, 以爲國家之器用, 而乃妒賢嫉能, 豈『書』所謂「人之有技, 若己有之」乎?" 季聾改容致謝, 且勞之曰: "吾籌當代, 無卿等人物, 何不焚荷芰、謝魚鰕; 起南陽之臥龍, 展士元之驥足; 脫跡而卿相, 釋褐而軒裳; 功加當時, 名垂後世! 何至槁死岩穴, 誰復知之?" 二人笑曰: "我等寄跡烟梢, 棲踪雲窟; 睡則草鋪茵簟, 渴則泉供酒醴; 烟霞絆吾脚, 麋鹿群吾遊. 山中赤吏, 吾耐久之朋; 長髥主簿, 吾忘年之友. 但知飱松而茹栢, 嘯月而吟風, 庶幾不落塵網, 豈能爲當時拔一毛哉?" 因相謂曰: "吾曹放浪, 本自不羈, 舊以詩鳴, 有聲岩穴. 今夕陪飲, 可無一言以記其實乎?" 胡卽吟曰:

飲了淸泉又碧灘, 悠悠名利不相干; 雲邊石窟跳身易, 世上塵籠著脚難. 日落眠殘山塚逈, 更深聽倦夜冰寒; 煙霞此去無踪跡, 子我相期久遠看.

袁亦吟曰:

萬壑千溪有逕通, 悠然拂袖任西東; 興來逐伴春山雨, 愁去分携別浦風. 湘嶺無聲啼落日, 楚天有淚泣彎弓; 我投林木君岩穴, 堪笑求安計不同.

吟罷辭去, 季聾密令人踵後, 將及林腰, 各化爲狐猿而去.

嗚呼! 天地生物而獨厚於人, 故人爲萬物之靈; 雖鳳凰之靈鳥, 麒麟之仁獸, 亦物也. 沱江之論, 胡以人而屈於物? 噫! 有由矣. 蓋季聾心術不正, 故物中妖怪得以肆其侮弄; 使正直如魏元忠、盡忠如張茂先, 則彼將聽講守火之不暇, 又何爭辨之敢? 吁! 滄浪之水, 淸兮濯吾纓, 濁兮濯吾足, 君子無自取也.

卷之四

南昌女子錄

　　武氏設, 南昌女子也, 幽閑貞淑, 兼有殊姿. 同邑張生, 慕其容行, 請諸母氏, 用百兩黃金納聘. 然生性自多疑, 防閑太過; 娘亦動循禮法, 未曾以耳目見忤.

　　居無何, 有占城之役, 大發士卒. 張雖豪族, 但不業詩書, 未離行伍, 名編尺籍, 次在前發. 臨行, 其母戒曰: "今汝暫寄軍中, 遠離膝下. 雖功名之會, 自古罕逢; 然兵革之間, 守身爲大. 但當知難而退, 度力而攻; 無貪芳餌之投, 自取懸魚之禍. 穹官厚爵, 讓他少年, 庶免爲老母所憂也." 生長跪受教. 娘且浮觴謂曰: "郎君此去, 妾不願覓封侯之印, 衣還鄉之錦; 只願凱還之日, 帶得'平安'兩字歸來耳! 第所恐者, 兵難遙度, 機未可乘; 狂獠逋誅, 王師曠日; 破竹晚膚公之奏, 及瓜淹代戍之期. 使幼妾關懷, 慈闈掛慮. 望長安片月, 則砧遠塞之寒衣; 見廢陌垂楊, 則動戍樓之遐想. 縱有千行書信, 只恐無計得鱗鴻便也." 言訖, 左右無不歔欷泣下. 已而, 離筵乍散, 征袂纔分, 擧目依然, 已是別關山意思.

　　時娘旣有孕, 別後浹旬而育, 以誕命名其子. 日往月邁, 候已半載, 每見園飛蝴蝶, 嶺暗秦雲, 徒增海角天涯之恨. 母亦以思生故, 纏綿致病;

娘爲迎醫禮佛，祈巫禱鬼，且以好語百方開說；然奄奄羸疾，勢必不起，囑娘曰："癸瘁夭也！脩短命也！我非不欲樂待佳兒，強進饘粥；然貪心無厭，厄運難逃．漏盡鍾鳴，數窮氣反；殘軀衰謝，危在旦夕，不免以死生相累．吾兒契闊，死生何處，無地可酬恩也．異日天相其誠，綏以福履，宗枝茂盛，子子孫孫．願彼蒼不負新婚，如新婚之不負老親也！"言終而逝．娘纍然哀瘠，凡葬祭儀式，一如所生父母．

及明年，頑凶就縛，師旅始解．生至家，則老母辭堂，稚兒學語矣．詢母瘞所在，攜兒獨往，兒輒悲號不肯，生止之曰："兒無苦啼！父心亦大傷感．"兒曰："君亦父耶？君自能言，殊不若曩時父泯然緘默也．"生怪問其詳，兒曰："君不在時，常有丈夫，每夜輒來，母行亦行，母坐亦坐，然未嘗向誕兒攜抱也．"生性本猜忌，及聞兒言，則束縕之惑，根著彌深，膠而不可解矣．歸即宣言泄怒，娘泣曰："妾猥以寒門，幸歸華族，未足衾裯之樂，已勞鞍馬之征．隔別三年，周旋一節．香奩粉匣，久已灰心；柳陌花街，未曾著脚．安有倖心薄態，如君之所言哉？願白此心，以釋疑惑．勿以玄妻見視，終教小玉含冤．"生終不信，然叩其說所從來，則秘兒言不道，但以他辭實之，詆辱多方，時時斥遣，雖村鄰之保、親族之言不入矣．娘不得已，請曰："妾所以托於良人，以其有宜家之樂，有喬木之安；豈期謗訕如山，恩情似葉！今則瓶沈簪折，雨散雲收；落寒沼之芙蓉，墮西風之楊柳；花辭枝而泣露，燕離幕而啼春．水遠帆孤，不堪重上望夫山矣！"乃齋戒沐浴，就黃江仰天訴曰："薄命妾，家室緣單，夫兒恨苦；枉受無根之誚，翻蒙不潔之名．江神有知，乞賜照鑒．妾若起居惟謹，純一無他，入水願爲媚娘之珠，著地願爲虞姬之草；倘或二三其德，貞黷靡常，下則充魚鼈之腸，上則飽鷹鳶之飼，無徒使傍人以河間見笑矣！"言訖，自投于水．

生雖恨其失節，然幽明頓隔，亦動哀情，百計搜求，終莫能得．獨處空房，夜夜挑點寒燈，寢不成寐．兒忽言曰："誕父又來矣！"生問何在？即指壁間燈影曰："是矣！"蓋娘平日獨居思夫，常戲指示兒．生方悟其冤，終無可奈何．

時娘同里有潘郎者，前此爲黃江渡長，常夢綠袍女子，哀號請命．迨曉，有漁子以綠殼龜馳獻，潘憶夢中所感，乃生放之．胡開大末，僞陳添平還國，犯支稜關，潘與鄉人航海避難，爲飄風所破，同時溺死，屍沉海島，適龜洞．靈妃見之，曰：“此活我主人也！”命拭之以紅綾暖扇，灌之以火鑠神丹．俄頃復活，見錦宮瑤閣，但覺神魂目眩，不知身世已在水晶宮矣．妃方御錦雲碎玉之袍，曳散霞蘂金之履，笑謂潘郎曰：“妾乃龜洞靈妃，南海廣利王之夫人也．記爲兒時，嘗遊江渚，爲漁人所獲，偶然托夢，遽爾蒙恩；今日相逢，豈非天假手於吾，而報君之德乎？”乃設宴朝陽閣，姬嬪咸在，拖輕裙而垂墮髻者，不知其數．中有一人，薄施朱粉，酷類武娘，潘時時竊視，而不敢認也．宴罷，其人謂潘曰：“妾與君本同里閈，甫爾隔面，何以路人相視，漠然無情？”潘方省悟眞是武娘，因究問來由，曰：“妾前不幸，辱被重誣，遂投身江水．水曹仙衆，哀妾無辜，激開水路，因得無死；不然已葬黿鼉之腹，安得與君會遇于茲乎？”潘曰：“娘子義不曹娥，怨非精衛，而有赴海投江之恨；今則舊穀既沒，新穀又登，寧無懷土之心乎？”娘曰：“妾既爲夫兒所不容，寧終老於水雲鄉，不願與良人相見也．”潘曰：“娘子之先人廬屋，桑柘成陰矣！娘子之先人墳塚，松楸滿目矣！縱子不憐，如先人之念子何？”娘泫然垂涕，幡然改容曰：“妾不能竟泯踪跡，久罹汚穢；且胡馬嘶北風，越鳥巢南枝，我感此情，言歸有日矣！”明日，妃以香羅紫袄，緘明珠十顆，遣赤鯉使者，送潘出水．娘乃奉金鈿爲寄，且曰：“爲妾道張郎，如少有舊情，可就江邊設解冤清醮，燃照水神燈，妾當自詣矣！”

潘既歸，詣張家道意，張初不信，及出金鈿，駭曰：“此的吾妻去時物也！”遂如言設醮黃江水滸，凡三晝夜．娘果乘綵輿，凝立水波間，從之者，車子可五十餘兩，雲旌旖旎，照耀江渚，隨見隨沒．生急喚之，但於水中遙謂曰：“妾感靈妃之德，業以死許之；多謝良人，不能更住人間矣！”竟冉冉而沒．

嗚呼！甚矣！疑似之嫌，難明而易惑也．故投杼之疑，雖大賢之母且不免；竊鈇之惑，雖隣人之子其奚解？薏苡之車，光武頓疑老將；縛殺之語，曹公至負恩人．氏設之事，亦類是也．向非天鑒其誠，水不爲害，則香骸玉骨已葬江魚之腹，安能重通消息，使貞純之節一一暴白而明乎？爲丈夫者，毋使佳人至是哉！

李將軍傳

後陳 簡定帝之卽位謨渡也，四方豪傑，遠近響應，各招集徒侶，爲勤王之師．東城 李友之，亦以田父崛起，性甚鷙悍，但有力善戰，國公鄧悉保爲將軍，使領鄕兵擊賊．權位既盛，遂行不法，倚劫徒爲心腹，視儒士如仇敵．嗜財好色，貪欲無厭，凡人妻妾，頗有顏色，一切攘奪．又多置田園，高起樓榭，袤原野而開其池，斥村閭以廣其地，名花怪石，搬及傍縣．其州人服役，兄歸則弟往，夫還則妻代，皆肩穿手裂，不勝其勞，而彼心悠然自得．

時有術士入丐其門，頗能言禍福．李命相之，其人曰：“利行莫如忠言，愈疾不如苦藥．但公容納，使僕盡言；勿令苦口見憎，終使轉喉觸諱，則可矣！”李曰：“何害！”其人曰：“善惡之著，必積而成；報應之來，其機不爽．故論數必先論理，而相面不如相心．今將軍暴有而德無，人輕而貨重；假威權而虐衆，逞奢欲以宣驕．既逆人心，必干天討．其何術以避天殃哉？”李笑曰：“吾自有兵徒，自有營壘．手，吾不釋矛戟；力，吾可追電風．天雖行健，亦將趨避不暇，安能禍及我耶？”術士曰：“將軍自是倔強，未可以言辭曉譬．僕有叢珠徑寸，照之洞知吉凶，將軍願見之乎？”因出諸袖中．李引目視之，見中有烘爐沸鼎，傍皆鬼頭異相，或持絚索，或執刀鋸；已方躬被枷鎖，就鼎邊蒲伏，睢盱駭汗．問以救之之計，術士曰：“惡本既深，禍機將發．爲今急計，莫若遣諸姬妾，破却園池，釋去兵權，依投福地. 雖罪未能卽滅, 亦可萬分減一." 李沉思良久, 曰: "先生且休矣! 我不能此. 安有逆料來時未必之禍, 而輕棄數載垂成之功哉?" 此後愈肆淫狂, 斬伐隨意. 其母輒恨曰: "好生惡殺, 誰無是心? 天道昭明, 汝胡可强獨殺, 不意吾年衰老, 復見壯兒被刑戮也!" 其子叔款, 亦隨事諫捄, 終不悛改. 年四十, 以壽終于家, 道路驪然相謂曰: "爲善者或困兵間, 作惡者全死牖下, 果有天道乎?"

先是, 本州人阮逵, 慷慨尙節, 素與叔款契厚, 逵死已三歲矣. 他日晨出, 邇遇諸途, 謂叔款曰: "汝之先人, 將有鞫訊, 以子相知之熟, 故預來報道. 子若要見, 後夕我遣人迎迓, 當有所覩; 但旣覩之, 愼宜緘默, 或出一言, 禍將移於我矣!" 言終不見. 至期, 叔款就小齋注望, 夜旣半, 果有馺卒數人, 邀至大宮殿. 殿上有王者, 傍立人皆鐵衣銅胄, 各執斧鉞戈鋌之屬, 排衙拱扈, 陛衛嚴肅. 俄見判官四員, 由左廡趨出, 其一卽阮逵也, 皆持簡向至朱案前跪讀. 一人曰: "某職某名, 在世剛方, 不避權貴, 然而爵位愈崇, 謙抑愈至, 又能忘身徇國, 爲邦家之光. 臣請奏知帝庭, 超授仙品." 一人曰: "某銜某姓, 爲人貪濁, 賄賂塡門, 又以祿秩驕人, 輕蔑有德, 未曾獎拔賢士, 爲有國之助. 臣請移報南曹, 削落年籍." 一人曰: "某州何某, 努力爲善, 日不暇給, 頃因兵燹之後, 疾疫大作, 敠方施藥, 蒙活者千餘人. 欲使托生福門, 享祿三世, 以報全生之恩." 一人曰: "某村丁某, 不睦兄弟, 不和宗族, 欺其諸孫孤幼, 改寫囑書, 盡奪其田, 使無立錐之地. 欲使托生餓隷, 輾轉溝壑, 以償攘奪之慘. 王皆可其奏.

繼有緋衣者, 自右廡趨過, 亦前來跪奏曰: "臣所理司, 有姓某名某, 頑愚不法, 繫獄期年, 未經判斷, 王庭請命, 今當至矣!" 因唱誦彈文曰:

伏聞: "玄黃肇判, 分陽淸陰濁之形; 民物稟生, 有惡業善緣之異." 如斯種種, 固可枚枚. 蓋天能以理賦人, 不能使人皆賢聖; 而人能以身率性, 不能無性或昏明. 故有倚而不中, 有流而爲惡, 吉凶之動, 判然而牝牡驪黃; 因果之來, 必爾而形聲影響. 顧此理本來顯著, 奈夫人一是頑愚，競起怒嗔，妄生物我，堙河落井，汩汩何深；塞壍填坑，滔滔皆是，幽沉至此，隕越堪怜。此九天垂拔度之科，將警迷而覺暗；十地具輪迴之獄，欲戒往而懲來，過而弗悛，刑之必至。今李某，蟲沙之質，蟻蝨之軀，締交時，覆雨翻雲；萌心處，妖精癘鬼。視文學，實同枘鑿；重貨財，殆若丘山。占人田，類漢 紅陽；縱虐殺，邁隋 楊素。戕人扇禍，較豺狼猛獸而有加；極欲窮奢，雖谿壑丘山而不足。畢竟貪心所使，眞是奸人之雄。盍實嚴條，用懲來者！

宣畢，見吏人驅友之至，跮伏門下，痛加鞭楚，流血淋漓，躑躅呻吟，酷不可忍。

忽聞殿上言曰：“分曹對局，卿等之職，何至稽滯，須一年耶？”緋衣者曰：“此囚罪盈惡積，未敢輕議，今來奏閱，始正章刑。”因陳奏數其罪曰：“凡摟人之妻，淫人之女，如何議決？”王曰：“此爲愛河所溺，當以濃湯滌胃，使情欲不生。”左右卽曳投沸鼎，肢體糜爛，仍以神冰微點，須臾間復作人形。又曰：“凡彼占人之田，破人之產，如何議決？”王曰：“此爲貪泉所汩，當以强匕撐腸，使貪心不起。”左右卽剖開胸腹，臟腑流布，復以楊枝輕拂，俄頃際又具全體。又曰：“至於破古人之墳墓，喪同胞之叙倫，又如何議決？”王默然久之，徐曰：“此乃無厭虐厲，雖刀山劍樹、銅漿鐵杖，未足爲快，但當押赴九幽獄，以皮索纏其頭，以火錐釘其足，飢鷹啄其胸，蝮蛇齧其腹，沉淪劫劫，永無出期。”

鬼吏再牽之去。

時叔款於墻隙間窺見，失聲幾哭，數鬼卒急以拳掩口，復送歸家，於空中擲下，始大驚覺。見家人環哭，言死已二日矣，但胸間氣息微溫，未敢收葬。叔款屛去妻孥，破貲焚券，入山中採藥。其事秘之不泄，惟叔款及蒼頭數人知之，故罕傳也。

嗚呼！天之道，至公而無私；天之網，雖疎而不漏。故或生前免禍，而死後被刑. 但禍於生人旣不見, 刑於死人又不知, 此世所以多亂臣賊子; 縱使見之, 知之, 雖使爲惡, 亦惡乎敢? 然李某旣見知之, 又從而肆之, 此又一等不移人, 駁乎無以議爲也!

麗娘傳

阮氏琰, 東山大姓陳渴眞之從表妹也. 與錦江商婦李氏, 對開粉庯于西都城外, 鄰比交接, 情好轉密; 然俱未有子. 一日, 就壺公洞, 乞靈祈嗣, 李氏謂阮氏曰: "我等於城市間相識, 今日之事, 不約而同, 倘香火有緣, 必以相配, 平戶議婚, 何必崔、盧、李、鄭? 山神在彼, 吾不食言." 已而, 阮果生女曰麗娘, 李果生男曰佛生. 年及長成, 俱好紙筆, 以父母相厚之故, 往來無間, 每有吟詠, 必相唱和. 雖聘期未定, 而兩情私許, 不啻夫妻焉.

胡建興己卯, 遭渴眞之禍, 女遂入宮, 生大失所望. 後値除夕, 五更歇, 生尙寢, 忽聞喑啞聲, 排門一起, 見百餘綵轎, 逶迤前過, 已有帛書著欄楯間, 乃麗娘手跡也, 書曰:

妾聞: "天有陰陽, 天道以之而備; 人有夫婦, 人道以之而成." 嗟我何脩? 與君不偶! 昔時心事, 久已相關; 今日仳離, 翻成永感. 竟落樓前之影, 長緘院裏之春. 每怕鏡舞離鸞, 琴操「別鶴」. 春城日暮, 柳斜寒食東風; 流水御溝, 腸斷上陽宮女. 但有幽愁種種, 淸淚波波. 悵宿願之多違, 笑此生之浪度. 柳氏重歸之約, 好會難期; 玉簫再合之緣, 他生未卜. 願君自愛, 別締良媒; 無以一日之恩, 而誤百年之計. 悠悠心緒, 書不盡言, 未得鈞旨, 先此申覆.

生見書, 大加傷感, 寢食俱廢; 然亦以婚事不成, 竟邁東徙, 感娘此情,未忍他娶.

胡氏末, 明將張輔分兵入寇, 侵掠京城. 生聞漢蒼失守, 意麗娘必在驅
中, 乃辭母之南, 冀可相見. 旬日始達神符海口, 聞賊將呂毅領婦女數百,
據天長府, 孤軍無援, 心知麗娘在此; 但徒手人鄉, 無以爲計. 會簡定帝
起兵長安州, 以衆寡不敵, 欲退還乂[1]安, 生欲藉其兵勢襲取麗娘, 乃就
馬前獻策, 其略曰:

臣聞: "拯渙成功, 固因興運; 禦戎得策, 實本廟謨." 故攻人必審於致
人, 而破敵當明於料敵. 昨者胡朝失御, 吳子生心. 黃、觀乘虎托之
威, 蝸爭遠徼; 沐晟逞鴟張之惡, 蜂螫郊畿. 致令百餘年安樂之區, 轉
作數十合紛拏之地. 析骸供爨, 粉骨爲糧. 沿河之億萬生靈, 誰無切
齒? 據郡之四方豪傑, 咸有戰心! 必須撥亂宏才, 方建扶顚偉績. 今大
王憤陳家之不造, 奮夏旅以圖回. 持三千不滿之兵, 當五道莫强之寇.
雷轟電掣, 從天之勢力張; 霧朗雲清, 復土之功可必. 方望還都而陟
迹, 如何遇敵以班師? 固宜招鄧悉於演州, 留肇基於謨渡. 海道犀舟
勁棹, 直抵乎灘; 步軍長轂高鋒, 徑趨鹹子. 或命將以扼木丸之口, 或
分兵以撞古弄之城. 鯁賊牙於白鶴灣頭, 無令轉食; 植椿樹於蝵廚津
尾, 用遏奔波. 陸勿容方軌之車, 水莫共長江之險. 夜則燃蒭相接, 晝
則枹鼓相聞. 西都之形勢旣張, 東土之藩籬自固. 將見韓攻則趙應, 從
合則衡孤. 我轉戰而無前, 師行席上; 彼扶傷而不暇, 敗在眼中. 縱猶
豫而狐疑, 恐鼠嘷而雉竄. 時難再得, 王請勿疑! 伏望竪漢之旗, 反唐
之斾, 吾軍雲合, 倘同時協力以幷攻; 彼虜天亡, 將匹馬隻輪之不返.

策進, 簡定帝讀而奇之, 給兵五百, 使分擊天長. 生慷慨誓衆, 諭以興
復陳祚, 士皆踴躍, 因乘潮夜進, 呂毅果拔壘宵遁, 北住昌江, 又連破之,

---

1) 乂 : 저본에는 "義"로 되어 있으나 바로잡는다.

退保諒山 北峩驛. 生又按據鬼門關, 調度兵糧, 會有燕臺賚班師詔書至者, 張輔督諸軍還上道有日矣. 生本爲求妻而來, 初無立功之志, 及聞北兵出塞, 因與將校揮手爲別, 晚投北峩驛.

時驛舍蕭條, 無人訪問, 適見村媼問之, 媼顰眉告曰: "此處常駐三軍, 殺氣甚嚴, 日又暮矣, 郎何從至, 未向人家投宿?" 生慘然備言來意, 媼曰: "噫! 果有是姓名年齒, 如郎君所道, 不幸銜寃死矣!" 問其詳, 則曰: "前五日, 北軍方欲旋駕, 阮氏謂朱、鄭二夫人曰: '我輩質輕蒲柳, 命薄朱鉛, 國破家亡, 流離至此. 若更從出塞, 便是他鄉風景; 曷若委塡丘壑, 密邇鄉關, 免作北朝孤鬼矣!' 因皆自盡. 將軍憫其有操, 以禮葬在山椒." 乃携生至其所, 歷指之曰: "貞純剛烈, 只此數人, 其餘不勝污辱矣!" 生不覺大慟. 是夕, 因宿墓所, 泣曰: "我爲汝遠來, 獨不能於夢中以一言相勞耶?" 夜旣半, 見麗娘冉冉而至, 泣叙曰: "妾出自凡流, 過蒙厚遇. 緣未諧於錦帳, 分已薄於春冰. 時與志而俱違, 妾辭君而遠逝. 朱樓有恨, 幾對斜暉; 青鳥無媒, 誰將來信? 悵容光之減舊, 度歲月以偸生. 誰料赤觜歌殘, 紅顏禍起. 燕兵胡騎, 莫遏侵陵; 禁柳宮花, 幾愁攀折. 恨殘軀之多誤, 嗟厄運之重遭. 始不能全節以從夫, 終又忍甘心於降虜. 寄隻身於萬死, 度一日如三秋. 涉水踰山, 備艱嘗險. 將隨緣而苟合, 則狼子難馴; 欲出塞而遙征, 則狐丘易感. 是以不貪生活, 不怕拘囚. 零落燈前, 魂隨戰鼓; 蒼黃客裏, 命寄羅巾. 今則靈性雖存, 殘骸非舊. 愧良人之遠訪, 撫往事以長嗟. 敢述幽懷, 幸垂知悉."

遂夫妻講歡論舊, 一如平生. 生曰: "汝旣不幸, 我將携殯歸來, 免使空行空返." 娘曰: "感君深情, 厚意不報? 但妾與二美人相從日久, 交情親熟, 不忍一朝捨去; 況此地溪山明媚, 雲烟勃窣, 神安魄安, 不必重煩移葬也." 及雞三號, 急起爲別. 明日, 生以銀數兩買棺材香湯, 併二美人改葬之. 後夜, 見三人來謝, 方再欲叙話, 已失所在矣. 竟惆悵歸來, 後不再娶.

及黎 太祖起兵藍山鄉, 生以宿恨未償, 將兵應募, 凡遇明朝將校, 無不剪滅, 故盪平吳寇, 生多有力焉.

嗚呼! 信近於義, 言可復也; 義或未安, 何其言之復? 彼李生者, 以恩情之故, 堅守前盟, 患難流離, 不忘信約, 其情可哀, 於義則未安也. 何則? 感情而求之則可, 冒死以求之則不可; 冒死以求之猶不可, 況不娶而絕先人之嗣其可乎? 是故君子有權焉, 未嘗執一也. "所存者小, 所失者大." 其李生之謂歟?

金華詩話記

金華女人名芝蘭,[2] 姓吳氏, 乃符先生之賢內助也. 工於詩, 善屬文, 歌詞尤妙. 黎朝淳皇帝愛其辭博, 使教授宮中. 每遊宴, 輒操觚侍側; 凡有擬作, 必應命而就, 文不加點. 年四十餘而卒, 葬西原坡上.

端慶末, 士子毛子編負笈京師, 日久思家, 歸于太原之洞喜縣, 途經金華, 偶爲風雨所阻. 村墟既遠, 日又暮黑, 忽引目南注, 見火光隱約, 急趨就之, 乃茅屋數間, 四面竹木森然. 子編窘甚求其宿, 閽者不納. 望見老人據胡床而中坐, 傍有美人, 履珠簪玉, 如妃嬪之狀, 遙謂把門人曰: "更闌夜寂, 天氣甚惡, 人來借歇, 汝又深拒, 使彼安所歸乎?" 子編遂攝衣步入, 假憩前廳南畔.

將及二鼓, 有一人鬢眉半白, 鳶肩峭聳, 乘紫騾徑造. 老人下階延揖曰: "跋涉遠訪, 先生良苦矣!" 曰: "業已成約, 不忍孤負; 但恨滿城風雨, 不能圓邠老吟魂耳!" 即東西命席, 對坐論文, 夫人預焉, 但席次差下一等. 公見夫人所製雲母屏「四時詞」, 讀之, 其辭曰:

初晴熏人天似醉, 艷陽樓臺浮暖氣; 隔簾柳絮度鶯梭, 繞檻花鬚穿蝶翅. 階前紅線日添長, 粉汗微微沁綠裳; 小子不知春思苦, 傾身含笑

---

2) 芝蘭: 저본에는 "蘭之"로 되어 있으나 이본을 따른다.

過牙床.

右第一幅春詞

風吹榴花紅片片, 佳人閑打鞦韆院; 傷春背立一黃鸎, 惜景哀啼雙紫燕. 停針無語翠眉低, 倦倚紗窗夢欲迷; 却怪捲簾人喚起, 香魂終不到遼西.

右第二幅夏詞

清商浮空澄霽景, 霜信遙將孤鴈影; 十丈蓮殘玉井香, 三更楓落吳江冷. 飛螢夜度碧闌干, 衣薄難禁剪剪寒; 聲斷洞簫凝立久, 瑤臺何處覓驂鸞?

右第三幅秋詞

寶爐撥火銀瓶小, 一盃羅浮破清曉; 雪將冷意透疏簾, 風遞輕冰落寒沼. 美人金帳掩流蘇, 紙戶雲窗片片糊; 暗裡挽回春世界, 一株芳信小山孤.

右第四幅冬詞

讀訖, 嘆曰: "南州無我, 安知夫人之絶唱? 我若無夫人, 亦安知一時之傑作? 古人云: '名下無虛', 誠確論也!"

夫人曰: "我才襪線, 安敢望名公之萬一! 幸而遭際先朝, 日承筆硯, 故稍通格律, 補綴成章. 一日, 妾遊衛靈山, 乃董天王飛升故處, 漫然題曰:

衛靈春樹白雲閑,3) 萬紫千紅艷世間, 鐵馬在天名在史, 英靈凜凜滿江山.

數月, 流傳宮中, 上大加稱賞, 賜女衣一襲. 又一日, 上御靑陽門, 命阮侍書製「鴛鴦詞」, 曲成, 玉音未允, 顧謂妾曰: '汝亦佳作綺詞藻句, 豈有限禁耶?' 妾遂一揮立就, 末聯有曰: '凝碧陶成金殿瓦, 皺紅織就錦江羅.' 上獎嘆移時, 賜黃金五錠, 又以「符家女學士」呼之. 自是顯名當時, 取重墨客, 大抵皆先皇之力也. 及淳皇帝大行之日. 嘗作挽詞云:

三十餘年拱紫宸, 九州四海囿同仁; 東西地拓輿圖大, 皇帝天恢事業新. 雲擁眞遊無處覓, 花催上苑爲誰春? 夜來猶作「鈞」、「韶」夢, 悵望橋山拭淚巾.'

公曰: "若此作者, 雖尖新不足, 而哀慕有餘, 深得古人意致. 蓋古昔之詩, 以雄渾爲本, 以平淡爲工, 語雖短而意則長, 辭雖近而旨則遠; 今之作者乃大不然, 非失之輕浮, 則傷於嘲怨, 賦「高唐」者致疵神女, 歌「七夕」者貽誚天孫, 構謗造誣, 莫斯爲甚. 此我所以傷時而憫景也!"

夫人傾聽, 不覺墮淚, 公叩之, 則曰: "妾久侍淳皇, 歷事憲廟, 雖結君臣之義, 實同父子之親, 承宴見而不之嫌, 通往來而無所間; 豈意淺夫薄子, 言多不遜, 每每播之篇什, 有曰: '宴罷龍樓詩力倦, 六更留得曉眠遲.' 有曰: '君王要欲消閑恨, 應喚金華學士來.' 士君子於名教中自有樂地, 何必掩無爲有, 指是爲非, 輕以文字見戲哉?" 公曰: "豈獨夫人然耶? 古來貞烈, 困於嘲謔之筆者何限? 且姮娥, 月殿之仙也, 而詠之者乃: '姮娥應悔偸靈藥, 碧海靑天夜夜心.' 弄玉, 飛升之女也, 而賦之者乃曰: '如何後日秦臺夢, 不見蕭郎見沈郎!' 入侯門則言托綠珠, 斥阿武則謗貽后土, 無不肆情妄議, 脫穎含譏. 安能挽瀘江之水, 爲前人洗惡詩哉?" 夫人收淚曰: "非公知悉, 則妾幾爲玷圭一人物, 奚有磨光刮垢? 但良宵易邁, 勝席靡常, 良人在坐, 公亦偕會, 不必閑談他事, 徒增傷感."

---

3) 閑: 저본에는 "寒"으로 되어 있으나 이본을 따른다.

因論本朝詩手，公曰：“拙齋之詩奇而騷，樗寮之詩峻而激．松川之詩如健兒赴敵，頗涉糲豪；菊坡之詩如時女步春，終傷婉弱．他如金華之杜、玉塞之陳、翁墨之譚、唐安之武，非不橫鶩遠駕，然求其言融理到，上該風雅，惟阮抑齋諸篇之忠愛，念不忘君，眞可溯少陵門戶．若夫語變雲烟，辭關風教，則亦老夫所不多遜．”如此者四五千言，子編不能盡記；但竊聽於墻壁間，躞蹀有聲，偶爲公所覺．公曰：“今夕之會，事非經見，似有別人窺闖，風流話本，恐被他招起，先生獨不知之乎？”夫人笑曰：“後來秉筆儒生，不過指我輩爲荒唐鳴也！其奚害？”子編不知所謂，從傍趨出，直前羅拜，且詢以詩法．公卽出懷中一卷，紙約百張，授之曰：“歸而求之有餘師，不必別尋他集也！”

俄而，樽罍告罄，相揖爲別．公旣出門，子編亦睡著．及紅日東出，攬衣急起，則身臥草而尙寒，露沾衣而欲濕，郊原莽漠，惟東西兩塚在焉．開卷觀之，皆白紙空張，只有‘呂塘詩集’四字，淋漓醉墨，花暈未乾，方悟公卽呂塘蔡先生，而其處卽符教授及夫人墓也．遂親之呂塘，訪求遺藁，則蟲侵蠹嚙，存者不能什九，乃遠近咨訪，極力編緝，片言隻字，採摭無遺．故自黎朝啓運，言詩者無慮百餘家，然惟蔡集盛行，大抵皆毛子編之力也．

夜叉部帥錄

國威奇士文以誠，恣情任俠，不惑邪祟，凡花妖月怪及淫祠厲鬼，不經祀典者，蔑視之，一切不憚．

陳重光末，人多死喪，冤魂無告，往往聚爲黨輿．或扣茶店，以覓半餉之醉；或邀妓女，以結暫時之歡．遇之者，疾有沈疴；禳之者，師無驗法．橫行原野，不復相忌．以誠乘醉騎馬徑造焉，群妖波駭，一時星散，急呼之曰：“汝曹壯士，不幸罹此．我來相訪，欲以利害相聞，勿苦迴避！”各稍稍復集，延拜上坐．以誠曉之曰："凡汝等幸人之災，樂人之死，志欲何爲？"曰："欲益吾兵耳！"曰："欲益而兵，爭損人生何？而兵益，則仰食不敷；人生損，則祈禳者寡．於汝何利而甘心喜爲？逞其欲，則溪壑不足塡；決其暴，則虎狼未爲猛．縱能利己，雖片衣寸楮而不辭；苟可充腸，雖漏甕破盆而不恥．汲汲焉，壺樽之覓；栖栖焉，餔啜之求．興災扇禍，而竊造化之權；瞰室嘯梁，而惑斯民之聽．汝曹所樂，吾心自羞；況天用德而不用威，人好生而不好殺，而乃自爲禍福，過逞驕淫，帝用不臧，刑之必至．汝將何走以避誅責乎？"衆鬼愀然曰："吾徒不得已耳！非所願也．其生也不辰，其死也非命；饑無可給之食，退無可托之人．白骨叢中，愁纏宿草；黃沙原上，冷對秋風．故不免嘯侶呼朋，營求一飽．況世運就衰，行將革易；人家漸耗，會見消磨．以故冥司不禁，吾輩有辭；只恐來年愈勝今年耳！"

　　既而庖廚進饌，羅列樽俎．問其殽，則某村之牛；問其酒，則某里之釀．生啜唊如流，勢劇風雨．衆鬼喜相謂曰："眞吾帥也！"因請曰："吾輩烏合，自相雄長，旣無統率，勢必不久；而使君惠然肯來，是天以使君將吾曹也．"以誠曰："我文武兼全，雖駑亦可將也；但幽明路隔，如老母何？"衆鬼曰："否！願使君重養威嚴，申明束約，日則分區散處，夜則差員申稟，非敢以泉局見屈也．"以誠曰："如不得已用吾，吾以六條從事，盟而後可耳！"皆曰："唯命！"因請第三夜就某處立壇．依期畢集，一老鬼後至，生斬之，衆皆股慄，乃出令曰："凡汝衆無輕我命！無狃淫風！無爲民祟而致殘民之生！無掠民財而不度民之難！無於淫宵結黨！無於清晝假形！聽吾命，吾爲汝將；違吾命，吾加汝刑．尙審聽言，勿貽後悔．"於是部分校卒，凡有利病，輒來稟白焉．

　　居月餘，一日閑坐，見一人自稱冥司使者，致辭請往．以誠將趨避，其人曰："王命也．以君剛毅，欲以顯秩見邀，非有所苦，願勿深拒；只可少寬程限，須君自詣，僕於途中預候耳！"言已不見．卽檄諸鬼校問之，皆曰："噫，有甚事！但吾輩未及先言耳．"因曰："曩者閻王以時方不靖，置夜叉四部，部一帥臣，假以殺伐之權，寄以生靈之命，任隆責重，非他官比．使君威望素著，閻王聞名久矣，而我曹極力薦保，故荐臻顯職爾！"以誠曰："如子言，福我耶？禍我耶？"衆曰："閻羅選人，不異選佛，非可以賄賂求，非可以僥倖得．持心剛正，雖微賤而必揚；處己奸回，雖顯榮而不錄．訓齊之寄，非公其誰？倘或顧戀妻孥，遲以歲月，必爲他人所獲，而吾徒亦觖望也．"以誠幡然改容曰："死殊可憎，名亦難買；況筆以利故夭，松因枝而伐；雉非羽不能以自禍，象非齒不能以焚身．鴻鴈之死，爲不鳴也；樗櫟之壽，爲不材也．修文地下，三十二之顔回；召記玉樓，二十餘之長吉．丈夫處世，不能腰金珮玉，會當留名萬代；何乃低頭濁世，屑屑較彭殤哉？"遂經紀家事，數日而卒．

時鄉人黎遇，與以誠素相知者，漂泊桂陽，寓於旅舍．一更後，見一人乘青驄馬，僕從亦盛，主翁褰簾迎接．黎遇怪其聲類以誠，而貌微不肖，出門將避，其人曰："故人知君，君不知故人，何也？"因敘鄉井通姓名，且言："己職隸冥司，官登崇秩，以君有舊故，來訪問耳！"因解所服裝，典酒爲樂．飮數巡，黎因曰："僕平生處世，有意陰功，曾無肥己之私，曷至迫人于險！教則隨才誘掖，學則極力研窮；不萌分外之求，不爲已甚之事．然而四方餬口，隻影投人；兒或啼寒，妻常苦饑；入欠蔽風之廬，出無避雨之簦．東馳西騖，日甚一日；而親朋故舊，仕者相繼．方以才藝，碌碌均等；然前程所及，自相千百．何榮瘁乃爾懸絶耶？"以誠曰："富貴非可求，貧窮亦有命．故銅山餓鄧，車子困周；有緣則風送馬當，無分則雷轟薦福．不然顔、閔德行，自可致於青雲；盧、駱詞章，終不淹於黃馘．蓋莫之爲而爲者天，莫之致而致者命．所貴於士者，貧而無諂，窮且益堅，素位安行，順受而已．窮通利鈍，吾如彼何哉？"酒既罄，遂剪燈對話，亹亹不倦．

明日當別，以誠屛人言曰："吾新承帝命，兼掌疫兵，分行郡國間，加之以饑饉，重之以兵革，生齒凋耗，什存四五，自非福淵深遠，只恐玉石俱焚也．卿家福薄，似亦不免，宜早還鄉里，無久滯於他州客舍也．"黎曰：

「托於君有餘力矣!」以誠曰:「分界不同,非敢逾越.長江以北,吾主之;長江以西,丁帥掌之.但吾領黑衣吏卒,猶有慈心;彼所領白衣疫兵,率多虐鬼.君不可不爲之慮.」黎曰:「奈何?」以誠曰:「每部帥司,夜差人千餘,分州散疫.卿但厚市酒殽,中庭設具,彼千里遠來,勢必饑渴,見則飲食之無疑矣!卿於暗間竊候,俟盂盤欲散,但趨前羅拜,愼勿致辭,亦僥倖中一助也.」遂揮淚爲別.

黎遇歸至鄉間,疫癘大作,妻子臥病,幾乎不識.卽盛辨壺樽,如言夜設.果見鬼卒十餘輩,騰空而至,相顧曰:「吾等饑甚,舍此奚適?未聞以數盂酒出入罪也.」遂相向環飲.有紫衣人當中儼坐,餘皆拱立,或持刀斧,或執簿書.飲將盡,黎趨至,連拜不止.紫衣者曰:「我方暢飲,此子何爲至是耶?」衆鬼曰:「此必設具主人,其家病亟,願賜斟酌.」其人怒取簿書投地,曰:「安有以一盤醨具,易五口生人耶?」衆鬼曰:「既食人財,豈容恝若?脫以此得責,甘心瞑目矣!」紫衣者沈吟既久,乃以朱筆塗竄約十餘字而去.

後數日,黎家同獲痊解.黎德以誠之救,卽其家立祠.鄉人祈請,嘗有顯應焉.

嗚呼!朋友,五倫之一,其可輕乎哉?彼「夜叉」一錄,其事有無,不暇辨論.所喜論者:以誠死生之交而友人,取友之端,不以存亡而改所守,不以患難而忘相救;世之盂酒論交,顚倒肺腑,少臨利害,若不相識,聞其風者,寧不愧心乎!

부 록

·····

한국·중국·베트남 傳奇小說의 미적 특질 비교
— 『金鰲新話』·『剪燈新話』·『傳奇漫錄』을 중심으로

한국·중국·베트남 傳奇小說의 미적 특질 비교
──『金鰲新話』·『剪燈新話』·『傳奇漫錄』을 중심으로

머리말 ── 비교의 관점

이 논문은 한국, 중국, 베트남에서 각각 창작된 전기소설(傳奇小說)의 미적 특질을 비교해 논의하는 것을 목표로 삼는다. 전기소설은 중국의 당(唐)나라 때 성립되었으며, 송대(宋代) 이후에도 문언소설(文言小說)로서 연면히 창작되었다. 특히 명초(明初)에 구우(瞿佑, 1347~1433)가 창작한 전기소설집『전등신화』(剪燈新話)는 한국과 베트남의 문인·지식인들에게 두루 읽혔다. 그리하여『전등신화』의 영향으로 한국에서는『금오신화』가, 베트남에서는『전기만록』이 창작되기에 이르렀다.

『전등신화』는 명 태조(太祖) 홍무(洪武) 11년인 1378년, 구우의 나이 서른두 살 때 창작되었다.[1] 주지하다시피 이 책은 전 4권으로 이루어져 있는데, 각 권당 5편의 작품이 수록되어 있으며 말미에 부록 1편이 첨부되어 있다. 따라서 수록된 소설의 편수(篇數)는 총 21편이다. 조선의 지식인과 문사들은 15세기 이래『전등신화』를 애독하였다.[2] 그리하여 동아시아 문화

---

1) 陳益源:『剪燈新話与傳奇漫錄之比較研究』(臺北: 學生書局, 1990), 52면 참조.

권 최초의 소설 주석서(註釋書)라 할『전등신화구해』(剪燈新話句解)가 윤춘년(尹春年)과 임기(林芑)의 공동작업으로 16세기에 완성되어 간행되었다.『전등신화구해』가 나온 다음부터 조선인은 대체로 이 '구해본'(句解本)으로『전등신화』를 읽은 듯한데, 이 책은 그 수요가 높아 20세기 초[3])에 이르기까지 조선의 여러 곳에서 누차 간행되었다. 또한 이 책은 임진왜란 이후 일본으로 전해져 일본판으로 간행되기도 했다.

『금오신화』는 세조(世祖) 말에서 성종(成宗) 초, 즉 1470년을 전후한 시기에 창작된 것으로 추정된다. 작자는 김시습(金時習)이며, 당시 그의 나이는 30대 전반이었다.[4]) 한국학계에서는 그 동안 이 책이 조선조 때 간행되지는 못했고 필사본만 있었던 게 아닌가 생각해 왔으나, 최근 최용철 교수에 의해 조선간본(朝鮮刊本)의 존재가 보고된 바 있다.[5]) 조선간본은 흥미롭게도『전등신화구해』의 공동저자인 윤춘년에 의해 편집(編輯)되었다. 체재와 내용은 일본간본(日本刊本)과 차이가 없으며, 다만 글자의 미세한 차이가 있을 뿐이다. 단권(單卷)의 책이며, 수록된 작품 수는 총 5편이다.

『전기만록』은 16세기 전반기[6])에 베트남의 문인 완서(阮嶼)가 창작한 소설집이다. 전 4권으로 이루어져 있으며, 각 권마다 5편의 작품이 수록되어 있는바, 수록된 소설 수는 총 20편이다.

『전등신화』와『금오신화』에 대한 비교 연구는 이미 선학들에 의해 여러 차례 시도되었다. 그러나 그 연구는 대체로 전파론적 입장에서의 비교 연구로서, 발신자(發信者)인『전등신화』와 수신자(受信者)인『금오신화』를

---

2) 유탁일, 「전등신화·전등여화의 한국전래와 수용」(『茶谷李樹鳳선생화갑기념고소설연구논총』, 1988)에 의하면, 『전등신화』가 조선에 전래된 것은 1421년에서 1443년 사이다.
3) 20세기 초의 刊本으로는 1916년에 나온『諺文懸吐剪燈新話』를 들 수 있다.
4) 박희병, 『韓國傳奇小說의 美學』(돌베개, 1997), 173면 참조.
5) 최용철, 「금오신화 朝鮮刊本의 발굴과 그 의미」(『중국소설연구회보』 39, 1999).
6) 더 좁혀 말한다면 16세기의 3, 40년대이다. 陳益源, 앞의 책, 63~64면 참조.

요소적으로 대비하는 데 주안을 둔 것이었다.

그후 이런 식의 비교 연구에 대한 반발로 『금오신화』의 독자성을 탐색하는 방향으로 연구가 진행되었다. 이는 1970년대 이래 한국의 국학연구(國學研究)가 '내재적 발전론'을 중시하는 관점에서 진행된 것과 궤를 같이한다. 그러나 이런 독자성을 강조하는 연구 방법은 또 다른 폐단을 낳기도 했다. 무엇보다도 '문화권적(文化圈的) 시각(視角)'을 결(缺)한 채 우물안 개구리식의 사고에 갇히게 된 것이 가장 큰 폐단이다. 그리하여 동아시아의 보편적 맥락을 고려하지 않은 채 『금오신화』의 특수성을 과대하게 강조한 점이 없지 않다. 말하자면 다분히 일국주의적(一國主義的) 관점에 함몰되어 문화권적 관련, 문화권적 보편성을 방기한 셈이다.

전파론적 비교 연구를 테제(These)라 한다면, 그후에 전개되어 온 독자성을 강조하는 입장은 안티테제(Antithese)라 할 수 있을 터인바, 향후의 연구는 이 두 입장을 지양(止揚)한 신테제(Synthese), 즉 변증법적 종합이 필요하다고 생각한다. 본 연구는 이런 연구사적 반성과 전망 위에서 출발한다.

한편, 『전등신화』와 『전기만록』에 대한 비교 연구가 근년 대만(臺灣)의 첸이위안(陳益源) 교수에 의해 이루어진 바 있다.[7] 첸이위안 교수의 연구는 그 실증적 성과가 돋보일 뿐 아니라, 『전기만록』의 미덕을 읽어내고자 하는 노력도 상당히 기울이고 있다. 그렇기는 하나 전파론적 연구 방법의 문제점을 완전히 불식하고 있지는 못하다고 생각된다. 게다가 중국이 한자문화권의 '주류'(主流)이고 한국·일본·베트남은 그 '지류'(支流)인바, '주류'를 제대로 이해하기 위해 '지류'에 대한 연구가 필요하다는 식의 주장에는 '중화주의적' 태도의 혐의가 없지 않다. 중심과 주변을 가르고 중심에서 주변으로 문화가 전파된(혹은 전파되면서 변이된) 사실을 확인하는 데 주력하는 방식의 비교문학 연구는 한자문화권에 속한 각 나라 연구자들이 서로

---

7) 陳益源, 앞의 책.

흉금을 열고 상호존중의 정신에 입각하여 평등한 관점에서 '자·타'(自他)의 문화를 이해하고 연구해 나갈 것을 요구하는 오늘날의 요청에 그리 잘 부합되는 것 같지 않다. 또한 첸이위안 교수는 '역외한문학'(域外漢文學)이라는 용어8)를 사용하면서 『전기만록』을 그 범주 속에서 이해하고 있지만, 이 '역외'(域外)라는 말에서는 내외(內外)의 위계적·차등적 구분을 강조한 중세 화이론(華夷論)의 그림자가 어른거린다. 요컨대 문제는 자기중심성의 극복이다. 자기중심성을 극복하고자 하는 치열하고도 진지한 노력이 없다면 비교문학 연구는 필경 제국주의적인 혹은 '아'(亞)제국주의적인 지향을 보이기 십상이라는 점을 경계하지 않으면 안된다.

　　최근에는『금오신화』·『전등신화』·『전기만록』셋을 함께 다룬 연구도 이루어졌다. 전혜경(全惠卿) 교수의 「한(韓)·중(中)·월(越) 전기소설(傳奇小說)의 비교 연구」9)가 그것이다. 이 논문 역시 기본 관점은 발신자를 중심으로 수신자의 변이 양상을 살피는 데 주안을 두고 있지만, 특이한 점은 세 작품 가운데『금오신화』가 특히 우수하다는 점을 부각시키고 있다는 사실이다.10) 정말 우수하다면 우수하다고 말하는 것이 흠될 일은 아닐 테지만, 만일 다른 자료의 또 다른 우수성을 제대로 챙기지 않은 채 하는 말이거나, 자료에 대한 객관적이고 엄정한 판단과 균형감각 위에서 내려진 결론이라기보다 '팔이 안으로 굽는다'는 원리가 일정하게 작용한 결과라고 한

---

8) 이 용어는 陳慶浩 씨가 처음 사용한 것이 아닌가 생각된다. 이 점에 대해서는 陳慶浩, 「越南漢文小說叢刊 總序」(『傳奇漫錄』, 『越南漢文小說叢刊』 제1책, 臺北: 學生書局, 1987 所收) 참조.

9) 박사학위논문(숭실대 국문학과, 1994. 12)이다.

10) 일례로『금오신화』에 대한 다음과 같은 평가를 들 수 있다. "세 작품(『전등신화』·『전기만록』·『금오신화』를 가리킴 ─ 인용자) 중 『金』(『금오신화』를 가리킴 ─ 인용자)은 작자의 창작동기가 가장 강하게 내재된 작품으로 생각되며, …『金』은 이야기 구성에 있어서 『剪』·『傳』(『전등신화』와 『전기만록』을 가리킴 ─ 인용자)보다 발전된 형태를 보인다고 할 수 있다. 이는 창작기법에 있어서 『金』의 창작성을 입증할 수 있는 뚜렷한 근거라고 할 수 있다."(위의 논문, 49면)

다면, 이 역시 자기중심성이 관철되는 또 다른 한 방식을 보여주는 것이라 하지 않을 수 없다.

본 연구는 선행 연구들처럼 자구(字句)나 디테일의 축자적(逐字的) 대비(對比)에 관심이 있지 않다. 또한 특정 작품을 '중심'에 놓고 다른 작품을 그와 대비하는 방식을 취하지도 않는다. 평등안(平等眼)[11]으로 『전등신화』·『전기만록』·『금오신화』를 살피면서 그 공통점과 차이점을 해명하고자 한다. 요컨대 자기중심성을 벗어난 평등한 관점에서 텍스트를 읽고자 한다.

본 연구는 한국·중국·베트남 세 나라 전기소설의 미적 보편성과 특수성을, (1)우의(寓意), (2)결말구조, (3)시공간(時空間), (4)인물이라는 네 측면에서 검토하고자 한다. 이 과정에서 동아시아 소설의 한 역사적 장르인 전기소설의 특질에 대한 이해가 심화되고, 민족적 차이나 작가의 문제의식의 차이가 각 작품에 어떻게 투사되면서 작품의 미적 특질의 차이를 초래하는지가 해명될 것이다. 이 점에서 필자는 본 연구가 앞으로 전개될 동아시아 문학에 대한 활발한 비교 연구에 하나의 새로운 작업 모델이 되기를 희망한다.

1. 우의

1.1. 『전등신화』, 『전기만록』, 『금오신화』는 모두 우의를 담고 있다. 우의란 작가가 작품을 통해 말하고자 하는 핵심적 메시지다. 우의란 그 자체가 하나의 미적 형식임과 동시에 그 속에 작가의 의도와 생각이 내포되어

---

11) '평등안'은 정신의 태도이면서 동시에 방법적 원리 내지 지침이 될 수 있다고 생각한다. 이 용어는 원래 불교에서 유래한다. 그러나 필자가 이 용어의 비교문학(혹은 비교문화)적 원리로의 전용가능성(轉用可能性)을 생각하게 된 것은 박지원(朴趾源)을 통해서다. 박지원에게 있어 이 말의 용례는 박희병, 『한국의 생태사상』(돌베개, 1999), 330~331면에서 살필 수 있다.

있다는 점에서 사상과 등가물이다. 『전등신화』, 『전기만록』, 『금오신화』를 제대로 이해하기 위해서는 미적 형식이자 사상의 등가물인 이 우의의 양상과 의미를 읽어내는 일이 대단히 중요하다. 세 작품은 우의를 중요한 미적 형식으로 삼고 있다는 점에서 보편적이며, 우의의 내용과 양상이 다르다는 점에서 특수적이다.

『전등신화』에 수록된 소설들은 대부분 원말(元末)의 난세를 배경으로 삼고 있다. 이를 통해 구우는 세계의 횡포를 고발하는 한편, 세계의 횡포 앞에서 인간이 얼마나 무력한가를 그려 보이고 있다.

원말은 주지하다시피 군웅이 할거하던 시기다. 구우는 원말명초(元末明初)의 전란을 몸소 겪은 작가다. 특히 지정(至正)12) 13년에 소금장수인 장사성(張士誠)이 고우(高郵)에서 기병(起兵)하여 칭왕(稱王)함으로써 강남 일대는 전쟁의 소용돌이 속에 휩싸인다. 장사성은 이후 14년간 절강(浙江) 일대를 점거했다.13) 장사성의 난은 구우의 삶과 세계인식에 큰 영향을 미쳤던 것으로 보인다. 장사성이 난을 일으켰을 때 구우는 여덟 살이었으며, 장사성이 궁지에 몰려 자결했을 때 구우는 스물두 살이었다. 구우는 그 할아버지가 전당(錢塘, 지금의 浙江省 杭州)에 거주했던바, 구우를 '전당인'(錢塘人)이라 칭하는 것은 이 때문이다. 장사성의 난으로 인해 구우는 사명(四明)과 고소(姑蘇)14) 등지를 유랑하지 않으면 안되었던 것으로 알려져 있다.15) 이처럼 구우가 소년기와 청년기에 겪은 장사성의 난은 그의 세상 보는 눈에 큰 영향을 끼쳤다. 그리하여 훗날 구우는 『전등신화』를 창작함으로써 전란 체험을 통해 갖게 된 세계인식과 정조(情調)에 미적 형상을 부여하게 된다. 그러므로 『전등신화』에서 장사성의 난이 종종 구성(構成)

---

12) 원나라 마지막 황제인 순제(順帝)의 연호로, 1341년에서 1367년까지 사용되었다.
13) 이 점에 대해서는 『明史』 권123의 「張士誠」 참조.
14) 고소(姑蘇)는 소주(蘇州)를 말한다. 고소와 사명(四明)은 모두 절강성에 속한 땅이다.
15) 陳益源, 앞의 책, 39면의 주 20에 인용된 明 郎瑛, 『七修類稿』 권33 詩文類 '瞿宗吉'條 참조. '종길'(宗吉)은 구우의 자(字)임.

의 주요한 계기가 됨은 구우라는 한 인간의 정신 현상을 고려한다면 결코 우연한 일이 아니다. 가령 구우 자기 자신의 이야기가 아닌가 의심되는 「추향정기」(秋香亭記)의 다음 구절을 보자.

상생(商生)은 채채(采采)의 시를 받고 재삼 감탄했다. 그러나 미처 화답하기 전에 고우에서 장사성이 기병하여 삼오(三吳)[16] 지방이 전쟁의 소용돌이에 휩싸였다. 상생의 아버지는 가족을 이끌고 남쪽 임안(臨安)으로 갔다가 다시 회계(會稽)·사명 등지를 전전하면서 난을 피하였다. 채채의 집 또한 북쪽 금릉(金陵)으로 이사하는 바람에 서로 소식이 끊긴 지 10년이 되었다.[17]

상생과 채채는 서로 깊이 사랑하는 사이였음에도 전란으로 인해 헤어져야 했으며, 이후 채채는 다른 남자의 아내가 되고 만다. 이 작품은 전란이 개인의 운명에 드리우는 짙은 그림자를 수채화처럼 그려내고 있다.

장사성이 일으킨 병란이 중요한 의미를 가진다는 점은 「취취전」(翠翠傳)이나 「애경전」(愛卿傳)도 마찬가지다. 이들 작품의 남녀 주인공들은 모두 장사성이 일으킨 병란으로 인해 삶이 갈기갈기 찢어진 채 비극적 종말을 맞는다. 세계의 폭력성 앞에 인간은 무력할 뿐이다. 비록 이들 작품에서 구우가 권선징악이나 인과응보, 정조(貞操)의 중요함을 말하고 있다 할지라도 그것은 오히려 얕은 차원의 우의일 뿐, 작품의 심부(深部)에서 포착되는 우의는 역시 이 세계의 폭력성에 대한 고발이 아닐까 한다. 적어도 그 점에서 본다면 『전등신화』는 반전문학(反戰文學)으로서의 면모를 일정하

---

16) 소주, 상주(常州), 호주(湖州)를 가리킨다.

17) "生感嘆再三, 未及酬和, 適高郵張氏兵起, 三吳擾亂, 生父挈家, 南歸臨安, 展轉會稽四明以避亂. 女家亦北徙金陵, 音耗不通者十載."(필자 소장본 『剪燈新話句解』. 이하 『剪燈新話』의 인용은 이 본에 의거함. 또 국문 번역은 을유문화사에서 1976년에 간행된 李慶善 씨 譯의 『전등신화』를 참조하되 더러 필자가 표현을 바꾸었음. 이하도 마찬가지임)

게 갖고 있다고 할 여지가 없지 않다.

『전등신화』의 우의가 갖는 이런 면모와 관련해 필자는 다음의 두 가지 점을 아울러 지적하고 싶다. 그 첫째는 「태허사법전」(太虛司法傳)에서 발견되는 극히 그로테스크한 다음의 서술이다.

풍대이(주인공 이름—인용자)가 하루는 볼일이 있어서 근처 마을에 가게 되었다. 때마침 전란을 치른 뒤라 그 근처에는 사람이 살고 있지 않았고, 눈에 들어오는 건 온통 누런 모래와 흰 해골뿐이었다. 목적지에 이르기도 전에 해는 벌써 서산에 기울고 음침한 구름이 사방에 잔뜩 끼었다. 잠시 쉬어갈 주막 하나 보이지 않으니 어디서 밤을 지내야 할지 난감했다. 마침 길가에 오래된 잣나무 숲이 있었다. 그는 곧 그리로 들어가 큰 나뭇등걸에 기대어 잠시 휴식을 취했다. 그 바로 앞에서는 부엉이의, 그리고 뒤에서는 늑대와 여우의 울음소리가 들려왔다. 이윽고 어디선가 까마귀떼가 몰려오더니, 어떤 놈은 한쪽 다리를 들고 울어대고 어떤 놈은 두 날개를 팔딱거리며 춤을 추었다. 그리고 기괴하고 기분 나쁘게 우짖으면서 빙빙 돌며 진(陣)을 형성하는 것이었다. 그 옆엔 여남은 구의 시체가 나동그라져 있었다. 음산한 바람이 씽씽 불더니 갑자기 소나기가 퍼붓기 시작했는데, 한 번 벼락이 치자 별안간 모든 시체들이 앞을 다투어 벌떡벌떡 일어나는 게 아닌가! 그들은 나무 밑에 있는 풍대이를 보자 우르르 달려들었다. 깜짝 놀란 대이는 급히 나무 위로 올라갔다. 그러자 시체들은 나무 밑을 삥 둘러싸더니 휘파람을 불기도 하고 큰소리로 욕지거리를 퍼붓기도 했다. 시체들은 혹 앉기도 하고 혹 서 있기도 했는데, 서로 큰소리로 이렇게 말하는 것이었다.

"오늘밤에 이놈을 꼭 잡아야 해! 그렇지 않으면 우리들이 경친다."

그러는 사이에 구름이 걷히고 비가 개자 달빛이 숲 속으로 새어 들어왔다. 그때 저편에서 야차(夜叉) 한 놈이 이리로 걸어오는 것이 보였다. 머리에는 두 뿔이 돋쳤고 몸 전체는 푸른빛이었다. 그놈은 큰소리로 외

치며 성큼성큼 숲 속으로 걸어오더니 손을 쑥 내밀어 시체를 덥석 잡고
는 그 머리를 떼어 우적우적 씹어먹기 시작했다. 그 모습은 마치 참외를
먹는 것 같았다.18)

이 대목은 대단히 황량하고 처참한 세계상황을 표상한다. 앞부분에 보이
는 자연에 대한 묘사는 음울하기 짝이 없으며, 뒷부분에 서술된 시체와 야
차의 이야기는 소름이 오싹 돋을 만큼 끔찍하다. 구우는 주인공 풍대이가
결국 귀신에게 승리하는 것으로 이야기를 종결짓고 있지만, 이 작품이 담
고 있는 심각한 우의와 관련해 정작 우리가 주목해야 할 바는 인용된 대목
이 보여주는 작가의 세계인식이 아닌가 한다. 해골·까마귀떼·시체·귀신·야
차, 이는 병란이 끊이지 않았던 원말의 현실에 대한 묘사에 다름 아니다.
세계의 모습은 지옥과 방불하다. 작가는 자신이 목도한 시대의 참혹한 모
습을 환상적인 필치로 그려 놓고 있는 것이다.
　두번째는 「수문사인전」(修文舍人傳)의 다음 대목에서 확인되는, 불의와
부정이 횡행하는 현실에 대한 신랄한 비판이다.

　명부(冥府)에서는 사람을 쓸 때 그 선발이 아주 엄밀하여 반드시 그
직책에 맞는 재주가 있어야만 벼슬자리를 얻고 녹(祿)을 받을 수 있다
네. 인간 세상에서와 같이 뇌물이면 다 되고, 좋은 문벌의 자제만이 벼
슬하고, 겉모습만 보고 함부로 벼슬을 준다거나, 헛된 명성으로 특진(特
進)하는 따위의 일은 없다네. … 이 세상은, 어진 사람은 아래에서 굶어

---

18) "有故, 之近村. 時兵燹之後, 蕩無人居, 黃沙白骨, 一望極目. 未至而斜日西沈, 愁雲四
起. 既無旅店, 何以安泊? 道旁有一古栢林, 即投身而入, 倚樹少憩, 鵂鶹鳴其前, 豺狐嗥
其後. 頃之, 有羣鴉接翅而下, 或跂一足而啼, 或鼓雙翼而舞. 叫噪怪惡, 循環作陣. 復有八
九死屍, 僵臥左右, 陰風颯颯, 飛雨驟至, 疾雷一聲, 羣屍競起, 見大異在樹下, 踴躍趨附.
大異急攀緣上樹以避之. 羣屍環繞其下, 或嘯或詈, 或坐或立. 相與大言曰: '今夜必取此
人! 不然, 吾屬將有咎.' 已而, 雲收雨止, 月光穿漏, 見一夜叉, 自遠而至, 頭有二角, 擧體
青色, 大呼闊步, 邐至林下, 以手撮死屍, 摘其頭而食之, 如喫瓜之狀."

죽고, 어질지 못한 사람은 서로 어깨를 나란히 하고 발자취를 이으며 세상에 이름을 드날리지. 태평스러운 날이 적고 어지러운 때가 많은 것은 다 이 때문이라네. 그러나 명부는 그렇지 않더군. 승진과 쫓아냄이 분명하고, 상벌이 공평하지. 지난날 이승에서 임금을 속인 역적이거나 나라를 망친 신하로서 높은 벼슬을 하고 후한 녹을 받은 이들은 저승에 오면 반드시 앙화를 입고, 또 이승에서 적선(積善)을 행했거나 덕을 닦은 사람이면서도 아랫자리에서 곤궁을 면치 못했던 이는 저승에 오면 반드시 복을 받게 된다네. 이는 윤회와 인과응보의 법칙인지라 저승에선 피할 도리가 없다네.[19)]

위 인용문은 저승에서 수문관(修文館) 사인(舍人)이라는 벼슬을 맡고 있던 하안(夏顏)의 친구가 하안에게 한 말이다. 명부와 현실을 대조하면서 현실의 부조리와 모순을 낱낱이 지적하고 있다. 몸을 닦고 행실을 삼갔건만 곤궁을 면치 못했던 선비 하안은 기실 구우의 분신이라 할 만하다. 구우는 자신의 불우한 처지와 관련한 비판적 상념을 이 작품 속에 각인해 놓고 있는 것이다.

1.2. 『전기만록』에 수록된 작품들은 거개 진말(陳末), 여초(黎初) 연간을 배경으로 삼고 있다. 진조(陳朝)는 1225년에서 1400년까지 존속한 베트남 왕조이며, 여조(黎朝)는 1428년에 창업되어 1788년까지 지속된 베트남 왕조이다. 진조가 망한 후 호조(胡朝)라는 왕조가 잠시 들어섰는데, 이는 진조의 재상이었던 호계리(胡季犛)가 왕위를 찬탈해 세운 나라이다. 호조

---

19) "冥司用人, 選擇甚精. 必當其才, 必稱其職, 然後官位可居, 爵祿可致, 非若人間可以賄賂而通; 可以門第而進; 可以外貌而濫充; 可以虛名而躐取也. … 賢者橋項黃馘而死於下, 不賢者比肩接跡而顯於世. 故治日常少, 亂日常多, 正坐此也. 冥司則不然. 黜陟必明, 賞罰必公. 昔日負君之賊、敗國之臣, 受穹爵而享厚祿者, 至此必受其殃; 昔日積善之家、修德之士, 阨下位而困窮途者, 至此必蒙其福. 盖輪廻之數、報應之條, 至此而莫逃矣."

는 1400년에서 1407년까지 호계리와 그의 아들 호한창(胡漢蒼) 2대 동안 지속되었다. 호한창은 왕으로 있을 때 명나라의 침략을 받아 아버지 호계리와 함께 포로가 되어 중국으로 잡혀갔다. 이로써 호조는 망하고 이후 20년간 베트남은 중국의 지배하에 있었다. 그러나 베트남 인민은 끈질긴 저항 운동을 전개해 마침내 명나라 군대를 축출하고 새로운 왕조인 여조를 세웠다.

그런데 여조가 창업된 지 백 년쯤 후인 1527년에 여조의 신하 막등용(莫登用)이 왕위를 찬탈해 이후 1592년까지 막씨(莫氏) 정권이 지속되었다. 완서(阮嶼)가 『전기만록』을 창작한 것은 막등용의 왕위 찬탈이 있은 후였다. 완서는 『전기만록』을 통해 막등용의 왕위 찬탈을 비판하고자 했던바, 『전기만록』에 보이는 호계리 및 그 아들 호한창에 대한 풍자와 비판은 기실 막등용에 대한 풍자와 비판이다. 가령 「나산초대록」(那山樵對錄)이나 「타강야음기」(沱江夜飮記) 같은 작품이 그 좋은 예다. 뿐만 아니라 『전기만록』의 맨 앞에 실린 「항왕사기」(項王祠記)에서 패도(覇道)를 추구한 항우(項羽)를 힐난한 것도 막등용의 권력 찬탈에 대한 비판과 관련이 없지 않다. 이렇게 볼 때 『전기만록』이 담고 있는 우의 중 첫번째의 것으로 완서 당대에 발생한 왕위 찬탈에 대한 비판을 꼽을 수 있다.

한편, 『전기만록』은 여러 군데에 중국의 베트남 침략을 비판하는 뜻을 붙이고 있다. 1406년에 감행된 명나라의 베트남 침공은 궁극적으로 영락제(永樂帝)의 영토 확장 야욕에 기인하는 것이었다. 영락제는 베트남을 정복해 중국의 군현(郡縣)으로 편입하고자 하는 구상을 갖고 있었으며, 마침내 호계리의 왕위 찬탈에 트집을 잡아 20여만의 군대로 베트남을 공격했다. 명군은 동서 두 방면으로 베트남을 침공했는데, 동군(東軍)의 사령관은 장보(張輔), 서군(西軍)의 사령관은 목성(沐晟)이라는 자였다. 1407년 호계리 부자는 명군의 포로가 되어 남경으로 보내졌고 이후 베트남은 20년간 중국의 식민지배를 받게 된다. 그러나 이 기간 동안 베트남 인민은 명나라에 항거하면서 줄기차게 해방전쟁을 벌였으니, 1407년 베트남 황제에 즉위한 간정제(簡定帝)나 그의 조카 진계확(陳季擴)은 저항세력을 이끌며 명군에 적지 않은 타격을 입혔다. 1409년 간정제가 붙잡히고 1414년 진계확이 처형되자 중국의 베트남 통치는 잠시 소강상태를 맞기도 했다. 그러나 1418년에 기병한 여리(黎利)는 10년간의 항전 끝에 마침내 베트남의 독립을 쟁취하며, 여조(黎朝)의 창업자가 된다.[20]

이민족의 침략에 반대하는 완서의 입장을 잘 보여주는 작품의 하나로 「여랑전」(麗娘傳)을 거론할 수 있다. 이생(李生)의 사랑하는 아내인 여랑(麗娘)은 명군의 포로가 되어 중국으로 이송될 운명에 처해 있었는데, 스스로 목숨을 끊어 절개를 지킨다. 여랑을 찾아나선 이생은 여랑의 무덤 앞에서 오열하는데, 이 날 밤 이생은 여랑의 혼령과 만나 정을 나눈다. 이튿날 이생은 무덤을 떠나 고향에 돌아오며, 다시는 장가들지 않는다. 작품은 이렇게 종결된다.

그후 여태조(黎太祖)가 남산향(藍山鄕)에서 군대를 일으키자 숙한(宿恨)을 풀지 못하고 있던 이생은 군사를 이끌고 그 휘하에 들어갔다. 그는 명나라 장교를 만나기만 하면 모조리 베어 죽였으므로 침략자들을 물리치는 데 큰 힘이 되었다고 한다.[21]

침략주의에 반대하는 완서의 입장은 「쾌주의부전」(快州義婦傳)에서도 확인된다. 중규(仲逵)는 노름으로 아내 예경(藥卿)을 잃는다. 하루아침에 딴 사람과 살아야 할 처지에 놓인 예경은 스스로 목숨을 끊는다. 예경이 죽자 상제(上帝)는 그녀의 죽음을 불쌍히 여겨 징왕사(徵王祠)에서 일을 보게 한다. 여기서 징왕사가 언급된 것은 특별한 주목을 요한다. 징왕사는 징왕(徵王)을 모신 사당인데, 이와 관련해 『영남척괴열전』(嶺南摭怪列傳)의

---

20) 유인선, 『베트남史』(민음사, 1984), 147~152면; 山本達郎, 『安南史研究 1』(東京: 山川出版社, 1950), 328·411·451·617면 참조.
21) 본서, 210면.

한 이본(異本)[22]에는 다음과 같은 기록이 보인다.

　두 징부인(徵夫人)의 본성은 락씨(雒氏)인데, 언니 이름은 측(側)이
고 동생 이름은 리(貳)이다. 봉주(峯州) 미령현(麊泠縣) 사람으로 교주
(交州) 락장(雒將)[23]의 딸이다. 일찍이 측은 주연현(朱鳶縣) 사람인 시
삭(詩索)에게 시집가 그 아내가 되었는데, 몹시 절의가 있고 웅용(雄勇)
했으며 일을 잘 처리했다. 당시 교주 자사(刺史) 소정(蘇定)은 탐욕스럽
고 포악하여 사람들이 괴로이 여겼다. 측은 그 남편을 살해한 소정을 원
수로 여겨 동생인 리와 더불어 기병하여 소정을 공격하여 교주를 함락하
니, 구진(九眞)·일남(日南)·합포(合浦) 등의 여러 군(郡)이 모두 호응
하였다. 그리하여 마침내 영남(嶺南) 65성(城)을 함락하여 스스로 왕이
되어 징씨(徵氏)라 칭하였다. 도읍은 오연성(烏鳶城)에 정하였다.
　소정은 남해군(南海郡)으로 달아났는데, 이 사실을 보고받은 광무제
(光武帝)는 그를 담이군(儋耳郡)에 유배보냈다. 그리고 장군 마원(馬
援)과 유융(劉隆) 등을 파견하여 소정을 대신해 공격하게 하였다. 마원
의 군대가 낭박(浪泊)에 이르자 부인은 1년이 넘게 항전했다. 그후 부인
은 마원의 군대가 강성함을 보고 오합지졸로 버틸 수 없겠다고 생각해
마침내 금계(禁溪)로 퇴각했다. 그러나 마원이 군사를 이끌고 공격해 오
자 병졸들이 모두 흩어져 달아났다. 부인은 형세가 고단하게 되어 진중
(陣中)에서 목숨을 잃었다. 혹은 말하기를, 희산(希山)으로 들어갔는데
그 뒤의 행적을 알 수 없다고 하기도 한다. 세상 사람들은 이 일을 슬퍼

---

22) 『영남척괴열전』(嶺南摭怪列傳)은 베트남의 신화와 전설을 수록한 책으로, 진조(陳朝)
　　말기인 14세기 후반에 성립되었을 것으로 추정된다. 원래의 『영남척괴열전』에는 총 22편
　　의 작품이 수록되어 있었으며 그 속에 징부인에 대한 이야기는 들어 있지 않았다. 그러나
　　후대에 누군가가 징부인 이야기를 『영남척괴열전』에 추가하였다. 필자가 거론한 『영남척
　　괴열전』의 이본은 프랑스 파리의 亞洲學會 도서관 소장본(도서번호 b29)이다.
23) 베트남 고대 지배 계급의 일원. 베트남 고대의 계급 구조는 왕 밑에 락후(雒侯)와 락장
　　(雒將)이 있고 그 밑에 일반 민(民)이 있었다.

하여 갈강(喝江) 어귀에 사당을 세워 그 제사를 지낸다.[24]

한편 15세기 후반에 성립된 『대월사기전서』(大越史記全書)[25]는 징왕의 응용지기(雄勇之氣)와 영웅적 기개를 대서특필하고 있다.[26] 이처럼 징왕은 중국에 항쟁하여 베트남의 독립을 쟁취한 영웅으로서 예로부터 베트남 인민들의 추앙을 받아온 인물이다. 예경이 죽은 후 징왕사의 관원이 된다는 설정은 작품 말미의 다음 서술과 호응을 이룬다.

　　예경은 수심에 차서 말했다.
　　"… 여씨(黎氏) 성을 가진 진인(眞人)이 서남방에 출현할 테니 우리 두 아이로 하여금 그 진인을 따르게 하세요. 그러면 저는 비록 죽었으나 그 이름은 사라지지 않을 거예요."
　　날이 밝으려 하자 예경은 급히 일어나서 떠났다. 그녀는 가다가 돌아보고 가다가 돌아보고는 하면서 머뭇거리며 떠나갔다.
　　그후 중규는 재혼하지 않고 두 아들을 잘 길러 장성시켰다. 마침내 여

---

24) 戴司來·楊保筠 校注, 『嶺南摭怪等史料三種』(鄭州: 中州古籍出版社, 1991), 30면. 원문은 다음과 같다. "二徵夫人本姓雄〔雒〕氏, 姉名側, 妹名貳, 峯州麊泠人, 交州雄〔雒〕將之女也. 初, 側嫁于朱鳶縣人詩索爲夫〔妻〕, 甚有節義, 雄勇能決事務. 時交州刺史蘇定貪暴, 世人苦之. 側仇定之殺其夫, 乃與妹貳擧兵攻定, 陷交州, 以至九眞·日南·合浦諸郡皆應. 遂略定嶺外六十五城, 自立爲王, 始稱徵氏焉. 建都于烏鳶城. 蘇定奔歸南海, 漢光武聞之, 貶蘇定于儋耳郡, 遣將軍馬援·劉隆等代擊之. 至浪山〔泊〕, 夫人拒戰逾年, 後見馬援兵勢强盛, 自度烏合之衆, 恐不能支, 遂退保禁溪. 援率衆攻之, 卒徒走散. 夫人勢孤, 乃陷沒于陣, 或云登希山, 不知所之. 世人哀之, 立廟于喝江口以奉祀."

25) 여조(黎朝) 성종(聖宗) 때인 1479년에 오사련(吳士連)이 완성했다.

26) 陳荊和 編校, 校合本 『大越史記全書』上(동양학문헌센터총간 제42집, 東京: 東京大學 동양문화연구소부속 동양학문헌센터, 1984), 125～127면. 특히 吳士連의 다음 史評에 그 점이 잘 드러난다. "徵氏憤漢守之虐, 奮臂一呼, 而我越國統幾乎復合. 其英雄氣慨, 豈獨於生時建國稱王? 沒後能捍災禦患, 凡遭災傷水旱, 禱之無不應, 徵妹亦然. 蓋女有士行, 而其雄勇之氣在天地間, 不以身之沒而有餒也. 大丈夫豈可不養其剛直正大之氣哉!"

태조가 남산(藍山)에서 군대를 일으키자 두 아들을 군인으로 종군시키니, 이들은 차례로 관직을 역임했다.27)

「여랑전」이나 「쾌주의부전」과 달리 「야차부수록」(夜叉部帥錄)은 베트남 인민이 명나라와 항쟁하던 시기의 비참한 현실을 환상적인 필치로 그려내고 있다. 전쟁통에 억울하게 죽은 수많은 사람들의 원혼이 떼거리를 지어 몰려다니며 사람들에게 행패를 부리자 주인공 문이성(文以誠)은 그들을 꾸짖는다. 그러자 귀신들은 슬픈 표정을 지으며 이렇게 대답한다.

우리도 부득이해서 이 짓을 하는 것이지 하고 싶어서 하는 짓이 아니라우. 우리는 나쁜 시절에 태어나 비명(非命)에 죽은지라 쫄쫄 굶주려도 누구 하나 밥을 갖다 주는 이 없고, 의탁할 사람도 전연 없다우. 수북이 쌓인 백골은 묵은 풀에 수심만 더하며 황토 들판에서 차갑게 가을바람을 맞고 있다우. 그래서 벗들을 불러 주린 배를 한번 채워 보려 한 것이라우.28)

귀신들의 이 말은, 비록 비틀어서 표현한 것이기는 하나, 명나라의 침략이 베트남에 초래한 참상을 잘 드러내고 있다고 생각된다.

같은 귀신 이야기지만 「산원사판사록」(傘圓祠判事錄)은 좀더 분명하게 완서의 민족주의적 입장을 보여준다. 명나라 군대의 사령관 목성의 휘하에 있던 장수 최백호(崔百戶)는 전사한 후 베트남의 사당신(祠堂神)을 몰아내고 그 이름을 사칭한다. 그런데 원래의 사당신은 6세기 무렵 이남제(李南帝)를 도와 베트남의 독립을 위해 싸우다 죽은 이복만(李服蠻) 장군이다. 이남제는 중국 남조(南朝)의 양(梁)으로부터 베트남의 독립을 시도한 이분(李賁)을 말한다. 그는 544년 만춘(萬春)이라는 나라를 세워 스스로를 남

---

27) 본서, 35~36면.
28) 본서, 223~224면.

월 황제(南越 皇帝: 南帝)라 칭했으나 3년 후 양나라 군대에 패해 목숨을 잃었다.29) 이복만은 이남제의 충신인데, 베트남 민간신앙에서는 예로부터 외적의 침입으로부터 국토를 지킨 대표적인 인물로 그를 떠받들어 왔다.30)

이복만의 신령은 오자문(吳子文)이라는 선비의 도움으로 염라왕의 재판을 받음으로써 마침내 원래의 지위를 되찾게 된다. 이처럼 「산원사판사록」은 명나라 장군과 베트남 장군의 혼령이 명계(冥界)에서 벌이는 싸움이라고 할 수 있다.

『전기만록』에 담긴 우의 중 세번째로 지적할 점은 현실비판이다. 이는 여러 작품에서 발견되지만 여기서는 두 가지 예만 들어보기로 한다.

(1) 아무개는 청직(淸職)에 있으면서 탐욕이 끝이 없고, 아무개는 선비의 사표(師表)가 되어야 할 자리에 있으면서 사표가 되기에 부족하고, 아무개는 예(禮)를 책임진 자리에 있으면서 예를 제대로 펴지 못하고 있고, 아무개는 목민관으로 있는데 백성들이 그로 인해 재앙을 받고 있고, 아무개는 문장의 고하(高下)를 평가하는 자리에 있으면서 사사로이 자기가 추천한 사람의 글에 높은 점수를 주고 있고, 아무개는 법을 관장하면서 무고한 사람들에게 벌을 주고 있습니다. 이들은 평소 이야기할 때는 입을 잘 놀리다가도 국가의 큰일을 논할 때나 나라의 대계(大計)를 결정해야 할 때에는 그저 멍하니 앉아 있을 뿐입니다. 심지어 명실(名實)이 어긋나고 임금에게 불충하니, 크게는 유예(劉預)처럼 나라를 팔아먹고, 작게는 연령(延齡)처럼 임금을 기만하고 있습니다.31)

(2) 이장군은 권세가 좀 생기자 불법을 자행했으며 무뢰배를 심복으

---

29) 校合本 『大越史記全書』, 148~150면 참조.
30) 『嶺南摭怪列傳』 권3 續類의 「明應安所神祠傳」(『越南漢文小說叢刊』 제2집 제1책, 臺北: 學生書局, 1992, 124면); 유인선, 앞의 책, 108면 참조.
31) 본서, 121~122면.

로 삼고 선비를 원수처럼 대했다. 또한 돈을 좋아하고 여색을 탐해 그 탐욕이 그칠 줄 몰랐다. 남의 처첩 중 예쁘게 생긴 사람은 모두 빼앗았으며, 전원을 많이 장만해 높다란 누각을 지었다. 토지를 점유하여 연못을 팠으며, 마을 사람들을 쫓아내고 그 땅을 자기 것으로 했다. 그리고 인근 마을에서 날라온 진기한 꽃들과 기기묘묘한 형상의 돌들로 정원을 장식했다. 마을 사람들은 모두 이 일에 동원되어 형과 동생, 남편과 부인이 번갈아 가며 노역을 하지 않으면 안되었다. 백성들은 손이 갈라터지고 어깨살이 벗겨져 고통을 참기 어려웠지만 이장군은 의기양양하기만 했다.[32]

(1)은 「범자허유천조록」(范子虛遊天曹錄)에서 주인공 범자허가 명계에서 벼슬하고 있는 스승에게 한 말이며, (2)는 「이장군전」(李將軍傳)의 서술 중 한 대목이다. 무능하고 부정한 위정자들에 대한 비판이 자못 신랄하다. 특히 (2)의 이장군은 원래 농부 출신으로 간정제가 이끄는 베트남 저항군에 가담해 명나라 군대를 공격하여 공을 세운 자로 설정되어 있음에도 비판의 표적이 되고 있다. 이런 부분은 완서의 비판적 지식인으로서의 예리함을 보여준다고 생각된다. 이장군은 무력을 통해 새롭게 등장하는 권력의 속성과 그 필연적 타락 과정을 여실히 보여주기 때문이다.

지금까지 『전기만록』이 담고 있는 우의 가운데 특히 주요하다고 생각되는 세 가지를 지적했다. 『전기만록』은 이외에도 권선징악, 인과응보, 음사(陰祀)에 대한 비판 등의 메시지를 강하게 담고 있는데, 이 점에 대해서는 선행 연구에서 충분히 언급했다고 생각되므로 여기서는 더 이상 말하지 않는다.

1.3. 지금으로부터 약 5백 년 전 김안로(金安老, 1481~1537)가 『금오신화』의 예술적 특성을 "술이우의"(述異寓意)[33]라고 적절히 표현했듯, 『금

---

32) 본서, 192~193면.

오신화』는 그 전체가 우의로 가득하다.

주지하다시피 김시습은 단종(端宗)의 숙부인 수양대군(首陽大君＝세조)이 왕위를 찬탈한 일에 큰 충격을 받았으며, 이 때문에 평생 방외인(方外人)으로 살았다. 수양대군의 왕위 찬탈에 기인하는 김시습의 정신적 내상(內傷)과 그로부터 규정되는 그의 생에 대한 태도와 자세는『금오신화』에 독특한 정조(情調)와 분위기, 독특한 내용성을 부여하고 있다.[34]

현전하는『금오신화』에 실린 5편 소설 가운데 수양대군의 왕위 찬탈에 대한 비판의 뜻을 가장 현저하게 담고 있는 작품은 「남염부주지」(南炎浮州志)와 「취유부벽정기」(醉遊浮碧亭記)다. 다음은 「남염부주지」에 나오는 말이다.

(1) 지금 이 지옥에 살면서 나를 우러르는 자들은 모두 전생에 시역(弑逆)과 간흉(姦凶)을 자행한 무리들입니다. 그들은 여기에 살면서 나의 제재(制裁)를 받아 그릇된 마음을 고치고 있는 중입니다.[35]

(2) 간신(姦臣)이 봉기하고 큰 난리가 자주 일어나건만 임금은 위협을 능사로 삼아 그것으로 명예를 낚으려고 하니, 어찌 백성이 편안할 수 있겠습니까.[36]

(1)은 남염부주를 다스리는 염라왕(閻羅王)의 말이고, (2)는 염라왕의 초빙으로 남염부주를 방문한 박생(朴生)의 말이다. (1)에서는 특히 '시역'

---

33) 김안로(金安老)가 저술한『龍泉談寂記』에 나오는 말이다.
34) 이 점은 박희병,『한국전기소설의 미학』(돌베개, 1997), 188면 전후에서 자세히 논의되었다.
35) "今居此地而仰我者, 皆前世弑逆姦兇之徒, 托生於此, 而爲我所制, 將格其非心者也."(尹春年 編,『金鰲新話』. 이하『金鰲新話』의 인용은 이 朝鮮刊本에 의거함)
36) "姦臣蠭起, 大亂屢作, 而上之人, 脅威爲善以釣名, 其能安乎?"

(弑逆)이라는 말이 주목되는데, 이 단어는 수양대군의 왕위 찬탈에 대한 비판을 암유(暗喩)하고 있다고 보인다. 뿐만 아니라, 시역을 범한 자들이 죽은 후 지옥에서 벌을 받는다는 언급은 왕위 찬탈에 대한 징폄(懲貶)을 표현한 것이라 할 만하다. (2)는 수양대군의 왕위 찬탈에 기인하는 이징옥(李澄玉)의 난 및 세조의 무단적(武斷的) 통치방식을 빗대어 말한 것이라 보인다. 이러한 추정은 「남염부주지」가 그 시대적 배경을 세조 말년으로 설정하고 있다는 데서도 뒷받침된다.

다음은 「취유부벽정기」의 한 부분이다.

> 나는 은(殷) 왕실의 후손인 기씨(箕氏)의 딸입니다. 제 선조 기자(箕子)께서 이 땅에 봉해지자 예악(禮樂)과 형벌을 한결같이 탕왕(湯王)의 가르침에 따라 시행했고 여덟 가지 금법(禁法)으로써 백성을 가르쳤으므로 문물이 찬란하게 빛난 지 천여 년이었습니다. 그러나 하루아침에 국운이 막혀 재환(災患)이 갑자기 닥쳐와 선고(先考)께서는 필부(匹夫)의 손에 패하여 마침내 나라를 잃게 되었고 위만(衛滿)이 이 틈을 타 왕위를 차지했으므로 조선의 왕업은 여기서 끝나고 말았습니다.37)

이는 천상(天上)에 올라가 선녀(仙女)가 된 기씨의 딸이 수천 년 뒤의 인물인 홍생(洪生)에게 자신의 과거사를 말하고 있는 대목이다. 기씨 딸의 입을 빌려 왕위 찬탈을 비판하고 있음을 볼 수 있다. 이 작품 역시 시대적 배경을 세조 때로 설정하고 있다. 이처럼 「남염부주지」와 「취유부벽정기」의 시대적 배경이 세조 연간으로 설정된 데에는 심장(深長)한 우의가 내포되어 있는바, 범상히 보아 넘길 일이 아니다.

수양대군의 왕위 찬탈에 대한 비판과도 일정하게 연결되지만, 『금오신

---

37) "弱質, 殷王之裔, 箕氏之女. 我先祖實封于此, 禮樂典刑, 悉遵湯訓, 以八條敎民, 文物鮮華, 千有餘年. 一旦天步艱難, 災患奄至, 先考敗績匹夫之手, 遂失宗社. 衛瞞乘時, 竊其寶位, 而朝鮮之業墜矣."

화』에는 권력의 횡포에 대한 반대 및 인민에 대한 인애(仁愛)의 염(念)이 내포되어 있다. 이 점은 특히 「남염부주지」에서 잘 확인된다. 다음과 같은 예문을 들 수 있다.

　　나라를 지닌 자는 폭력으로써 인민을 위협해서는 안될 것입니다. 인민이 두려워해서 복종하는 것 같지마는 마음속에 반역할 의사를 품습니다. 그리하여 시일이 지나면 마침내 위난이 닥치게 됩니다. 덕망이 있는 사람이라고 해서 무력을 써서 왕위에 올라서는 안됩니다. 하늘은 비록 말로 자세히 일러주지는 않지만 처음부터 끝까지 일을 통해서 그 뜻을 보여주나니, 상제(上帝)의 명은 실로 엄한 것입니다. 대개 나라는 인민의 나라이고, 명(命)은 하늘의 명입니다. 천명(天命)이 떠나고 민심이 이반한다면 비록 몸을 보전하고자 한들 어찌 보전할 수 있겠습니까?[38]

　인민을 폭력으로 억압해서는 안된다는 것, 나라의 주인은 인민인바 임금은 인민의 뜻을 잘 받들어 나라를 다스려야 함을 말하고 있다. 김시습의 민본적·애민적 태도가 잘 드러난다 하겠다.[39]
　『금오신화』는 이외에도 가치의 전도(顚倒)를 보여주는 현실세계에 대한 분만(憤懣)의 뜻을 담고 있다. 가령 인세(人世)에서 인정받지 못하던 주인공이 용궁과 남염부주라는 별세계에서는 국사(國士)로 대접받는다는 설정이 이 점을 잘 보여준다. 『금오신화』에 담겨 있는 이런 분만의 감정은 작자 김시습의 불우한 처지 및 그에 입각한 세계인식에서 유래한다.[40]

---

38) "有國者, 不可以暴劫民. 民雖若瞿瞿以從, 內懷悖逆, 積日至〔累〕月, 則堅冰之禍起矣; 有德者, 不可以力進位. 天雖不諄諄以語, 示以行事, 自始至終, 而上帝之命嚴矣. 蓋國者, 民之國; 命者, 天之命也. 天命已去, 民心已離, 則雖欲保身, 將何爲哉?"
39) 김시습의 이와 같은 애민적 태도는 그의 시문(詩文)을 통해서도 두루 확인되는바, 「애민의」(愛民義)와 같은 산문이나 「기농부어」(記農夫語) 같은 시를 예로 들 수 있다.
40) 이 점은 『한국전기소설의 미학』에 실린 「금오신화의 소설미학」에서 자세히 논의되었다.

1.4. 지금까지 『전등신화』, 『전기만록』, 『금오신화』의 순으로 우의의 내용과 양상을 검토했다. 하려고만 든다면 논의된 것 외에도 우의를 더 끄집어낼 수 있겠지만, 꼭 언급이 필요한 주요한 사안들은 웬만큼 언급되었다고 생각되므로 이 정도로 그치기로 하고, 지금부터는 세 작품을 서로 비교해 보기로 한다.

세 작품에서 공통적으로 확인되는 바는 현실에 대한 비판이다. 그러나 『전등신화』와 『전기만록』이 현실세계의 부조리와 모순을 좀더 구체적으로 제시하고 있음에 반해, 『금오신화』는 그 구체성의 정도가 다소 떨어진다고 보인다. 이는 『금오신화』가 두 작품에 비해 알레고리의 수준이 좀더 높다는 점과 관련이 있다.[41]

세 작품은 또한 권력의 횡포에 대한 비판을 공통적으로 담고 있다. 『전등신화』의 「취취전」, 『전기만록』의 「이장군전」, 『금오신화』의 「남염부주지」가 그 좋은 예다. 다만 『금오신화』의 경우 권력에 대한 비판이 민본사상이나 애민사상과 연결되고 있다는 점이 이채롭다.

세 작품은 또 난리나 병란(兵亂)을 이야기 전개의 주요한 계기로 삼고 있다는 점에서 공통적이다. 그러나 겉으로 확인되는 공통성의 이면에는 차이가 존재한다. 『전등신화』에서 병란은 스토리텔링의 한 장치에 머물지 않고 그 자체 본질적 중요성을 갖는다. 구우는 병란이 초래한 세계의 처참한 몰골, 병란이 인간의 운명에 드리운 깊은 그림자를 탐구하는 데 큰 관심을 가졌었기 때문이다. 그러나 『전기만록』의 경우 전란을 그리는 시각의 초점이 『전등신화』와 사뭇 다르다. 이 점은 『전등신화』에서의 전란이 자국 내의 일인 데 반해, 『전기만록』에서의 전란은 이민족의 침략으로 야기된 것이라는 사실과 관련이 있다. 그러므로 『전기만록』은 『전등신화』처럼 전란이 인간의 삶을 어떻게 유린하는가에 관심을 두기보다는 이민족의 '침략' 전

---

41) 『금오신화』가 두 작품에 비해 알레고리 수준이 좀더 높아진 것은 김시습의 전술적 책략에 기인하지 않을까 생각된다. 김시습의 이런 전술적 책략은 당시 조선의 사회정치적 지형이 고려된 결과일 것이다.

쟁이 베트남 인민의 삶을 어떻게 유린했는가에 관심을 두고 있다. 이 점에서『전등신화』는 일정하게 반전문학적(反戰文學的) 면모를 띠지만,『전기만록』은 그보다는 침략주의에 대한 반대와 저항의 면모가 강하다. 한편『금오신화』에서는『전등신화』와『전기만록』에서처럼 전란 자체가 무슨 중대한 의미를 갖지는 않는다.『금오신화』에서 전란은 스토리텔링의 한 계기에 불과하다. 김시습이「이생규장전」(李生窺墻傳)과「만복사저포기」(萬福寺樗蒲記)에서 전쟁 모티프를 끌어들인 것은 외적의 침략에 반대함을 말하기 위해서도 아니며, 전란이 인간의 삶에 남기는 상흔(傷痕)을 탐구하기 위해서도 아니다. 그에게 있어 전란은 자신의 세계감정[42]을 투사하는 데 필요한 방법적 장치일 뿐이다.

권선징악과 인과응보를 말하고 있다는 점에서도 세 작품은 공통적이다. 세 작품의 작자인 구우·완서·김시습은 유사(儒士)라는 점에서 일치한다. 그렇다면 셋은 불교·도교·민간신앙 등 유교 외의 사상·신앙체계에 대해 어떤 입장을 취했던가?『전등신화』는 도교에 대하여는 배타적이지 않지만,「영호생명몽록」(令狐生冥夢錄)이나「태허사법전」에서 확인할 수 있듯 불교에 대하여는 우호적이지 않다.『전기만록』역시 도교에 대해서는 그다지 배타적이지 않으나, 불교와 민간의 음사에 대해서는 대단히 비판적이다.『금오신화』는「남염부주지」에서 볼 수 있듯 세속불교와 무속(巫俗)의 귀신 숭배에 대해 대단히 비판적이다. 그러나『금오신화』의 비판은 성리학(性理學)에 기초하여 이로정연하게 체계적으로 이루어지고 있다는 점에서 다른 두 작품과 비판의 양상을 달리한다. 이는 문인이기만 한 것이 아니라 사상가이기도 했던 김시습의 면모를 보여주는 것이라 할 만하다.

이상이 셋 사이의 공통점이라면 둘만의 공통점도 발견된다.

『전기만록』과『금오신화』는 작자 당대에 있은 왕위 찬탈에 대한 신랄한

---

42) 김시습의 '세계감정'에 대해서는『한국전기소설의 미학』에 실린「금오신화의 소설미학」에서 자세히 논의된 바 있다.

비판의 뜻을 담고 있다는 점에서 공통적이다. 그러나 『전등신화』에서는 이런 면모가 발견되지 않는다. 왕위 찬탈에 대한 비판은 『전기만록』과 『금오신화』에 내장(內藏)되어 있는 가장 중요한 우의라 할 수 있다. 그러나 그 비판의 방식은 상이하다. 즉 『전기만록』의 비판이 노골적인 데 반해, 『금오신화』의 비판은 은밀한 편이다. 『전기만록』은 차고유금(借古喩今)의 수법을 썼기에 드러내 놓고 비판할 수 있었다면, 『금오신화』는 문제가 되고 있는 작자 당대(當代)를 시대적 배경으로 삼았기에 은밀하게 비판할 수밖에 없었던 것으로 보인다.

한편, 『전등신화』와 『금오신화』는 작자의 실존을 외화(外化)하고 있는 면이 강하다는 점에서 공통적이다. 가령 『전등신화』의 「추향정기」나 『금오신화』의 「용궁부연록」(龍宮赴宴錄)은 자기 삶의 소설적 허구화라 할 수 있을 터이다. 이처럼 『전등신화』와 『금오신화』는 작자의 자기서사(自己敍事)의 면모가 썩 강하다. 그러나 두 작가에 있어 실존의 내용과 문제는 판이하며, 따라서 그 소설적 형식화(形式化) 역시 상이하게 이루어지고 있다.

이것으로 세 작품에 담겨 있는 우의에 대한 비교 분석을 끝내기로 한다. 이 작업을 통해 우리는 세 나라의 작품을 감싸고 있는 유대와 함께 각 작품의 독특성을 살필 수 있었으며, 그 결과 각 나라의 작품에 대한 좀더 깊은 이해에 도달할 수 있었다고 여긴다. 세 작품의 작자들은 시대와 국적, 체험과 고민의 차이에도 불구하고 자기 시대의 역사와 사회를 예리하게 성찰한 '비판적 지식인'이라는 점에서는 일치한다고 생각된다.

2. 비극적 결말 / 해피엔딩

작품이 비극적 결말을 맺는가 아니면 행복한 결말을 맺는가의 여부는 세계를 보는 작가의 태도와 관련하여 자못 중요한 문제랄 수 있다. 여기서는

『전등신화』·『전기만록』·『금오신화』, 세 작품이 보여주는 종결의 미학을 검토하고 그 의미연관을 고찰하고자 한다.

『전등신화』에 실린 21편의 소설 중 비교적 뚜렷한 비극적 결말을 보여주는 것으로는 「등목취유취경원기」(滕穆醉遊聚景園記)·「애경전」·「취취전」·「녹의인전」(綠衣人傳)·「추향정기」 5편을, 해피엔딩을 보여주는 것으로는 「금봉차기」(金鳳釵記)·「연방루기」(聯芳樓記)·「위당기우기」(渭塘奇遇記) 3편을 들 수 있다. 그밖의 소설들은 비극적 결말인가 해피엔딩인가 하는 물음이 별로 중요하지 않은 작품들이다.

『전기만록』에 실린 20편의 소설 중 비교적 뚜렷한 비극적 결말을 보여주는 것으로는 「쾌주의부전」·「서원기우기」(西垣奇遇記)·「서식선혼록」(徐式仙婚錄)·「남창여자록」(南昌女子錄)·「여랑전」 5편을, 해피엔딩을 보여주는 것으로는 「용정대송록」(龍庭對訟錄)·「취소전」(翠綃傳) 2편을 들 수 있다. 그밖의 소설들은 비극적 결말인가 해피엔딩인가 하고 묻는 것이 별로 중요하지 않은 작품들이다.

『금오신화』에 실린 5편의 소설 중 비교적 뚜렷한 비극적 결말을 보여주는 것으로는 「만복사저포기」, 「이생규장전」, 「취유부벽정기」를 들 수 있다. 나머지 두 편인 「남염부주지」와 「용궁부연록」도 비극적 결말을 보여주는 것으로 해석할 수 있는 여지가 없지 않다. 그러나 해피엔딩을 보여주는 것은 단 한 편도 없다.

이상의 논의를 통해 볼 때 비극성이 가장 현저한 작품은 『금오신화』이고, 『전등신화』와 『전기만록』은 비극적 결말과 행복한 결말이 혼재한다고 말할 수 있다.

『금오신화』의 이야기들이 행복한 결말은 일체 보여주지 않고 비극적 결말만을 보여주는 것은 작가 김시습의 비극적 세계인식과 연관이 있다. 『금오신화』 제편(諸篇)이 보여주는 비극적 결말은 현존하는 세계를 부정하면서 그것을 초월하기를 희구하는 작자의 심리감정의 반영이자 그 형식화이다. 요컨대 『금오신화』에서 비극성과 초월은 서로 깊은 관련이 있으며, 초

월과 비극성은 현존에 대한 부정(否定)을 전제하고 있다.[43]

『전기만록』과『금오신화』는『전등신화』에 비해 여성의 정절을 강조하고 있다. 「쾌주의부전」·「여랑전」의 여주인공은 정절을 지키기 위해 목숨을 끊고, 「남창여자록」의 여주인공은 자신의 정절을 입증하기 위해 목숨을 끊으며, 「만복사저포기」·「이생규장전」의 여주인공은 외적에 저항하다 목숨을 잃고, 「취유부벽정기」의 여주인공은 죽음으로써 정조를 지키려다 선녀가 된다. 이에 반해『전등신화』는 「애경전」 하나가 여성의 정절을 보여줄 뿐이다. 게다가 「취취전」과 「추향정기」의 여주인공은 절개를 지키지 못하고 남의 첩이나 처가 된다.

이처럼 여성 정절의 강조라는 면에서『전기만록』과『금오신화』는 한데 묶이면서『전등신화』와 대조되지만, 자세히 살필 경우『전기만록』과『금오신화』사이에도 차이가 없는 것은 아니다.

첫째, 「만복사저포기」·「이생규장전」의 여주인공이 외적에게 저항하다 곧바로 목숨을 잃는 데 반해, 「여랑전」의 여주인공은 외적에게 포로가 되어 끌려다니다가 중국으로 들어가기 전에야 비로소 자결한다[44]는 점이다. 뿐만 아니라 「용정대송록」이나 「취소전」의 여주인공은 남편이 있는 처지임에도 강압에 못 이겨 남의 처첩이 된다. 특히 「용정대송록」의 여주인공은 남의 처가 되어 아들까지 낳게 된다. 요컨대『금오신화』쪽이 정절의 문제에 훨씬 예민함을 보여준다고 말할 수 있다. 이러한 차이는 무엇을 의미하는가? 여성에 대한 태도에 있어 김시습이 완서에 비해 좀더 봉건적이고 남성 중심적임을 의미하는 것일까? 김시습 당대의 조선에 비해 완서 당대의 여조가 사회문화적으로 여성의 정조를 덜 강요했음을 반영하는 것일까? 그럴지도 모른다.[45] 그러나 우선적으로 주목해야 할 사실은, 김시습이『금오

---

43) 『한국전기소설의 미학』, 225~226면 참조.

44) 여랑은 스스로 목숨을 끊은 이유를 밝히기를, "북으로 끌려갈 경우 고향이 그리워 안되겠더군요. 그래서 구차하게 살기를 바라지 않았으며…"(본서, 209면)라고 했다.

45) 이 문제에 대한 좀더 자세한 논의는 본고의 제4절에서 하기로 한다.

신화』에 각인해 놓은 여성의 정절이 하나의 은유, 하나의 상징에 해당한다는 사실이다. 김시습 개인에게 있어 '절의'만큼 중요한 가치덕목은 없으며,46) 『금오신화』 속 여성의 정절은 바로 이 절의를 표상한다. 『금오신화』가 보여주는 여성의 정절에 대한 강한 집착은 절의에 대한 강렬한 지향의 치환물에 다름 아닌 것이다.

둘째, 『금오신화』의 경우 정절을 지키기 위한 여주인공의 죽음이 순전히 작품의 비극적 결말을 고양시키는 쪽으로만 수렴되고 있다면, 『전기만록』의 경우 여주인공의 죽음은 작품 말미에 이르러 반침략주의의 메시지와 결합됨으로써 독자로 하여금 비극적 감정에만 몰입하도록 내버려두지 않는다. 다음과 같은 예를 들 수 있다.

(1) "… 여씨 성을 가진 진인이 서남방에 출현할 테니 우리 두 아이로 하여금 그 진인을 따르게 하세요. 그러면 저는 비록 죽었으나 그 이름은 사라지지 않을 거예요."

날이 밝으려 하자 예경은 급히 일어나서 떠났다. 그녀는 가다가 돌아보고 가다가 돌아보고는 하면서 머뭇거리며 떠나갔다.

그후 중규는 재혼하지 않고 두 아들을 잘 길러 장성시켰다. 마침내 여 태조가 남산에서 군대를 일으키자 두 아들을 군인으로 종군시키니, 이들은 차례로 관직을 역임했다. 지금도 쾌주에는 그 자손들이 있다고 한다.47)

(2) 이생은 아내와 다시 정을 나누고 싶었지만 아내의 모습은 홀연 보이지 않았다. 이생은 마침내 슬픈 마음으로 고향에 돌아와 다시는 장가들지 않았다.

---

46) 이 점은 『한국전기소설의 미학』, 243면 참조.
47) 본서, 36면.

그후 여태조가 남산향에서 군대를 일으키자 숙한을 풀지 못하고 있던 이생은 군사를 이끌고 그 휘하에 들어갔다. 그는 명나라 장교를 만나기만 하면 모조리 베어 죽였으므로 침략자들을 물리치는 데 큰 힘이 되었다고 한다.[48]

(1)은 「쾌주의부전」, (2)는 「여랑전」의 결말이다. (1)에서 여주인공 예경은 그 남편인 중규의 도박 행위 때문에 자결하지만, 결말 부분에서 예경의 죽음은 베트남의 독립전쟁과 '뜻밖의' 연관을 맺는다. (2)에서 이생의 아내 여랑은 명나라의 포로가 되어 중국으로 잡혀가던 중 자결하는데, 결말 부분에서 명나라의 지배에 맞서 싸우는 이생의 모습을 부각시킴으로써 여랑의 죽음을 침략주의에 대한 항거와 결부시키고 있다.

이처럼 똑같은 비극적 결말을 취하고 있음에도 불구하고 『전기만록』의 결말과 『금오신화』의 결말은 그 지향과 뉘앙스가 크게 다르다. 『전기만록』이 저항적 민족주의와 관련된 적극성을 보여준다면, 『금오신화』는 이 세계를 배회하는 자, 이 세계 속에 외로이 '홀로' 서 있는 자의 쓸쓸함과 막막함을 보여줄 뿐이다. 결말부의 이러한 의미 차이는 두 작가의 세계인식의 차이, 세계에 대한 태도의 차이를 드러내는 것이며, 이는 결국 두 작가를 사로잡고 있는 고민과 문제의식의 차이에서 연유하는 것으로 해석할 수 있을 터이다.

『전기만록』과 『금오신화』, 이 둘을 마주 세우는 작업은 이 정도로 그치고, 다시 『전등신화』를 끌어들여 셋을 서로 비교해 보기로 하자.

「취취전」과 「취소전」만큼 『전등신화』와 『전기만록』의 차이를 극명하게 보여주는 소설도 없다. 두 소설의 내용을 간단히 요약하면 다음과 같다.

▪ 「취취전」
취취(翠翠)와 김생(金生)은 어릴 때 같이 공부하면서 사랑의 감정을 키

---

48) 본서, 210면.

워 왔는데, 마침내 장성하여 부부가 된다. 그러나 결혼한 지 1년 만에 장사성의 난이 일어난다. 인근 고을의 부녀들이 장사성의 휘하에 있던 이장군(李將軍)의 포로가 될 때 취취도 함께 포로가 된다. 이생이 취취를 찾아 이장군의 성채로 가 보니 이장군은 여러 여인들 중 취취를 총애하고 있었다. 김생은 이장군에게 자기가 취취의 오라버니라고 속인 후 그 밑에서 서기 노릇을 한다. 김생과 취취는 서로에 대한 그리움으로 몹시 괴로워한다. 그러다가 김생은 숨을 거두고, 취취도 김생의 장례를 치른 후 곧 숨을 거둔다. 이장군은 오라버니 곁에 묻어 달라는 취취의 유언에 따라 취취를 김생의 무덤 왼쪽에 묻어 준다. 그후 옛날 취취의 집 하인이 길을 가다가 취취가 김생과 함께 있는 것을 본다. 하인은 취취의 부탁에 따라 그 부친에게 편지를 전한다. 취취의 부친이 편지를 받고 취취를 찾아가니, 취취는 보이지 않고 그 무덤만 있을 뿐이다. 취취의 부친은 무덤가에서 자는데, 밤에 취취가 김생과 함께 나타나 그간의 일을 울며 고한다. 취취가 말을 마치고 아버지 품에 안겨 큰소리로 통곡할 때 취취의 아버지는 놀라 잠에서 깨는데, 한바탕 꿈이었다. 취취의 아버지는 무덤에 제사지낸 다음 집으로 돌아온다. 지금도 사람들은 그 무덤을 '김취묘'(金翠墓)라고 부른다.

▪「취소전」

문사 여생(余生)은 가희(歌姬) 취소(翠綃)를 아내로 맞아 행복한 삶을 산다. 그후 여생은 과거시험에 응시하기 위해 서울로 가야 했는데 취소와 잠시도 떨어져 있을 수 없어 함께 간다. 여생은 서울에 도착하여 강어귀에 있는 집에 유숙한다. 취소가 예불을 드리기 위해 절에 갔을 때 당시의 권세가 신주국(申柱國)이 그 미모에 반해 그녀를 납치해 자기 여자로 삼는다. 여생은 나라에 하소연했지만 아무 소용이 없었다. 여생은 너무 비통하여 과거를 포기한다. 그후 여생은 꽃구경을 하고 돌아가는 수레 행렬 중에 있는 취소를 먼발치서 보게 된다. 여생은 앵무새를 이용해 규중(閨中)에 있는 취소에게 편지를 보낸다. 편지를 받자 취소는 남편에 대한 그리움 때문에 병이 든다. 신주국이 취소에게 아직도 남편을 그리워하는가라고 묻자 취소는 그렇다고 대답하고는 자결하려 한다. 신주국은 놀란 나머지 남편을 불러 옛 인연을 잇게 해주겠노라고 마음에도 없는 말을 한다. 이후 여생은 신주국의 집에 묵게 되었으나 신주국은 한 해가 다 가도록 약속을 지키지 않는다. 마침내 여생이 취소에게 편지를 보내 그만 돌아가겠다고 하니, 취소는 정월 대보름 밤 동쪽 물가에서 연등행사가 있으니 그때 틈을 보아 달아나자는 말을 전한다. 여생은 하인의 도움을 받아 보름날 밤 동쪽 물가에 나온 취소를 데리고 달아난다. 여생은 취소의 계책에 따라 시골에 있는 친구의 집에 숨어 살며 화를 피한다. 그후 신주국은 지나친 사치가 문제가 되어 처벌을 받는다. 여생은 상경하여 진사 시험에 합격하며, 취소와 해로한다.

「취취전」은 비극적 결말이고, 「취소전」은 해피엔딩이다. 그런데 「취소전」은 「취취전」을 패러디한 소설이다. 패러디화의 과정에서 비극적 결말이 해피엔딩으로 바뀐 셈이다. 이 점에서 두 소설은 구우와 완서의 세계인식의 차이, 그리고 『전등신화』와 『전기만록』의 차이를 비교 논증하는 데 더없이 좋은 자료다.

「취취전」이 세계의 강포함 앞에서 이의를 제기할 엄두조차 내지 못한 채 스러져 가는 자아의 슬픈 운명을 보여준다면, 「취소전」은 강포한 세계에 저항하기도 하고 꾀를 부리기도 하는 자아의 면모를 보여준다. 두 자아의 상이함이 비극적 결말과 행복한 결말의 차이를 낳고 있다. 또한 이 대조적인 자아상(自我像) 속에는 세계를 대하는 두 작가의 상이한 눈과 감정이 육화(肉化)되어 있다. 구우가 세계의 무지막지한 폭력 앞에 질려 버린 포즈를 보여준다면, 완서는 세계의 횡포에도 불구하고 끝내 희망을 접지 않고 있다고나 할까. 완서가 보여주는 이런 태도는 대국(大國) 명나라에 맞서서 집요한 게릴라전을 펼침으로써 끝내 승리를 쟁취했던 저 베트남 인민 특유의 저항적 기질과 통하는 면이 없지 않다고 생각된다.

여기서 우리는 하나의 흥미로운 물음을 떠올리게 된다. 만일 김시습이

「취취전」과 「취소전」에 대응되는 소설을 썼다면 어떻게 썼을까 하는 물음이 그것이다. 그러나 곰곰이 생각해 보면 이 물음은 잘못 제기된 물음이다. 김시습은 결코 이런 소설을 쓰지 않으리라 생각되기 때문이다. 김시습의 작품세계에서는 구차하게 목숨을 연명하며 남의 첩으로 살아가는 취취나 취소 같은 인물은 용납되기 어렵다. 취취나 취소가 김시습의 인물이려면, 포로가 되기 전이나 납치될 즈음에 필사적으로 저항하다 곧바로 죽어야 마땅한데, 이렇게 되면 「이생규장전」류의 소설이 되지 「취취전」이나 「취소전」류의 소설이 되지는 않는다. 그러므로 이 가상적인 물음을 통해 우리는 『전등신화』・『전기만록』・『금오신화』의 차이를 좀더 뚜렷하게 알 수 있다.

『전등신화』의 「수궁경회록」(水宮慶會錄)과 『금오신화』의 「용궁부연록」은 유사한 내용이어서 종종 비교의 대상이 되어 왔다. 이 두 소설은 다음에서 보듯 결말이 아주 흡사하다.

(1) 선문(善文)은 집에 도착하여 용왕에게서 받은 보물을 페르시아의 보석상에게 갖다 팔아 수억만금의 재산을 얻었다. 그리하여 마침내 부자가 되었다. 뒤에 선문은 공명(功名)에 뜻을 두지 않고 집을 나와 도를 닦으며 명산을 두루 돌아다녔는데, 그 행방을 알 수 없다. ——「수궁경회록」[49]

(2) 한생(韓生)이 문 밖에 나와서 보니 하늘에는 별이 드문드문하고 동쪽이 밝아오고 있었는데, 닭은 세 홰를 쳤고 시간은 이미 5경이었다. 얼른 그 품속을 더듬어 보니 야광주(夜光珠)와 빙초(氷綃)가 있었다. 한생은 이 물건을 상자 속에 깊이 간직하여 소중한 보물로 삼고 남에게 잘 보이지 않았다. 그후 한생은 세상의 명예와 이익에는 생각이 없었으며

---

49) "善文到家, 携所得於波斯寶肆鬻焉, 獲財億萬計, 遂爲富族. 後亦不以功名爲意, 棄家求道, 徧遊名山, 不知所終."

명산에 들어갔는데 그 행방을 알 수 없다. ──「용궁부연록」50)

(1), (2) 모두 용궁에서 돌아온 뒤의 일에 대한 서술이다. 그런데 둘 사이에는 미세하지만 대단히 중대한 차이가 발견된다. 두 가지 점을 지적할 수 있다. 그 하나는, (1)에서는 용궁에서 받은 선물을 팔아 돈으로 바꾼 데 반해, (2)에서는 그것을 몰래 간직했다는 점이다. 그 둘은, (1)에서는 '공명'에 뜻을 두지 않았다고 한 데 반해, (2)에서는 '명예와 이익'이라고 하여 '이익'을 추가해 놓고 있다는 점이다.

이러한 차이는 두 작가의 꿈꾸기의 차이를 반영한다. 구우의 용궁 이야기에 부의 획득에 대한 욕망51)이 숨겨져 있다면, 김시습의 이야기에는 일체 그런 것이 없다. 김시습의 이야기에는 구우의 이야기와 달리 김시습 자신의 유년 체험, 즉 5세 때 신동(神童)으로 일컬어져 세종(世宗) 앞에 불려가 시를 짓고 비단을 하사받은 체험이 내면화되어 있다. 김시습의 이 유년 체험은, 훗날 그가 수양대군의 왕위 찬탈을 부당한 것으로 간주하면서 세종의 손자인 단종을 위해 절의를 지키며 평생 벼슬하지 않고 세상을 떠도는 삶을 살게 되는 운명적 출발점을 이룬다. 그러므로, 구우가 기이한 이야기를 통해 문재(文才)를 과시하고, 불우함을 잊고, 현실의 곤궁을 뒤집는 꿈꾸기를 시도했다면, 김시습은 문재를 과시하며 불우함을 잊고자 하는 의도 말고도 자기 삶의 역정 및 현존하는 세계의 부정성에 대한 반성적 성찰을 시도하고 있다 할 것이다. 이 점이 「수궁경회록」과 「용궁부연록」의 본질적 차이다. 그것은 다른 각도에서 본다면, 김시습 소설이 갖고 있는 깊은 아이러니와 관련된다.52) 이런 차이로 인해, 똑같은 '부지소종'(不知所

---

50) "生出戶視之, 大星初稀, 東方向明, 鷄三鳴, 而更五點矣. 急探其懷而視之, 則珠綃在焉. 生藏之巾箱, 以爲至寶, 不肯示人. 其後生不以利名爲懷, 入名山, 不知所終."

51) 「수궁경회록」이 이런 '욕망'만을 보여준다는 말은 아니다. 다만 지금 '이런' 욕망을 문제 삼고 있을 뿐이다.

52) 김시습 소설의 아이러니에 대해서는 『한국전기소설의 미학』에 실린 「금오신화의 소설미

終)의 결말을 취하고 있음에도 불구하고 「수궁경회록」은 「용궁부연록」과 같은 비극성을 내면화하고 있지 않다. 「용궁부연록」의 '부지소종'이 무겁고도 어두운 정조(情調)를 드리우고 있다면, 「수궁경회록」의 '부지소종'은 표표함과 신비감을 느끼게 한다.

'부지소종'이란 말이 나온 김에 이 점에 대해 조금 더 언급하기로 한다. 『금오신화』에 실린 5편 소설 가운데 '부지소종'으로 종결되는 작품은 2편이며,53) 그 나머지는 죽음으로 종결된다. 『전등신화』의 제편 가운데 「애경전」·「천태방은록」(天台訪隱錄), 『전기만록』의 제편 가운데 「서원기우기」·「범자허유천조록」·「남창여자록」 등은 '부지소종'의 형식을 취하고 있지 않지만, 『금오신화』 같으면 '부지소종'의 형식을 취했음 직한 소설이다. 『금오신화』에서 '부지소종'의 형식이 비극성의 강화에 기여하고 있다면, 위에 거론한 『전등신화』와 『전기만록』의 제편에서 발견되는 '부지소종' 형식의 부재는 대체로54) 비극성의 약화 내지는 소거(消去)를 낳고 있다고 보인다. 우리는 지금 고양된 비극성을 보여주는 소설일수록 더 훌륭하다는 생각을 전제하고 말을 하고 있지 않다. 우리는 다만 『전등신화』·『전기만록』·『금오신화』 세 작품의 미적 특질과 의미지향의 차이를 드러내고자 하는 데에, 그리하여 궁극적으로 각 나라 작품의 고유성에 대한 이해의 눈을 깊게 하고자 하는 데에 관심이 있을 뿐이다.

『전등신화』와 『전기만록』에 실린 이야기들 중 상당수는 『금오신화』와 같이 고양된 비극성을 보여주기보다는 '기이함'을 보여주는 데 초점을 맞추고 있는 것처럼 보인다. 이런 이야기들은 거개 행복한 결말로 끝나든가, '비극적 / 행복한' 결말의 2분법을 아예 벗어나 있다.

기이함을 펼쳐 보이면서 행복한 결말로 종결되는 소설로는 『전등신화』에

학」에서 자세히 언급했다.

53) 방금 언급된 「용궁부연록」 및 「만복사저포기」가 그렇다.

54) '전적으로' 그렇다고는 말할 수는 없을 것이다. 가령 「남창여자록」 같은 작품은 '부지소종'(不知所終) 형식의 부재가 오히려 자연스럽다.

서는 「금봉차기」·「연방루기」·「위당기우기」를, 『전기만록』에서는 「용정대송록」을 꼽을 수 있다. '비극적 / 행복한' 결말의 이분법을 벗어난 지점에 있는 소설로는, 『전등신화』에선 「수궁경회록」·「삼산복지지」(三山福地志)·「화정봉고인기」(華亭逢故人記)·「영호생명몽록」·「천태방은록」·「모란등기」(牡丹燈記)·「부귀발적사지」(富貴發跡司志)·「영주야묘기」(永州野廟記)·「신양동기」(申陽洞記)·「용당영회록」(龍堂靈會錄)·「태허사법전」·「수문사인전」·「감호야범기」(鑑湖夜泛記)를, 『전기만록』에서는 「항왕사기」·「목면수전」(木綿樹傳)·「다동강탄록」(茶童降誕錄)·「도씨업원기」(陶氏業冤記)·「산원사판사록」·「범자허유천조록」·「창강요괴록」(昌江妖怪錄)·「나산초대록」·「동조폐사전」(東潮廢寺傳)·「타강야음기」·「이장군전」·「금화시화기」(金華詩話記)·「야차부수록」(夜叉部帥錄)을 꼽을 수 있다.

이렇게 본다면 『전등신화』·『전기만록』과 『금오신화』의 차이는 비극적 결말을 취하고 있는 소설들 간에서만 확인되는 것이 아니라, 『전등신화』·『전기만록』의 이야기들이 『금오신화』와 달리 대부분 비극적 결말을 취하고 있지 않다는 사실에서도 확인된다.

앞서 지적했듯 『전등신화』와 『전기만록』에는 비극적인 결말도 아니고 행복한 결말도 아닌 이야기들이 퍽 많이 실려 있다. 이런 이야기들은 비극성이니 해피엔딩이니 하는 것에는 아무런 관심이 없으며, 세계의 기이함 혹은 신괴함에 관심을 쏟고 있다. 물론 『전등신화』와 『전기만록』에 실려 있는 이런 이야기들 중 대다수는 어떤 우의를 내포하고 있다. 그러나 우의를 내포하고 있다기보다는 기괴함을 펼쳐 보이는 데 주력하고 있는 듯한 소설도 없지 않다. 예컨대 『전등신화』의 「모란등기」·「신양동기」·「용당영회록」이라든가 『전기만록』의 「목면수전」·「도씨업원기」·「창강요괴록」 같은 소설이 그러하다. 이들 소설은 『전등신화』와 『전기만록』이 무서움 및 기이감(奇異感) 자체에 대한 정서적 환기를 꾀하고 있는 면이 있음을 여실히 보여준다. 이런 소설들은 '무목적의 목적'을 추구하고 있다고 할 수 있을 것인바, 이야기 자체의 흥미, 즉 유희적 취미가 미적 관심의 목적이 되고 있다.

그런데 이런 소설들은 남녀 관계와 관련해서도 특이한 면모를 보여준다. 당(唐) 전기(傳奇) 이래 애정전기(愛情傳奇)의 남과 여는 서로 만나 깊은 사랑에 빠지는 모습을 보여줌이 일반적이다. 다만 작품에 따라 그 사랑이 끝까지 지속되는 경우가 있는가 하면 지속되지 못하는 경우도 있는바, 이에 따라 해피엔딩으로 끝나기도 하고 비극적 결말로 끝나기도 하는 차이를 보여주기는 한다. 그러나 『전등신화』와 『전기만록』은 전기소설의 이런 통상적 사랑의 문법 외에 또 하나의 문법을 보여준다. 그 문법의 골자는, 여귀(女鬼)가 물귀신 작전을 펴 멀쩡한 사내를 죽게 만듦으로써 사랑을 완성한다는 것이다. 그러나 사랑의 완성과 동시에 두 남녀는 못된 악귀가 되어 세상을 떠돌며 사람에게 해코지를 한다. 『전등신화』의 「모란등기」, 『전기만록』의 「목면수전」·「도씨업원기」 같은 소설이 이에 해당한다.[55] 특히 「모란등기」와 「목면수전」에서 여귀는 사내의 의사에 반(反)해 강제로 사내를 죽게 만드는바, 이 점이 공포감을 자아낸다. 그러나 이런 소설들은 비록 남녀의 애정이 문제가 되고 있기는 할지라도 엄격한 의미에서 염정소설이라고 하기는 어렵다. 그 점은 이들 소설에 남녀 악귀를 퇴치하거나 응징하는 인물이 반드시 등장하며, 이 인물의 활약에 상당한 조명이 가해지고 있다는 사실에서도 입증된다. 이런 면을 감안한다면 이들 소설은 '신괴소설'(神怪小說)로 규정됨이 적절하다.

이처럼 『전등신화』와 『전기만록』에는 괴기문학(怪奇文學)으로서의 면모가 없지 않다. 특히 『전기만록』은 『전등신화』에 비해 물귀신 타입의 여귀를 더 많이 보여준다. 『전등신화』와 『전기만록』의 이런 면모는 『금오신화』와 뚜렷이 대조되는 점이다. 『금오신화』에서는 물귀신 타입의 여귀를 찾아볼 수 없으며, 남녀는 서로에 대한 깊은 교감과 이해 위에서 사랑을 완성한다. 그러므로 여귀의 강제에 의한 사랑의 완성은 생각할 수 없으며, 이 때

---

55) 이외에 「창강요괴록」도 이 범주에 포함시킬 수 있다. 다만 이 소설은 사랑이 완성되기 전에 요괴가 퇴치된다는 점이 다를 뿐이다.

문에 설사 귀신이 등장하는 이야기라 할지라도 공포감이 느껴지지는 않는다. 『금오신화』에 수록된 인귀교환(人鬼交歡) 이야기는 공포감을 자아내기는커녕 깊은 연민과 함께 막막한 슬픔의 감정을 불러일으킬 뿐이다.

3. 시공간

3.1. 『전등신화』·『전기만록』·『금오신화』는 현실과 초현실, 인세(人世)와 이계(異界)를 넘나드는 공간구성을 보여준다는 점에서 공통적이다.

세 작품의 공간구성의 면모와 관련하여 특히 주목되는 것은 별계방문담(別界訪問譚)이다. 별계방문담은 주인공이 어떤 계기에 의해 별계를 방문하고 돌아온다는 이야기인데, 세 작품에 두루 많이 실려 있다. 별계는 용궁, 선계, 천상, 명부 등으로 표상된다.

『전등신화』·『전기만록』에서 별계방문담의 기본구조는 '인세→별계→인세'이다. 인세로 돌아온 주인공이 보이는 태도는 둘로 나뉜다. 그 하나는 다시 원래의 일상생활로 복귀하는 것이고, 다른 하나는 세상으로부터 종적을 감추는 것이다.[56] 앞의 것을 일상성에의 복귀라 한다면, 뒤의 것은 종적 감추기라 명명할 수 있다. 『전등신화』·『전기만록』의 별계방문담은 대다수가 일상성에의 복귀를 보여주며, 종적 감추기는 소수이다.

한편 『금오신화』에는 3편의 별계방문담이 실려 있는데, 그중 「남염부주지」와 「취유부벽정기」는 '인세→별계→인세→별계'의 구조를, 「용궁부연록」은 '인세→별계→인세'의 구조를 취하고 있다. 그러므로 『금오신화』의 별계방문담은 『전등신화』·『전기만록』의 그것과 달리 '인세→별계→인세→별계'가 기본구조라 할 수 있다. 한편 『금오신화』의 별계방문담은 일상성에의 복귀를 보여주지 않으며 종적 감추기만을 보여줄 뿐이다.

---

56) 그 대표적인 형식이 '부지소종'(不知所終)이다.

이처럼『전등신화』와『전기만록』의 별계방문담이 인세에서 출발해 결국 인세로 되돌아오는 구조라면,『금오신화』의 별계방문담은 인세에서 출발해 마침내 별계로 떠나가는 구조라는 차이를 보인다. 이러한 차이는 무엇을 의미할까?『전등신화』·『전기만록』이 보다 현세적인 데 반해『금오신화』는 보다 초세적(超世的)임을 말하고 있는 것은 아닐까. 여기서 현세적이니 초세적이니 하는 말은 삶의 공간으로서의 현실에 대한 관심의 여부나 정도와 관련된 말이 아니라 작가의 의식의 지향을 염두에 두고 한 말이다. 따라서 『전등신화』·『전기만록』이 현실에 대한 관심이 많은 데 반해『금오신화』는 그렇지 못하다는 말은 아니다. 세 작품은 다같이 현실세계에 대한 관심을 보여주고 있으되, 다만 작가의 의식의 지향에 따라 작품이 택하는 최종적 공간형식이 현세인가 초세인가의 차이가 초래되고 있다고 생각된다. 이 경우 작가의 의식의 지향은 궁극적으로 작가의 세계감정과 관련이 있다. 그렇게 본다면,『금오신화』는 현존에 대한 강한 부정과 이 세계에 대한 염세적 전망을 그 공간형식을 통해 드러내고 있다고 해석할 수 있다. 일상성에로 복귀하는 것이 아니라 종적을 감춘다거나 별계를 최종적 공간형식으로 택함은 비극성의 고조라는 미적 효과를 낳고 있다고 보인다.

　『전등신화』·『전기만록』·『금오신화』는 모두 자국(自國)의 특정한 공간을 배경으로 삼고 있다는 점에서도 공통적이다. 자국의 특정한 공간을 배경으로 삼고 있기에 자국의 역사, 문화, 풍속이 작품 속으로 따라들어오게 된다. 이 점에서 세 작품은 보편적이면서 특수적이다.

　셋 가운데 공간에 대한 자의식을 가장 강하게 보여주는 것은『전기만록』이다. 이 작품은 자국이 이민족에 의해 점거되거나 유린되어서는 안되며, 그러한 사태에 맞서 싸워야 한다는 메시지를 담고 있다. 그러나『전기만록』에서만 이런 민족주의적 성향이 발견되는 것은 아니다.『전기만록』만큼 강렬하거나 두드러진 것은 못되지만『전등신화』역시 어느 정도는 민족주의적 면모를 보여준다. 가령「영호생명몽록」에서 송나라의 진회(秦檜)를 비판하고 있다든가,[57]「천태방은록」에서 문천상(文天祥)을 높이고 가사도

(賈似道)를 타매한 것,58) 그리고 북쪽 오랑캐 몽고에 의해 송나라가 망한 것을 애석하고 원나라에 이어 명나라가 들어선 것을 기뻐하는 태도59) 등에서 그 점을 확인할 수 있다. 그렇기는 하나 『전등신화』는 『전기만록』과 같은 뚜렷한 반침략적·저항적 면모를 보여주고 있지는 않다. 이 점에서 『전기만록』은 『전등신화』를 환골탈태하여 창조적으로 변용했다 이를 만하다. 한편 『전기만록』·『전등신화』와 달리 『금오신화』에서는 민족주의적 면모를 운위하기 어렵다. 이는 김시습이 소설을 통해 힘주어 말하고자 한 바가 완서나 구우와는 달랐기 때문이라고 보아야 할 터이다.

3.2. 『전등신화』·『전기만록』·『금오신화』는 운명론에 푹 잠겨 있다는 점에서도 공통적이다. 인간과 세계의 운명은 하늘의 뜻에 따라 미리 다 정해져 있다는 것, 따라서 운명은 받아들이지 않으면 안된다는 것이 운명론의 골자다. 『전등신화』에 실려 있는 「부귀발적사지」의 맨 끝에 나오는 다음 말은 운명론에 대한 간명한 주석이라 할 만하다.

---

57) "最後至一處, 牓曰'誤國之門'. 見數十人坐鐵床上, 身具桎梏, 以靑石爲枷壓之. 二使指一人示謀曰: '此卽宋朝秦檜也. 謀害忠良, 迷誤其主, 故受重罪. 其餘亦皆歷代誤國之臣也.'"

58) ○ "謝后臨朝, 夢天傾東南, 一人擎之, 力若不勝, 蹶而復起者三. 已而, 一旦墜地, 傍有一人捧之而奔, 覺而徧訪于朝, 得二人焉, 厥狀極肖, 擎天者文天祥, 捧日者陸秀夫也."

   ○ "又論當時諸臣曰: '… 其最優者文天祥乎!'"

   ○ "賈似道當國, 造第于葛嶺, 當時有'朝中無宰相, 湖上有平章'之句. 一宗室任嶺南縣令, 獻孔雀二, 置之圃中, 見其馴擾可愛, 卽除其人爲本郡守. 襄陽之圍, 呂文煥募人, 以蠟書告急於朝, 其人懇於似道曰: '襄陽之圍六年矣, 易子而食, 析骸而爨, 亡在朝夕, 而師相方且鋪張太平, 迷惑主聽, 一旦虜馬飮江, 家國傾覆, 師相亦安得久有此富貴耶?' 遂扼吭而死."

59) ○ "今天子聖神文武, 繼元啓運, 混一華夏, 國號大明."

   ○ "宋德祐丙子歲, 元兵入臨安, 三宮遷北. 是歲廣王卽位於海上, 改元景炎, 未幾而崩, 謚端宗, 益王繼立, 爲元兵所迫, 赴水而死. 宋祚遂亡. 實元朝戊寅之歲也. 元旣倂宋, 奄有南北, 逮至正丁未, 歷甲子一周有半而滅. 今則大明肇統, 洪武萬年之七年也."

그러므로 하늘 아래 땅 위의 모든 것, 작게는 한 몸의 영고성쇠, 크게
는 한 나라의 흥망치란이 모두 정해진 운수가 있어서 바꿀 수 없는 것이
거늘, 망령되고 어리석은 자가 그 사이에서 꾀를 부리다가 부질없이 낭
패를 당하는 것이다.[60]

운명론은 세 작품의 시간의식을 규정짓고 있다. 즉 시간은 '전생 — 현생
— 내생'(즉 三生)의 계기적·인과적 연관으로 표상되는데, 삼생(三生)의 계
기적·인과적 연관은 업연(業緣)의 결과라는 것이다.

세 작품이 보여주는 시간의 형식은 이처럼 일종의 결정론적 관념에 근거
하고 있지만, 작품에 따른 차이가 없는 것은 아니다. 우선 『전등신화』는 운
명에 순응할 수밖에 없거나 운명의 거대한 힘에 짓눌려 스러져 가는 인간
존재의 무력함에 대한 탐구에 주된 관심을 쏟고 있다. 「녹의인전」 여주인
공의 다음과 같은 말, 즉 "사물 또한 자신의 운명을 미리 알더라도 그것을
피할 수는 없는가 봐요"[61]라는 말만큼 『전등신화』 등장인물들의 운명에 대
한 순종적 태도를 단적으로 보여주는 말도 없다. 이와 달리 『전기만록』은
한편으로는 운명의 거역할 수 없는 힘을 인정하면서도 다른 한편으로는 운
명을 피해 가거나 운명에 저항하는 면모를 보여준다. 가령 「야차부수록」에
서 주인공의 친구로 등장하는 인물이나 「다동강탄록」의 주인공은 운명을
미리 알아 그것을 피해 가고 있으며, 「취소전」의 남녀 주인공이나 「여랑전」
의 남주인공은 다들 운명에 저항하고 있다. 『금오신화』는 『전등신화』나
『전기만록』과는 또 다른 면모를 보여주는바, 운명을 받아들이면서도 인간
의 주체적 결단의 가능성을 인정하며 그에 큰 의미를 부여하고 있다.[62]
『금오신화』의 주인공들이 보여주는 절의에 대한 집착, 그리고 이 세계로부

---

60) "是以知普天之下、率土之濱, 小而一身之榮悴通塞, 大而一國之興衰治亂, 皆有定數, 不
　　可轉移, 而妄庸者, 乃欲輒施智術於其間, 徒自取困爾."

61) "盖物亦先知數, 而不可逃也."

62) 이 점은 『한국전기소설의 미학』에 실린 「금오신화의 소설미학」에서 자세히 논의되었다.

터의 종적 감추기에서 그 점을 확인할 수 있다. 그러므로『금오신화』의 제편이 비극성을 띠는 것은 그 등장인물들의 운명에 대한 태도와 깊은 관련이 없지 않다. 왜냐하면 운명을 받아들이면서도 자신이 고수하고자 하는 내면적 가치만큼은 추호도 훼손당하지 않으려는 인간에게서 우리는 장엄하거나 숭고한 비극성을 발견하게 되기 때문이다.

한편『전등신화』·『전기만록』의 이야기들에서 주인공은 어떤 계기에 의해 자신의 전생을 알게 된다. 가령「삼산복지지」의 주인공은 한 도사의 말을 통해 자신이 전생에 홍성전(興盛殿)의 한림학사(翰林學士)로서 티베트에 보내는 조서를 기초했었음을 알게 되며,「녹의인전」의 남주인공은 여주인공의 말에 의해 자신이 전생에 송나라 말의 재상인 가사도의 집에서 차 끓이는 일을 맡은 하인이었음을 알게 된다. 또「다동강탄록」에서 주인공은 친구의 말에 의해 자신이 전생에 옥황상제 곁에서 차 시중들던 시동(侍童)이었음을 알게 된다.63) 이처럼 이들 소설에서는 주인공의 전생에 대한 고지(告知)가 이루어짐으로써 물리적 범위의 시간을 넘어 시간의 외연이 비약적으로 확장된다. 그리고 시간의 외연적 확장은 공간에 대한 인식의 확대를 초래하며, 이 점에서 시간과 공간은 맞물린다. 공간에 대한 인식의 확대는 동일한 차원 내에서의 수평적인 것과 다른 차원 간의 수직적인 것, 이 두 가지 양태가 존재한다.「삼산복지지」·「녹의인전」이 전자라면,「다동강탄록」은 후자다. 이처럼 이들 소설이 보여주는 시간의 확장과 공간 인식의 확대는 인간의 삶이란 시공간에 대한 경험적·물리적 설명만으로는 온전히 이해될 수 없다는 관점의 소산이다.

그런데『전등신화』·『전기만록』의 이런 면모가『금오신화』에서는 발견되

---

63) 이처럼「다동강탄록」은 '강탄'(降誕) 모티프를 보여준다는 점에서 주목된다. 이 경우 '강탄'은 적강(謫降)은 아니다.『전기만록』의 다른 이야기에서는 '강탄' 모티프가 발견되지 않는다. 한편,『전등신화』는「감호야범기」에서 '적강' 모티프를 보여준다. 그러나 플롯의 중심선에서 나타나는 적강 모티프는 아니며, 삽화에 보이는 모티프일 따름이다.『금오신화』에서는 강탄 모티프나 적강 모티프가 일체 발견되지 않는다.

지 않는다. 다시 말해 『금오신화』에서는 주인공의 전생이 특별히 문제시되고 있지 않다. 물론 「이생규장전」이나 「만복사저포기」에서 보듯 '삼세(三世)의 인연'[64]이라는 말은 운위되고 있지만, 그렇다고 해서 주인공이 누구에게 전생을 고지받는다거나 주인공이 자신의 전생을 깨닫는다거나 하는 일이 일어나지는 않는다. 『금오신화』에 있어서 시간의 확장이나 공간 인식의 확대는, 전생에 대한 환기를 통해서가 아니라 주인공과 다른 존재의 만남을 통해 이루어진다.[65] 가령 「취유부벽정기」에서 주인공과 선녀의 만남은 시간의 비약적 확장과 공간 인식의 수직적·수평적 확대를 낳고 있다.

끝으로 한 가지만 더 지적한다. 『전등신화』와 『금오신화』는 전대(前代)만이 아니라 동시대(同時代)도 시대적 배경으로 삼고 있지만, 『전기만록』은 모두 전시대를 배경으로 삼고 있다는 차이를 보인다. 『전기만록』에 비해 『전등신화』·『금오신화』에 작가의 실존이 좀더 강하게 투사되고 있다는 사실은 이러한 차이와 일정한 관련이 있다고 여겨진다.

4. 인물

『전등신화』·『전기만록』·『금오신화』는 인물의 형상과 창조라는 면에서도 서로 비교될 수 있다.

먼저, 『전등신화』와 『전기만록』의 이야기들 중에는 매개적 인물이 등장하는 경우가 적지 않다. 둘을 놓고 본다면 『전등신화』 쪽이 좀더 매개적 인물의 등장을 많이 보여준다. 이에 반해 『금오신화』의 이야기들에는 매개적 인물의 설정이 아주 빈약하다. 『금오신화』 제편에서 우리 눈에 잡히는 인상적인 인물은 대체로 남녀 주인공 아니면, 남자 주인공의 파트너 정도다.

---

64) "忽遇三世之因緣"(「萬福寺摴蒲記」): "三遇佳期"·"聚窟三生之香芬"(「李生窺墻傳」).
65) 『전등신화』와 『전기만록』에서는 두 가지 방법이 공존한다.

이는 『금오신화』의 인물 구성이 비교적 단순함을 뜻한다.

또한 『전등신화』와 『전기만록』의 이야기들에 종종 존재의 독자성66)을 갖는 적대적 인물들이 등장함에 반해, 『금오신화』의 이야기들에는 존재의 독자성을 갖는 어떤 적대적 인물도 등장하지 않는다. 이 때문에 『금오신화』에서는 적대적 힘의 실체와 면모가 뚜렷이 포착되지 않는다. 『금오신화』에서 적대적 힘은 그저 전제되어 있거나 추상적·함축적으로 언급되어 있을 뿐이며, 서사적으로 충분히 재현되고 있지 못하다.

한편, 『전등신화』와 『전기만록』에는 『금오신화』에는 보이지 않는 '조력자'가 등장하고 있어 주목된다. 「삼산복지지」나 「다동강탄록」의 도사가 좋은 예다. 이들 조력자는 주인공에게 그 전생을 고지하기도 하고, 앞날에 대해 일러주기도 하며, 주인공이 곤경에 처해 있을 때 도와주기도 한다. 17세기 이후의 한국 중세소설에서 이런 류의 조력자는 하도 흔해 하나의 유형화된 인물형을 이룬다고 말할 수 있지만, 15세기 후반에 씌어진 『금오신화』에서는 아직 이런 인물형을 찾아볼 수 없다.

이처럼 매개적 및 적대적 인물의 설정 여부와 관련하여 『전등신화』·『전기만록』이 비교적 발전된 서사적 갈등을 보여준다면, 『금오신화』는 서사적 갈등의 전개가 부족한 편이다. 이런 차이는 『전등신화』·『전기만록』이 작가 이념의 구현에만 치력하지 않고 이야기의 재미에도 관심을 쏟은 데 반해, 『금오신화』는 주로 작가 이념의 구현에 치력한 결과가 아닐까 한다. 『금오신화』의 주인공들이 『전등신화』나 『전기만록』의 주인공들에 비해 현저히 '이념적'이라는 사실이 이 점을 뒷받침한다.

『전등신화』·『전기만록』·『금오신화』는 남녀 주인공의 면모나 그 결연과정에 있어서 흥미로운 차이를 보여준다. 『금오신화』에서 남녀 주인공들은

---

66) '존재의 독자성'은 등장인물이 자신의 목소리, 생각, 태도, 관점 등을 보여줌으로써 자신의 실체를 현시(顯示)함을 가리키는 말이다. 이 용어는 박희병, 『조선 후기 傳의 소설적 성향 연구』(대동문화연구총서 XII, 성균관대학교 대동문화연구원, 1993)에서 처음 사용되었다.

대체로 외로운 존재로 표상되어 있으며, 비슷한 교양과 취미를 보여준다. 이 점 때문에 둘은 어떤 장애에도 불구하고 내면적 유대를 형성하며, 굳건한 결합에 이른다. 『금오신화』의 남녀 주인공들은 자유연애 이외에는 사랑의 방식을 알지 못한다. 다시 말해 『금오신화』에서 남녀 주인공의 결합은 어떤 내적 필연성을 갖고 있으며, 일방적이지 않고 상호적이다. 『금오신화』의 남녀 주인공들이 더없이 순정적이며 죽음을 넘어서까지 서로에 대한 신의를 지키는 까닭이 바로 이에 있다.

그러나 『전등신화』와 『전기만록』의 경우 반드시 그렇지만은 않다. 가령 『전등신화』의 「금봉차기」에서 남녀 주인공은 양가의 부모에 의해 어릴 때 이미 정혼(定婚)한 사이이고, 「애경전」의 남녀 주인공은 자유연애가 아니라 중매를 통해 부부가 된다. 또한 『전기만록』의 「여랑전」에서 남녀 주인공은 부모의 정혼으로 부부가 되고, 「쾌주의부전」·「남창여자록」의 남녀 주인공들은 중매에 의해 부부가 된다. 그러므로 이들 소설의 남녀 주인공들은 결연과정에서 사랑의 감정을 주고받는 일이 없다. 이들 소설에서 남녀 주인공은 '서로의' 감정에 기인하는 내적 필연성에 의해서가 아니라, 외적 계기에 의해서거나 다분히 일방적인 요구에 따라 부부로 맺어진다. 「이생규장전」에서 단적으로 드러나듯 『금오신화』의 남녀 주인공들은 서로를 '지음'(知音)으로 여기기에 「남창여자록」에서처럼 남자 주인공이 의처증을 가질 수도 없거니와 여주인공이 남편의 의처증 때문에 스스로 목숨을 끊는 일이 일어나지도 않는다. 『금오신화』의 남녀 주인공들은 이미 그 결연과정에서부터 생사를 뛰어넘는 확고한 유대와 신뢰를 형성함으로써 완벽한 일체를 이루는바, 둘 사이에는 어떠한 간극도 존재하지 않는다. 그러나 거꾸로 뒤집어 생각하면 「남창여자록」 같은 이색적인 작품은 남녀의 관계 맺기, 남녀의 결연방식에 있어 「이생규장전」과는 다른 문법을 취했기 때문에 탄생할 수 있었다고 볼 수 있다.

『금오신화』에는 부정적 인물이 주인공으로 등장하지 않는다.[67] 그러나 『전등신화』와 『전기만록』에서는 이따금 부정적 인물이 주인공으로 등장함을 볼 수 있다. 가령 「모란등기」나 「목면수전」·「도씨업원기」·「창강요괴록」·「이장군전」 등이 그런 예다. 이중 「이장군전」을 제외하고는 모두 남녀가 주인공으로 등장한다. 이들 소설에서 남자 주인공은 요녀를 사랑하거나 여귀에게 홀린 어리석은 인물로 그려지며, 여주인공은 요녀 아니면 요괴로 그려진다. 이들 남녀는 악귀가 되어 떠돌며 남에게 해코지를 하다가 도사에게 퇴치되거나 염라대왕에게 벌을 받는다. 이처럼 이들 소설에서 여성은 남성을 망가뜨리는 사악한 존재로 표상된다. 이러한 악녀상(惡女像) 혹은 마녀상(魔女像)은 『금오신화』가 전반적으로 보여주는 저 주체적이고 견고한 여성상과는 썩 대조적이다. 『전등신화』와 『전기만록』의 마녀상에는 남성 중심의 가부장제 이데올로기가 반영되어 있다고 생각된다. 그러나 『금오신화』 역시 가부장제 이데올로기를 벗어나 있는 것은 아니다. 『금오신화』가 강조해 놓고 있는 여성의 정절은(그것이 설사 김시습의, 세계에 대한 태도로서의 절의를 상징하고 있다고 할지라도) 여성의 마녀화와 표리(表裏)를 이루며, 이 점에서 동일하게 가부장제 이데올로기를 반영한다고 해석될 수 있다. 이런 점을 부정할 수는 없지만 그럼에도 『금오신화』의 여성 주인공들이 보여주는 저 주체적인 태도와 행위는 비록 상대적인 것이기는 하나 그것대로의 정당한 평가가 필요하다고 본다.

방금 『금오신화』가 여성의 정절을 강조해 놓고 있다는 말을 했지만, 『금오신화』의 여주인공들은 단 한 명의 예외도 없이 모두 생사의 기로에서 목숨을 버리고 정절을 택한다. 이는 『전등신화』나 『전기만록』의 여주인공들과는 현저히 다른 점이다. 『전등신화』나 『전기만록』의 여주인공들은 정절을 지키는 경우도 있고 지키지 못하는 경우도 있다. 그러므로 『전등신화』와 『전기만록』은 정절 이데올로기의 고수에 있어 『금오신화』에 비해 완화

---

67) 한국소설사에서 부정적 인물이 주인공으로 설정된 최초의 소설은 「강로전」(姜虜傳)이다. 이 소설은 17세기 초 권칙(權伐)에 의해 창작되었다. 이 점은 박희병, 「17세기의 崇明排胡論과 부정적 소설주인공의 등장」(『한국고전소설과 서사문학』, 陽圃李相澤교수환력 기념논총. 집문당, 1998)에서 자세히 논의되었다.

된 면모를 보여준다고 해석할 수 있다.

세 작품의 남녀 주인공들은 대개 재자가인형(才子佳人型)의 인간들이라는 점에서 공통적이다. 하지만『금오신화』의 주인공들이 대체로 사족(士族)이나 귀족으로 설정된 데 반해,『전등신화』와『전기만록』의 주인공들은 좀더 다양한 신분을 보여준다.『전등신화』의 경우를 보면,「연방루기」의 여주인공은 미곡상(米穀商)의 딸이고 그 남자 주인공은 장사꾼이며,「위당기우기」의 여주인공은 주막집 딸이고,「취취전」의 남녀 주인공은 모두 평민 출신이며,「애경전」의 여주인공은 기생이고,「녹의인전」의 남녀 주인공은 전생에 다동(茶童)과 시녀였던 것으로 설정되어 있다.『전기만록』의 경우,「목면수전」의 남자 주인공은 장사꾼이고,「도씨업원기」의 남녀 주인공은 승려와 기생이며,「창강요괴록」의 여주인공은 장사꾼의 딸이고,「남창여자록」의 남자 주인공은 글을 모르는 호족(豪族) 출신이고,「여랑전」의 남녀 주인공은 상인의 자녀이고,「취소전」의 여주인공은 기생이다. 이처럼『전등신화』와『전기만록』은 사족(士族) 신분의 인물들 외에도 상인이나 기생 신분의 인물들을 상당수 주인공으로 설정하고 있다. 주인공의 신분과 관련한 세 작품의 이런 차이는 세 나라 신분제의 성격 및 그 운용 방식의 차이를 일정하게 반영하고 있는 게 아닐까 생각된다. 이런 견지에서 본다면『금오신화』는 세 작품 가운데서 가장 엄격한 신분제적 현실을 반영하고 있으며, 또한 신분제에 대한 가장 강고한 의식을 보여주고 있다고 말할 수 있을 것이다.

맺음말

본 논문은 기존의 비교문학적 연구 방법에 대한 대안적(代案的) 관점을 모색한다는 문제의식에서 출발했다. 그리하여『전등신화』·『전기만록』·『금오신화』의 미적 특질을, (1)우의, (2)결말구조, (3)시공간, (4)인물이라는 네 가지 측면에서 상호 비교해 보았다. 이를 통해 세 작품 각각에 대한, 그리고 서로의 관계에 대한 이해가 좀더 심화될 수 있지 않았나 생각한다.

'비교'란 우열의 판정으로 귀착되기 쉽다. 이 경우 비교에는 우월감이나 열등감이 전제되어 있거나 숨겨져 있다. 우월감이나 열등감을 넘어선 비교는 애당초 불가능한 것일까? 본 논문은, 그 부족한 점에도 불구하고, 이 물음에 대한 시론적(試論的) 탐색(探索)이다. 이 점에서 본 논문의 궁극적 관심은 '방법론' 쪽에 있다 할 것이다.

이조·진조의 왕들 및 베트남 주요 연표

이조(李朝)의 역대 왕들

1. 태조(太祖) 1009~1028
2. 태종(太宗) 1028~1054
3. 성종(聖宗) 1054~1072
4. 인종(仁宗) 1072~1127
5. 신종(神宗) 1127~1137
6. 영종(英宗) 1137~1175
7. 고종(高宗) 1175~1210
8. 혜종(惠宗) 1210~1224
9. 소황(昭皇) 1224~1225

진조(陳朝)의 역대 왕들

1. 태종(太宗) 1225~1258
2. 성종(聖宗) 1258~1278
3. 인종(仁宗) 1278~1293
4. 영종(英宗) 1293~1314
5. 명종(明宗) 1314~1329
6. 헌종(憲宗) 1329~1341
7. 유종(裕宗) 1341~1369
   양일례(楊日禮) 1369~1370
8. 예종(藝宗) 1370~1372
9. 예종(睿宗) 1372~1377
10. 폐제(廢帝) 1377~1388
11. 순종(順宗) 1388~1398
12. 소제(少帝) 1398~1400

베트남 주요 연표

541~547 이분(李賁)의 만춘국(萬春國)

1009~1225 이조(李朝)

1054 이(李) 성종(聖宗), 국호(國號)를 대월(大越)로 함

1069 성종(聖宗), 점파(占婆) 북부의 3주(州) 병합

1075~1077 이상걸(李常傑)의 송군(宋軍) 격파

1225~1400 진(陳) 왕조(王朝)

1257 몽고(蒙古)의 제1차 침입

1284~1285 몽고의 제2차 침입

1287~1288 몽고의 제3차 침입

1361~1389 제봉아(制蓬峩)의 침입

1400~1407 호씨(胡氏) 정권

1407~1427 명(明)의 지배

1428~1788 여조(黎朝)

1460~1497 여(黎) 성종(聖宗)의 치세(治世)

1479 오사련(吳士連)의 『대월사기전서』(大越史記全書) 편찬

1527~1592 막씨(莫氏) 정권

※ 유인선, 『베트남史』(민음사, 1984)의 연표에 의거해 작성했음.

찾 아 보 기

題訖回鞭客次、酒酣思睡、見一人前致辭云、受吾王屬

君對話、胡即慌乀歈整其人即導之、左至則殿宇巍我、

從官羅列項王已先在坐傍設琉璃榻揖公即席問曰

日间題句、子何見誚之深耶所謂一敗有天亡澤左重來

無地到江東則誠是矣至於經營五載成何事銷得區

區羞魯公無乃譏評失當乎夫漢萬乘也我亦萬乘

也我不能臧漢漢反能爵我耶且田横一介豎子猶不

傳奇漫錄、

　項王祠記、

承旨胡宗驚工於詩、尤長規諷、嘗誣陳末奉命北使、經

項王祠下、題詩云、

　　百二山河起戰鋒、攜將子弟入關中、煙消函谷珠宮

　　冷、雲散鴻門玉斗空、一敗有天亡澤左、重来無地到

　　江東、經營五載成何事、銷得區區葬魯公

　　　　　項王祠

傳奇漫錄